异人崛起
13
辰东 著
继《完美世界》后
辰东又一东方幻想之作
后文明时代的全新历程/突破想象力的极限之作
逃离炼狱 脱胎换骨
进入浩瀚星海 营救受难恩人
世间的枷锁被打开
全新的世界就此揭开神秘一角
异人崛起
13
辰东
逃离炼狱揭开宇宙真相
隐瞒身份暗中夺取机缘
脱胎换骨进入浩瀚星海
九幽禁地营救受难恩人
神秘猛人 / 长刀所向 / 遨游域外
继《完美世界》后辰东又一东方幻想之作
定价：32.00元/册
《异人崛起》第1～13册
全国火热销售中

完美世界16

PERFECT WORLD

Oriental Fantasy

辰东◇著

山东画报出版社

图书在版编目（CIP）数据

完美世界. 第16册 / 辰东著. — 济南：山东画报出版社, 2017.4（2022.1重印）
ISBN 978-7-5474-1967-0

Ⅰ. ①完… Ⅱ. ①辰… Ⅲ. ①长篇小说 - 中国 - 当代
Ⅳ. ①I247.5

中国版本图书馆CIP数据核字(2016)第160173号

WANMEI SHIJIE 16

完美世界16

辰东 著

责任编辑 许 诺
总 监 制 梁 洁
策划编辑 黄香春
统筹编辑 尚 姝 朱碧倩 张淑媛
装帧设计 田星宇 唐 棠
主管单位 山东出版传媒股份有限公司
出版发行 山东画报出版社
社 址 济南市市中区英雄山路189号B座 邮编 250002
电 话 总编室（0531）82098472
市场部（0531）82098479
网 址 http://www.hbcbs.com.cn
电子信箱 hbcb@sdpress.com.cn
印 刷 湖南天闻新华印务有限公司
规 格 169毫米×233毫米 1/16
20印张 300千字
版 次 2017年4月第1版
印 次 2022年1月第3次印刷
书 号 ISBN 978-7-5474-1967-0
定 价 34.80元

CONTENTS

目录

WANMEI SHIJIE

WANMEI SHIJIE

第674章 绝境壮魂

WANMEI SHIJIE

冰冷与黑暗来临。

石昊被封在了虚无牢笼中，找不到回路，看不到尽头，眼中只有永恒的孤寂。

此时，他方从浑浑噩噩的状态中清醒过来，眼前的情况却是如此危急，怎样才能逃出去？

“破！”

他竭尽所能，用力轰击，想要开辟出一条重归现实世界的路，可是这未知的地方异常神秘，一片恐怖景象，难以撼动，简直是一座坚不可摧的牢狱。

“杀！”

石昊抬手结法印，动用上苍之手，想打出去，却失败了一次又一次。

“怎会如此？”而且，他发现四野变得更暗了，什么都看不见了。

同时，他的元神在被消耗，得不到补充，照这样下去，必将陨灭，那时，他将从世间消失。

一瞬间，石昊冷静了，不再动，也不再对抗，而是思忖，以保留元神之力。

冰冷中，寂静无声，漆黑是永恒的主题。时间流逝，仿佛一下子带走了他的三生三世，这种感觉十分诡异。

石昊盘坐在此，觉得无比孤独。在暗自思忖的过程中，他觉得时光碎片在四周飞舞，仿佛一下子过去了千百年。

这是一种可怕的感觉，让他悚然心惊！

曾有一种说法——洞中方七日，世上已千年。那么，在他被困在这里的期间，外界究竟过去了多长时间？石昊不知道。

想到这里，他不禁生出了一股凉意。

“当年小仙王也是如此吗？留下肉身，元神被封于黑暗之地，无法脱困。”石昊轻语道，他猛然清醒了过来。

他在粗糙的石壁上见过那样的画面——小仙王失败了，有人抬尸而归，送入炼药殿，一代天骄空留躯壳，不见元神。

此时此刻，他终于彻底明白了。

“我不能步他的后尘！怎样才能脱困？”石昊的元神化作小人，握紧了拳头，盘坐于此。

他要出去！外面有石村，有亲人，有朋友，有他要守护的东西，有他想见的人，他不能就这么困死在绝地中。

然而，四周漆黑如墨，冷森森的，无尽的寒意涌来，笼罩了此地。他摸不到什么，也触不到什么，更没有办法冲出去。

与此同时，他感觉自己的元神在被这黑暗虚空汲取魂力，正变得越来越虚弱，好像就要被消磨殆尽了。

石昊通体冰凉。

如何熬过去？怎么对抗这种可怕的侵蚀？此时别说逃走了，哪怕再多滞留一段时间，他也可能会魂飞魄散。

一个侵蚀元神、毁灭灵魂、没有什么可以长存的地方，就是指此地吗？

石昊尽量将自己调整到了最冷静的状态。不能冲动，他要活下去，要冲出此地，他不能就这样被毁灭。

他曾见到一座又一座黑暗牢笼在时间长河中漂流，当中至今还有光点，那都是一些强大的生灵。

他们为何还活着，难道有抵御这一切的方法吗？

石昊审视自身，仔细思量，有什么办法可以对抗黑暗侵蚀，让自己的元神保持“不朽”，从而在此活下去？

“仙道，神道，这是两个纪元的不同体系，我该怎么做？”

他刚才动用了宝术，施展了神道力量，但并没有用。如今他的元神损耗严重，已经不能再抗争了。

可是他根本不懂仙道，这一纪元已经不再是那种体系了，没有那样的传承。

“仙气，我修出过一股！”石昊自言自语道。实际上，他甚至已经修出第二股了，只是现在他的元神脱离了躯壳，身体失去了意识。

“嗯？还有一丝？”石昊内视之后，发现那两股仙气都没来得及跟进，但是自己体内怎么还有少许？

他尝试调动那少许仙气，却吃惊地发现，他的元神消耗减少了，甚至那种黑暗侵蚀也被阻挡了，整个身体都恢复到了平衡状态。

这是怎么一回事？石昊虽然惊喜，却也十分不解。

为了探究真相，他开始更仔细地探查己身，而后他蓦地想起，自己在石阶路闭关时，在点燃两千九百条道火后，便修出了一股很弱、很淡的仙气。不过那个时候，他伤得实在太重了，差点连性命都保不住，于是那股仙气便没能被彻底修炼出，但它最后为他滋补了躯体。

石昊明白了，现在起作用的正是那一股仙气。当时它看似消散了，但其实还是有仙道气息留下，而今它养其躯，壮其神，作用被体现了出来。

“它融入我的躯壳，化进我的元神，救了我一命。虽然它不强，但也有妙用啊。”石昊低语道。

如今，这股仙气早已被反向炼化，与他的肉体和元神不分彼此了，甚至可以说，它已经不算是仙气了，而只是他的真我的一部分。

“我要借此脱困！”石昊静下心来调动这种力量，以休养己身，壮大自我，恢复到巅峰状态。

他摸索了一遍又一遍，在黑暗中挣扎，跟侵蚀元神的力量对抗着。

其间他多次遇险，总算还是稳住了，最后他终于有了全新的体会——果然可以从虚无中汲取力量。

但唯有拥有仙道气息才能成功汲取，恰好他有，他能做到！

石昊凝神盘坐在那里，尽最大努力为自己争取着。他必须活下去，他一定要成功打开这黑暗的牢笼。

时光流逝，很难想象过去了多久。

石昊的心都快凉了，因为他感觉仿佛已经过去了百年，是错觉吗？

经过了这么漫长的时间，他才恢复到巅峰，因为虚无中的力量太难吸收了，这还是他拼尽了一切才好不容易做到的。

这样的力量能打开黑暗空间吗？石昊不知道。但是，他必须要尝试，要尽最大的努力争取。

“这一次若失败了，是否还要再等百年？”石昊心头沉重。他深吸了一口气，让自己平静下来。经过一段时间的克制之后，他又开始汲取虚无中的力量了，用以养魂和壮大元神。

又是数十年吗？石昊不知，但他觉得自己的元神强大了不少。

他要再次尝试，因为时间所限，他无法再继续等待了。

若是外界真的已经过去了上百年，那他的肉身还在吗？是否已经毁灭了？“仙古”内的争霸也快要落幕了吧，甚至可能一切都结束了。

“我要回去！”石昊在心中呐喊。

这么多年过去了，足以发生许多事，他怎能甘心在此受困？

“拼了！”

他的元神变得璀璨，在黑暗中熠熠生辉，此时的他比进来时强大了很多。

“破！”

石昊动用了所有手段，拼尽一切，奋力出击！他想挣脱这一切，想开启黑暗牢笼，然后直接打出去。

仙道气息与他的各种法和秘术整合在了一起，他用元神衍化它们，发出了他迄今为止的最强一击！

“嗡！”

黑暗牢笼不停颤抖，空间开始扭曲，但这种颤抖和扭曲只持续了一下就停止了，黑暗牢笼依旧没被破开。

这一击让石昊元神剧震，差点散开。

“再战！”

石昊大吼，拼尽全力，接连发出秘术，一下子打出九连击。

“噗！”

石昊倒退几步，跌进了黑暗中，他的身体随之迅速变得暗淡，元神也在疾速衰弱。很明显，他遭受了外界力量的侵蚀。

方才这牢笼产生了动荡，导致它不断地扭曲，但依旧没有破碎。而他则遭到了反噬，受了重创。

石昊迅速运转起自身力量对抗侵蚀，而后他静心凝神，再次开始养魂和壮大元神了。

有过一次经历后，他很快就稳定了元神，但是想要汲取虚空中的力量还是太困难了，石昊只能在孤寂中一个人修行，壮大自我。

“多少年过去了？又是上百年了吗？”当他再次睁开眼睛时，目光中流露出悲哀之色，更有一种不甘，还有一丝脆弱。

他不是为自己而悲，而是想到了外界。那些亲人，那些熟悉的人，不知道怎样了，如果见他不回去会怎样？

早先，他曾约定，要在十年内回石村看大家，可是而今过去多少年了？

还有火桑树下那道身影，如今在何方，还好吗？

他不想看到村中的人一个一个老去，不想看到一辈又一辈人消失，不想看到他们葬于村后的坟地中……他要出去！

“我要回去！”石昊无比悲怆地大声吼着，但也没有忘记汲取力量，壮大自身。

黑暗中，他不断休养生息，让自己强大起来，超越以往，但是没有再次尝试，他在等，等自己变到最强的时候。

他要让神识变得凝练无比，让元神变得璀璨无比，只有这样，才有希望破开这牢笼。

就这样，他修行再修行，不断地强化元神，他的魂力也缓慢增加，不断壮大。

这让石昊生疑，这是怎样的一个地方，为何有魂力？他居然能在此慢慢地修行，这到底是怎么回事？

难道这就是轮回吗？他的肉身已死，而今在等待轮回？

“没有轮回，我会回归的！”石昊大叫。

岁月匆匆，时间流逝，石昊不知道过去了多久，感觉像是千年，也像是万年，无比沧桑，他都快僵硬了。

“为什么？”他喃喃自语着。

在这枯寂的空间里，他更能看清自己的心。

所有往事都浮现在心头，从幼时到成年，一幕又一幕。

他幼时失去至尊骨，肉身鲜血淋淋，日渐虚弱，记忆也随之衰退，唯有阿蛮相护，流着泪告诉他，要记住这仇恨，不要忘记。

然后是石村……

还有柳神……

“我要回去见他们！”

石昊感觉像是过去了千百世，他觉得自己已经足够强大了，单以魂力来论，威力难以想象，恐怖无比！

“轰！”

他拼尽所有力量，一拳轰出！这一次终于起作用了，他打穿了黑暗牢笼，一道曙光透了进来，他看到了时间长河，看到了其他一座又一座牢笼。

“我该怎么回去，如何辨别方向？”石昊激动得颤抖起来，他已打破这座牢笼，但是该如何踏上回路？

外界，钧道、天国的王者、神庙的古圣子正在接近石昊的闭关地，他们带着不少人，还有一个超级阵法大师，这位原住民一出手，竟破开了山腹中的法阵，看到了石昊的真身。

在黑暗牢笼内，石昊觉得过去了漫长的时间，像是有千年万载，但其实没有，那只是黑暗侵蚀给人的错觉。

那里魂力丰沛，他的元神在其中经历多次磨砺，强大得可怕！

他一旦回归，元神必格外强盛，让人震撼！

“两股仙气绕体？”钧道暗暗吃惊。

就是天国的王者也随之色变。他们看到石昊盘坐在地上，肉身虽已裂开，但是被仙气包裹、缠绕着，正在慢慢愈合。

他要恢复了。

“他没有灵魂波动，连我们兴师动众破开法阵都没有知觉，这是机会，出手！”

他们疾速而进，果断出手。

第675章 招魂

WANMEI SHIJIE

山腹中，石昊一动不动地盘坐于此。他肉身龟裂，伤口纵横交错，可以说整个人都四分五裂了。

只是因为有两股仙气缠绕着他，将那裂开的躯体强行拼接在一起，让他不至于解体，不然的话，他的肉身早已不完整了。

天国的王者速度太快了，他整个人贴着地面，平行而进！紧接着，他一剑刺出，天地变色，虚空裂开。

这是一柄滴血的杀剑，若闪电爆鸣，若长虹贯日，璀璨到极致。

这一剑刺在石昊的眉心，顿时，他额头发光，火星迸溅，还发出铿锵之音，可见他的肉身多么的强大。

这个结果让很多人为之色变！

“噗！”

天国的王者成功了！这一剑刺进石昊的眉心，如金属碰撞，颤音刺耳，无比的凄切，没有一点悬念。

即便石昊的肉身近乎金刚不坏，但是此时没有元神主导，仅靠肉身本能的阻挡，根本无力回天。

就这么将荒击杀了？所有人都不敢相信。

在他们的身后，还有一群修士，都是请来的强者，此时都心头大震！

强大无比、纵横“仙古”、力压古代怪胎、斩过堕神子的荒，居然就这样被击杀了，观战者莫不心惊肉跳，睁大了眼睛。

钧道腾空而起，带着一股狂风，迸发出成片的光。他一步千丈冲到了近前，手持一杆银色战矛，“噗”的一声，从石昊胸口刺入，贯穿其心脏。

殷红的血液淌出，沿着银色的矛锋滴落到地上。

“哈哈哈……荒，你也有今日！”钧道大笑，脸上带着残酷、冷厉的神色。他单臂持银色战矛，发丝飞扬，满地的血液，将他衬托得如同一个魔神。

这一幕震撼人心！

荒，死了！

他的眉心被钉穿，这也就意味着他的元神已被钉杀，还怎么逃过这一劫?

随后，钧道这一矛又粉碎其心脏，可怕的矛锋破坏其血与骨，进一步证明，荒彻底殒命了，不然何以不反抗，没有一点动静。

“可惜了，就这样死了。”有人暗中轻叹。

最前方的人则满是惊容，即便荒死了，但是他的肉身依旧可怕无比。若是别人，早已在第一剑时就爆碎了。特别是钧道刺出的这一矛，足以让神灵的躯体四分五裂，可是荒的肉身却如金属之躯一般铿锵作响，火星四溅，仅仅被刺出一个洞。

“修出了两股仙气？这是何等的强大，简直不可想象啊！”

那名超级阵法大师走来，不禁轻叹。他是来自“仙古”某一大型部落的原住民，此刻他正震惊地看着石昊的躯体。

虽然他是怀着敌意而来的，但在看到这一幕后也不禁惋惜，一个绝世天才就这样被他们刺杀，过早殒命了。

“就是在仙古纪元，这样的人也不多见。英年早逝，可惜了，但是，也怨不得别人，谁叫你曾经进入仙药园呢。”他轻语道，而后目光炽热了起来。

此地的其他人心中也都波澜起伏，难以平静。

石昊的肉身龟裂，还带着冲关时留下的无数的可怕伤痕，但仍然熠熠生辉，缭绕着两股仙气，显得无比神圣。

其中一股仙气晶莹剔透、雪白如玉，另一股则应该是刚成形的，有点模糊，但很明显已经被成功修出了。

两股仙气包裹、缠绕着他的躯体，让他遭受破坏的肉身慢慢复原，竟有重组的趋势。

这是何等惊世之景!

许多人都觉得震撼万分，甚至口干舌燥，说不出话来，不禁艰难地咽了一口唾沫。

一股仙气就难倒了无数的英雄，他居然能修出两股，这简直是匪夷所思!

“荒，堪称震古烁今！”

即便是他的仇敌，也忍不住这样叹道。

“再了不起又如何，还不是死了？”钧道昂首讽刺道。他发丝浓密，眼中射出刀芒般的光束，随后，他大喝一声，单臂持矛，将石昊挑了起来。

这幅画面让人打了个冷战。

生命无常，那么强大的荒都死掉了，令许多人心有凉意。

钧道身材高大，此时站在这里，以银色战矛挑着石昊，让他悬在半空中，这一幕让人触目惊心！

“嘿嘿……”天国的王者也笑了，他身影模糊，仿佛随时会消失。这个人如同豺狼，又若魔鬼，气息恐怖，笑声让人头皮发麻。

谁都不会忘记，是他发动的第一击，一柄杀剑刺穿石昊的眉心，袭杀成功！

毫无疑问，这将是他人生路上辉煌的一页，杀掉一名修出两股仙气的绝世天才，这是何等可怕的战绩？

“给我开！”

钧道大喝，催动银色战矛，战矛发出太阳般璀璨的光辉，就要震裂石昊的肉身。

“住手！”那位超级阵法大师无比焦急地喝道。

“当！”

随着一声剑鸣，天国的王者出手，他以杀剑击在银色战矛上，化解那可怕的符文。

“为何？”钧道目光闪烁，问道。

“这具躯体修出了两股仙气，比神药还要稀有，价值连城！”天国的王者说道，阻止他出手。

“不错，这具躯体我们要了，同你们交换！”超级阵法大师说道。他盯着这具肉身，露出热切的神色。很明显，他无比渴望得到。

他们这样一说，所有人都脸色大变，拥有两股仙气的肉身绝对价值无量，只是不知道日后是否能保证仙气不散。

古圣子蹙眉道：“他的元神不在体内，并非被钉杀，奇怪！”

“咦？的确如此，他的元神呢？怎么不在？”原住民中有人惊诧地发出疑问。

黑暗牢笼内，石昊元神战栗，一阵剧痛，不知道为何，他觉得阵阵心悸。

“发生了什么？我的元神没有受损，怎会如此？”他的灵魂悸动，像是有可怕的事情正发生在身上。

“难道说，多年不曾回去，我的肉身已经腐朽？”石昊心头震动，在他的感知中，此时已过去了千年、万年。

这是黑暗侵蚀让他生出了错觉。

“破！”石昊继续轰击黑暗牢笼，曙光早已经出现，此地扭曲，虚空裂开，他即将脱困了。

唯一的麻烦是，找不到归路，他不知道怎么回去。

黑暗无边，哪里是归途？

时间长河奔腾，一座又一座黑暗牢笼随之漂流，他想要找到回路，不知道还要花费多长时间。

外界的山腹内，许多人都得悉了这一情况，个个无比吃惊，全都戒备了起来。

“真是奇怪，他的元神去了哪里，怎么看不见？”

“这应该是传说中那样，他肉身得道，修出了仙气，但在最紧要的关头失去了元神！”原住民中有人说道。

“没错，仙古纪元有这样的人，而且都是最了不起的奇才，天资聪颖，超凡入圣。这种人想要更加强大，所以于密室中闭关，结果却空留肉身，不见元神。这样的人不止一例！”阵法大师说道。

人们闻言都不禁动容，这种事情很诡异，有点匪夷所思，同时也让他们惊叹，荒太厉害了，可比肩上一纪元那些得天独厚的奇才。

“我真的很好奇，在密室闭关，元神究竟去了哪里，即便是死去，也该有魂魄碎片留下的痕迹吧？”有人道。

“诸位，请退开一些，让我来尝试一番，看一看他的元神碎片是否还在。”古圣子说道。

所有人都心中一凛，神庙与世长存，他们掌握有《九天十地经》，号称世间最高传承，仅有寥寥可数的几种天功可与之比肩，威力不可想象！

古圣子盘坐下来，与石昊的肉身保持一段距离，接着开始口诵真经，一个又一个神秘符号绽放，没入虚空。

这犹如招魂曲，又似镇魂歌，上冲九天，下入九幽，无远弗届。

古圣子的嘴里飞出一个又一个神秘符号，这些符号灿烂无比，如金属铸成的字，烙进虚无之中。

“这是什么声音，奇异的字符汇在一起，像是唤魂一般。”石昊惊异不已。

他的元神强大得惊人，击穿了牢笼，已经脱困。此时，他独自站立，正在寻找归途，忽然听到奇异的声音，看到模糊的符号，他甚是吃惊。

石昊迈步，朝着神秘符号的源头前行，想追寻下去看个究竟。

外界的山腹内，所有人都静静地看着古圣子诵经。古圣子神情庄严肃穆，他周围的虚空中符文密密麻麻，璀璨如星河垂落。

“呵呵……”钧道漠然地看着石昊的尸身，冷笑出声。

此时，他依旧持着战矛，虽然没有毁掉石昊的躯体，但还在挑着，静等最后的结果。

此刻，谁都知道，石昊的肉身比神药还珍稀，一旦夺舍，那将是惊世的大造化，会拥有两股仙气！

“还真能召唤出他的残魂吗，有必要吗？”有人低语道。

“有，这样杀一具躯壳有何用，毫无成就感。我想看一看，他残碎的神识被拘禁回来后，发现这个结果后会是什么表情。”钧道张扬大笑，笑声中能让人感觉到森森寒意。

虚空中，石昊一步一步前行，竟追寻到了起点！

原本，依照他自己的推测，想要回归，多半要耗费很漫长的时间。

不承想，这么快就看到了光明！透过模糊的虚空，他即将要踏出黑暗之地。

“嗯？”一刹那，石昊有所感应，因为此时他距离肉身很近了。当他感知到了一切，一下子明白发生了什么，不由得大为震怒！

“轰！”

迈出黑暗的刹那，石昊的元神直接回到了头颅中。一回归肉身，剧痛便让他忍不住想长啸。

他倏地睁开了眼睛，而后双手猛力握住了那杆插在自己胸膛的银色战矛，目光如太阳那么绚烂，且带着无尽的怒火，杀意顿起。

“你……”钧道震惊不已，身体顿时一颤，这不是残魂！

“杀！”石昊满头长发乱舞，瞳孔中绽放恐怖的光束，对钧道雷霆出手。

第676章 两道仙气之威

WANMEI SHIJIE

“活了，他还活着！”钧道大吼，向所有人示警，也是要他们支援。因为在这一刻，虽然他以银色战矛挑着石昊，但心有惧意。

此刻的石昊气息太可怕了，宛若一条人形凶龙出闸，眼睛炯炯有神，又带着火光，仿佛可以焚掉苍天。

石昊一声大吼，犹如惊雷。虽然被人挑在半空，但他仍可以用神音攻击。

“啊——”

钧道如遭雷击，浑身一震，脸色苍白。

“轰隆！”

石昊吼出的气流如同山洪之音，化成滔天波纹，翻腾着白茫茫的气浪，如一座大山一般砸了过去。

钧道张嘴“哇”的一声大口咯血。很难想象这个敌手究竟有多强大，张口一啸，竟若惊雷击长空，让他浑身剧震。

钧道双手持战矛，目光冰冷，猛力震动兵器，哪还顾得上阵法大师此前的劝告，这肉身即便是再好也不能留！

“锵！”

这个时候，他动用了全力，双臂猛震，银色战矛发光，希望将石昊击得爆碎。

“哧！”

在这一刻，石昊仅用一只手抓住战矛的杆，阻挡它爆发符文毁掉自己的肉身。

另一只手则高高抬起，而后猛力斩落，伴随着一道刺目的光，他的手掌宛若天刀一般，“锵”的一声，将银色战矛斩断。

“砰！”

石昊稳稳地落到地上，探手就向前抓去。

所有这一切都发生在电光石火间，快得让人反应不过来，没有人会想到荒还会活过来！

怎么回事？

荒的眉心都被钉穿了，心脏也已被战矛刺透，分明已经殒命，如今居然还能死而复生，这也太匪夷所思了！

荒的复活引发了大乱。所有人都心中发毛，他这一刹那间表现得太强势了，如果让他恢复战力，那还了得？也许很多人都要死在他手下，所以，在场的人全都出手了！

钧道疾速后退，他知道自己不是荒的对手，哪怕荒现在身体龟裂，重伤垂危，但毕竟修出了两股仙气，这造化，凭他一人不可能与之匹敌！

修出两股仙气，这绝对是无敌的神话，也是不可思议的成就，辉煌得难以想象，一旦传出去，定会震动十方！

然而，石昊的速度更快，他一闪而没，在原地留下一道残影，快速追了上来。

其他人也出手了，但都跟不上他的速度，因此攻击全部落空了。

“为什么要招残魂？”在这一刻，钧道大恨，后悔而又震怒，对古圣子生出怨念。

居然将这个煞星救活了，这实在是让人哑口无言，他恨不得剁自己这一方的人马一刀！

“还往哪里走？”石昊一声断喝，出现在钧道的身旁。他如浮动的光，快到身体都模糊得看不清。

“杀！”

钧道大吼，竭尽所能，动用了一切力量。只见他全身浮现出成片的符文，从头到脚都被覆盖了，密密麻麻的。

他动用了最极限的力量，只是为了挡住石昊的进攻，想跟这个煞星拉开一段距离，等待救援，此时只要熬过去就能活命。

“轰！”

无尽的符文绽放，炽盛无比，这是他的神通——钧天术，雷霆万钧，号称连天都可以征服，神威不可测！

攻势形成一股气浪，化成一团可怕的光，向四面八方席卷开来。当场就有很多人被这股波动震得横飞了出去，大口咯血，身体遭受重创。

这是顶级的神通，攻防一体，无坚不摧！

一团光笼罩着钧道，他居于中心，宛若一轮太阳，绚烂而又刺目！

“砰！”

一声轻响，只见一条手臂带着摧枯拉朽的气势，直接探进光幕中。那钧天术当即失效，根本不能阻挡石昊的右手臂。

石昊的神色带着冷意，径直击破超绝神通——钧天术。

“什么？”钧道色变，额头青筋直跳，冷汗打湿了后背。

“破！”他大喝一声，以断矛格挡，之后将它飞速抡动起来，断矛如同一轮小太阳砸落下来，顿时符光绽放。

“咔嚓！”

让他惊悚的是，石昊的那条手臂缠绕着仙气，直接就将他的断矛拍碎了，继续向他抓来，看那情势，完全不可阻挡。

钧道大惧，下意识地用手臂格挡，更是轰出最为强大的一拳。

“砰！”

石昊右手前探，抓住了他的拳头，而后猛地一用力，发出了“嘎嘣”一声。

这声音让人牙齿发酸，汗毛嗖嗖倒立，所有人都睁大了眼睛，而后不由得止步，因为眼前的一幕实在太可怕了。

钧道一声大叫，满脸血色尽失，他的那只拳头被石昊抓住后，如同被夹的核桃般，彻底断了。

这是何其可怕的力量！

一位古代怪胎最凶猛的一拳就这样被化解了，还被抓断了手骨，这一幕让众人脸色苍白。

“啊……”钧道大叫，那只拳头燃烧起来，他不顾一切地想要摆脱石昊，甚至不惜自断手腕，并试图让那只正在燃烧的拳头炸开，将对方重创。

石昊舍弃他的拳头，一下子就抓住了他的手臂。

“不！”钧道大为惊悚，快速振臂，口诵咒语，加持在自己身上，并且全力催动符文，用那臂膀撞击石昊。

“喀！”

这一声响是如此清脆，也是如此可怕，很明显，有骨头断裂了。

“噗！”

接着，更为可怕的事情发生了，石昊如同一个魔王，只是稍微一用力，就将钧道的那条手臂打到经脉尽断。看他的样子，仿佛对待一个稻草人一般，根本没费什么力气。

“砰！”

石昊一把攥住了钧道的脖子，将他拎了起来，冷眼看着所有人。

钧道拼命挣扎，但是他此时的反抗苍白无力，根本起不到任何作用。

在石昊的身上有两股仙气缠绕，他万法不侵。

这一刻，人们震撼不已，所有人都止步，看着前方。

这就是修出两股仙气的人吗？强大得可以傲视古今，此等成就当真是辉煌到极致，谁与争锋！

“不该招魂，不该那样做！”有人颤声道。

此举简直像是打开了地狱之门，一下子放出一尊魔神，让人悚然心惊。面对此情此景，在场的众人深深地生出一股无力感。

许多人脸色发白，一阵默然。

可以说，这是自找的，原本荒的肉身都失去元神了，结果古圣子施展《九天十地经》，竟将他接引了回来。

“为什么会这样？他的元神刚才在哪里？”有人不解地问，心中充满了不甘。

古圣子的心里泛起一阵苦涩，真不知道说什么好。至于其他几个重要人物，比如说天国的王者等也是如此。

他们的本意是想弄清楚石昊的残魂的去向，解开千古之谜。

因为听原住民讲，在上一纪元也曾有绝世天才发生这种情况——修出了第二股仙气，元神却不见了。

古圣子掌握着号称“最高传承”的《九天十地经》，能够招魂，结果回归的不是残碎的神识，而是一个完整的元神。

石昊听着他们愤怒的吼声和议论，明白发生了什么，当即露齿一笑，道：“谢谢！”

这一刻，古圣子差点吐血。他的脾气不算火暴，但此时也险些发出一声大吼，因为太窝囊了，他居然助敌归位。

“有话好说，请放开钧道。”有人求情。

“都是因为《九天十地经》啊！”天国的王者低语道，他觉得憋屈，因为这个结果糟糕透顶。

“不作死就不会死！”石昊冷冷地说道。

这句话一出，古圣子等人体内血液奔腾，如大河呼啸，却说不出话来。

“荒！”钧道咬牙吼道。落在敌人手中，他觉得无比屈辱，不管怎样说，他曾经是古代的王，居然落到这一步。

石昊胸口起伏，身体传来阵阵剧痛，他的心脏部位曾被战矛刺穿，伤势太严重了，还好他修出了两股仙气，有与众不同的造化。

“将我挑在矛锋上，你是第一个，上路吧！”他轻语道，对钧道出手。

钧道大叫，他不想死，仍在奋力挣扎。到了最后，他更是要自爆躯体，想玉石俱焚。

可是，这一切都是徒劳的。

石昊扯住他的身体，就像是撕纸船般，仅几下而已，将他扯得四分五裂。

“噗！”

最后，石昊更是将插在自己身上的断矛拔出，钉进其眉心。

钧道殒命了，跟石昊不一样，不可能有人接引他回来，因为他的元神被击杀了。

形势逆转之快让人咋舌，刚才还是钧道以银色战矛挑着荒呢，可现在，荒复活了，钧道被击杀了！

“嗯？”石昊眉心一跳，他的元神如今强到不可思议的境地，感应到那阵法大师暗中动了，正在祭阵旗。

“哧！”

只见一道浮光闪烁，石昊已经冲了过去，只留下一道残影。

“拦住他！”

天国的王者大吼，命令众人抵住。

很多生灵冲了上来，包括部分原住民。也许可以用法阵击杀他，但他们必须给阵法大师足够的时间。

大旗猎猎，阵法大师手段惊人，当场就已经祭出了一排杀气滔天的阵旗。

然而，石昊的速度快到难以想象，他周身缠绕着两股仙气，刹那就到了近前。他一记掌刀划过，只听“噗”的一声，一代阵法大师当场毙命，所有的努力都白费了。

石昊并不停留，又冲向天国的王者，以指代剑，刺向其额骨。

天国的王者汗毛倒竖，过去一向是他袭杀别人，可是现在，他觉得如同猎物般被人盯上了。

古圣子盘坐在远处，他口诵《九天十地经》，要出手镇压石昊。不久前将其元神接引回来是最大的错，他要补救。

“哼！”

听到那经文声后，石昊只是重重一哼，那一哼中蕴含着强大的神识之力，比经文声还要恐怖。

古圣子顿时身体剧震，眉心龟裂，淌出殷红的血。他震撼无比，这是何等强大的元神力？只差一点，他就着道了！

“咄！”

石昊又是一声轻喝，如惊雷般在虚空中炸开，周围很多人被震得四分五裂。对古圣子来说，最强的一股神识之力又袭来了，让他眉心又多了一道裂痕，不断有鲜血淌出。

这不得不让人震撼！如此元神力，仅仅横冲直撞，就足以杀伤大敌，实在可怕极了。

“锵！”

场中央，石昊双手夹住了天国王者的滴血神剑，猛力一震，此剑发出哀鸣声，几乎要被折断了。

“斩！”天国的王者大吼，他是行走于黑暗中的猎杀者，此时却被逼到这一步，不得不选择硬撼。

“嘎嘣！”

那滴血神剑绝对是超凡神物，但是一声脆响之后，还是被石昊用双手夹断了。众人仔细一看，发现他的左右手各缠绕着一股仙气！

“这……”众人无比震撼，这还怎么打？这个家伙修出了第二股仙气，简直不可战胜！

“砰！”

石昊接连出重手，顿时法印展现，浮光滔天。

天国的王者周身也缭绕着一股仙气，显然，动用了一切杀生大术在对抗。

“砰！”

可是，他终究难敌修出两股仙气的绝世人物，只一个照面，就被震飞，浑身都是伤口，如精致的瓷器坠落在地，虽未破碎，但裂痕密布全身。

“噗！”

下一刻，天国的王者没有顶住石昊的雷霆一击，身体寸寸断裂，从脚部开始，一直向着上半身蔓延。

第677章 凶龙出闸

WANMEI SHIJIE

天国的王者，号称最危险的人之一，行走于黑暗中，手持滴血杀剑，刺杀天下群雄，可是现在却遭遇了大劫。

他低吼着，全力催动天国的秘法，浑身血光大盛，想阻挡那种圣力，以保全己身。

然而，石昊那一击伴着两股仙气，造成的伤害不可想象，他根本就没有办法扛住，裂纹一路向上蔓延，根本停不下来。

“啊！”

行走于黑暗中的猎杀至尊大吼一声，模糊的身影在虚空中显化，露出真容。他拥有一头暗红色的长发，颜色跟他的杀剑一般。

他动用全力，催动自己的那一股仙气去阻挡石昊的攻击，想保住肉身。

可是，他的那股仙气被击溃了，虽然快速散去后又重新回归上半身，但是根本挡不住两股仙气的力量，毕竟他们的实力有不小的差距！

“噗！”

他的肉身又一次破损了。

但石昊不依不饶，一步迈出，再次出击。

天国的王者疾速倒退，满头暗红色长发飘舞，目光冷若冰雪，一句话也不说。

至此，人们才从震撼中醒转过来。刚才的激战太快了，无比惊人，众人都反应不过来。

“天啊，猎杀者中的至尊居然落到这一步田地，连肉身都破损了！”

众人都呆住了，号称刺杀尽天下奇才的天国王者居然肉身破损，情况很不妙。

这位杀手至尊即便不敌，也应该可以躲在暗中袭杀，从来不会吃亏，可是今日竟遭受了这种重创。

“能退到哪里？”石昊开口，他看起来是在平缓地迈步，可在他周围有斗转星移、时间凝固的异象。在法则的笼罩下，他身体发光，神秘而超然，快速靠近杀手至尊。

突然，他一声闷哼，心脏部位有血淌出，还有眉心也是如此。

他在冲关时就已经遭受重创，身体四分五裂，而元神离体后更是遭遇了天国王者与钧道的袭杀，眉心、心脏、头骨皆伤痕累累，幸亏刚才魂魄离体，没有性命之忧，但是肉身的各种隐伤此时全面发作。

原本他的肉身在闭关时就龟裂了，被两股仙气强行缠裹在一起，才没有崩毁，现在各部位不断溢血，快要解体了。

当然，最为严重的是心脏部位，那里空了。

强劲的心脏不在，他需要催动法力，靠法则抽取血液中的力量，这对于肉身来说是一种巨大的负荷。

元神可以超脱，但肉身是根，无论多么强大，也离不开它。

“噗！”

从石昊的心脏部位喷出一道难以封住的血箭。

“就是现在，出手！”天国的王者喝道，他一直很冷静，即便失去了部分肉身，也没有绝望，仍在等待机会。

众人惊疑不定，石昊的肉身上虽然裂痕密布，如同瓷器，随时会“砰”的一声碎掉，但是战力摆在那里。

不远处，古圣子以行动响应，一直在口诵真经，此时经文声更加洪亮了，化成一道又一道光冲向石昊。

这是《九天十地经》的威力，四野茫茫，金色文字笼罩虚空，将石昊镇封在那里。

“呵呵……”石昊一声冷笑，即便身体糟糕到极致，他依旧不曾惧怕，一拳轰出，击碎经文，杀向天国的王者。

“镇！”

只见一片杀光掠起，天国的王者一声长啸，催动秘宝。那是一杆白骨幡，带着煞气，还有无边的魂力向前扑去。

荒太可怕了，其势摧枯拉朽，没有什么可以阻挡，他身负重伤，被逼入了绝境，不得不动用最强手段。

这白骨幡是一件极其强大的秘宝，曾经被无穷生灵的血液浸泡，更是炼进了数不清的魂灵，此时摇动起来，天崩地裂，神哭魔嚎。

“砰！”这座山炸开了。

即便山腹内还有成片的残阵，此刻也全面瓦解，山体随之崩塌。

一瞬间，乱石穿云，巨石滚落，四面八方都是烟尘。山脉深处一片大乱，各种神禽与凶兽全都在眺望。

那白骨幡带着天国的至强印记和滔滔不绝的符文，对准了石昊压落下来。

在其后方，尸骨如山，血河数千条，看上去浩瀚无边，跟着这白骨幡一起压落，将石昊全方位封锁了。

“此时不出手，更待何时？”天国的王者喝道。

这一刻，追随而来的人猛然惊醒，祭出各种宝具，演化出数不清的符文，向石昊全面扫来，如同一股风暴，瞬间席卷了这片破败的山地。

“砰！”

剧烈的大爆炸声响起，那是符文在碰撞，是宝术在冲击，彼此共鸣。

石昊的肉身虽然龟裂，还在淌血，但是此时他如同一条出闸的凶龙，所向披靡。他腾跃而起，打出一则宝术，四方成片的符文随之暗淡，紧接着，他将上苍宝术与雷帝秘术合一，化成炽盛光芒，横扫诸敌！

“噗！”

随着这声响，一具又一具强者的尸体坠落，临死前脸上都写满了惊恐与后悔。荒就是重伤垂危，也不是他们可以撼动的。

转眼间，许多人都毙命了！

“咔嚓！”

石昊手持一口仙剑，向前斩去，破开了血光，去镇压白骨幡挟带而来的那片尸山！

“哧！”

大罗仙剑离手而去，从天而降，镇压在尸山与血河间，让那里全面崩溃。

与此同时，石昊的真身到了。只见他双手结出一道法印，两股仙气缠绕在十指之间，迅速向前拍出，全部击在白骨幡上。

一瞬间，所有魂灵的哀号声，以及滔天的血气都崩开了，统统消失不见。

“咔嚓！”

随着一声巨响，白骨幡出现了裂痕。

这是一件超级神灵法器，能够从三千州带进仙古遗地，绝对称得上极限兵器，可此时依旧是被损坏了。不是毁于大罗仙剑，而是被石昊那缠绕了两股仙气的法印击断了。

“还往哪里走？”石昊冷声道，盯着天国的王者。

与此同时，他缓缓轰出一拳。

这一拳无声无息，隐约间可见到时光碎片。那是轮回拳，经历过十丈密室以及不久前的黑暗牢笼，完成了一次蜕变。

此时的轮回拳，不仅携生老衰败之力，还有时光碎片在飞舞，异常妖艳与绚烂。

天国的王者竭尽所能，燃烧自己，试图对抗石昊的这一超绝宝术！可惜，依旧不行。他被这一拳打中，自身宝术溃散，全面炸开，而仅有的肉身也龟裂了，化成碎块。

“嗯？”

突然，石昊惊异地看到了一扇模糊的门户，天国王者的肉身与元神都想冲进去。

“镜面空间，神门开启！”那元神吟诵着咒语。

隐约间可见，他要在镜面内显化，在对面成形，一旦成功，将会从原地消失不见。

“一次又一次针对我，还想逃走？”石昊说完，一拳轰出，时光碎片飞舞。只听“轰”的一声，那镜面炸开了。

与此同时，天国王者的肉身与元神都破碎了。他不甘心，想化成万道流光遁走。

“嗡！”

石昊双手结成封印，化成一个天地炉。这是闭关时所用的手段，原本是熬炼己身用的，现在则封住了天国王者。

“炼化！”

“砰！”

一瞬间，他以强大法力将这位冷血至尊化成灰烬！

天地炉消失了，石昊大口喷血，身体上的伤痕越发严重了，有些部位都将要离体了，比如说手臂。

两股仙气发出光芒，强行缠绕、包裹他的身体，令肉身拼接在一起，并且又堵住了心脏部位以及眉心，不让血气继续衰败。

“还有你！”

即便负了这么重的伤，他都没有后退，而是向前逼去，要跟古圣子对抗。

古圣子也没有走，因为他知道，自己被石昊锁定了，今日不可能善了。

古圣子身体发光，口中诵念咒语，召唤九天十地中的战魂。顷刻之间，经文震天，神火燃烧，这片破败的山地一下子沸腾了。

“轰！”

伴随着巨大的声音，一具又一具模糊的身影在此显化，融入他的躯体，跟他合体，顿时使他整个人的气息强盛到了极致。

《九天十地经》高深莫测，这只是其中的一种运用法门，也是古圣子最为精熟的！

“砰！”

石昊毫无畏惧，跟他对抗，事实上，是在与天地间残留的英魂对决。

一时间，这个地方光雨成片，天翻地动，茫茫四野，全部是杀气，全部是战气。

石昊有伤，不能使出全力，不然他的肉身很快就会解体。但是他弹指间，“一株草”的剑意浮现，流光成片，全部是剑芒，无坚不摧，向古圣子射去。

“当！”

古圣子的拳头砸在那些剑芒上，居然发出了惊人的金属颤音。

石昊目光一闪，蓦地想起此人浸泡过神秘宝液，那池中有混沌气，神秘莫测，可让肉身坚固不朽。

连古圣子的宠物金纹白虎的爪子上都有混沌光，强大无比。

而古圣子自己更是整具躯体都浸泡过那种宝液，自然战力惊天！

“没时间耽搁了。”石昊轻语道。他的肉身情况很糟糕，身上的裂痕越来越多了。

“哧！”

他祭出缠裹着两股仙气的大罗仙剑，那锋芒如一道长虹，射向前方。

“噗！”

即便是肉身浸泡过神秘宝液的强大无比的古圣子也难以抵抗这样的攻击，他的身上瞬间被剖开了一道可怕的伤口。

“杀！”

石昊喝道。在激烈对抗中，他运转各种宝术，大罗仙剑发光，破开对方所有防御，刺入其眉心！

古圣子危在旦夕！

第678章 最强者现身

WANMEI SHIJIE

这么容易?

远处的观战者全都头皮发麻，暗叹连古圣子都要殒命了吗?一日之间三大王者接连毙命，这太让人震撼了!

“嗯?”

大罗仙剑剑锋如虹，煌煌之光令日月失色，无比绚丽。它以摧枯拉朽之势刺入了古圣子的眉心，却并未从后脑穿出，这让石昊一惊。

怎么回事?其他人也惊愕不已。

仔细观察之后，人们全都震惊了。

只见古圣子的眉心上虽有血痕，但那里居然有一扇门户开启，那门户喷薄光彩，神圣无比，从中还溢出了一缕缕混沌气，如一座古洞府，将大罗仙剑吞了进去。

这是何种神通?在眉心形成门户，居然连那么锋利的大罗仙剑都能吞进去，这太不可思议了，让人无法不悚然心惊。

这一刻，众人对古圣子的评价一下子变了——此人了不得!

人们终于意识到，任何一个古代怪胎必然都有其过人之处，不然何以称尊一世?

“九天十地，神魔融合，灭杀!”古圣子大吼道，此时他已杀红了眼睛。

霎时间，庞大的身影从天地各处俯冲而来，与他的肉身融合在了一起，这是英灵，是昔日战死的强者遗留下来的残魂。

“轰!”

这一击下去，顿时天崩地裂、飞沙走石、神哭魔嚎，简直太诡异了。

一阵阴风席卷了整条山脉，让许多重达数十万斤的巨石像落叶一般漫天飞舞，砸得虚空轰鸣，连天上的云朵也全部散尽了。

“砰!”

石昊跟古圣子对了一掌，顿时肉身剧痛，因为他身上的伤口实在太多了，早先就已经四分五裂了，这种对轰对他很不利。

古圣子躯体发光，丝丝混沌气自他的毛孔向外喷发，他的肉身被神秘宝液浸泡过，坚固不朽。

他最忌惮的就是大罗仙剑，而现在大罗仙剑暂时被他收走、禁锢了，这让他多少松了一口气。

天地间惊雷不断、闪电交织，那是两人肉身拼杀的结果。英灵战魂加入后，更是神哭魔嚎、阴风呼啸，许多山峰都被吹得拔地而起，在高空中爆碎。

这种景象异常恐怖！

“砰！”

古圣子又是一击。石昊浑身是伤，鲜血从原先的伤口中向外喷涌着。

难道古圣子会翻盘，将荒击杀？原本要逃的生灵们都止步了，在远空看着，等待结果。

古圣子燃烧神力，让自己的速度达到极致，逼石昊与他进行肉身对拼。他看出石昊的躯体已密布裂痕，对他来说，这是最好的机会。

石昊承认自己现在的状态的确糟糕透顶，不宜激战。可是，这些人都联手来杀他了，若这次被他们走脱了的话，下一次就不知道什么时候才能有机会击杀他们了。

这一次，他已修出第二股仙气的消息注定会震动“仙古”，诸多小千世界的强者恐怕都会知道，对手也会开始躲他。

“轮回！”

石昊轻喝道。他祭出这一宝术时没有神力波动，也没有浩瀚符文，只有简单的一拳！

起初，并无摧枯拉朽的力量出现，甚至连时光碎片都消失了，有的只是平推而进的一拳！

“嗯?！”古圣子一惊，心中涌起阵阵凉意，快速躲开了。

“嗡！”

突然，石昊的拳头发光，但从中爆发而出的依旧不是神力，而是秩序神链。神链“哗啦啦”作响，从他的拳头中冲出。

“当！”

数十条秩序神链带着时光的力量全部击在了古圣子身上，虽然没有刺透他流转着混沌气的躯体，但至少将他缠住了。

“给我开！”

古圣子大喝一声，预感到情况不妙。

然而，这数十条神链非常坚韧，并未断裂，它们荧荧发光，越勒越紧，简直要没入古圣子的皮肉中了。

“不好！”古圣子大叫道。这神链奈何不了他的体表，却让一股莫名的法则进入了他的体内，疯狂地冲击着。

他的体表肌肤坚固不朽，与不灭金身相比有过之而无不及。

但是，他体内的脏腑不曾得到宝液的滋养，无法抵挡这透过体表、直达体内的规则与秩序的力量。

“为何防御不住?！”古圣子震惊地吼道。那秩序神链仿佛勒进了他的躯体，让他无法抗衡。

仙气!

很快，他顿悟了：石昊的那两股仙气融入了这秩序神链中，它们带着法则奥义，可以透过体表，闯进自己的躯体内。

“不！”

古圣子大叫一声，而后口诵《九天十地经》经文，快速挡住秩序神链，同时祭出自己的那股仙气，以驱赶体内的力量。

“嗡！”

突然，他身体一颤，快速老化，显然是轮回的力量起作用了。

“没用的，你早先招魂，将我从黑暗虚空中引了回来，所以你的肉身对于我来说就好比一座灯塔，如今也是如此。我的仙气会跟你产生共鸣，你是挡不住的！”石昊说道。

一瞬间，古圣子被秩序神链束缚着，身体机能迅速下降，像是苍老了上万年。

最为可怕的是，他眉心中的那扇门户也变得不稳，开始摇动了。

“噗！”

大罗仙剑从门户中冲出，而后盘旋返回，猛力一斩。

古圣子被斩开，连元神都被劈裂了。

虚空中，各种诵经声都消失了，一下子安静了下来。

古圣子残存的破碎元神想遁走，可惜石昊没给机会，只见他抬手间，一条条秩序神链冲出，封锁虚空，在噗噗声中斩灭了所有光点。

原地只剩下一股仙气了，他一招手，将它卷了过来。

石昊自身的第二股仙气发光，他开始炼化对方的这道淡淡的白气，汲取其精华，好为他所用。

“天国王者的那股仙气呢？”石昊蹙眉疑惑道，“难道被炼化在天地炉之中了？”

至此，古圣子、钧道、天国的王者全部覆灭，一干强敌尽殒。

石昊站在原地，突然心有所感，望向远空。

远山上出现了一道修长的身影，那身影被淡淡的雾气笼罩着，飘逸出尘，如同一尊谪仙。

那是一个年轻的男子，他丰神如玉，有一股得道高人般的气韵，浑身没有一点红尘俗气，超然而绝世。

他身着青衣，衣袂飘舞，手持一支骨笛，身体带着微光，连发丝都散发着光芒，就那样静静地站在那里，宁静而空灵。

他明明是一个男子，却是如此的超凡脱俗，让人望一眼便难以忘怀。

石昊顿时瞳孔收缩，他认出了这个人，因为此人给他留下的印象太深刻了——这男子便是在凶巢闭关的神秘人，曾经诛杀无数天才，当中还包括古代怪胎！

根据龙女在凶巢发现的线索，可以推测出这个人至少出入“仙古”六七世了，每次都在凶巢中闭关。

从目前所掌握的情况来看，这个男子在“仙古”内是最先修出仙气的数一数二的至强者之一。

当日，若非该男子忌惮龙女的祖传龙角、长弓衍的神秘古弓等物，他们多半会没有一人能走出凶巢，都会被他留下。

此时，他竟然又出现了！

此人早就修出了第一股仙气，却始终没有动静，而且还大规模地吸引天才，布局杀了不下二十万生灵，只为修行。

这让人严重怀疑，他这么做是为了修第二股仙气！

这个人的道很特别，须以群雄之血为引，以各族生灵的符文为光，淬炼己身，借此超脱。

“这个人……”

石昊盯着远空，心中一凛。他们之间相距很远，他也不能确定此人现在究竟有多强大。

这个空灵若仙的年轻男子要出手了吗？

“嗯？”

忽然，石昊一惊，他发现在另一个方向的一座巍峨的大山上还有一道不知何时出现的身影。

那道身影站在那里，被混沌气包裹着，十分朦胧，仿佛要超脱出这个世界，独自立于永恒之处。

那个人是谁？不仅石昊惊异无比，就连其他人——包括原住民等——也都心中一凛，觉得此人很神秘，而且他们凭着直觉得知，此人一定超级强大。

就在此时，那个来自凶巢的男子青衣飘舞，手持如玉骨笛横在唇边，吹响了一支悠悠乐曲，那笛音如仙音在回荡，净化了整个小千世界。

一枚又一枚银色符号跃出，像有生命一般，从笛孔飘向远处的山岳，让人沉醉。

笛音如水，化作银色波纹，淌向了远处那个浑身笼罩着混沌气的人，动听的仙曲让整个世界都开始流光溢彩。

此时，万花竞相绽放，草木抽出新芽，百鸟翩翩飞舞，一派奇异景象。

“嗡！”

虚空一颤，在山岳上那被混沌气包裹着的人身边，浮现出了一株很模糊的小树，小树轻轻一摇，所有流淌过去的音符顿时被挡住了。

十冠王！

这一刻，石昊及其他人都脸色大变、震惊无比，第一时间猜到了此人的身份！

因为有传言称十冠王得到了一株仙道小树，并将它植根在了体内。

“天啊，连这两人都来了，荒修出第二股仙气之事把他们都惊动了吗？！”

人们震撼无比。若论实力，这两人皆是排得上号的高手，估计都是“仙古”内数一数二的存在。

片刻后，笛音停止，两人稍触即止。

所有人都惊疑不定，那手持骨笛的男子究竟是何来历？似乎连十冠王都对他有所忌惮。

“嗡！”

突然，远空中圣光闪耀，龙纹密布，天图横空，有一人踏着古卷而来，如踩着万里河山，那画卷中有山川，有星河，壮丽无比。

他雪衣无尘，银发披散到腰际，姿容比女子都要美丽，堪称绝世美男子，看上去完美无瑕、圣洁无比。

六冠王宁川！

石昊眼皮一跳。这可是他的死对头，一个超级恐怖的人物。

宁川之强，不可想象。

他出生时就额生龙纹，背负天图，曾经照亮整片夜空，轰动一世。

虽然他的一道灵身曾被击杀，但也无损于其威名，尤其如今荒的名气越来越大，就更没有人认为那是他的耻辱了。

毕竟当日他只出动了一道灵身，就惊动了石族三兄弟，是他们三人联手才击杀了那具灵身。

“嗯？还有人？”人们震惊地发现，除却三大高手之外，还有人出现在了远空。

“是古代怪胎！他们这是怎么了，居然都赶来了。”认识他们的人不禁惊异地叫道。

第679章 接引

WANMEI SHIJIE

山脉广袤无比，一座座大山如巨象横陈，而这片战场却是一片破败。

所有人都倒退了几步，心中惊疑不定，不知古代怪胎们为何全都赶到了这里，一齐现身，难道都是为了荒？

石昊提着大罗仙剑，也倒退了几步，站到了一个有利的位置，只是此刻他的状态非常糟糕，不宜再战。

而且，他有点心悸，总有种危险的感觉，像是被什么生灵盯上了，搞得他不敢轻举妄动。

“一名、两名、三名……”

有人点了点数，最起码有八九名古代怪胎出现在了这片山脉中。众人闻言不禁倒吸一口凉气。

这绝对是大事件！

“还有人在往这里赶来，究竟发生了什么？”人们惊疑不定。

难道说，是因为荒修出了第二股仙气，如此成就震动了“仙古”，引起了所有人的兴趣？

可是，消息还没有传出去呢，这些人是未卜先知了吗，怎么都掐着时间赶来了？

“一定有我们所不了解的情况发生了。”有人不认为所有强者都是因为荒而来的，于是这般低声道。

来自凶巢的如同谪仙般的吹笛男子、被混沌气包裹的十冠王和脚踏山河图的圣洁无瑕的宁川，都是人们关注的焦点。

这三大高手，出现任何一个都会引起轰动！

宁川的银发如星河般披散在胸前与背后，完美的面庞上，一双清澈的眸子正凝视着石昊。

这两者间注定会有一战，避免不了！

在这里相遇，是他们第一次以真身相见。

只是此时石昊的状态实在太糟糕了，很难与对方血拼，对他来说，眼前的形势不容乐观。

“嗡！”

忽然，石昊感到虚空一颤，有奇异的波动扩散开来。早在他与古圣子对决时他就有过类似的感应，只是当时他不曾注意，现在则露出了疑色。

“在那个方向！”有人指向西方惊呼道。

事实上，在那人开口时，十冠王等人就已经消失，疾速冲向了那个方向。

“轰！”

虚空破开，一座宏伟的宫殿冲撞而出，周围密布着黑色大裂缝，一直向远方蔓延。

这是一座神秘的宫殿，瓦片是金色的，伴着丝丝缕缕的仙雾，散发着神圣气息，看起来庄严而肃穆。

只是现在它还有点模糊，像是被埋在了虚空中，并没有完全显化出来，隐隐约约间，只见巨大的石柱、恢宏的石阶、金色的瓦片等组合在一起，看上去极其壮阔。

这似乎是一座仙宫，带着仙道气息。

手持骨笛的空灵男子和十冠王等人正是冲着它来的，他们一路跟随，最终追到了这个小千世界。

“是它！黄金道宫出现了，也就是说仙道擂台用不了多久也要显化了！”有人震惊道，人们终于明白发生了什么。

黄金道宫一般都是先于那仙道擂台出现的，只要它真正显化了，就意味着“仙古”内的最强争霸战要开始了。

黄金道宫与那座仙道擂台似乎是相连的，只要前者出现了，后者也就不会太远了。

过去曾有人进入黄金道宫，从中得到了神秘造化，后来更是在外界开创了一个不朽的大教！

“它还没有真正显化，快则半年，慢则十年，它应该就彻底冲出虚无地带了。到那时，‘仙古’争雄便正式开始了。”有人叹道。

所有人都知道，“仙古”大决战将会在一座神秘的擂台上展开，只有决战的最终胜出者才会被它传送走，去获取终极造化。

石昊面露异色，他没有想到这场风波竟是因为这座黄金道宫而起的。

“这座仙宫很神秘，偶尔会向外喷薄瑞霞，甚至会有古宝从中坠落，威力强大得令人无法想象。”

即使它尚未真正显化，也会偶尔坠出古宝，异常神秘，古代怪胎自然都是为了它而来的。

忽然，悠悠笛音响起，来自凶巢的空灵男子吹响了洁白的骨笛，欢快的音符与黄金道宫产生了共鸣，要突破进去。

“哧！”

十冠王的身畔，一株小树于混沌气中朦朦胧胧地浮现而出，而后它轻轻一摇，洒落一片烟霞，飞向了那座黄金道宫。

其他人也出手了，不是攻击，而是在交互，想引起这座殿宇的共鸣。

“他们已经开始出手取宝了。”

这个时候，又有人赶到，见到这一幕都很吃惊。

人们都是一路追踪至此的。这黄金道宫已经连续穿越六七个小千世界了，每次都会停驻一段时间，引发群雄逐鹿。

“长弓衍，你也来了，究竟是怎么回事？”石昊发现了一个熟人，便向他传音问道。

“这是上一纪元的道宫，当中有传承，更有仙古纪元的兵器，所以大家都在努力争取呢。”长弓衍说道。看到石昊浑身是伤后，他吃了一惊。

“哧！”

突然，一个璀璨的光团出现，竟如一道长虹般直接冲向了虚空中的金色宫殿。

这一刻，无论是十冠王还是从凶巢来的男子都睁开了武道天眼，露出了惊容，这还是他们第一次脸色大变。

而后，他们果断出手，一起向前扑去。

“天啊，那是什么人，竟敢这样冲撞黄金道宫？那样会被震死的。一般来说，强闯根本没戏。”

“是一个娃娃！那么小，怎么会有如此魄力？不对，那是一个元神！天啊，难道说是……仙胎？”

其他人也反应了过来，立即出手，脸上写满了震撼。

一直都有传言称“仙古”内有各种天材地宝，如圣人木、天神果等，更有仙胎，只是很难见到。

现在，最强大的几位古代王者睁开天眼后，见到了真实的景象，他们都怀疑那就是一个仙胎。

因为那是一个元神，有一尺多长，周身缭绕着混沌雾霭，它化成了一道神秘的流光，直冲黄金道宫而去。

下一刻，最强者出手，可惜晚了，只抓住了一道残影，禁锢住了它所留下的残余混沌气，并没有真的捉住它。

“轰！”

天崩地裂，神哭魔嚎，景象骇人至极。

那仙胎在撞进黄金道宫时燃烧了起来，但它如同飞蛾扑火，就是不肯停下，拼死冲击着，在燃烧了大半后，竟然成功撞进去了！

“这……”人们震惊无比。不要说现在身处战场里的这些人，就算是天神、教主驾临，也没办法就这样贸然闯入。

因为过去有过强行闯关的先例，所有那么做的生灵都化成灰烬，被彻底毁掉了。

而这个仙胎却成功了，尽管它耗损了九成躯体，只剩下一个光团，但终究是进去了。

“有一块匾额！”

有人眼尖，在仙胎身上的最后一抹火光消退前看到了一块金色匾额，上面有两个发光的古字。

“不认识，什么意思？”许多人都不认识那两个字，毕竟那是上一纪元的文字。

好在在场的有原住民，他们是仙古遗民，尽管已经变异，但是某些残破的传承还是保留了下来，只听一人盯着那块匾额低语道：“接引！”

这座黄金道宫竟然名为“接引”，有什么意义？

石昊面露疑色，心中大为震动，因为在看到“仙胎”的刹那，他就觉得有点熟悉，心中也随之掀起了惊涛骇浪！

他并不认识那仙胎，但它周围缭绕着的力量竟带着黑暗牢笼的气息，这让他有了感应。也就是说，它很可能跟他去过同一个地方。

“这是怎么回事？”石昊自言自语道。很快，他就惊讶地睁大了眸子。

难道说，在他破开牢笼、被《九天十地经》招魂而归时，还有一人也因此而踏上了归程？

想到这一可能，他不禁有种毛骨悚然的感觉！

这得是多么老的一个“妖怪”啊，它到底活过了何等漫长的岁月？这简直让人不敢相信，太……太疯狂了。

要知道，他不过被封在那里一段时日，就感觉像是过去了上万载，让他几近发疯。

这个生灵极有可能是上一纪元的修士，被困了千年万载。它究竟是怎么熬过来的？就算能活着，精神也该崩溃了吧？

“真是……老妖孽！”连石昊都只能如此震撼地感叹了。

这座黄金道宫名为“接引”，难道说与此有关？

一瞬间，石昊想到了太多太多，只觉心中发毛！

在那黑暗之地，时光碎片飞舞，有一座又一座黑暗牢笼，其中一些牢笼里至今还有未熄的光，而他更是看到了两三个恐怖至极、无法想象的璀璨牢笼。

这说明了什么？

那脱困的元神不顾一切地冲进了这座名为“接引”的黄金道宫，这不禁让人生出万千遐思！

“咦？古擂台也出现了！”就在这时，有人惊呼道。

在那古老的金色宫殿旁边，隐约可见有一座模糊的擂台。

那就是最终的战场，是古往今来所有天纵奇才的争霸之地！

那里注定会是最强者以血书写传奇的地方，就连石昊也不禁心中激荡，朝那里望去。

“嗡！”

突然，光芒大盛，那接引道宫和擂台都像是凭空蒸发一般，瞬间消失了！

这次不再是跨界，而是直接消失！

就连手持洁白骨笛的空灵男子和十冠王都没有看到它的去向，人们都无法追踪了。

“难道它只是为了那个仙胎而来，是因它而现的？”有人猜测道，语气中满是不解。

随后，此地一片寂静，无人出声，古代怪胎们都很遗憾。

石昊不再停留，转身就走。

突然，虚空扭曲，有人针对他释放了场域，禁锢了四方，以阻止他离开。

同一时间，那些古代怪胎都望了过来，一个个表情各不相同，有人目光冰冷，有人神情漠然。

他们当中也有人释放了杀意，未加丝毫掩饰，比如宁川。

即便他的姿容完美无瑕，平日里超凡脱俗，在面对仇敌时，目光也一样深邃冷厉。

“呵呵……小友请留步。”一个中气十足的声音传来。

石昊一叹，只得站住。他最担心的事情还是发生了——有天神驾临。其实他早就感应到了，也一直想突然撕开虚空遁走，然而，直觉告诉他，有人早就锁定了他，只是暂时引而不发，随时有可能袭杀他，故此，他一直没有妄动。

果然，有天神来了！还有比这更糟糕的事情吗？古代的最强者都聚集在此，此外还有天神驾临，这实在是令人不得不叹。

第680章 天神马原

WANMEI SHIJIE

来人不高，但身体强健，说话声音响亮，如同一口大钟在轰鸣。

他白发白须，精神矍铄，眼睛如金灯一般闪闪发光，走起路来带着狂风，让周围的大山都震动了，如同一个史前巨人在行走。

石昊一句话也没说，他头上悬着一座装有天河水与诅咒的丹炉，右手持大罗仙剑，左手则暗中拿着记载了《原始真解》万灵图的莹白骨块。

他已做好了血拼的准备，要知道，他面对的可是一位天神，两者从生命进化层次上来说，差距很大。

“小友不必紧张，我们坐下来谈一谈。”这位天神虽然已白发披肩，但是面庞莹白，如玉石一般，没有一点皱纹，看起来就是一中年人的样子，不过他眼中透着太多的岁月的沧桑的气息，想来应该是一个活了很久的老怪物。

“老丈，有何见教？”石昊严加戒备，谨慎地问道。尽管他可以傲视同代人，但在面对这样的老怪物时，还是感受到了巨大的压力，毕竟二人的修行等级间有一道鸿沟。

古代怪胎们也都在远处保持着一定的距离，静静地看着，毕竟这么一个天神出现了，谁都不敢大意。

“有人请我出山，让我对付你，不过我来了之后改变了主意。你已修出两股仙气，此等造诣，足以傲视古今，老朽想诚挚地邀请你去我族做客。”他说道。

话是这样说，但他还是透着一股淡淡的威压，令人心头悸动。许多生灵战栗不已，有种想跪伏下去的冲动。

这是天神威压，不可抗拒！

石昊体外的两股仙气流转，抗拒威压，守护己身，所以他并未受到影响。

“老丈，我如今身受重伤，只想寻一处安静的地方疗伤，待我伤势好转，一定登门拜访。”石昊说道。

他可没有把对方的话当真。对方早就来了，一直锁定着他，如果此人心存善意，断不会让他心头悸动，生出警兆。

“这样就更要去我族做客了，你身体有恙，需要人守护，到了我族，我看谁敢找你的麻烦！”老者大义凛然地说道。

同时，他眸子大睁，扫视群雄，释放出一股莫大的威压。一时间，“扑通”声接连传来，只见许多人承受不住这威压，双腿发软，簌簌战栗着倒在了地上。

远处的一些古代怪胎则露出冷笑，向后退了一段距离，并未说话。

“小友不必戒备，老朽马原跟你一样，同为人族。”他透露出了一则重要信息，他不算是正统的原住民。

“老丈难道是三千州的前辈奇才，一直滞留在‘仙古’，不曾离去？”石昊问道。

“数十万年前，我的祖辈留在了‘仙古’，我是上界人族的后裔。”马原说道，再次出言邀请。

石昊心中惊异。一般外来者在修到天神层次后，不是死去就是发疯，可这老家伙居然还好好地活着。

“老丈，还是改日吧，我已与朋友有约，不能食言。”石昊说道。

虽然他们同为人族，但是他并未感觉到对方的善意。这老人在慢慢接近他，让人心惊肉跳，他已经做好了最坏的打算。

“那就将你的朋友一起请来。”老者马原说道。

他话语依旧平淡，却有种霸道的味道，不再是那么的平和了。

“前辈，我还有事，你总不能勉强我吧？”石昊说道。在此过程中，他开始吞食神药与八珍麒，飞快疗伤。

不过，他这一次受的伤实在太严重了，已经被万道符文火光焚得肉身破烂，短时间内不可能愈合。

“小友，你真是不给老朽面子啊。”马原一边说着，一边目光闪烁地一步一步走来。

石昊则步步倒退，想拖延时间，继续努力疗伤。他拥有天眼通，可以清楚地看到马原盯着他的两股仙气时眼底的炽热与贪婪。

他知道了，对方在觊觎他的肉身，多半是想夺舍，取而代之。

“前辈，你这是要强人所难吗？”石昊问道。

“小友，我好心好意邀请你，你却不领情，执意要走，你这是看不起老夫吗？”马原说着，脸色微沉。

石昊真想给马原一个大嘴巴。这个老家伙分明是想夺走他的肉身，却还如此冠冕堂皇，而后又这样出言相逼。

他如果修为足够，定会直接一巴掌拍死这老东西。

此时，神药与八珍麒的药效终于显现，让他的肉身恢复了一些，并且散发出了阵阵清香，此时他的周身光辉罩体，晶莹灿烂。

“小友，老夫与你好言相说，你还不领情吗？！”马原步步逼近，脸上的笑意早已不见，话语中透着冷淡。

“在这‘仙古’中，种族林立，竞争激烈。”石昊看向四野，周围站着各种生灵，种族众多，而后他又看向马原，道，“同为人族，你不帮我也就罢了，相煎何太急？”

话已至此，他知道没有办法拖延时间了，故此也不再顾忌。

“年轻人，你在说什么？身为前辈，我是想提携你，才邀请你回族中，你却这样对我说话，真是不懂得感恩！”马原沉下脸，道，“你不该如此张狂，而应对前辈尊敬一些。身为人族长者，我有理由教育你。”

“老匹夫，你简直恶心透顶，别再给我满嘴胡言乱语了。”石昊翻脸了。既然撕开了伪装，没有办法再拖延时间疗伤了，当下他自然也就完全不在乎了。

“你竟敢这么对我说话，羞辱人族前辈？我就来教教你该如何做人，跟我去族内！”马原喝道，随后探出一只大手便向石昊抓来。

“你这老混账，也配称人族前辈？不过是一只老鬣狗，被外族人请来对付我的，还在觊觎我修出了仙气的肉身，你还要脸吗？”撕破脸皮后，石昊不再留情面，直接当众打他的脸。

同时，他出击了。

这四野都被莫名的场域禁锢着，无法动用破界符，所以他唯有血拼，冒死冲出一条路。

只见他头上的丹炉突然发光，炉盖打开，河水滔滔，雷光万重，带着诅咒的力量倾泻而下，全部落向了马原的那只手。

“雕虫小技，给我定！”马原轻蔑地冷笑道。到了他这个层次，翻手可覆灭山河，抬手可上天摘星，法力无疆。

只听“砰”的一声，他的那只大手覆盖下来，所有的天河水与雷光瞬间被禁锢，无法再临近其身躯。这就是天神的浩瀚威压，不可估量。

“你这小辈，真是不识抬举！”马原冷笑道。他定住了天河水，而后点出一指，向着石昊压来。

他仅仅出动了一根手指，毫无疑问，这是赤裸裸的轻视。那根手指快速放大，很快变得如柱子一般，压向了石昊，想活活将他镇杀在此。

身为天神，他的实力超绝在上，的确有这样的资格和底气。

石昊愤懑不已。对方欺人太甚，明明是对方眼热贪婪，想夺取他刚刚修炼出两股仙气的肉身，竟然还这么嚣张霸道，真是让他忍无可忍。

一瞬间，他手中的大罗仙剑发出轻鸣，同时他抓紧了《原始真解》万灵图，并祭出了一枚神符。他绝不屈服！

“喀！”

只听一声轻响，当那根巨大的手指压落时，石昊身前的神符出现了一条细微的裂痕，发出了璀璨的光芒。

同一时间，传来一声巨响，原来是那神符发出的光芒击在了那根巨大的手指上。

这一幕异常惊人！

马原闷哼一声，面孔扭曲，瞳孔也骤然收缩，变得愤怒无比，因为他的那根手指居然“咔嚓”一声折断了。

这简直让人难以相信！

堂堂天神在攻击一个小辈时，居然折断了自己的一根手指，这太不可思议了！

“你！”马原大怒，睁大眸子盯着石昊的那枚神符。

石昊大喜，这枚神符跟他身上的破界符一样，都是得自火州大草原的地下废墟，当日他发现深渊下的九龙拉棺时，还看到了一座古城池遗址，在那里寻到了这些古符。

后来，那里发生大爆炸，连青铜宝盒都被击穿了，而这枚守护神符却抵挡了一切，不曾毁灭。

要知道，那青铜宝盒是太古神宝，内蕴一个小千世界，连天神都很难击毁，可想而知那爆炸有多恐怖。

当时石昊就知道了，这神符拥有强大的守护之力，多半能挡住教主一击，故此一直将它留在身边，今日终于派上了用场。

马原恼羞成怒，手结法印，向前劈杀，与此同时，他眉心发光，强大的神识威压笼罩了过来，想让石昊屈服。

“小辈，还不跪下认罪！”他厉声喝道。

“我认你个头！”石昊大骂道。他最恨这种人，同为人族，结果还如此欺凌同族，觊觎他的肉身。

守护神符再次发光，石昊眉心璀璨，元神力暴涨，隐约间竟可对抗天神威压。

“什么？”不仅马原大吃一惊，就连石昊自己也大为震动，有些发怔，而后一下子就明白了。

没想到他在那黑暗牢笼内的收获居然有这么大，他不是不知道自己的元神力激增了，只是没想到竟然快赶上天神了。

虽然还有差距，却也可以勉强相抗。

这绝对是一场大造化！

那究竟是怎样的一个地方？被黑暗笼罩着，那里蕴含着魂力，在那里修行居然可以让元神力激增到这一步。

“轰！”

马原的那只大手再次压落，却又被守护神符阻挡了，无法攻进来。但是他反应很快，这一次没再被那光芒击伤。

“老匹夫，你的实力真不怎么样，还想威吓我？老家伙，我看还是你跪过来吧！”石昊嘲讽道，边说边退，想要离开此地。

“哪里走！”马原寒声道。他发动大神通，向前镇压，铁了心要留下石昊，想灭了其元神，只留下肉身。

石昊任他攻到近前，而后以神符与《原始真解》万灵图守护己身，用元神与他对抗。

“轰！”

突然传出一声巨响，天地崩塌，四野群山皆被压碎，震得所有修士肝胆俱寒、脸色发白，不敢相信眼前的一切。

原来，石昊竟暗中祭出了仙种，仙种的周围还缭绕着母气，撞在了马原的身上。

那天地母气十分密集，无穷无尽，现在它正如同天地的胎盘般在滋养仙种。要知道，天地母气异常可怕，平静时也就罢了，不会伤人，但若是暴动起来，每一缕都可以压塌山河。

马原以大手结印，镇压而下，这般威逼，正好撞上了石昊祭出的仙种，当即天地母气引爆！

天地母气而今是天地胎盘，威力更胜以往，所能引动的力量不可想象，故此马原的手掌当即就爆碎了。

“哗啦！”

与此同时，水流倾泻声响起，只见石昊祭出的丹炉中所蕴含的诅咒之水成功倾泻在了马原的伤口上。

“啊——”马原怒吼一声，一半是因为气愤，一半是因为剧痛。他的面孔铁青而扭曲，没想到自己堂堂天神居然在一个小辈手上吃了这么大一个亏。

这让他情何以堪，让他将脸面放在何处？

第681章 倒霉的天神

WANMEI SHIJIE

猩红的血液洒落，如同一颗又一颗大星砸向大地，山地随之崩塌！

每一滴血珠都可击穿一座山峰，这就是天神的血，蕴含着无穷的威能。

“啊……”惨叫声响起。

有些血珠砸碎了山石，石块与血珠一同溅起，变成更小的血滴，落在部分修士的身上，将他们直接击杀了。

这片区域中有不少生灵，既有三千州的天才也有原住民，一旦有人被落下的血滴击中，便难以活命！

这就是天神的威压，其神力不可揣度！

“怎么会这么强?！天神对于其他神祇来说，果然就如同真龙与天日，高高在上，难以比肩。”许多人脸色发白地叹道。

这片区域顿时大乱，所有人都倒退不迭，唯恐被波及。只是天神的一只手掌裂开而已，就造成了这般恐怖的后果，这让人难以置信。

就连古代怪胎们也都在默默地退后。

此时的马原脸色铁青，面孔狰狞。强大如他，向来都是高高在上的，如今居然被他眼中的一只小虫子击断了右手，这简直无法想象。

但是当他看到石昊的仙种后，目光又不禁由阴森一下子变得炽烈了，这般神圣宝物何其罕见，居然能在此见到一个！

“仙种？真是太好了，这便是在上一纪元也不多见。”马原是出生在这片遗地的，自然知道许多秘密。

“这是为老朽准备的机缘吗？”他哈哈大笑了起来，状若疯狂，不过由于手臂的剧痛，那笑容看起来有点扭曲、狰狞。

马原畅快地大笑着，看了看石昊的肉身，而后又看向了那化成天地胎盘的神秘仙种。

修出了两股仙气的肉身，放眼古今都是超凡入圣的极品躯壳，此时又多了一颗举世难寻的仙种，这让他忍不住想放声长啸。

“嘿嘿，老天你真是待我不薄啊。”天神马原脸上的笑意渐浓。方才他虽然大意了，但是他的绝对实力还摆在这里，要斩杀一个小修士，简直是轻而易举。

他探出手臂，手臂顿时发出璀璨的光芒，先前破碎的手掌和洒落的血液全部倒飞，回到其断腕处，快速重组起来。

这就是天神的手段，法力无边，只要血肉还在，一念间就可重组真身。

“身为人族前辈，老夫就来教教你该如何尊敬长者。”他冷森森地说道。

但下一刻，他脸色大变，跟活见鬼了一般，面色瞬间变成灰白，同时疾速后退，猛力甩动那条手臂，震怒无比。

在他的那条手臂上，一道又一道闪电噼啪作响，那是沾上了天河之水的结果。他起初根本就没有在意，以为自己身为天神，这等雷电还伤不了他，绝对可以轻而易举地化解掉。

然而，此时他才忽然觉察到，有一股阴冷而妖邪的可怕力量在他体内肆虐，居然不受控制，正在侵蚀他的躯体。

诅咒！

这是一种未知的诅咒力量，起初蛰伏未显，而一旦他动用大神通，就全面爆发了。

“啊……”马原惊怒交加。

一而再，再而三地出现意外，让他难以忍受，堂堂天神竟被自己眼中的一只蝼蚁折腾得这么惨，自己还有什么脸面可言？

他手持一杆短矛就要刺出，那短矛是天神法器，但是就在此时，他的嘴里突然狂喷黑血，手臂更是散发出了腐烂的味道。

“什么？！”这一刻，马原汗毛倒竖，彻底陷入了恐惧。原本他还想在擒杀石昊后再解决诅咒，但此时他心都快凉透了。

这是什么诅咒？威力未免也太大了，居然连堂堂天神都受到了冲击，马原只觉好像有数万只蚂蚁在他体内啃噬。

他可是一代天神，区区一个小神祇应该根本就奈何不了他才对，怎么会有如此可怕的诅咒？

“啊——”

马原大叫出声，他浑身剧痛，那条手臂上则浮现出了尸斑，散发出了刺鼻的腐烂气味，异常恐怖。

这种效果让石昊都吃了一惊。他虽然知道这得自仙坟天河的诅咒很可怕，实力越强的人遭受的反噬越严重，当年还曾有教主因它而遭劫，可是真正亲眼见到又是另一回事。

其他人见状，无不感到毛骨悚然，不敢相信竟然连天神身上都发生了这种诡变。

“不对，不止一种诅咒发作，从那丹炉中倒出的河水只是诱因，他自身在‘仙古’内所受到的诅咒也爆发了，那尸斑就是体现。”有原住民觉得从头到脚都在冒寒气，暗暗低语道。

“噗！”

马原非常果断，忍着剧痛，斩掉了右臂，随后脸色苍白地不断运转神力，逼出了一股又一股黑血。

“噗！”

很快，他又自斩了小半边身子。

那半边身子已被黑血浸染得不成样子，他并未停歇，而是快速地逼出了被侵蚀到体内的黑色血液，想要抵挡诅咒。

所有人都看得目瞪口呆，这场面实在太恐怖了！

堂堂天神竟然落得这么惨，不断地自伤己身，仅仅是为了去掉诅咒之力，这一幕惊得一群人遍体生寒。

“太吓人了，这可是天神啊，诅咒一发作，竟然就变成了这般人不人鬼不鬼的样子，真是生不如死！”

马原惨叫不止，不时有血肉脱落，他在虚空中盘坐下来，燃烧自身，焚烧那诅咒。

“老马，慢点来，别把自己削成了骨头架子，多少留点肉。”远处，石昊还在说风凉话。他已经退了出去，站在一个相对安全的地方，进行嘲讽。

“小孽畜！”马原难以保持平静，睁开眸子的刹那，眼底一片血红，今日偷鸡不成蚀把米，让他愤怒到了极点。

此刻他遭遇了至今为止的最大危机，甚至有了性命之忧。

他很想一把抓住对方直接捏死，但是他现在真是苦不堪言，这次还不知道能不能渡过此劫呢。

“你走不了！”马原发狠道。尽管他现在浑身灰白，有尸斑浮现，但他还是没有撤去自己的法力，四野还是被封锁着。

石昊身在这座无形的牢笼中，无法祭出破界符，故而难以真正走脱。

“哧！”

马原张口喷出一道黑光，那是他体内的污血化成的，黑光此刻凝聚成法则，扫向石昊，要将他镇杀。

“咔嚓！”

石昊体表发光，那枚守护神符再次发出一声脆响，出现了一小条裂痕，但光幕并未被削弱，依旧笼罩在他体外。

“老家伙，就你那点黑狗血，还能剩下三斤吗？悠着点，别都放光了，一会儿搞得跟干尸似的，死得很难看。”石昊讽刺道。

他自然是故意的，对方到死也不肯撤去场域，依旧封锁着这里，以至于他无法逃走。

故此现在他只能想办法让对方坚持不住而精神崩溃，被迫撤去封锁，而最好的办法就是引导诅咒进一步发作下去。

所以，石昊便开始大肆地挑衅、羞辱一位天神，以蔑视的姿态在那里奚落个不停，一副站着说话不腰疼的样子。

所有人都有点发蒙。本应是一面倒的战斗，甚至都不能称之为战斗，应该说是天神来虐杀一个后辈，可这结果实在出人意料。

最后受伤的竟是马原，一位天神！

“噗！”

马原向外逼出黑血，黑血带着腐烂的气味，全部射向石昊那里。他一边疗伤还在一边想借此困住对方。

然而，诅咒之力一旦发作，后果便无法想象，他竟感觉有些抵不住了，这超出了他的预估。他心中惶恐，难道自己要殒命在此了？

活了这么漫长的岁月，熬过了数次劫难，如果今日在这里死掉，那他真的会成为一个笑话！

他将成为最可悲、最窝囊的天神。

马原岂能等死？只见他大吼一声，取出了一个紫皮葫芦，疯狂地向嘴里倒着一种液体，这是他平日里用来化解“仙古”诅咒的奇异神液。

然而今日却不管用了，因为石昊所倒出的那些河水中蕴含的诅咒与马原体内原本的诅咒结合在了一起，使其变得更加复杂了。

在震耳欲聋的隆隆声中，马原发狂了，疯狂地燃烧起了自身精血，不惜损耗寿元也要祛除那种诅咒之力。

“嘿，老东西，别急，慢慢来，短时间内你还死不了。我觉得你应该先为自己挖好一个坟墓，免得死后要横尸荒野。”石昊恶毒地说道。

马原没有理会，将他当成了空气。

石昊催动丹炉，再次倒出天河水，想要给马原加把火，马原狠狠地盯着他，以符文震开了，石昊没有得手。

忽然，一块黄色的泥巴浮现。这块泥巴平日里也是被放在丹炉内的，此时被石昊祭出，飞向了天神马原。

马原面无表情，他正竭尽所能地燃烧本源，看到黄泥飞来，他催动法力阻挡，然而，让他吃惊的事情发生了——黄泥虽然受阻，但还是穿过了法力层，击中了他的身体。

“啊……”天神马原怒吼着，那被黄泥击中的部位，竟直接脱落下了一大块血肉，景象十分恐怖。

这块黄泥是石昊从元天秘境中带出来的，得自太阳神藤之手，据传它出自上界无人区深处，虽然不是那块号称可以直接溶化教主的邪泥，但同样可怕无比。

当日，石昊在血色平原与云曦一路逃亡时，曾用它废掉一件接近天神级的超级法器。

在他看来，这块泥巴也许能伤到真正的天神，今日一试，果然威力强大。遭受了重创的马原一个疏忽，再次负伤。

而且，这块黄泥由于平日里一直被浸泡在丹炉内的天河水中，也有了诅咒之力，这对于马原而言无疑是双重伤害。

马原气炸了肺。今日能说是自己倒霉吗？竟接连出现意外。那小子身上的东西太诡异了，稍一大意，就能让他脱一层皮。

“滚！”

马原怒吼一声，一口先天道气喷出，将黄泥震飞了。

“谢谢啊，你不喜欢，我收起来就是，这好东西可不能落在外面。”石昊说着，用丹炉重新收起了黄泥。

“找死！”

马原盘坐在虚空中，就这样横空而来，目射血光，他实在忍不了这个小子了，想不顾一切地将之击杀。

“轰！轰！轰！”

他接连拍了三掌，结果，那守护神符却只出现了三条细小的裂痕，将他的攻击全部挡住了。

“啊……”

马原大叫不止，因为妄动神力，他遭到了更严重的诅咒反噬，情况更加不妙了。

在他的身体上又浮现了不少尸斑后，他惊恐了，知道不能再耽搁了，这样下去的话自己必死无疑，没有一点活路。

随着他的身体越来越虚弱，四野的封锁全部崩开了。纵然为天神，也有无力之时。

石昊大笑。他跟天神比起来，实力差距真的很大，而此刻却是天神马原吞了苦果，被他这样耻笑，这简直如鞭子一般狠狠地抽在了马原的脸上。

第682章 天神令

WANMEI SHIJIE

一代天神竟被人这般奚落，这让马原又惊又怒，同时心中恐惧，怕自己会在这里殒命。

他手持青铜短矛，很想一矛刺死石昊，可惜心有余而力不足。

尽管如此，他出手时依旧是狂风呼啸、山岳崩裂、飞沙走石、草木尽折，随着“嗡”的一声，青铜短矛化成一道闪电刺向了石昊。

石昊并未与马原对抗，而是如一道流光般冲了出去，因为附近的封锁已经破开了，他没有必要在这里拼命，毕竟四周还有古代怪胎等强者在虎视眈眈。

“哧！”

一道璀璨无比的神虹飞来，居然攻向了马原，威力强大。

这是长弓衍以神秘古弓射出的一支神箭，在它所过之处，虚空碎裂，且出现了可怕的异象，无尽的神魔尸体飘浮在四周。

仿佛这一箭射出后，天地间神殒魔灭，惊人至极！

“噗！”

马原身体发光，如大火球般，碾碎了这可怕的羽箭，但是他自身竟也一阵剧烈摇动，所有人见状都是一惊。

不少人看向了长弓衍。他的那把弓绝对可怕，隐约间还缭绕着一股混沌力，透着丝丝缕缕的神秘气息。

随后，人们又看向了马原，纷纷感叹，强大的天神竟虚弱到这种地步了吗？一位古代怪胎开弓，居然就让他的身体颤动起来。

石昊止步，向长弓衍表达了谢意。不过他不想再继续出手了，他现在肉身四裂，状态实在是糟糕透顶。

出乎所有人预料的是，就在这时，马原先一步行动了，他居然一闪而没，径自退走，从此地消失了。

这让所有人惊愕不已，一位天神先石昊而逃了？！

顿时，人群一片哗然。要知道，那可是高高在上的一族至强者，居然就这么跑了！

“喂，老马，别逃啊，咱哥俩叙叙旧，好好谈一谈人生理想。”石昊在后面大喊道。早先是对方冠冕堂皇地说要跟他聊一聊，现在他原话奉还。

马原的鼻子都差点气歪了，他就是见到了石昊的玄祖都能当长辈，这可恨的小子竟敢这么揶揄他，当杀！

“传我天神令，在‘仙古’各小千世界内，追杀荒！”马原大吼道。

他的目光怨毒无比。这次实在太窝囊了，只因一个疏忽，居然就在此遭遇了如此可怕的磨难，甚至差点殒命，真是憋屈透顶。

他临走时的这声怒吼，表达出了他心中的愤懑及怒火！

一位天神想走，在场的生灵自然无人可以阻拦。

“哧！”

与此同时，石昊祭出破界符，没入了一条银色通道中，也从此地消失了。他必须得寻觅一处地方疗伤了。

在石昊离去时，有几股强大的杀气打进通道内，不过并没有影响到什么，他还是顺利离开了。

然而，风波并没有就此停息！

在这个小千世界中发生的事震动了大半个“仙古”，让很多强者惊讶不已，听者莫不变色，都开始关注起石昊来。

“有人修出了两股仙气？这……难道是时光倒流，重回上一纪元了？”

“这不可能，都什么年代了，怎么还会有这种人？就算是在有仙活在世间的古老时期，有这样天纵之资的人也很少啊！”

消息传出，四方皆惊。

要知道，如今大环境已经变了，天地规则不允许再修出仙气了，竟还有人能走到这一步，殊为不易！

这个消息牵动了不知道多少人的心，掀起了一场轩然大波，就连原住民中的强者都被惊动了。

同时，马原长出尸斑、被诅咒侵蚀的消息也传了出去，让许多人愕然不已，心想，连堂堂天神出手都吃瘪了？修出两股仙气的人就这么厉害吗？人们越想越觉得心惊肉跳。

钧道、古圣子和天国的王者全部殒命，这消息也是掀起了滔天巨浪，让“仙古”内的三千州天才莫不震撼。

这三大王者中哪一个不是名动天下的生灵？结果他们偷袭荒之后反倒被杀，这让各族的年轻翘楚都不禁倒吸凉气。

所有人都意识到，荒的崛起已经不可阻挡了，只要他不死，未来的上界就很可能会因他而兴衰!

“谁还敢再找荒的麻烦？此人拥有天纵之资，已经真正无敌了，我看也只有十冠王、凶巢的谪仙、宁川等少数几人才能与之争锋了！”

“不可思议，他崛起得也太快了，一路勇猛精进，已有无敌气势！”

一时间，“仙古”大震，四方久久无法平静。

“谁说无人敢动荒？你们去转一转，许多人都在寻找他，要夺其无上躯壳！”

“发生了什么？”

“马原发布了天神令，请各路友人出手，擒杀荒。”

“什么，竟发生了这种事?!”

消息传开后，“仙古”大乱。

天神马原吃了大亏，险死还生，这是他人生的耻辱，此时他蛰伏在族中对抗死劫，却委托旧友，让他们出手。很明显，他道出了石昊的一切，告诉了那些强者石昊已修出两股仙气，并且身上有至宝——天地胎盘。

因为这些事情即使他想瞒也瞒不住，既然如此，他还不如第一时间主动告知，让那些人去捉拿石昊，将其神识抹杀，带走肉身。

这是超级大事件，连原住民都参与了进来，一些大部落闻风而动，开始在各个小千世界中寻找石昊的下落。

因为，修士一旦修到了天神境，在这片古地中所受的诅咒就会升级，动辄会有发疯、殒命的危险。而传闻修成两股仙气的生灵的躯体也许能抗击诅咒，虽然这毫无根据，只是个别人的猜测，但还是让部分天神动心了。

到了他们这个层次，修为已难有寸进，若是能换一个完美的肉身，说不定会因此而再进一步，甚至踏足仙道!

故此，小半个“仙古”遗地的诸多小千世界都因此而躁动了，有数不清的高手在里面出没、搜寻。

“噗！”

一道血光闪过，一头黄金象应声倒地。

这是一片山地，石昊浑身是血，坐在地上，默默地生起火，将这头黄金象烤熟。

此地十分寂静，只有他吞咽食物的声音。若是以往，他一定会好好品尝一番，而现在却只能狼吞虎咽，没有办法细嚼慢咽。

他已经逃亡数日了，没想到修出第二股仙气一事居然惹出了这么大的风波，现在有很多人都在追杀他。

原住民中的高手太恐怖了。就在这几日间，他已经遭遇了数名天神的袭击，险死还生，无比艰难地逃了出来。

这一路上，他行走在荒山野岭中，出没在不同的小千世界间，不断厮杀。

“身上的伤还始终不好！”石昊蹙眉道。因为这一路上他马不停蹄，一直在激战，根本就没有时间疗伤。

要知道，这可是坐关时留下的大道之伤，最难治疗，若是一般的人被大道所伤，别说痊愈了，根本就不可能活下来。

强如石昊也只能暂且稳住伤势，如果不停下来好好闭关的话，很难根治这种道伤。

突然，象鸣声响起，让整片山地都龟裂了，古岳倾塌，山石翻滚，成千上万的老树都炸开了。

与此同时，虚空中出现了许多黑色的大裂缝，纵横交错。

这种景象异常恐怖!

只见一头比山岳还高的黄金古象从山地中走来，每落下一脚都会让地面崩开数不清的缝隙，更有一些山峰已被它踏平。

这是一位天神，黄金巨象族的至强者。

它就是追杀石昊的几位天神之一，它的黄金躯体皮糙肉厚，根本就打不动，那象鼻子甚至可以轻易地抽碎苍穹。

“又来了！”石昊一叹，手持大罗仙剑，切开虚空，快速地逃离了这片古地。

这头黄金古象不可力敌，石昊遇上它只能遁走。

黄金古象看到地上的象骨后震怒无比，仰天咆哮，一时间，象鸣声震动了这方小千世界。

一日后，石昊又将十几条真神境的虬龙杀了个干净，全都抽筋剥皮，放进鼎中，进行熬炖。

很快，香气扑鼻，让人口中生津的味道弥散开来，要知道这可是一锅龙肉。

尽管它们不是真龙，但也有常人难以想象的血脉之力，蕴含着无与伦比的药性，可以说，这就是一鼎血肉大药。

石昊狼吞虎咽起来，以它们果腹，同时治疗伤体。

因为他身上所有的圣药、神药等都用完了，若没有那些东西他早就死掉了，毕竟情况危急，他伤体未愈，又遭到了天神的追杀。

很快，石昊吃完后便离去了。半刻钟后，一声怒吼在这里爆发，群山万壑都随之摇动起来，连山地都龟裂了！

这是一条庞大无比的虬龙，它粗如山岭，眼睛跟小湖似的，碧幽幽的，带着滔天的杀气。它发现那些虬龙竟就这样被人吃掉了，只剩下一些残骨，不禁大怒。

显然，这也是追杀石昊的天神之一！

……

就在这几日间，“仙古”大震。

因为石昊在逃亡的同时也在不断出手，无论是原住民还是外来者，但凡针对他的都损失惨重。

当然，也有消息称荒遭到几位天神追杀，整个人已经重伤垂死了。

“黄金象族的天才殒命了，虬龙一脉也死了很多真神，龙雀族最强大的几位奇才都被击杀了……”

荒的战绩在人们的口中流传着。

事情发展到现在，不仅外来的天才们震惊了，就连原住民们也惊愕不已，纷纷感慨，这个年轻人实在太厉害了，连杀各族奇才，所向披靡。

“荒，你哪里走?!我定要诛杀你！”黄金古象怒吼道。

“‘仙古’没有你的容身之地，谁也救不了你！”虬龙族的天神咆哮道，当场震裂了苍穹。

一声鸟鸣传来，龙雀族的天神到了，它也来到了这个小千世界，正在追杀石昊。

“本座也来了！”一头通体银白的老狮子也出现了，它发出一声怒吼，震得群山崩裂，显然，它是天神中的佼佼者。

各大天神围堵，石昊的情况无比危急。

“等我突破后，再一个一个找你们算总账！”石昊握紧了拳头，发狠道。这些都是想夺取他的肉身、觊觎他的两股仙气和仙种的人。

“所有人都听着，一旦发现荒，立即禀报！”

几位天神联合起来下达了命令，号令各族修士一旦有消息必须告知，否则将惹来杀身之祸，甚至还会牵连各自的族群。

“我要变强，该突破了！”石昊低语道。

“荒，你逃不了！”几大天神依旧在追寻石昊的踪迹，有天神一声大喝，震动了这方天地。

“哼，你们几个下达个天神令，就想号令我等的族群吗？”一日，人马族、八臂魂族、古魔族等族突然发话，向几大天神提出了质疑。

这几个原住民中的强大族群发话了，要保荒，还有天神杀了出来。

这是小兔子、雪琳和打神石他们搬来的救兵，石昊曾经将柳神的一根枝条送给这几族，故此结下了善缘。

最近，小兔子等人正在人马族中修行，得知石昊被追杀后，他们四处游说，终于请动了几族的强者。

“我看你们谁敢动荒?!”一位老者大吼道，顿时群山崩裂，惊得几大天神都是一颤。

第683章 生死危机

WANMEI SHIJIE

来人鹤发童颜，着一身月白长衣，广袖飘飘，凌空横渡而来，一声大吼让整个小千世界都在跟着摇动。

毋庸置疑，他胜过马原等人，是天神中的绝顶人物。随着他的降临，这个小世界都产生了共鸣。

“魂族的前辈，何至于此？”有人开口道。

几大天神确定荒已经逃进了这个小千世界，都准备收网了，不承想人马族、八臂魂族、古魔族却出面保他，更有一个顶级天神要庇护他。

“你们可知他与祭灵古祖有关？他曾送回来一根金色枝条！”老者说道。

天神交流，便是二者站在小千世界的两端，相距很远，彼此间也能感知，故此他们虽然没有临近，却可以对话。

“祭灵古祖，那太遥远了。这少年不过是一个外来者而已，跟他能有什么关系？不过是凑巧从黑渊下带回来了一根枝条，说明不了什么。”有天神回应道。

“我们已经查清，他的确与祭灵古祖有关，他在外界见到过祭灵大人。”老者幽幽地说道。

“肯定是谎言，祭灵古祖早在上一纪元就已殒命，这个外来者何德何能，怎么可能见到过祭灵大人！”有天神表示不信。

“你们错了，祭灵大人还活着！”古魔族的一位老者激动地站了出来。

“道兄，你太执拗了，若是祭灵大人还在世间，为什么不回归此地？这里可是它的神国。你们所谓的祭灵大人，肯定不过是冒充的罢了。”一位天神嗤笑道。

“都说‘仙古’内有一些族群抛弃了过去，遗忘了祭灵，不再承认大人的地位，现在看来果然不假，你们就是这样的族群！”八臂魂族的老者冷森森地说道。

“或许，你们也已经知道他可能与祭灵大人有关，故此想擒下来探个究竟，是吗？”古魔族的天神也喝问道。

“不知道你们在说什么。即便祭灵大人真的活着，也肯定如经历了轮回一般遗忘了所有，重新开始了，两位又何必活在过去？有些人与事消逝了就算了，没有必要再执意追寻。”

“尔等果然背弃祭灵大人了！”

“道兄当向前看，莫太纠结！”

“这么说，我等想保下那名少年，你们几人也不同意，要一较高下了？”

“你可以这么认为！”

“轰！”

顿时，一股强大的神念撕裂了虚空，让小千世界都震动了，正是那位八臂魂族的绝顶天神被激怒后发出的。

突然，从远方走来了一只黄金象，它立身在云层间，周遭雷光滔滔，电闪雷鸣，好不恐怖！它昂首长嘶，震得群山抖动、巨石翻滚、古木折断，巨大的鼻子抽在虚空中，一下子就让虚空崩塌了。

黄金古象立身在云层间，周遭雷光滔滔，电闪雷鸣，好不恐怖！

“道兄，你执意如此，怎能怪我们？你又何必为了一株早已死去的柳树这样计较？这少年拥有两股仙气，也许能解开你我的诅咒。”黄金古象说道。

“果然，你们对曾经的祭灵毫无敬意。即便不再信奉了，也不应如此轻慢，什么叫‘一株早已死去的柳树’，叫一声祭灵会让你少一块肉吗？”八臂魂族的老者喝道，同时探出了一只大手向前拍去。

“砰！”

那大手跟金色象鼻撞在一起，两者间爆发出了璀璨的神光。这是天神之威，可粉碎苍穹，下方成片的山峰瞬间爆碎，四野中一条又一条秩序神链交织在一起，如同蛛网一般，异常浩瀚、绚烂。

在那网中，规则冲击，万物凋零，什么都不可阻挡。

黄金古象低吼着倒退了出去，庞大的躯体一阵摇晃。若非它皮糙肉厚，黄金象皮防御力惊人，多半就要被这一掌拍裂了。

尽管它扛住了，但它的嘴里在不断地溢血，染红了白色的象牙。

即使如此，它仍大笑道：“不愧为绝顶天神，但我还在壮年，路还很长。”说罢它便退后了，不再出击。

“唰！”

天空中，一条巨大的虬龙和一只龙雀出现了，更有几位人形天神，他们一起阻挡住了八臂魂族的强者。

黄金古象只是试探者而已，这里还有几位强大的天神。

“你们真是好本事啊。”就在此时，远处有人开口道，众人循声望去，只见天空中映现出了一个苍老的身影。

“嗯?!”

黄金古象等强者全部脸色大变，而后皆一闪而没，疾速遁走，再也不敢多说一句话。

“那老东西竟然还活着，他最起码也达到教主级了，怎么还能走出部落？”直到离开了这个小千世界，虬龙才低语道，看上去无比忌惮那老者。

它们身为天神，离开部落过长的时间便要付出很大的代价，就更不要说那等“活化石”了，无疑会更加危险。

“那并非真身，只是一道化身而已，他是在警告我等。”龙雀说道。

“八臂魂族、人马族、古魔族不愧是最强一列的大族，我们不能硬碰硬，还是暂时退走吧！”黄金古象说道。

事实上，它们这几族也不弱，甚至可以说很强，但是缺少教主级的人物坐镇，因此它们不敢太过强硬。

不过它们可以暗中出手，只要不太过张扬即可！

这一日，几族联手庇护荒，化解了他的危局，这消息传遍了半个“仙古”。

所有人都心头一震，难以相信这个外来者居然会有这么大的魅力，让几大强族出手，这着实令不少强者都有些忌惮。

“咦？那少年呢？怎么不在这片山地中？”

在黄金古象等强者遁走后，八臂魂族、人马族等族的强者便开始寻找，他们用神识扫遍山川，却根本就没有看到石昊的踪影。

“这小家伙很滑头，早就逃走了，就是我等不来，估计他也不会有事。”古魔族的一位天神说道。

没错，石昊早已提前遁走，并没有被困在此地。

“这家伙跑到哪里去了，怎么还不赶紧出现？”小兔子嘟着小嘴咕哝道，一头漂亮的银发如绸缎子似的发着光。

“怎么逃得这么快?!”打神石道。

他们一群人最近都在人马族中修行，连雪琳、洛道和蓝一尘都跟来了，大家得知情况后，第一时间请来了高手，援救石昊。

这次真可谓兴师动众!

“遣出一些人去找他。”一位天神吩咐道。

消息传出，十方皆惊，很多人再想动石昊，肯定就要掂量一番了。

就连石昊也知道了，他从那个小千世界逃出后没多久就听到了传闻，顿时心中大定，决定前往那几个部落。

“嗯，有人跟了过来。”石昊心中一惊。那是一位天神，隔着很远，他就生出了感应，知道那是一位天神，是古魔族的强者。

那位天神庞大的躯体跟座小山似的，身上覆盖着黑色的鳞片，力大无穷，踏在虚空中，让大地都在轻颤。

突然，石昊脸色陡变，因为他刚要迎过去，就感受到了一股寒意，这是一种本能的直觉，告诉他前路很危险！

他想也不想，转身就走，快速逃向了天边。

“咦？小友为何要逃？我奉族长之命来寻你，意在守护，你无须担心。”那尊古魔传音道，声音震动长空。

危机感更强烈了。石昊快速逃遁，以大罗仙剑切开虚空，离开此地，踏进了一条灿烂的通道。

“轰！”

后方，一个黑色的拳头轰了进来，那拳头有房屋那么大，上面覆盖着黑色鳞片，比钢铁还坚硬万倍，震碎了虚空。

若非石昊祭出了一枚破界符，他多半又要因遭到天神力冲击而受伤了。此时他面色难看，心中惊疑，古魔族怎么也对付他？

按理来说，不应该这样啊。

“是了，古魔族中也许大部分人都是善意的，但也有天神觊觎我的肉身和仙种，想暗中出手，截杀我。”

石昊弄清楚了状况，疾速逃向了其他小千世界。

“这‘仙古’太诡异了，一草一木都有灵性，都能记录我出入的踪迹，这样一路逃下去不是办法。”石昊蹙眉思忖着。

这几日的大逃亡过程中，他始终难以摆脱追杀，连七十二变都难以掩藏他的真身，因为这里的遗族对这片古地都太熟悉了。

而且，各族都有照妖镜等类似的法宝，它们都是以上一纪元的古法祭炼出的秘宝，可映现真身，并寻觅出一个人的出行轨迹。

“不可能彻底逃脱啊，除非我的实力足够强大，能抹除一切痕迹，可我现在伤势这么重，什么都做不到。”石昊蹙眉道。

随后，他做了一个决定，准备前往人马族。那里的生灵依旧信奉着柳神，他想直接面见该族的老族长，寻求庇护，好先养好伤。

两日后，石昊距离那片古地还有数千里就被发现了，一道强大的神识向他笼罩而来。

“谢天谢地，小友平安无恙，快与我来，去我们部落吧。”只见一位强大的人马族天神横空而立，状似欣喜道。

“怎么会这样？”石昊又有了心惊肉跳的感觉，顿时心生寒意，再次以大罗仙剑斩出一条通道，头也不回地冲进了虚空。

“轰！”

后方的人马族强者手持黑色巨弓，拉开弓弦，射出了一支粗大的羽箭，一下子就洞穿了虚空，羽箭带着恐怖的光芒，如一轮太阳般撞了过来。

“噗！”

石昊躲了过去，没有被射中，但是那支羽箭比长矛还粗大，拥有天神法则，发出的光辉恐怖至极。

顿时，虚空炸碎，石昊被击中，一下子横飞了起来，大口咯血，满身都是伤痕。

这突然的一击让石昊心中剧震，人马族不愧为天生的神射手，太恐怖了，只差一点，这位天神就要将他射杀了！

“人马族中也有强者觊觎我的两股仙气！”

他心中一凛，无论是人马族还是八臂魂族抑或是古魔族，即使大多数族人是好的，愿意保护他，但只要有个别人心存敌意，也极其危险，他根本就不能去。

不然，一旦进入了部落，他肯定就危在旦夕了，多半活不了几日就会被天神夺走肉身，抹杀神识！石昊只得再次逃亡。

一瞬间，石昊忽然觉得，这“仙古”虽大，却没有他的容身之处，所有的族群都是危险的，他都必须远离。前所未有的危机来临了。

这一刻，他深刻地意识到，什么都是虚的，唯有自身强大才是根本，他需要变强！

他身上的破界符不多了，尽管从堕神子、钧道、帝冲那里缴获了不少，但这一路不断逃亡，已经消耗了大半。

此外，那枚守护神符他也不敢再轻易动用了，唯有生死危急时刻他才会取出，不然，后果不堪设想。

“我要养好伤，渡过这一纪原本已不存在的天劫，我要突破！”石昊握紧拳头，目光璀璨，坚定地说道。

如今，他面临生死险境，随时可能会死去，但他没有产生悲观的想法，而是将这当成了锤炼与磨砺，如果能熬过这一关，他相信自己一定会如凤凰涅槃般，蜕变得更加强大！

只有到了那时，他才能掌控自己的命运，而不是被别人左右，也不会再有人敢追杀他。

第684章 抢时间

WANMEI SHIJIE

这是一片山地，草木丰茂，数千年的老药随处可见。

一座缠绕着古藤的石山山顶上有一个凶禽巢，直径十丈，此时药香扑鼻。

原来石昊鸠占鹊巢，躲在了一只金鹰的巢穴中，正在以鼎熬炖药草，此外还有三只鳄龙，都被剥了皮，正随着沸腾的药汤在鼎中起起伏伏。

药草与肉香混合在一起，味道有点怪，但是石昊现在并不挑剔，恢复身体要紧，再难吃也得吞下去。

这是难得的清净时刻。距逃离人马族已经又过去了两日，他片刻都没有停息，总是在被追击。

来到这片野岭中后，他意外地发现了很多药草，于是他击杀了三条真神境的鳄龙，随即便赶紧开始疗伤。

“希望那些天神能晚一步到来！”石昊说道。鼎中的药草与鳄龙肉已经熬煮好，他立刻大口吞咽了起来。

随后，他开始竭尽所能地疗伤，蓬勃的血气散出，将他淹没。

可以看到，在他那透亮的躯体上密布着一条又一条裂痕，那些裂痕竟然一直蔓延进体内深处，延伸到了脏腑中。

金皮银骨，石昊现在运功时呈现的就是这种状态，这是肉身被修炼到了他这个境界的极致的体现！

可惜，无论是金皮还是银骨上，此时都密布着蛛网般的裂痕，随时都有解体的危险。

这一次他伤得太重了，先是闭关时受了大道之伤，而后又被钧道和天国的王者偷袭，额骨与心脏都被刺穿，最后更是遭到了天神的追击，真是在不断遭创。

若是别人，别说坚持这么多天，就是能活上半个时辰都是奇迹了。

两股仙气缠裹，勒紧了他那即将四分五裂的躯体，使各部分躯体不至于真正解体，同时，滚滚血气喷薄而出。

石昊的伤势有所好转了，但是也不可能立刻痊愈，要知道这是大道之伤，就连天神被大道所创也可能会死去，谁都没有把握复原。

即使石昊元神力惊人，肉身不朽，修出了两股仙气，而今也只能静养，最起码也需要闭关数十日才有机会复原。

可是，外面的人会给他机会吗？

答案显然是否定的！

蓦地，他睁开了眼睛，瞬间破空而去，逃离了这条山脉，只在原地留下了一道残影。

“嘻嘻……”

令人厌恶的笑声传来。那是一个金色的生灵，身高一丈，形似神猿，但全身都覆盖着金色鳞片，并且有一条蛇尾，一双手臂垂到了膝盖以下，又长又大。

这是一种古猿，拥有龙、蛇、猿等族的长处，是上一纪元留下的变异生物，强大而惊人。更别说它修到了天神境，一身金色鳞片护体，刀枪不入，可出入日月。

石昊曾将它引入一片遗迹的古阵中，结果万道剑光斩在它的身上，铿锵作响，火星四溅，它却毫发无损，连一枚鳞片都没有脱落。

现在它又追来了，情况很不妙。

石昊一叹，再次用掉了一枚破界符。破界符越来越少了，可不用的话又怎么摆脱得了这样强大的天神？

“去葬界！”

这是他早就有的决定，如今吞食了许多老药，身体稍微好了一点，他觉得是时候动身去闯一闯了。

“咻！”

破界符耗尽后，石昊出现在了葬界。

这里有很多机缘，比如仙道小树、仙骨等，石昊亦曾在这里发现一具仙体，惊动了各方。

此外，葬城中更是有一个黑渊，深达十万丈，那里有仙战斗的痕迹，有柳神遗落的枝条，有鲲鹏的血，有破碎的凤翎，还有一座古老的祭坛。

黑渊底部的祭坛上有太多的秘密，九龙拉棺曾从那里启航、逃走，还有一尊怪鼎曾呼唤石昊，想从那里进来。

他之所以再次来到葬界，也是因为实在没有办法了，他穿上破烂甲胄后，可以深入黑渊，而其他人则不行，也许只有这个地方才能护他周全。

昔日，有“仙古”遗族的天神、教主亲自驾临，深入黑渊探查，都有去无回，全部殒命了。

然而，石昊刚一临近葬城，就有种毛骨悚然的感觉，两股仙气围绕着他的身体旋转着，令他有些不安。

自从超越古人、迈出那一步后，石昊的神觉就变得越发敏锐，几乎是生出了一种本能，总可以在危险来临前提前发觉。

他疾速后退，果断逃遁。

很明显，有人料到他会来，故而早已在此守候多时了，就等他入瓮呢！

天神，一个个都是活过了极其久远的岁月的，自然经验老到，有些人研究过他，猜到他多半会来此地避难。

尽管不知道他身上有与雷帝有关的破烂甲胄，可以无惧黑渊，但是从他能带回来柳神的枝条就可以猜出，他有所依仗。

故此，有人提前在此等候。

“砰！”

一只大手结结实实地拍来，石昊根本躲闪不及，只得催动守护神符，让它发光，进行防御。

“咔嚓！”

神符上又多了一条很深的裂痕，显然受到了不轻的创伤。

“哧！”

接着，一道金光射来，只见虚空中悬着一面古镜，那是天神法宝，想要定住他。

“坏了！”

石昊顿时头大，这次所遭遇的危机比以往的都要大，来者显然准备充足，誓要留下他。

一瞬间，黄金古象、龙雀、虬龙同时现身，三大天神守在这里，静候他到来，没有比这更糟糕的事情了。

只听“轰”的一声，那头黄金古象的象鼻抽了过来，力大无穷，将天空都劈为了两半。石昊的守护神符随之爆发出璀璨的光华，上面又多了一条裂痕。

而那黄金古象准备充足，手持秘宝，一击即退，根本不容石昊的神符反击，显然是早有算计，就是想消耗掉他的神符。

石昊神色冷漠，讥讽道：“身为堂堂天神，还一下子出动三尊一起围堵我，你们还要脸吗？”

“小道友何出此言？我等不过是想请你去做客，一同讨论仙道。”龙雀说道。

"凭你们也配?!"石昊冷声斥道。

此刻，葬城中的生灵都被惊动了，天神的驾临让许多人震惊不已，特别是听到石昊这样说之后，每一个人都愕然了。

连天神都不放在眼中，对它们毫无敬意，荒果然自负。

"小道友，你倒是很张扬，连我等都不配与你谈仙道，那你觉得这世间还有什么人能跟你论道呢？"虬龙说道，声音中带着笑意，但所说的话语已将它觉得一切尽在掌握中的蔑视姿态显露无遗。

"先自己修出两股仙气来，再来跟我论道，否则，滚！"石昊豁出去了，反正他也快没有活路了，既然不能善了，那还有什么可顾忌的?

"小辈，你太嚣张了。看我抹杀你的元神，留下肉身！"黄金古象沉下脸来，再次出手了。

石昊默默地取出了一块莹白的骨块拿在手中，正是万灵图，他觉得守护神符多半难以挡住数十上百击，迟早会毁灭。

这块骨温润剔透，洁白如羊脂玉一般，是《原始真解》的一部分，在下界时它曾经发威，化成天图，显化万灵，防御力震惊世人。

只是不知道这次它是否依旧会发威，因为无论石昊怎么催动它都无用，它只能被动复苏。

"咦？不好！"突然，黄金古象惊叫了一声，随后便开始身体痉挛，脸色发黑。

与此同时，虬龙也浑身颤抖，眼看就要从高空坠落。龙雀的翎羽更是燃烧了起来，它长鸣一声，竭尽所能地抗争着。

"这葬界果然不是什么好地方，不能轻易进入，诅咒提前发作了，得赶紧回去！"它们惊怒不已，同时恐惧万分。

它们离开部落的时间一长就会有性命之忧，必须赶紧回归，不然必死无疑。

这次超出了它们的预料，葬界中死过仙，有太多的诡异，故此留下的诅咒之力是所有小千世界中最大的!

"轰！"

它们心有不甘，还是想联手擒拿石昊。

"咔嚓！"

守护神符上的裂痕更多了。

"轰！"

同一时间，葬城的黑渊中冲起了滔天的黑雾，恐怖无比。

“啊——”

龙雀惨叫一声，只见它羽毛脱落，半边身子都溃烂了，险些一头栽在地上。它撕开虚空，转身就遁走了。

“葬界，这见鬼的地方！”虬龙恼怒地骂道。它的龙鳞也在不断脱落，身上还出现了尸斑，也不得不亡命而逃。

黄金古象目光狠辣，不甘地盯着石昊，但同样抵不住浮现在它金色躯体上的尸斑，故此它也一声长鸣，就此遁走了。

石昊怔了一瞬，才将万灵图收起，不敢相信竟然发生了这种事！

随后，他便飞快地朝着黑渊冲去。临近黑渊后，他不禁倒吸凉气，只见滚滚黑雾蒸腾，让人感觉阴冷无比，没有办法靠近。

而且，他还在这里发现了天神法阵，显然是那三位天神在此布置的，就等着他一头闯进去呢。看来这里没有办法深入了。

“想必也是因为它们妄自在这里布阵，才引出了乱子。”石昊自言自语道。

此时已全城大乱，很多“仙古”原住民都在惨叫着疯狂逃遁，那黑雾对他们有惊人的杀伤力，许多人直接命丧当场了。

石昊没敢久留，也遁走了。

这一日，“仙谷”大震，葬界出了乱子，三大天神也受到了诅咒，这一消息让人愕然，许多原住民闻言都觉得从脊背升起了一股凉气。

而且，就在这一日，走出部落的天神们都回归部落，蛰伏了起来，暂时不敢再出部落了。

因为，算一算时间，他们的诅咒期也快到了，需要回到部落中化解，不然很有可能会在外面殒命，不过即便是在自己的族群中闭关，也要付出巨大的代价。

这是“仙古”最后一次开启了，没有人知道这一世过去后这片古地会发生什么，所以部分天神都疯狂了。

像黄金古象、虬龙等就认为，无论两股仙气是否真能化解诅咒，只要有一点希望，冒险外出猎杀石昊就完全值得！

“仙古”的某一个小千世界内，山地中建筑成片。

仔细看去，那些建筑都是由青铜铸成的，样式古老，而中央的一座更是恢宏无比，气派非凡。

若是有上界教主在此，一定会异常震惊，因为这样的格局与仙殿的太相似了。

“你们的诅咒发作了，该我出动了。”青铜殿中，一个男子起身说道。

让人吃惊的是，在他走出青铜殿时，远处的一座道台上有一个老者睁开了眼睛，那老者竟与他气质相近，连容貌都相仿！

只不过一个是天神，已经有些苍老了，而另一个则是神火大圆满境界的年轻人。

“分出一缕元神，夺舍一位古代怪胎……说到底我帝昆还是放不下心中的执念，尽管留在了‘仙古’，也依旧想证明自己。用一具年轻的肉身去修仙气，何苦啊。”

一老一少居然同时开口了，这种景象实在让人毛骨悚然。

他名为帝昆，曾是仙殿最强大的传人，横扫上界无敌手，在同龄人中称尊，号称世间第一。

后来他因为一些原因滞留在“仙古”，没能离去，修到天神境后，又在某一世分出了一道神识，夺舍一位古代怪胎，从而拥有了第二具可怕的躯体。

他一直在压制第二具肉身，不曾突破，用以跟历代进入“仙古”的外界天才争霸。

“我这是何苦呢？或许该换一具肉身了。索性就为帝冲报仇，取了他仇人的躯体为我所用吧。”说罢，他年轻的肉身消失了，而年老的肉身也站了起来。

“疗伤，突破，我要超脱！”在这几日间，石昊不断运转骨文进行疗伤，同时也在疯狂地寻找药草，不断吞食。

他必须趁这个难得宁静的时期进行突破，以求自保！

第685章 人仙后裔

WANMEI SHIJIE

石昊为了尽快复原，还主动出击，洗劫了一些原住民的拍卖行！

如黄金象、虬龙等族扶持的组织都被他光顾了，损失惨重，可惜他并没能得到哪怕一株神药。

圣药等物虽也有效，但是效果太慢了。

随后，他又蛰伏起来治疗伤体去了，为此他甚至不惜深入一些诡异的小千世界，逃进连原住民都忌惮的一些遗迹中。

便是如此，也还是有人能找到他，因为一直有真神在追踪他，各种神禽、龙犬等生灵都是追踪圣手。

喑界，号称诅咒极其深重之地。

这个小千世界极其广袤，种族众多，但是全都魔化了，确切地说是强大的诅咒让它们丧失了神志，只剩原始本能了。

无论是天神还是一般的生灵，都已经陷入疯狂，它们平日间蛰伏不出，一旦被惊扰了就会暴动。

石昊选择来到这里，就是为了躲避天神，让他们有所忌惮。

但是，才半日而已，就又有人寻到了他。

来者是一个年轻人，他身穿以雪蚕丝编织而成、做工考究的精美银袍，相貌英俊，器宇轩昂，有一种从容的气质。

“你就是荒？”他平淡地问道。

“是，你又是谁？”石昊回问道。

“我名为帝昆。”银袍男子负手而立，淡然说道。他身上有一股说不出的气韵，眸子中透着沧桑，冷漠地俯视着石昊。

虽然他与石昊同为年轻人，但是他与这个世界显得有点格格不入，仿佛是一尊天神站在这里。他就这样轻蔑地看着石昊，显得毫不在意。

可是，他的真实境界又与石昊相仿，不应那么高高在上才对。

“我杀过一个叫帝冲的人。”石昊说道。

“那是我的后人，他的体内流淌着仙的部分血液。”帝昆很平静地说道。

“体内流淌着仙血的族群？”石昊冷笑道。他盯着眼前的人，心想，难道这是一个古代怪胎，滞留在了“仙古”？

“的确，帝冲同我一样，为人仙后代，血统高贵，没想到居然被你杀了。”帝昆轻轻一叹。

随后，他的面色又转为冷漠，细细审视着石昊，神情中透着一种超然之气，开口道：“你可以死了。你可选择自杀，元神自行离开，留下躯壳。”

这样的话语着实张狂，而他却说得很冷淡、很平常，似乎这是一件再正常不过的事情。

“你算哪根葱，也配这样跟我说话？”石昊冷声道。即便他已重伤垂死，面对一个同境界的人也还是毫不畏惧。

“就凭我是帝昆，曾经杀遍同代无敌手！”帝昆平静地看着他，说道。

“帝昆？没听说过，哪一代的大葱？”石昊并不在意，对方轻蔑地看他，他便也藐视帝昆。

“出手吧，不然你就没机会了。”帝昆扫了他一眼，依旧负手而立。他很淡漠，像是什么都没放在眼中。

石昊二话不说就祭出大罗仙剑向前斩去，同时他挥动右拳，向前轰杀，轮回奥义随之尽显！

既然对方这么张狂，他也没什么好客气的，只想尽快结束战斗，早点离开此地。

不承想，让石昊吃惊的事情发生了，只见帝昆完全放弃了防守，只是简单地以手臂格挡了一下，便直接向他冲来。

“噗！”

在轮回拳的作用下，帝昆不仅手臂衰老、腐烂了，连半边身子都直接爆碎了。石昊竟然只一击一个照面就轰碎了帝昆的左半边身体。

下一刻，大罗仙剑扫过，直接将帝昆腰斩了。

这一切发生得太快了，让人悚然心惊，不敢相信强大的帝昆居然如此不堪一击。

突然，石昊汗毛倒竖，只见那倒下的躯体的额骨发光，一缕元神从中飞出，那元神手持一口紫色的小钟，轻轻一摇，顿时让石昊魂魄不稳，眼看就要崩散！

这是什么？石昊大吃一惊！

那个小人不高，只有拳头大，紫色小钟更是不足两寸高，被那元神提在手里，它轻轻一摇，就要将石昊的魂魄斩落，可怕无比。

“落魂钟！”石昊元神剧痛，这让他一下子想起了某种法器，那种法器异常难祭炼，很少有人能成功。

帝昆竟拥有一口落魂钟，这分明是一件瑰宝，绝对超凡入圣，应该是天神法器！

此外，那个小人也散发着非常恐怖的力量，元神力磅礴无比，已经接近天神境了。帝昆的肉身与石昊是一个境界的，但是他的元神极其恐怖。

“肉身不过是皮囊，是我旅途中的驿站，今日我该换个居所了。那肉身随你击杀，就用你自己的躯体来还吧。”帝昆轻蔑地说道。

石昊明白了，难怪帝昆有恃无恐，原来他有这种倚仗，他的元神强大无比，像这样突然袭击，任谁都会遭劫。

这就相当于有一位准天神手持天神法器突然发动攻击，石昊一时间措手不及，吃了一个大亏，险些在此殒命。

“你很不错，竟修出了两道仙气。你这肉身完美无瑕，我会好好照管这座‘驿站’的，你可以安心地上路了。”帝昆说罢便摇起了落魂钟，石昊眉心龟裂，内部的元神都要散掉了。大局已定，帝昆简单而直接的袭杀成功了。

“轰！”

突然，石昊的头颅内神火燃烧，两股仙气包裹着他的元神升腾而起，一股不弱于帝昆的强大元神力弥散开来。

“什么，你也接近天神境了？！”帝昆震惊了。他自然明白，他的元神接近天神境，是因为他的真身已是天神，故此很容易滋养这缕分化出去的元神。

石昊如一只浴火重生的凤凰，元神发光，化作小人，冲出额骨，对抗落魂钟，那小人手中还持有一块莹白的骨块——万灵图。

“当！”

帝昆再次摇动落魂钟，想要抹杀石昊的元神。

可是这一次这天神法器失效了，万灵图遭到攻击后终于复苏，生命气息喷薄而出，上万种生灵密密麻麻地浮现在虚空中，一起发出了咆哮。

“万灵”为虚指，实际上浮现的生灵还要更多，一个个都栩栩如生，此外还有日月星辰等点缀在虚空中，缭绕着混沌雾霭，看起来神秘莫测。

落魂钟的声波被挡住，声音在万灵图面前戛然而止。

但是，万灵图也只是挡住了那道声波而已，并没有做出反击，它被混沌气包裹着，显得越发玄奥、难以看透了。

“居然接近天神境了，留你不得！”帝昆喝道。

与此同时，那座青铜殿中，一个老者睁开了眼睛，他同那分化出去的那缕元神能够彼此感应，此时正是心有所感了。

他快速走出青铜殿，撕开虚空，前往暗界！

暗界中的石昊尚不知这些，但也不会浪费机会，他手持万灵图拍向帝昆的元神，将那莹白骨块当成了最恐怖的兵器。

“当！”

帝昆以落魂钟抵挡，但是效果不佳，万灵图落下后，此钟顿时被砸得光芒暗淡、瑟瑟发抖。

此钟有灵，在面对万灵图时，它战战兢兢，显得无比恐惧。

帝昆唯一该庆幸的是，万灵图并未发威，只是任石昊将它当作了一块板砖，在那里狠砸那缕元神。

“当！”

终于，那失去作用的落魂钟被击飞了。

石昊一边狂拍帝昆的元神，一边口中喝道：“趾高气扬，结果也不过如此，你再装啊？”

“轰！”

万灵图再次拍下，差点将帝昆的元神击散！

又是“砰”的一声，石昊一把拎住了遭受重创的帝昆的元神，左右开弓，一顿大嘴巴就抽了过去，直扇得啪啪作响。

“啊！”

远空传来一声怒吼，帝昆的真身发狂了。他虽然并不在意那缕元神，但是现在他感同身受，自己也体验到了被扇耳光的感觉。

石昊的元神迅速归位，而后他便揪着帝昆的元神继续抽打，他运用轮回之力，一顿大耳刮子扇下，都快将那元神打散了。

远处的帝昆真身眼冒金星，怒火燃烧，恐怖的气息冲散了天空中的云朵。下一刻，他便疾速杀来了。

石昊立刻逃遁，他知道这个小千世界中有许多密地，当中蕴含着强大的诅咒，连天神都不愿涉足。

“什么体内流淌着仙血的族群，我呸，就是挨耳光的货！”石昊一边逃遁，一边还在抽打帝昆的元神。

“小子，我不会杀你，我要让你活上数万年，让你求生不得求死不能，在岁月中饱受煎熬。”帝昆真身发狠，在后方喝道。

一座断崖横在前方，石昊翻过去后便见到了一片漆黑如墨的湖泊，那湖泊阴冷得仿佛可以冻裂人的魂魄，湖边矗立着几座残破的宫殿。

到了这里后，别说石昊，就连帝昆真身都一阵难受，浑身如被刀割，肌肤生疼，一股可怕的煞气刺进了骨子里。

“混沌蚊湖?!”帝昆毛骨悚然，快速止步。

石昊知道这是哪里，他曾经有所耳闻。此时他的汗毛根根倒竖，肌肤上有如架着一把钝刀，正缓慢地刮过，感觉阴森而疼痛。

湖泊中仿佛有史前巨兽张开了大嘴，正等着人们跳进去。

“小辈，你倒是再逃啊？”帝昆冷笑道。

“老梆子，你嚣张什么，找揍吧?!”石昊看着远处的帝昆真身喊道，说罢便拎起近前的元神，又是一顿大嘴巴。

“轰！”

帝昆气炸了肺，一巴掌向前拍来。他活了这么久的岁月，还是第一次被人扇耳光，简直气得浑身发抖、七窍生烟。

尽管那只是他分出去的一缕元神，但是那感觉太清晰了，就像是他的真身在被扇耳光一般。

“老东西，你还不服气?!”石昊飞快地躲了过去，随即低头俯视着那缕元神，噼里啪啦，又是一顿狠扇，而后更是将之扔在地上踩了十几脚，最后“砰”的一声，直接将其踢进了湖中。

“啊——”帝昆一声惨叫，捂住了眉心，那缕元神受损，他也跟着感到了一阵剧痛。

他想要斩断与那缕元神之间的联系，可是又有点不甘心，毕竟都已经修到那一步了，如果能够融合回来，他的实力将更进一步。

石昊惊异地发现，帝昆的元神坠进黑色大湖中后，虽然遭到了重创，但是并未死去，还能抗争。

见帝昆真身杀来了，他想也不想，取出了万灵图护身，穿上了疑似雷帝留下的破烂甲胄，便一个猛子扎进了湖中，拎着帝昆的元神向湖泊深处潜去。

“啊……”岸上，帝昆真身气得直咬牙，只得斩断了与那缕元神的联系，眉心随之洒落了一摊血迹。

“小辈，我看你能在湖中坚持多久！”他发狠道。

“轰！”

突然，湖水沸腾，一只又一只红玛瑙般的蚊子飞了出来，它们全都有一尺多长，轰鸣着铺天盖地地乱冲乱撞。

这些蚊子都已经魔化，其中大多数都有神火境的修为，可怕无比。

随着它们的飞出，阵阵诅咒之力也被带了出来。

帝昆脸色大变，不禁倒退了几步。

随后，振翅声再次传来，从湖中又冲出了数万只银色的蚊子，它们都长达一米，通体锃亮，全都是真神境的，看上去更加狰狞。

帝昆心头一凛，这片湖泊果然如传说中的一样可怕无比，当中潜藏着恐怖之物。

“哧！”

突然，几只金色的蚊子也冲了出来，它们散发的气息更加恐怖，竟有天神的波动，惊得帝昆快速后退，额头上冒出了冷汗。

“嗡！”

一声尖锐的虫鸣响起，帝昆顿觉心脏一凉，喷出一口鲜血，那血立刻便被湖中的一个生灵吸走了，这让他震撼不已。

突然，只见湖中又浮现出了两只散发着混沌气的蚊子，不过巴掌大小，却比之前出现的所有蚊虫都要恐怖。

第686章 混沌蚊湖

WANMEI SHIJIE

帝昆的心头升起了一阵寒意。原来传言是真的，这混沌蚊湖是一处禁地，不能乱闯。

此时，他感觉心脏部位一阵剧痛，那里有一个血洞，刚才有鲜血从中射出，被其中一只巴掌大的蚊子吸收了，他在不知不觉中中招了。

想到这里，他疾速倒退。眼前共有两只那样的蚊子，它们都只有巴掌大，周身弥漫着混沌气，轻轻一振翅，撕裂千里虚空，实在是可怕无比。

帝昆脸色大变，头也不回地逃遁了，然而在此过程中，他突然全身喷血，天神血液流失了九成！

“啊……”

帝昆逃了，但他已遭受重创，半边身子都破烂了。

若非这两只混沌古蚊早已迷失自我，只剩下模糊的本能，帝昆绝对难逃一死。

伴随翻腾的混沌气，两只混沌古蚊在湖面上盘旋了一周，而后便“扑通”一声再次没入了黑色的大湖，就此消失不见了。

而天空中，一只散发着天神气息的金色蚊子仍在振翅，它速度极快，扑向远空，一只紫金鸿鹄刚巧路过，血液都被那金色蚊子吸干了，在刹那间毙命。

山地中，还有一只金色的蚊子在追逐成群的蛮兽，一瞬间，所有巨兽的肌体都干瘪了下去，成了皮包骨。

那几只金色的蚊子都有一丈长，比神禽要凶猛数十倍，它们会攻击所有生灵，并疯狂吸取其血液。

更为惨烈的事还在后面，在它们的身后，足有数万只银色的蚊子，血色蚊虫更是密密麻麻，遮蔽天空，席卷大地！

无论是飞禽还是走兽，一旦被它们覆盖，瞬间就会精血尽失，化成骷髅！

很长时间过去后，所有蚊虫才重新没入了黑色的湖泊中，让此处恢复了寂静。

帝昆去而复返，他面色阴沉，身上满是血洞。一代天神差点命丧于此，还平白丢掉了九成精血，真是太惨了。

此外，他还丢掉了一缕元神，与之彻底断了联系，特别是，一想到不久前他还被“一只蝼蚁”一顿狠扇，他就气得额头上青筋暴起，差点吐血，恨不得一巴掌毁掉这片湖泊！

“蝼蚁，荒！”身为天神，他已经很多年没有产生过这样的情绪波动了，此时他表情狰狞，恨不得竭尽所能救那小子一命，只为将他留在身边好好折磨。

“真希望有奇迹发生，让你活下来，好留待日后我再慢慢‘招待’你！”显然，帝昆不认为石昊能活下来。

但他是一个谨慎的人，盯着这黑色大湖守了很久都不肯离去，后来更是遣出了族中的弟子驻扎在此严密盯守，这才真正离开。

关于混沌蚊湖，有太多的传说。

有人说，当年十凶之一就是在此殒命，葬于湖底了，几只蚊子吸收了其精血，再经过漫长岁月的进化后，得了大道。

也有传言说上一纪元有仙的对手在此覆灭，化成的脓血形成了这片黑色湖泊，并孕育出了一群邪恶的蚊虫。

还有人说，这黑色湖泊本就是开天辟地时的阴秽之地，蕴结着不祥。

湖底，石昊还在下沉，他自然没有死去，但是现在他只感觉浑身剧痛，生不如死，真是太遭罪了。

湖水冰冷，即便他穿着那副神秘的甲胄，血肉也如在被刀割一般。这是一种无形的煞气，斩其筋骨，锉其脏腑。

最为让人头皮发麻的是，密密麻麻的蚊子也在黑色而黏稠的液体中穿行，附着在他身上，疯狂“下嘴”。

这些蚊子，大的一米以上，小的也有一尺，石昊从来没有见过这么多恶心的蚊虫，还都这么大个儿。

许多蚊子涌了过来，密密麻麻地爬满了他的躯体，破烂甲胄被那一根又一根锋利的口器撞击得铿锵作响。

“啊……”

帝昆的那缕元神没有任何甲胄护体，被一根又一根尖锐的口器刺穿了，一时间浑身疼痛得难以忍受，不禁发出了凄厉的惨叫。

这些蚊子很特别，它们不仅能吸血，连元神都能吞食，此时数百上千只一起冲来，让人生出强烈的恐惧感。

帝昆的元神张嘴大吼时，那黑色的湖水进入了它的嘴里，如同刀子一般切割着它的神识，让它越发不支了。

但毕竟帝昆的这缕元神已经接近天神境了，故此依旧很强大，只见它竭尽所能地发起反抗，震死了一片又一片蚊子，只是当远处的一道金光刺来时，他瞬间静止了。

那是一只带着天神气息的金色蚊子，其针形口器无坚不摧。

不久后，帝昆的元神殒命，它被密密麻麻的蚊子围住，很快就被吸食了个干净。

石昊将这一幕看得清清楚楚，不禁头皮发麻，暗叹这么强大的元神竟就如此被解决掉了，真是太迅疾了。

果然，元神须以肉身为根，一旦失去了庇护，再强大的元神都会衰败，总会有枯竭的一天。

但现在不是同情帝昆元神的时候，他自身也遭遇了险情，无数的蚊子在叮咬他，撞得甲胄铿锵作响、火星四溅。

这甲胄虽然不凡，但毕竟破烂了，有很多洞口，许多尖锐的口器刺了进来，对他造成了致命的威胁。

石昊竭力相抗，甲胄绽放出晶莹灿烂的光芒，在那些洞口内形成了神力漩涡，绞碎了不少口器，但依旧有一些尖锐的口器插进了他的血肉之中。

这真是防不胜防，况且他的伤势太重了，已后继无力。

“我难道要死在这里了吗？”石昊心头发凉，他没敢动用守护神符，怕会惊动那几只金色的天神级蚊子，更怕惹来那两只混沌古蚊。

手中的万灵图寂静无声，根本就没有一点反应，他长叹一声后将它收了起来。

石昊取出丹炉，打开盖子，天河水顿时倾泻而出，只见闪电划过，击碎了一片蚊子，更有诅咒之力从炉中蔓延，向外扩散开来。

石昊此举引发了骚动！

不仅金色的天神级蚊子向这里望了过来，就连远处的那两只混沌古蚊也有所感应，抬起了头。

“坏了！”石昊神色骤变。

岸上有帝昆真身，湖中又有密密麻麻的蚊子，他现在真是内忧外患，找不到生路。

“嗡！”

突然，一只混沌古蚊疾速冲了过来。

石昊一叹，做好了最坏的打算，他一手持万灵图，另一手持一枚古符。这枚古符是他同守护神符一起在九龙拉棺之畔的废墟下发现的，一直不知道它有何用处。

“嗡！”

混沌古蚊的速度太快了，几乎是一瞬间，就数次刺出了口器。

唯一庆幸的是，它失去了神志，处于浑浑噩噩的状态，故此没有刺中石昊的肉身。第一次，它刺在了石昊的甲胄上，顿时火星溅起，震开了湖水；第二次，它刺在了万灵图上，发出了震耳欲聋的铿锵声，让此地一下子震动了。

万灵图发光，弥散出一片混沌雾霭，各种生灵浮现其中，将这只混沌古蚊惊得连连后退，显得有些惊疑不定。

紧接着，石昊的体内无声无息地浮现了一团火，烧得附近的黑色湖水都消失了，景象十分诡异。

另一只混沌古蚊也来了，见到这一幕后也不禁发颤，跟着退了开来，不敢再临近。

最后，它们退走了，就连几只金色的天神级蚊子也都被惊退了。它们都有一种天生的本能，对万灵图敬而远之。

石昊长出了一口气，刚才实在太危险了。若非这些蚊子灵识蒙昧，失去了昔日的神觉，只剩下了本能，他麻烦就大了。

因为换作任何一个正常的天神都会继续攻击，不会这样因本能而退却。

随着几只顶级蚊子的退走，其他蚊子也躁动不安地退向了远处，不再包围他。

一场危机暂告一段落，但他没有马上离开，而是在这里静默不动，开始默默地恢复伤体，毕竟这里是难得的宁静之地，不会遭到外界天神的追杀。

可是这里煞气浓郁，真不是修行的好地方，除了这些喜欢阴秽气息的蚊子，其他生灵待在这里都会觉得难以忍受。

时间一长，连真神都会受不了，从而肉身龟裂。而这些蚊子是因为它们原本就是被这黑色湖水孕育出来的，故此无惧这种煞气。

即便如此，石昊也没有离去，他默默忍受着，调动自身的精血缓缓恢复。

“嗯？那两只混沌古蚊和金色的天神级蚊子去了哪里？”石昊一怔，因为转眼间就感觉不到它们的气息了。

显然，这湖泊很深，深得超乎他的想象，那些强大的蚊子都潜入了湖底。

石昊也就不再理会，更加安心地开始疗伤了。就这样一连过了数日，他的伤口每愈合一点，便又会在煞气中撕开些许，处在一种平衡状态。

“这湖泊太糟糕了！”石昊忍不住抱怨道。

一晃半个月过去了，石昊总算艰难地恢复了一点，而也就是在这个过程中，他惊异地发现这湖底深处有东西，那东西逸散出的些许精气对他的伤体竟有极大的好处！

又忍了数日后，石昊觉得状态稍微好了一些，于是一咬牙，向湖底最深处潜了下去。

而此时外界一片嘈杂，荒被天神追杀，进入暗界后跌落进混沌蚊湖，就此消失了，如今已过去了二十几日。

这一消息引发了轩然大波，外界一片议论声，人们的反应各不相同。

“可惜啊，荒竟然就这么死掉了。在这一纪元还能修出两股仙气，他实在是天纵之资！”

“真的死了吗？也许他还活着也说不定。”

“笑话，进了混沌蚊湖，谁能活下来？那两只混沌古蚊极有可能是仙尸异变后产生的，自古至今，那么多大人物深入湖中后都一去不返，他又怎能抵挡？”

此刻的“仙古”中，很多人都在摇头叹息，他们都认为石昊不可能活下来。

“帝昆出自仙殿，这般出手，显然是在报复，肯定不会给荒活命的机会啊。”三千州的天才们也认为石昊已经死亡。

人们知道，荒一直都与仙殿传人对立，后来更是击杀了帝冲，而今天神帝昆出手，他们并不意外。

“嘿，再强大的奇才也无用了，就是修出了两股仙气又如何？一旦死亡，便一切成空。”

“终于死了，哈哈哈……”也有人幸灾乐祸道。

清漪得悉情况后沉默了，站在一座山崖上，久久没有出声。

小兔子的大眼睛更红了，喃喃道：“这个祸害怎么死了，不是都说祸害遗千年吗？”

“小子，你安心地上路吧，我会为你报仇的。”打神石愤怒地说道。

……

湖底有点点微光，让石昊吃惊地睁大了眼睛。

要知道，他足足下潜了四万丈，这才接近了湖底，一片湖泊居然有这么深，这简直不可想象！

“那是……天啊，十凶吗？龙，还有那个女人……”来到湖底后，眼前的景象让石昊瞳孔骤缩，震惊不已。

第687章 锤炼

WANMEI SHIJIE

湖底有一个女人，如用白玉雕刻而成，躯体洁白无瑕，发出荧荧光泽。她一头蓝发垂散到腰际，身材极好，曲线起伏。

毫无疑问，这是一个美女，堪称国色天香、倾国倾城！

她身上的衣裙早已腐烂，但是关键部位的甲胄竟是以黑暗仙金铸成，因此那些部位仍然被覆盖着。

这仙金甲胄乌光点点，即便过去了漫长岁月依旧未腐朽。

不过，可以看到它上面有裂痕，这裂痕并非是岁月侵蚀所致，而是曾经遭受过重击，甲胄护住了她的胸口，但是黑暗仙金受损了。

很难想象那是怎样的力量！

凭着感觉，石昊知道，这个女子存在了十分久远的岁月，虽然她的肌体洁白如玉、栩栩如生，但是那黑暗仙金甲胄散发着古老的气息。

“难道是女仙?!”

石昊心中顿时掀起了惊涛骇浪，这个女子给他的感觉太妖邪了，虽然她美丽绝伦，却让他心惊肉跳。

特别是，距离那女子千丈之外还有一段骨骼，那骨骼亦洁白如玉，是一段龙骨!

那骨骼长达十丈，血肉已经不在，散发出恐怖惊人的气息。两只混沌古蚊就趴伏在上面，一动不动!

“没错，是真龙! ”

石昊震惊了，那种气息跟他当初进入鲲鹏巢和“仙古”凶巢时感觉到的气息相仿，至高至强，让人敬畏与战栗。

真龙在这里留下了一截断骨？究竟发生了什么？

一个倾城佳丽横陈在湖底，莹白而绝美；一截古老沧桑的龙骨弥漫着恐怖气息，令人生畏。这二者组合在一起，实在诡异。

这是什么地方，为什么会有这种景象？石昊远远地看着，没有靠近，但是心中波澜起伏，难以平静，因为这一幕太惊人了。

仔细观察之后，他有了新的发现，只见那女子的眉心处有一点殷红，显然是曾经被刺穿，他心想，这就是她殒命的原因吗?

不过，为何那肌体还散发着蓬勃的生命气息，仿佛还有生命一样?难道她还能复苏?

“难道这两者是仇敌，相互血拼，最后造成了这样一个结果?还是说他们互为盟友，全是被敌人击杀的?”

石昊轻语道，他实在难以推断过去的事。

他只能慨叹，仙古纪元太过可怕，连真龙与仙都有敌手，有殒命的危险，这样的时代无疑会让强者热血沸腾，无比向往。

他盯着那两只混沌古蚊，目光闪烁，渐渐明白它们为何会这么强大了。要知道，被这湖泊孕育出来时，它们就已经实力超凡，后来多半又吃下了真龙遗落在这里的血肉!

不然，它们何以趴在真龙骨上，将那里当成了栖居地?

要知道，真龙即便死去，其血肉也不会腐朽，能长期保存下来，而今却消失了，这很容易让人联想到是被这两只混沌古蚊吞食了。

两只蚊子吃下了真龙血肉，光想一想就让人觉得疯狂!

石昊怔怔出神，眼前所见超出了他的想象，这就是混沌蚊湖如此可怕的原因所在吗?

很明显，那两只巴掌大小的混沌古蚊已经发现了他，但是它们没有过来，而是通过振翅发出了恐怖波动，像是在警告他。

还好它们只剩本能了，如果还有灵智，后果将不堪设想。

万灵图和石昊体内的那团神秘火焰给它们留下了深刻的印象，故此它们没有攻击石昊。

石昊倒退数步，远离真龙骨，靠近了那名绝世佳人，因为那让他感觉身体好转的精气正是源自那里，此时还有精气在丝丝缕缕地向外逸散。

石昊一步步接近，起初还好，可是当他临近到十丈之处后，一股莫名的力量突然直接将他震飞了，让他七窍流血，肉身再次龟裂!

这力量太突然了，它环绕在女子的周围，形成了场域，将她守护在中央。

她的身上有种诡异的力量，即便漫长岁月过去了，依旧没有消失，并且她身上有着蓬勃的生命精气，仿佛她只是在沉睡中。

石昊擦去嘴角的血，露出了惊讶之色，难怪那两只混沌古蚊没有吃她，原来她还有这种力量。

他在十丈之外盘坐了下来，开始运功疗伤。顿时，一缕又一缕涟漪般的波动从那女子身上传来，化作了霞光。

石昊犹如在干旱的沙漠遇到甘露，全身都得到了滋养。这种力量十分奇异，带着生命朝气，对他有极大的益处。

它的效果并不像神药那么显著，却也让他受益良多，肉身被这神秘的精气滋养后，他便开始调动浑身血气修补伤体。

就这样，石昊一坐就是八九日，而他进入这片黑色大湖已经一个月了。

随着时间的推移，他身上的伤痕慢慢愈合，重新焕发出生机，如同七彩琉璃一般，闪烁着晶莹的光泽。

不过，肉身虽然修补好了，大道之伤却一直还在，没有立刻痊愈。毕竟这很难治疗，就算是天神被大道重创，都不见得能治好，甚至会死去。

石昊拥有两股仙气，虽然他觉得自己能够彻底恢复，却需要花费时间！

就这样，他一动不动，心中空明，动用所有的精气神来调理自己的伤体，抚平大道之伤，希望能尽快好起来。

又是一个月过去了，大道之伤终于有了明显的愈合迹象，已经好得七七八八了。

“若非有这具仙子躯体所散发出的神秘精气，我就真的麻烦大了！”石昊自言自语道。虽然没有这精气最后也能养好伤，但是必然要耗费漫长的时间。

第三个月，石昊彻底痊愈，精气神恢复到了巅峰状态，两股仙气绕体而行，他感觉自己已变得前所未有的强大！

此时此刻的他，已经站上了至今为止的人生最高峰！

“终于恢复了，不知道外界怎么样了？”石昊轻语道。他估计很多人都会误以为他死掉了。

他没有立即离开，而是选择了继续巩固修行，毕竟这里是难得的宁静之地，更是理想的闭关之所。

又是一个多月过去了，石昊的第二股仙气在这名雪白如玉的女子溢出的精气的滋养下，居然同第一股一样达到了顶峰。

“仙气圆满，已经不会再更强大了，除非修出第三股仙气。”想到这里，石昊摇了摇头，他的极限就是两股仙气，再也没有办法另寻他途了。

故此，他决定熬炼己身，让自己的身心都达到最强状态，而后便准备引天劫！

“也许在天劫中能出现第三股仙气。”他觉得，在这个没有天劫的年代渡劫，一定会无比可怕，也许能就此修出第三股仙气。

因为他在仙药园时隐约听白龟提及过！

只是，这一纪元没有天劫，若强行接引，所遭之劫一定会恐怖到极致，一个弄不好就会形神俱灭、万劫不复！

故此，石昊不敢轻易尝试，必须先认真准备，让自己的状态超越以往的极限。

“天劫因人而异，我已经修出了两股仙气，想来降下的劫难一定会更恐怖，说不定会是最强雷劫！”

想到这里，石昊心中一凛。他曾听闻，在上一纪元，诸多天纵奇才都死在天劫下，难以成功。

那可不是儿戏，不是任何人想渡就能渡过的。

所谓积极备战，不仅仅是调理身体，还要锤炼己身。于是，在接下来的一个月里，石昊开始了自虐般的修行。

他脱下了那副破烂甲胄，赤裸着躯体盘坐在湖中，对抗那蕴含着无尽杀气的黑色湖水。

“这湖水该不会是上一纪元的强大生灵的血液吧？”

石昊怀疑这黑色湖水是无上生灵的血液，散掉了精华，只剩下了污血，所以让人的肉身剧痛无比，难以承受。

那些蚊子能够承受，是因为它们就是由这种液体孕育出来的。

在这一个月内，石昊不断对抗着黑色湖水的侵蚀，期间多次受伤，最后他来到湖底，再次借助那女子逸散的精气休养。

一晃眼，他进入混沌蚊湖已经快六个月了，此时他的肉身与元神已经适应了黑色湖水，不再惧怕它的侵蚀了。

可见他的进步有多么的惊人！

但是，他依旧没有开始渡劫，而是还在准备。他开始主动去招惹那些蚊子，当然，他并没有惊动金色的天神级蚊子与那两只混沌古蚊。

真神级的银色蚊子全都扑了过去，锋利的口器刺在他的肉体上，顿时火星四溅。

无穷无尽的蚊子一起攻击石昊，他则借助它们的刺击锤炼己身。

这景象十分惨烈。即便他很强大，起初可以抵挡住，但是到了后面总会有疲累的时候，肉身便会被刺穿。

“我这是在自虐吗？”石昊苦笑道，但还是咬牙坚持着。

每次受重伤后，他都会潜入湖底，在那风姿绝世的仙子的十丈之外默默盘坐修行，借助她逸散的精气疗伤。

“必须得对自己狠一些，十冠王有仙道小树，凶巢的男子更是入主了一处仙地，他们都有大造化，而且已经积累了数世，我也得夯实根基！”

这些蚊子有剧毒，且口器尖锐，对石昊造成了极大的伤害，在接下来的时间里，他不断负伤，又不断恢复。

“铮！”

针形口器发光，刺在石昊的肉身上，一时间光芒闪烁，铮铮而鸣，就像打铁一般。

在这最近一个月的修行中，石昊不断借真神境的蚊虫淬炼己身，令自己受到千锤百炼。起初他满身都是伤口，肉身被毁得不成样子，时常还流尽精血。到了后来，他逐渐适应了，体魄变得越发强健，精气神也变得无与伦比的充沛了！

“咔嚓！”

最后，真神级蚊子的口器一刺在他的身上，他的体表便会泛起成片的霞光，若雷电交织一般，就这样他的躯体彻底变得难以损毁了。

“可以了，该出去渡劫了。不知道外界怎样了，他们是否已经将我遗忘了？”

石昊出关，准备离开黑色大湖！

第688章 荒归来

WANMEI SHIJIE

大半年过去了，石昊一直都没有出现。有人叹息，有人幸灾乐祸，表现各不相同。

一个修成了两股仙气的奇才，就这样被天神逼得坠进混沌蚊湖殒命了，这让许多人都感慨不已。

不管是敌视，还是惋惜，总之关于他的议论声从未少过。

直到最近，风波才逐渐平息，少有人提及了，毕竟再强大的人一旦死去也只能是一抔黄土，与草木同在，生前的风光都不复存在了。

“石昊，我会为你复仇的！”曹雨生出关后便得悉了这一战的结果，一张胖脸上顿时写满了愤怒，大声发誓道。

清漪和小兔子曾求助天神为石昊复仇，但是遇到了阻力，效果不大。

没有人愿意为一个死人去得罪有天神的部落，活着的荒是奇才，拥有无尽的潜能，但一具尸体算什么？

“石兄走好！”长弓衍对月饮酒，自己喝了一杯，又向地上洒了一杯。

“仙古”内，依旧有天才崛起，有辉煌神话诞生，人们的关注点已经渐渐转移，不再落在荒的身上了。

“那凶巢到底是什么地方？居然那么可怕，连追进去的天神都没能活着出来！”

人们倍感震撼。来自凶巢的谪仙——那个手持骨笛的男子也曾遭到天神追杀，因为他们怀疑他也修出了第二股仙气。

可是，在他重伤逃回凶巢后，有一位天神跟了进去，最后居然在里面殒命了，这一消息震惊了“仙古”！

在这期间，还发生了很多大事件。

比如，有人渡天劫，引发了大震动。要知道多少年不曾有这样的人了，这一世居然有人以雷劫淬炼己身，进行洗礼。

那一日，很多人前去围观，景象着实壮观。

可惜那位古代怪胎渡劫失败，死掉了，因为是他自己主动引来的天劫，因此那天劫无比凶猛，他遭遇了不可想象的磨难，最终被劈成了焦炭。

也是在那一日，“仙古”原住民们都惊惧不已，因为在那人渡劫时，有无尽诅咒降临，侵蚀那个人，这让天神都心惊胆战，生怕被殃及。

因为，对于外来者来说，第一次受到诅咒侵蚀还算不得什么，但对他们来说，这就等于点燃了火药桶，会让自身已受的诅咒变得更加严重。

“十冠王的小树居然是世界树幼苗！”

这则消息的传出，让“仙古”遗地大震。许多强者出动寻找十冠王的下落，引发了疯狂的浪潮。

要知道，就算在上一纪元，世界树都算是至宝。若能将这样一株幼苗根植在体内，无须多想，肯定能修出第二股仙气。

因为，在上一纪元曾有记载，这是最强的几大仙种之一！

在那个纪元，曾有人炼化雏形宇宙的种子与己身合一，有人栽世界树于体内，他们都踏出了古来最强之路，最后登临仙道巅峰，战力震动古今！

这样的消息的影响力自然无与伦比，连原住民中的天神都坐不住了，纷纷出关，冒着被诅咒侵蚀的危险寻找十冠王。

就连其他古代怪胎也因此遭殃，一些名气大的人同样遇到了阻击。

这是“仙古”最后一次开启了，各方都不再掩藏自己的造化，亮出了底牌，故此引发了前所未有的大乱。

直至很久以后，古代怪胎中最出名的几人都或殒命或消失，这场风波才渐渐平息。

在此过程中，一些人如璀璨彗星照耀天宇，让所有人都记住了他们的名字。

比如十冠王、凶巢的谪仙和宁川等人，一个个都光芒万丈，让日月黯然失色。他们都还活着，不过那些天神一时间寻觅不到。

三千州毗邻无人区处，各教修士都心绪起伏。最近这半年他们透过仙道花瓣所映现的景象看到了“仙古”内发生的事，此刻全都心中难以平静。

“好啊，我族的天才崛起了，他挖到了一株神药，实力猛增，希望他能够平安归来。”

“宁川了不得啊，居然避过了天神的追杀！”

“可叹，那个渡劫的奇才原本天赋超绝，竟就那样化成了一截焦炭，太可惜了。”

……

众人议论纷纷。

有人喜悦，有人忧愁——石子陵夫妇黯然神伤，非常难过。

“嘿，都半年多了，荒还没有出现，肯定已经死了。”

“他这么张扬，注定会过早殒命，能活下来才不正常！”

显然，对石昊不满的大教有不少，如天人族、火云洞、仙殿、冥族、钧天境等，此时这些门派的人都长出了一口气。

“可惜啊，他竟然死了，我还等着他回来呢。”从一辆血色战车中传来了冰冷的话语，那是大国之主的声音，可怕至极。

毫无疑问，他希望石昊活着回来是因为他想亲自动手，而不是真的期盼他平安。

“算他走运，若是他活着回来，我定让他生不如死！”妖龙道门的人也冷笑不已。

“这样死去，也算是一种解脱，他太幸运了。”魔葵园的人也开口道。

这些古教以前与石昊结下过仇怨，故此都恨透了他。

这一次，石昊跌进混沌蚊湖后，许多道统都在嘲讽奚落，有些神火境的生灵更是忍不住哈哈大笑。

当然，也有很多人表示惋惜，这样一个奇才，如此死去实在太过可惜了。

不管怎么说，石昊已经有大半年没有出现了，没有人认为他还活着。

想借助仙道花瓣映现他的身影是不可能的，因为一旦修出仙气，仙气缠绕在身，就会遮蔽天机。

还有一种情况就是，成了死人，那也将无法查看。

石昊的战绩以及他拥有了两股仙气的事实，都是他们通过观察旁人得悉的。

当日，石昊修出了两股仙气的消息着实让一群人目瞪口呆，引发了天大的轰动，所有人都跟见了鬼一般。

“嘿嘿，天才死了以后，也不过是粪土一堆！”

“要是他某一天活着归来，再次出现了，又会如何？万一到时候他已修出第三股仙气，那乐子可就大了。”

“道兄，你真是说胡话，一个死人怎么可能还活着出现，更不可能修出第三股仙气！”

就在外界与“仙古”内议论纷纷之际，石昊出关了，他从黑色的大湖中冒出，扫视四方。

“嗯？竟还有人马驻扎在这里，是怕我没死吗?!”石昊目露精光，眼中的寒气一闪而没。

这里有一些生灵，如黄金象、虬龙等，还有些是人形的。

石昊咽了一口口水，他大半年都不曾吃东西了，看着那金色的古象和龙气弥漫的虬龙，他顿时食指大动。

“要节约！”石昊暗中嘀咕道。

他没有动那些兽类，而是无声无息地将一个人形生物拉进了湖中，没有惊动其他人。

这个人居然是帝昆的后裔，来自他那个部落。

很快，石昊就从这个人的嘴里得知了大半年来“仙古”内所发生的事，顿时神色变得阴晴不定。最后，他将此人喂了蚊子，而后便大步走向了岸边。

“天啊，湖里走出了一个人！”一只龙雀惊叫道。它的鸟喙张得很大，显然是不敢相信自己所见到的一幕。

“是他……竟然是荒，他还没死！”黄金象大吼道。下一刻，它象鼻朝天，发出“呜呜”声，用力长啸。

“没错，我石某人又回来了，从地狱中归来。你们别费力气了，一个也走不了！”石昊踏着黑色的湖水来到岸边，扫视在场的强者。

这太让人震撼了，他们一个个都呆住了，而后心中生出一股寒气。这事太过诡异，他不是死了吗？怎么又从湖中钻出来了？

他们还守在这里，不过是例行公事，遵从族内的天神法旨而已，根本就没当真，他们都不信石昊还能活着。

可是现在……真是活见鬼了！

“杀！”

这些生灵大叫一声，一起出手，随即便想要逃走，更有人祭出了破界符。

“别浪费宝符！”石昊大叫道。

这些人悚然心惊，发现虚空已被禁锢，居然没有一人可以逃走，他们放出的宝术和秘宝都被对方缭绕着仙气的拳头粉碎了。

“噗！”

石昊一拳一个，快速结束了战斗，连真神都难以抵抗他的轰杀。

半个时辰后，混沌蚊湖畔炊烟袅袅，一尊大鼎被架起，当中的水早已沸腾，各种兽类被放在一起，熬了一大锅。

香气扑鼻，飘出了数里远，石昊开始大快朵颐。他已经有大半年没吃东西了，刚才差点将舌头都咬掉。

“好吃啊好吃，都是人间美味，真恨不得天天都能吃上一顿！”

石昊的嘴巴很刁，若是以往他肯定会很挑食，但他现在真是饿极了，就是给他炖一头猪，他也会觉得是美味佳肴。

“荒……又出现了?!”

这则消息像龙卷风席卷大地一般，一下子传了出去，让“仙古”的一些小千世界产生了大震动。

一个死去的人，怎么又出现了?

“我不相信，那可是混沌蚁湖，连天神跌落进去都无法生还，荒怎么可能会再现世间?!”

这消息掀起了一场轩然大波，很多人都表示怀疑。

但是，有人带来了确凿的证据，告诉外界的人们，荒活着回来了，正在混沌蚁湖畔大吃特吃呢。

众人愕然，这……这也太扯了吧!

石昊可不管这些，他知道消息已经走漏了，但是他依然无惧，因为这是他故意为之。

“他……他刚一活着回来，就在那里炖了一锅肉，这是在回击与挑衅那些天神族群吗?!”

这一日久久不能平静，这则消息实在太惊人了。

与此同时，三千州的不少修士也知道了。

广袤无人区边缘的人们通过仙道花瓣所映现的景象，洞悉了“仙古”内正在发生的事。

当然，他们依旧无法捕捉到石昊的踪影，因为他有仙气蔽体，可他们还是通过其他人的嘴知晓了这一情况。

“怎么可能，荒……他还活着，又回来了?!”

不久前，不少人都带着敌意在幸灾乐祸，大肆谈笑，奚落荒注定活不长，会过早地殒命，可结果他又出现了!

这一发现，让那些嘲笑过他的人仿佛挨了一记耳光，荒……他又活蹦乱跳地出现了!

特别是，不久前还有人曾戏言，荒没准还会出现，若是到时他已修出第三股仙气，那乐子就大了，当时所有人都嗤笑那人，觉得他是在白日做梦。

然而，这梦成真了！许多人顿觉脸上火辣辣的。

这个少年的再次出现，注定将掀起天大的风浪！

“仙古”内，混沌蚊湖畔，石昊大吃特吃，扔了一地的骨头，终于心满意足了。他长出了一口气，道：“吃饱了，他们也快出现了吧？”

第689章 嚣张

WANMEI SHIJIE

地上一片狼藉，被石昊扔了一堆骨头，那些巨大的骨骼还发着光，显然蕴含着神性力量。

混沌蚊湖畔，石昊枕着一段龙骨，身下铺着艳丽的雀羽，仰面躺在那里，无比舒坦地打了个饱嗝。

他灌了一口烈酒，吧嗒了一下嘴，感觉这种放松的状态简直赛过做神仙。

半年前他重伤垂死，一直在逃亡，最近这几个月又天天对着密密麻麻的蚊子，被它们的针形口器刺穿身体，以此锤炼己身，简直苦不堪言。

现在这饱餐一顿后的松弛感觉让他心满意足，此时他法力鼎盛，精神饱满，连毛孔都喷薄出霞光，正在享受难得的清闲。

“天啊，真是那个魔王——荒，他还活着！”

不远处有人来了，见到他后全都失声惊呼，觉得这简直不可思议。传言是真的，他活着出现了，好端端的，并没有殒命。

“真的是他吗？那可是赫赫有名的禁地——混沌蚊湖啊，从来没有人能够从那里活着出来，他是怎么做到的？”

人们呆住了，都觉得难以置信，若非亲眼所见，他们都会觉得这消息是假的，是有人故意编造出来的，可现在他们说不出话来了。

很快，第二批人也到了，当中不乏“仙古”原住民，一个个也都像白日撞鬼了一般目瞪口呆，怔怔地看着前方。

“哎哟，我吃太撑了，都快起不来了，你们怎么又出现了？”石昊坐起来，揉了揉肚子，吞了一口口水，望着前方的一些敌对种族，问道。

在那里，有金色的古猿、虬龙等，都是追杀过他的种族。

当然，来的强者并不是天神级别的，最厉害的也才到真神境，听闻荒再现于世间时，它们正好离得不是很远，便第一时间赶来了。

嚣张！有人暗暗咬牙，同时快速后退。起初它们并不相信这消息，现在亲眼见到了荒，自然都异常震惊，深感不妙，想要遁走。

“来了就别走了！”石昊大笑道。他伸出一只土黄色的大手，下手遮蔽天日，如一片很厚的云朵压落，覆盖了那里。

“杀！”

那几个生灵大喊一声，竭力抗衡，同时心中后悔不迭，真是好奇心害死猫啊，这般跑来求证消息，岂不是自投罗网？

瞬息之间而已，他们就全部被镇压了。

几个生灵被石昊拎起，抓到了湖畔，而后，他很耐心地取出一条虬龙筋，将这几个生灵串成一串，挂在了身上。

“留着慢慢吃，储存粮食太重要了！”

这是他的真实感叹。最近几个月，他都不见荤腥，脱困后看见这种野味，他的眼睛都快冒绿光了。

粮食？众人听到后，全都呆住了，不知道说什么好。这个家伙真是太凶残了！

黄金象、貔貅等生灵的躯体原本都庞大得跟小山似的，而今被他串成一串，都化成了巴掌大，呈迷你型，垂挂在他的身上，怪异又惊人。

“见鬼了，真是他！”

随着时间的推移，各方都来人打探了，特别是正在外游历、离得较近的敌对生灵，更是第一时间赶到了这里。

可想而知，他们一个个都被石昊擒住了。

石昊恨透了其中几个大族，他先前差点被那几族的天神追杀至死，现在那些天神的徒子徒孙出现了，他自然不会客气。

这些人都不相信石昊还活着，故此前来求证，结果都送了命。

当然，后面的大部分强者还是很谨慎的，他们都没有临近现场，只在远处观看，在看到石昊身上挂了一串又一串的猎物之后，他们都头皮发麻、倒吸凉气，一个个立刻撒丫子狂逃。

至于不相干者，石昊没有对他们出手，他还没有丧心病狂到那种地步。

“哎，冥族的凑什么热闹，你们又臭又腐，有多远给我滚多远！”石昊一边弹指一边说道。

在“噗噗”声中，有几个含着恨意、带着仇怨的冥族强者被他击穿，倒在了地上。

外界的三千州各教修士都看呆了。

此时，石昊并没有释放仙气，因此他们能够看见他的身影，一时间全都目瞪口呆、面面相觑。

冥主屹立在一座白骨山上，脸色要多难看有多难看。这是赤裸裸的蔑视，这家伙在“仙古”惹了天神还不收敛，居然还敢如此行事。

“天国的杀手还没死绝吗？居然还有人冒头。”石昊冷笑了一声，再次开口道。随后，他第一次收敛笑意，从原地消失，没入了远空。

“噗！”

下一刻，他从虚空中轰出了一个人形生灵。

天国当世第一杀手！

居然是他，他也来到附近了。

要知道，天国的古代怪胎——那个王者的肉身上次都被石昊毁灭了，但当时天国的当世传人并没有露面。

然而今日，他还是没能逃过一劫。只见石昊一脚扫出，眨眼间便将天国当世第一杀手击杀了。

外界的无人区边缘。一辆鲜红得惊人的血色战车正不断向下淌血，从中爆发出了滔天的杀意，震得古战车发出了轰鸣，铮铮作响！

这还是天国之主第一次这般愤怒。

荒显然是做给他看的，这是在羞辱天国，在挑衅他的威严，向他宣战。

其他人也脸色大变，纷纷感叹，这就是修出了两股仙气的荒吗？果然强大惊世。同阶修士中的天国杀手何其可怕，结果竟然刚与荒交手就被格杀了。

所有人都深刻地认识到了事情的严重性，若是让他成长起来了，那简直不可想象！

“吃太饱了怎么办？”回到湖畔后，石昊摸了摸肚皮，这般说道。

事实上，他身材挺拔，修长健美，肚子并不鼓胀。这话若让人听到了，那绝对是对各大天神族群的羞辱。

“该怎么消食呢？”石昊咕哝道。突然，他盯住了人群后方的几个生灵，大笑道，“送瓜子的来了！”

那几个生灵闻言大恨，转身就走。它们是魔葵园的强者，跟荒自然是死敌，七神下界时它们就曾是主力。

这次石昊倒是没有下死手，只是将它们捉住，稀里哗啦地一阵摇动，而后又一顿狂掰，弄了一堆晶莹如黑玉石般的瓜子下来。

毫无疑问，这会让这几人道行锐减，因为这正是他们的精华所在。

“喀！喀！”

石昊坐在湖边开始嗑瓜子，神态悠闲，而那几个强者则悲愤地掩面而逃。

远处的众人，无论是原住民还是三千州的天才们都看得哑口无言，大眼瞪小眼，心想，这果然是个魔王！

外界的广袤无人区边缘，魔葵园的主人怒火滔天，气得一巴掌拍碎了一座巨山，惊得许多人噤若寒蝉。很明显，荒是在故意针对他们。

不久前，各教修士还在嘲笑、奚落荒，认为他注定会早逝，结果他不仅活了，还这样挑衅敌人，这就相当于一巴掌朝所有人的脸膛当面拍来，让他们避无可避。

很多人都觉得脸上火辣辣的，面皮难受！

混沌蚊湖的岸边，石昊嗑出了一地的瓜子壳，顿觉浑身精气澎湃。毕竟每一颗瓜子中都蕴含着道行与神性，是大补药。

“这家伙真是太嚣张了，居然就这么杵在这里又吃又喝，他是要在这里等着与天神对决吗?！”

“竟敢这样挑战各族的底线，不可饶恕！他一定会被镇杀，最后死无葬身之地！”

很明显，还有与石昊敌对的生灵暗中混在人群里，此刻他们全都握紧了拳头，愤懑不已，静候天神驾临，击杀石昊。

“瓜子好油腻，再来盘水果多好。”石昊说道。

“唰！”

一株神藤拔地而起。这是一株金色的太阳藤，来自上界太阳神宫，同属他的敌对势力，因此被他抓了过来。只听“哧哧”几声，石昊将它当成了甘蔗，开始咀嚼。

“他活不了！”外界，一株金色的古藤嘶吼道。它是太阳神宫的主人，曾经前往下界，结果被柳神斩断了躯体，狼狈而逃。

荒活着回来了，这引来了各方瞩目，本该是十分轰动的场景，可是谁也没有想到这家伙竟闹出了这样一出戏，真是令人瞠目结舌。

“轰！”

突然，天崩地裂，神哭魔嚎，惊得众人疾速后退。

只见虚空四裂，几道身影从黑色大裂缝中走出，俯视着混沌蚊湖，整个小千世界都在随之剧烈摇动。

终于，天神驾临了！

半空中出现一头黄金古象，足有山岳那么高大，此时它看着这满地的狼藉和被吃剩下的骨头，面色阴沉，气息恐怖。

“小孽畜，你太嚣张了，觉得自己有所依仗，就可以冒犯天神吗？今日，你活不了！”黄金古象冷森森地说道。

然而，很快它就忍无可忍了，额上青筋暴起，金色的瞳孔射出两道犀利的光束。

因为，那小子竟然……竟然在用一根雪白的象牙剔牙！

石昊施展手段，将一根雪白如玉的巨大象牙缩小了，而后从容不迫地用手指捏着它，在那里漫不经心地当牙签用。

众人见状都傻了，这家伙真是太嚣张了，这是想将黄金古象气死吗？

“小子，你这般挑衅，到时候想死都难了，我等会让你生不如死！”天空中传来了巨大的轰鸣声，紧接着虬龙族的天神浮现出来，灯笼似的双眸看着下方。

石昊不紧不慢地扔掉“牙签”，穿上了一件熠熠生辉的甲胄，细看可以发现，那甲胄居然是以虬龙的鳞片炼制而成的。

“你找死！”虬龙眼睛赤红，大吼道。

“小辈，你做得这样过火，一会儿不会有好下场。”一只羽翼鲜亮的龙雀这般说道。它展开双翅，瞬间遮蔽了天空。

石昊依然没说话，而是以行动回应。只见他取出了一根最为璀璨的龙雀羽毛——那是“唯一真羽”，跟原始宝骨等价——而后，开始掏耳朵。

“当杀！”

虚空中，龙雀振翅怒道。

“小子，你有种，但你也别想逆天，今日就是真仙降临都救不了你！”马原也来了，天神追杀石昊就是因他而起。

石昊终于正面回应了，只听他开口道：“你个老乌龟，一会儿宰了你。还有几人呢，比如那古猿、貔貅，还有帝昆那老浑蛋呢？都滚来吧！”

第690章 智退天神

WANMEI SHIJIE

“你……”马原一手指着石昊，脸色铁青。这小子太张狂了，根本就没有将他这个天神放在眼中。

“你什么你？忘记上次我是怎么揍你的了吧？还不长点记性。一会儿再拾掇你这老小子一顿，而后直接击杀。”石昊说道。

众人无不目瞪口呆，这家伙还真是什么都敢说。

马原气得面孔扭曲，神色狰狞。这小子居然敢以这种口气跟他叫板，好像真能压制他一般。

“老小子你别不服气，上次不是就狠揍了你一顿吗？真是记吃不记打的东西！”石昊继续埋汰他。

“放屁！”马原大怒道。

他的一世英名啊，他什么时候被一个小小的神火境修士揍过？虽然上次中了诅咒，但那也只是他大意了而已。

“好臭！”石昊大笑道。

“放肆，跪下！”马原大喝一声，动用天神秘术，以最强的精神威压横扫而来，想让石昊神识遭创，心神失守。

石昊眉心发光，从容应战。他的神识也快接近天神境了，与马原的相比弱不了几分，因此根本无惧于马原的压制。

“老乌龟，你在鬼吼什么，唱独角戏吗？一个人在那里碎碎念不嫌累吗？还挺招人烦的。”石昊双手抱臂，轻描淡写地说道。

上一次马原几乎将他逼死，这次他自然不会留情，故意耍起了嘴皮子。

马原怒火中烧，同时也不禁心中一凛，他可是知道这个少年曾经遭受重创，受了大道之伤的，而现在这小子却精神饱满、毫发无损。

其他几位天神也看出来了，石昊精神极佳，道伤显然已经痊愈，这简直不可思议。要知道，一旦被大道所伤，就连他们都难以恢复。

受了那种伤，即便是天神都多半要殒命，不然也至少需要用漫长的时间去修复伤体，才有痊愈的可能。

毫无疑问，此人了不得，必须迅速击杀——这是几位天神的共识。毕竟他太惊人了，居然只靠自己就治好了大道之伤。

“说什么都无用，将他杀了便是！”虬龙冷森森地说道。

“好，立刻诛杀他的元神，留下肉身，回头我们再定夺。”黄金古象说道。它第一个出手，象鼻顿时如山岭一般向前抽去，劈裂了虚空。

“我来！”

突然，一只毛茸茸的金色大手从虚空中探出，是一只古猿的手，它抢先抓来，要擒走石昊。

这只古猿的身上密布着鳞片，但在一些鳞片的缝隙中也长着金色的毛发，看起来相当威猛。它刀枪不入，也追杀过石昊。

“真差劲，帝昆那老浑蛋怎么不来？不然我一块儿杀掉多省事。”石昊横移出去，疾速避过这一击，出现在了湖泊的另一侧。

几位天神目光深邃，立即止步。这可是一处禁地，若是象鼻与大手拍进了湖中，一定会惹出大乱子。

“你们几个混账一个都别想走，我要全部击杀。”石昊说道。

众人都呆住了。一个神火境修士居然敢叫板天神，还扬言要将他们全部击杀，这是何等狂言？太不现实了！

马原闻言向后退了几步，因为他相信石昊不是傻子，也不是疯子，不可能自寻死路，一定是有什么后手。

许多修士看到这一幕后都露出了异色，就连其他几大天神的双眸中也有精光在闪烁。

“哈哈哈……”石昊大笑出声。他什么也没说，只是伸出了一根指头指向马原，脸上带着轻蔑之色。

“小辈，有什么可笑的？！”马原喝道，显然是恼羞成怒了。

“胆小如鼠的马老头，我劝你还是赶紧滚蛋吧。就你这样的货色也能修到天神境？我刚才那番话，差点吓死你吧？”石昊嘴巴十分狠毒。

马原被他气得七窍生烟，堂堂一代天神，居然屡次被一个小辈羞辱，这真是奇耻大辱，是可忍孰不可忍。

“跟他废话什么，直接干掉就是了。我等是天神，高高在上，如今有这么多人在场，谁来了都无用，都会被我们击杀！”那古猿暴躁道。与此同时，它浑身金光大盛，再次出手。

“不错，出手！”这一次，马原很大气地冲了过去，堵住了一方。

其他天神也出动了，将混沌蚊湖围了起来，并封锁了虚空，任石昊本领超凡，也不可能突围出去。

众人屏住了呼吸，同时快速倒退。天神出手，威势绝对超乎想象，他们可不想枉死。

因为，天神一怒，便是流血漂橹、伏尸百万，恐怖至极。

这一刻，所有人都盯着这边，不知道石昊该如何活下来。要知道，他只是一个神火境的修士，根本就不可能对抗天神。

像天神那种高高在上的强者，一根手指头就足以击杀其他神祇！

围堵了混沌蚊湖后，几大天神神情冷漠地同时祭出了法则。他们都怀着不同的心思，想将石昊掳走，独得其肉身。

“好了，人也来得差不多了，现在就开始击杀你们！”石昊冷森森地说道。

“轰！”

他只做了一个动作，那就是一拳轰进混沌蚊湖之中，搅乱了此地的宁静。

这一下捅了马蜂窝，无穷无尽的蚊子铺天盖地地冲出湖面，向几位天神飞去，发起了疯狂的袭击。

石昊则飞快地取出了万灵图，穿上了那副与雷帝有关的甲胄，随即跳入湖中，静静地看着眼前这一幕。

神火境的蚊子如红玛瑙般鲜红，而真神境的蚊子则散发着银光，密密麻麻的蚊子遮蔽了日月，挤满了天地。

谁也没有想到他竟会如此大胆，敢惹怒混沌蚊湖中的生灵，闹出这么大的风暴！

“天啊！”后方观战的人们都惊叫不止，转身就逃。

蚊子实在太多了，它们都已成神，却失去了神志，它们会出于本能地攻击所有靠近者，无比疯狂。

“别告诉我这小子这几个月都待在这湖中，他难道不怕这些蚊子吗?!”

此地沸腾了，刺耳的振翅声如金属板在摩擦一般，连几大天神都在第一时间被这些蚊子淹没了。

不过，他们的实力何其恐怖，刹那间就震死了一大片蚊子。一时间，成片的虫尸坠落，“扑通”声不绝于耳，因为每一只蚊子都异常硕大，重达数十斤。

“嗡！”

就在此时，尖锐的虫鸣声响起，让人耳膜生疼。

只见金光闪耀，天神级的蚊子从黑色的湖泊中冲了出来，而且一下子就出现了数只。子孙遭创，它们自然难以忍受。

石昊也遭遇了危机，不过他将万灵图抵在了身前，体内还有一团神秘火焰，而且蚊子们还记得他的气息，不敢临近，故此他并未受创。

“速退！”

虬龙大叫道。

它心中一阵惊悚，没想到湖中的恐怖生灵反应会这么迅速，瞬间就盯住了它！

那是两只混沌古蚊，都只有巴掌大，它们冲出水面，带着混沌气，散发出了让天神都胆寒的气息。

“噗！”

就在虬龙传音的瞬间，它中招了。

它甚至都没看清是怎么回事，只觉心脏剧痛，一道血柱就飙了出去，一身精血损失了五成。

“轰！”

它一头撞碎虚空，转身就走，再也不敢心存侥幸，不再指望能趁乱捉拿石昊了。

“啊……”

龙雀是最惨的。因为它很贪心，无声无息地靠近了湖面，想趁那些天神级的蚊子追逐其他人时悄悄擒走石昊，却不承想一只混沌古蚊突然冲出，刺穿了它的翅膀。

只听“砰”的一声，它的一只天神翅瞬间爆碎，并且刹那间就流失了九成的精血，差点被吸成肉干。

见到这一幕后，其他几位天神都感到毛骨悚然，皆疾速转身逃遁，因为这两只混沌古蚊实在太可怕了，根本不可力敌。

唯一值得庆幸的是，那两只混沌古蚊都只剩本能了，不然他们就危险了。

即便如此，几人也还是先后负伤了。

“噗！”

马原的小腿肚子被叮穿，鲜血直流，他惊恐地发现自己损失了三成精血，不禁大吼了一声。

强大如古猿，身覆金色鳞片，也被刺透了，一时间鲜血飞溅。

它失血过多，面色苍白，当即就是一个踉跄，而后它一声怒吼，也撕裂虚空，飞快地跑了！

……

几大天神都逃了，这次的围歼以失败而告终。

若非这些蚊子已神志不清，想必这一群人都会有性命之忧。

“可恨啊！”

有天神在离开这个小千世界后便发出了嘶吼。刚才实在太憋屈了，他们的心中满是不甘。

他们可是堂堂天神，向来高高在上，而今居然败北，被一群蚊子追杀得四处窜逃。

最可恨的是，那小子还躲在湖中贼笑，满脸讽刺之色地目送他们离开，这实在让人难以忍受。

现在他们终于知道石昊的倚仗是什么了，他居然可以藏身于混沌蚊湖中，还能让那些蚊子不怎么攻击他，这的确超出了他们的预料。

消息传出后，小半个“仙古”都震动了。

几大天神一齐出手却失败了，一个个都挂了彩，最后狼狈而逃，这着实让人难以置信！

“我没听错吧？荒好好地活着，几大天神却遇险了？！”

各个小千世界中一片嘈杂，各方都愕然了，觉得这一切太过不可思议。

“耻辱，真是奇耻大辱啊！”

几大天神中，就数马原吼得最响亮。他这是在让几人下决心呢，哪怕那小子躲进了混沌蚊湖，也一定要除掉他！

一日后，他们再次出现了，而且同行者中还多了一只貔貅，此外还有帝昆！

至此，曾经追杀石昊的天神都快来齐了，他们再临暗界，出现在了混沌蚊湖畔。

这消息自然震动了大半个“仙古”，许多人都来观战了，大家都想知道这一役的结果。

很明显，这些天神都是有备而来的，那混沌蚊湖多半已经无法再庇护石昊了。

“帝昆，你这老浑蛋也来了，上次那顿嘴巴抽得你还不服气是吧？今天我就宰了你！”

石昊从湖泊中冒出了头，轻蔑地看着帝昆喊道。他一上来就这样叫板，听得所有观战者都直嘬牙花子，心想，这主儿太邪门了，真是张狂到极致。

“小孽畜，你死定了！”马原喝道。

“我看谁能救你！”黄金古象也冷声说道。

“就是真仙转世也没用，天上地下再无你容身之处！”帝昆冷森森地说道。

“哈哈哈……”石昊大笑了几声，而后神色一冷，道，“送你们所有人上路！”

第691章 逆天杀

WANMEI SHIJIE

十万生灵，人头攒动。

此时的暗界就是这种景象，而且在场的应该远不止十万生灵，他们密密麻麻地分布在虚空、山峰间，都在远远地看着。

因为这次的事情闹得实在太大了，几大天神发誓，要击杀荒。

“祸害遗千年，他果然没有死！”人群中，小兔子握紧了拳头，嘿嘿直笑。

打神石躲在山缝中，一边偷瞄一边惊道：“这家伙疯了吗？竟然到现在还敢叫板几大天神，他还能有什么手段？”

清漪、曹雨生、长弓衍等人都来了，不过他们没有露出真身，都在无比紧张地密切关注着。

不光是他们，其他人也都是如此，在这种气氛下，所有人都觉得十分压抑，凝神注视着。

“荒，我真不知道你是疯了还是傻了，你以为凭借一个湖泊就能挡住我们的脚步吗？天神要杀你，就是真仙复活了都没用！”帝昆说道。

“真仙要是降世，一根指头就能碾死你们，错，应该说是一根头发飘落，就可将你们全部压碎！”石昊冷笑着，依旧在出言嘲讽。

“无须多言，直接解决掉他。面对一个不知天高地厚的东西，没有必要跟他计较！”马原阴沉着脸道。

“老马，你真是马脸不知丑与长，你忘记我揍过你一顿的事情了吧，更忘记不久前你被蚊子追杀得屁滚尿流、亡命而逃的事情了吧？”

马原越是想表现出高高在上的姿态，石昊就越要揭他的短、可劲埋汰，气得马原直哆嗦。

“别废话，杀了你！”黄金古象第一个动手。

古猿紧跟着出动了，随后貔貅也喷吐神芒。

一时间，几大天神全部出击，祭出天神法则，镇杀石昊。

不过，他们出手都很有讲究，一击之后便立刻撕开虚空，疾速远遁，为的只是惊扰湖泊中的生灵，让它们暴动起来。

石昊见状脸色陡变，对方完全反过来了，在用他的手段对付他。那些蚊子虽然对他身上的东西有所忌惮，可是若彻底发狂，说不定也会来攻击他。

天神法则落下，让混沌蚊湖沸腾了。

成片的蚊子死去，湖水更是变得白茫茫一片，上半部分都被蒸干了。

石昊飞速远遁，没敢继续待在那湖泊中，那里实在太恐怖了。

“轰！”

这几只金色的天神级蚊子冲了出来，两只混沌古蚊也红了眼睛，振翅而来，粉碎了虚空。

湖泊被定住了，不再蒸腾而起，几只最可怕的生物带着铺天盖地的蚊子出现了。它们都极为愤怒，疯狂地寻觅着敌手。

“逃啊！”

远方观战的人全都吓得面色苍白，惊叫着亡命而逃。

石昊也向远方冲去。然而就在这时，几大天神再次同时现身，围堵四方，禁锢虚空，一下子就将整片山脉都封锁了。

“小辈，你真以为我们对付不了你吗？天神要杀你这样的蝼蚁，办法太多了！”虬龙冷声说道。

“怎么不逃了？今日我们要灭杀你，就跟碾死一只虫子一样容易！”马原寒声道。

“你算什么东西，竟如此嚣张，今日我定要好好拷问拷问你的灵魂！”黄金古象也发怒了。

帝昆更是直接出手，祭出一条秩序神链攻向石昊，轻蔑地冷声斥道：“不知死活的东西！”

这一幕，远方的所有人都见到了，都不由得一叹，荒太过年轻气盛，结果将自己的命搭进去了。

“轰！”

只听一声巨响，石昊的体外浮现出了一个光团，将他守护在当中。

那是守护神符，它再次发威，抵挡住了天神的攻击。

“这古符果然神秘，不过我看你还能用几次，我们一人一击，就这样持续下去，早晚会让它破碎。”龙雀冷笑道。

“轰！”

突然，混沌古蚊追杀了过来，它们带领着几只天神级蚊子以及漫天的蚊子化作了乌云，俯冲而来。

这景象过于恐怖，让几大天神全部骇然色变，他们没有想到，那两只混沌古蚊即便失去了神志也还这么记仇，竟追杀至此。

“走！”

他们禁锢了此地，而后居然截断了这片虚空，拘禁着石昊一起从这里消失，逃出了这个小千世界。

远方的人们都被震撼了，这太可怕了，天神的手段果然难以揣度，能够撕裂虚空也就罢了，联合起来居然还能截走一片虚空，包裹着山川大地一起离去。

“轰！”

更让他们震惊的是，那两只混沌古蚊也同样强大，它们仅凭本能就包裹住了虚空，带着密密麻麻的蚊子追了过去，离开了这一界。

“天啊，这帮蚊子好记仇，要发生大事了！”有真神惊叫道。

所有人都激灵灵打了个冷战，预感到“仙古”要大乱了。两只混沌古蚊竟离开巢穴，追杀天神，真是恐怖至极。

“走，追过去看一看！”

“你疯了，不怕被蚊子吃掉吗？你想变成干尸吧?!”

“不用担心，这群蚊子已经盯上了天神，我们只是在后面跟着，一有不对，立刻逃走。”

一大群人都追了过去，想亲眼见证那一幕，要知道，“仙古”内永远不缺胆大包天者。

天神裹挟着石昊不断逃遁，接连出现在了几个小千世界中，可是那些蚊子始终追着他们，并未放弃。

这让几位天神大吃一惊，脸色难看。这下麻烦大了，他们没有想到这些蚊子会如此难缠，居然一路追杀了过来。

难道说，他们当中有人会殒命不成?

“快出手！”古猿暴躁道。它开始对石昊出手，轰击石昊的守护神符。

其他天神的脸色阴晴不定，但也都祭出了宝术，准备轰开此符，将石昊的肉身夺走，然后他们就会分开逃遁，各打自己的主意。

追过来的人们发现，那些蚊子果然只针对那几名天神。

观战者越来越多，各族修士齐现，小半个“仙古”都被震动了，大家都想见证这不可思议的一幕。

“完了，荒这次在劫难逃，真的要死了！”有人叹息道。

他被几大天神封在了虚空中，那守护神符早晚会被攻破。这还能怎么逃？

“怎么会这样？这家伙太笨了，让自己陷入了绝地，这次多半是真的要死了！”小兔子的眼圈都发红了。

“唉，你怎么这么傻啊！”打神石恨铁不成钢地叹道。

清漪、曹雨生、雪琳、洛道、长弓衍等人也不禁蹙眉，他们都认为石昊陷入了绝境，根本就没有生路可言了。

外界三千州的各教修士也都见到了这一幕，因为石昊并没有动用仙气。这形势逆转之快，让所有人都异常惊讶。

“这次他死定了，还能如何翻盘？”

“嘿，早先他能活过来可以说是奇迹，撞了大运，但在绝对的实力面前，他一个小修士能翻出什么浪来？这样挑衅几位天神，纯粹是找死！”

人们议论纷纷。早先愤懑不已的人此时都笑了，脸上带着嘲讽之色，继续观看着事态的演变。

“如果他还能活过来，我就自己掌嘴，算我多嘴。”有人带着冷意道，说罢又大笑了起来。

“他死定了，没有什么活路可言！”其他人也都摇头叹息道。荒根本就已经陷入绝境，没有任何生机。

冥族、天国、仙殿、火云洞、天人族等族的人都露出了淡淡的笑意，总算是出了一口恶气，一时间他们都觉得心情大好。

然而，就在这时，一道惊天的光芒绽放，让所有人都眼睛刺痛、震撼不已，一时间全部呆住了。

“天啊，他在做什么？”

“难道他还能绝处逢生不成?!”

“他这是在……逆天而行啊！”

许多人大叫出声，全都呆住了，就连天神也不例外。

三千州的各教修士也都被震撼了，一个个都怔怔地看着仙道花瓣上映现出的画面，只觉难以置信。

很多人都感觉脸上火辣辣的，似乎又被扇了一巴掌。

只见石昊浑身发光，独自立在场中央，此时他没有再压制己身，而是全力运转神力，爆发出了自己的最强威势，以雷帝秘术引动了无上雷光。

一瞬间，一道粗大的雷电贯通了天上地下，恐怖无比，震惊十方！

这不是一般的雷电，而是天劫，是上苍降下的神罚！

若是一般的人想在这没有天劫的时代引动天劫，必定会异常艰难，但是石昊修炼了雷帝秘术，并已精研此道，因此并没有费太多力气。

不过，被他这样的逆天之行而强行引出的天劫无比可怕，比正常降下的雷罚要恐怖太多了。

这才开始呢，上苍就降下了最强雷电，击穿虚空，震碎四野，响声如星空崩塌一般，让人双耳溢血，难以忍受。

这也太可怕、太激烈了！

谁都没有想到石昊会这么决绝，居然做出了这样一件震惊“仙古”的大事！

“啊——”

几位天神惨叫不止，脸上写满了恐惧。

因为在那可怕的天罚中，竟然还挟带着强大到极点的诅咒，那诅咒跟着雷电一起降下，将他们全都淹没了。

石昊渡劫，却让他们也跟着遭劫！

这诅咒强大得让人无法想象，像液体一般包裹住了他们，侵蚀到了他们的骨子里，根本无法躲避。

若是没有受过诅咒也就罢了，第一次受到诅咒总不至于直接殒命，可是，他们全都被诅咒侵蚀了数万年，早已病入膏肓，而此刻，他们体内的诅咒就这样被全面、彻底地引爆了。

“不！不！不！”马原凄厉大叫。他的身体从双腿开始腐烂，一眨眼的工夫，就快变成骷髅了。

“啊啊啊……给我退开！”黄金古象大吼道。即便它皮糙肉厚，黄金神皮坚韧无比，此时身体也已遍布尸斑，开始迅速腐烂。

它原本防御力惊人，但是它离石昊最近，故此遭到的诅咒冲击也最大，一下子就被恐怖的诅咒之力掩埋了。

在黄金古象的惨叫声中，只见它不仅肉身在不断腐烂，就连它的天神骨竟然都在慢慢腐朽，像烂木头一般裂开了。

“轰！”

一道天雷落下，正好劈在了它的象牙上，两根雪白的利器顿时全部折断，从天空坠落了下来。

“太霸道了！好可惜啊，我的天神象肉！”石昊被雷电劈得龇牙咧嘴时还不忘记吃，竟来了这么一句，气得黄金古象身体直颤。

“啊……”帝昆也在嘶吼，他的肉身上也布满了尸斑，血肉不断脱落。

几大天神都是如此，无一例外，全部遭劫了！

“我不甘啊！”有天神在怒吼，在长啸。

“天啊，这是荒做的？”远处的所有人都被震撼了，简直不敢相信自己的眼睛。

“他是在渡天劫啊，还借此诛杀几大天神，真是太疯狂了！这样做，他自己能活下来吗？”

第692章 天劫

WANMEI SHIJIE

上一纪元才有的天劫又出现了，而且是如此的猛烈，恐怖得让所有生灵都头皮发麻！

谁都没有想到石昊会如此果断、如此决绝，不惜用自己的生命引来天劫，以对抗几大天神。

“轰！”

天雷浩荡，一道比一道猛烈，每一道都比山岳还粗，那耀眼的雷电劈落下来，让山川爆碎，让虚空炸裂。

人们从来没有见到过这么可怕的雷劫，完全就是为了将渡劫之人彻底诛杀啊，根本就让人看不到一点生的希望。

一般来说，神火大圆满境的修士怎么可能抵挡得住？即便是在这个过程中晋升到了真神领域，也毫无招架之力。

“啊……”马原面孔扭曲，惨叫不止，眼中写满了绝望，这么浩瀚的雷电压落下来，所带来的诅咒之力无法想象。

那种诡异的力量如液体一般包裹住了他，让他浑身都变成了灰白色，同时，一股浓郁的腐烂气味由内而外地散发了出来。

此时的他早已不成人形，模样要多惨有多惨。

“咔嚓！”

一道巨大的闪电劈落，他的膝盖骨应声炸开，一对小腿骨随之坠落，在雷电中粉碎，化为乌有。

这种诅咒竟可侵蚀肉、血、骨！

“孽畜！”马原厉声咆哮着向石昊扑去，想要将他击杀，他知道自己多半命不久矣，故而想在遭劫前灭掉石昊。

“轰！”

然而石昊正处在雷劫的中心，那里的诅咒之力像爆发的火山一般猛烈，从四面八方无穷无尽地疯狂涌来。

马原刚一临近，就瞬间被一道雷电击中了天灵盖，当场发丝燃烧，头皮脱落！

那诅咒之力混在雷电中落在他的身上，就像是烧红的铁水浇在了冰雪上，发出了“哧哧”的声音，并让他头骨乌黑，尸斑扩散。

马原惨叫着被一下子轰飞了。

这诅咒太强大了，可以对天神构成致命的威胁！

“老家伙，你真是不行了，这才刚开始就要坚持不住了？”石昊还在说风凉话，其实他自己的情况也惨不忍睹。

此时他浑身是血，前几道雷就将他劈了个披头散发、浑身焦黑，造成了非常严重的创伤。

这次的天劫超乎了他的想象，强大得令人发指，就算是在无尽岁月以前那个有天劫的时代，这种级别的天劫也很少会降临在神火境的修士身上。

这种雷劫一出现，就意味着毁灭。真可谓是雷云压盖世间，扼杀绝世奇才！

这天劫不太对劲，颜色有些瘆人，起初劈落的还是金色、银色、紫色的闪电，但后来，血色闪电和尸水一般的雷电也开始肆虐，击裂天穹。

“轰！”

一道雷电砸落，绽放出五种色彩，化成了五道炸雷，轰在马原的头上，这真是名副其实的“五雷轰顶”。

“啊——”马原惨叫不止，因为那诅咒太可怕了，侵蚀着他的头盖骨，让他的天灵盖都开始腐烂了。

“咔嚓！”

紧接着，一道血色闪电降下，将马原的天灵盖劈得冒起了青烟，让人触目惊心。

远处，但凡见到了这一幕的人无不胆寒，浑身都起了一层鸡皮疙瘩。那可是天神啊，居然都遭受了这样的磨难。

这一景象令人汗毛倒竖，浑身都冷飕飕的。

“走！”马原想逃。他实在是害怕了，这还只是开始，他就被这诅咒侵蚀得这么惨，引得蛰伏在他身体中的旧疾都全面发作了。

然而，让他头皮发麻的是，他根本就走不了。远处的那两只混沌古蚊都疯了，它们并不在天劫的范围内，却还是被刺激得发了狂。

顷刻间，无边的场域如潮水般汹涌，影响了虚空，竟是两只混沌古蚊封住了此地。

其他几位天神比马原更先行动，都想逃离这诅咒之地，却遭遇了伏击，只见虬龙刚一撕开虚空，就有一道血光迸现，它的半截身子应声断裂。

原来是一只混沌古蚊发动的攻击，那可怕的口器刺断了虬龙的龙尾，一口就吸掉了它半身的精血。

天神即使再强大，想要修复这种伤势也需要时间，不可能当场就恢复过来，而在这诅咒之地，力量一旦被削弱就意味着危在旦夕了。

“不！啊——”虬龙大吼道。

它倒退几步，又回到了雷光中，顿时无尽的诅咒侵蚀而来，血肉随之干枯，皮肤龟裂，就像枯死的老树皮一样脱落下来。

雪白的骨骼露了出来。虬龙凄厉大叫，它已经有一半躯体被毁掉了，还有一部分则成了莹白的骨头架子。

这可是天神啊，何曾落到过这般惨烈的境地！

“好心疼，我的心都在滴血啊！那可是龙肉，还是天神级的，竟然就这么被糟践了！”石昊在远处大叫道。尽管他也满脸血污、发丝散乱，浑身都是裂痕，一片焦黑，但他还是在那里嚷嚷着。

虬龙闻言，气得浑身颤抖，一个小小的神火境修士居然也敢这么放肆，盯上了它的血肉，当真是不能忍！

只是它现在的确没辙，天劫浩荡，那雷电还是其次，主要是那诅咒之力太强大了，像点燃了炸药桶一般，彻底引出了他们体内本就存在的可怕诅咒。

“这可不是马原那老浑蛋的无用肥肉，而是虬龙肉啊！”石昊继续痛心疾首道。

马原心中大恨，气得七窍生烟，鼻子都快气歪了。

此时此刻，他们当真是生不如死。

“小子，你不得好死！”虬龙怒斥道。这个狠辣的后辈要渡天劫，居然将他们也算计了进来。

“道友，逃吧，先离开这鬼地方。我们要是因此而死，就未免太憋屈了！”马原劝道。他跟虬龙站在一起，准备突围。

然而，不远处所发生的一幕，让他们汗毛倒竖，脚步一下子又停滞了。

只见龙雀刚以天神翅割裂长空，准备突围遁走，一只巴掌大的蚊子就一闪而过，“噗”的一声刺透了它的躯体，没入了进去。

“啊——”

龙雀惨叫出声，刹那间，它所有精血尽失，变得浑身干瘪。

下一刻，它逼出了那只混沌古蚊，却再也承受不住诅咒的侵蚀，当它跌跌撞撞地重回雷光中时，它便立刻被一道天雷劈中，变得浑身灰白，被诅咒彻底淹没了。

“咔嚓！”

它从眉心开始龟裂，只剩下了骨头架子，就连天神骨也开始腐烂。

一只灰白色的神鸟从它的头骨中飞出，那是它的元神，此时已没有了一点光泽，正随着雷电的侵袭而逐渐变黑。

“噗！”

最后，它的元神彻底溃散了！

一位天神就此殒命！

龙雀本就修为最弱，才勉强达到天神境，天神道果不稳，故此成了今日第一个遭劫的。

“天啊，一位天神死了，就这样在诅咒中化成了灰烬，这一切都只因一个少年而起。”

“可是，荒还活着，他还在渡劫！”

人们看到这一幕后，一个个都胆战心惊、嘴唇发抖。一位高高在上、不可匹敌的天神竟然就这么死掉了，这简直就像神话故事一般。要知道，这位天神的死是由区区一个小修士导致的！

“啊啊啊……我难受啊！”石昊看起来痛苦无比，大喊大叫道，“老天，你还我的龙雀肉！怎么能如此毁掉，你暴殄天物啊，我想吃天神级的神禽肉啊！”

他伤势严重，许多地方都已经露出了骨头，在艰难地对抗着雷电，嘴巴却依旧不肯闭上。

“小孽畜，你活该被雷劈，最终死无葬身之地！”有天神怒喝道。

“啊呸，我就是不死，你们这群老乌龟都给我去死吧！”石昊忍着剧痛，龇牙咧嘴地回应道。

到了这一步，双方其实都无比难受，就连石昊也觉得有些不太对劲了，似乎有诅咒，正向他的体内入侵。

还好他不是原住民，此前体内不曾蛰伏着无尽的诡异诅咒，这是第一次被侵蚀，诅咒不会立刻发作。

“咔嚓！”

万重雷光与血色闪电交织在一起化成了网，将石昊击得横飞出去，撞在了地面上。一时间，他的体内噼啪作响，骨头上也密布裂痕。

而此时此刻，几位天神也不好受。

“不行，死在一个小辈手中也太寒碜了，无论如何也得逃离！”虬龙低吼道。

在它的旁边，出现了一只貔貅和一只金色的古猿，它们都是天神中的佼佼者，此时一起发狠，向外冲击。

“不好，那只混沌古蚊怎么又攻来了？难道它苏醒了，有了些许神志？”古猿惊疑道。

它的身上密布着金色鳞片，防御力不可谓不惊人，却依旧被那只混沌古蚊的口器刺穿了，情况十分危急。

“猴子，你敢逃?!把猴脑给我留下，不许带走我的粮食！”石昊大吼道。

古猿彻底愤怒了，它的脾气本来就暴躁，现在承受着这种磨难，自然更加心气不顺，恨不得一脚将石昊踩死。

“不好，道兄救我！”马原惨叫道。

原来，他刚才居然趁着三大天神突围时想从另一侧逃走，结果被另一只混沌古蚊刺中，半截躯体都彻底断裂了。

而当他逃回来时，更是遭到了雷电轰击，无穷诅咒入体，让他彻底不行了。

一瞬间，他身上便遍布尸斑，开始快速解体。

“老马，我要跟你决战！”石昊一副大义凛然的样子，降落在了马原的面前。

“你……”马原真想活剐了他。

石昊扑来，天劫中心也跟着移了过来，这毫无疑问地加速了马原的陨灭。

“不——”马原惨叫道，眼中写满了绝望和悔恨，后悔自己为什么要来招惹这个煞星，这下将自己都搭进来了，太不值了。

远处的几位天神都没有出手相救，他们现在都正忙着自保呢，谁会管他?

“噗！”

马原化作了一具骨架，连元神都要碎裂了，即将身死道消。

“老马，我送你一程！”石昊从天而降，带着雷电和诅咒，猛力踏下一脚。

“噗！”

马原的元神崩散，就此形神俱灭。

第693章 追杀天神

WANMEI SHIJIE

两位天神先后死去，这是震动“仙古”的大事件，影响极其深远！

龙雀、马原都是一族的天神，名气颇大，而今却因一个少年而亡，这消息如同一场风暴，席卷了八荒。

更何况，这次的风波并未停息，还在继续发酵中！

“喀！”

雷电变得越发可怕了，猩红如血液的闪电从虚空中落下，仿若无上生灵的血液洒落，染红了天地，凄艳无比，恐怖至极。

“噗！”

石昊遭受重创，大口咯血，身体被劈得横飞了起来，体内骨头断裂，发出了焦煳的味道。

“逃，离开这里！”

这是几位天神的心声。此时他们的模样比石昊还要凄惨——白骨露出，诅咒全都侵蚀进了骨子里。

只是，那两只混沌古蚊就守在不远处，不肯离去，这着实让他们无奈。

“突围！我就不信它们能将我们全部堵住！”帝昆发狠说道。到了现在，唯有冒死冲击了，不然就只有死路一条。

而且，就算他们顺利逃走，能不能活下来也还是个未知数。他们体内的诅咒已被引爆，也许回到族中后不久就会体力衰竭、坐化。

“嗷吼……”古猿怒吼一声。它也受不了了，准备以性命相搏，就此遁走。

“好，那就一起闯吧！”虬龙也同意了。此时它已只剩下半截身子，变得无比虚弱了，再耽搁片刻，它必死无疑。

“杀！”黄金古象是第一个行动的。它连雪白的象牙都被劈断了，粗糙的金色象皮更是已经千疮百孔，腐烂得不成样子了。

“咔嚓！”

黄金古象刚一有动作，就引来了狂暴的雷霆！

因为石昊就在不远处，虽然他伤势严重，身体都快散架了，但还是拼命地冲了过来，雷电与诅咒也随即而至。

他并不是想留下所有人，而是有针对性地出手，去堵截黄金古象这根出头椽子。

血色闪电无穷无尽，如同上苍在抛洒血泪一般，落在天神的身上，顿时加快了他们身体的朽烂，黄金古象当场惨嚎不止。

石昊自己也闷哼了一声，到了这一刻他也已经没办法再耍嘴皮子了，因为他承受的压力太大了，随时都可能殒命，一旦妄动会更加危险。

“走！”

此时，天神们都已经出手，冲向了不同的方向。

“啊啊啊——”

突然，古猿发出了惨叫。只见一只巴掌大的混沌古蚊击穿了它的金色鳞片，正在汲取它的精血，但是它依旧在奔逃。

而且，在此过程中，它身体的腐烂速度也加快了，当它刚冲出百里时，就已经快变成骷髅了。

但是，最终它成功了，摆脱了天劫与混沌古蚊！

古猿逃脱前，最后回头看了一眼雷光中的石昊，它的双目中闪烁着无比冰冷的光芒。

“大猩猩，你以为你能活得了吗？！”石昊在天劫中挑衅地大声喝道。

与此同时，他挟着天雷与诅咒，震裂长空，疾速追击而来。

古猿暴怒。它身为堂堂天神，被一个小修士追击得这般狼狈，居然毫无办法，只能逃遁，这让它气得发出了惊天的怒吼。

“咔嚓！”

突然，骨裂的声音传来，古猿惊悚地发现，它的头骨在诅咒中腐烂了，几乎只剩下了元神。

“坏了！”

它大叫一声，再也不敢停留，疾速远遁。

即便如此，它还能活下来吗？如今它肉身尽毁，只剩元神，还能如何对抗诅咒？这太艰难了。

古猿头也不回地朝着自己的栖居地奔去，它要回到族中，立刻闭关休养。

“啊——”后方传来了虬龙的惨叫声，它突围失败了，因为它只有半截躯体，本就是最虚弱的，又被一只混沌古蚊叮穿了天灵盖，故而当场死亡。

“小辈，回头有你好受的，我定要杀了你！”帝昆阴冷地说道。他的肉身也废掉了，只剩下了元神和骨架。但是，他也成功走脱了。

“啊——”黄金古象大吼着，竭尽所能想摆脱雷劫，冲出诅咒之海，最后却很不幸地没能逃脱。

它受创太严重，元神也渐渐从金色变成了灰黑色，那是诅咒发展到末期的表现。它就这样带着悲愤和不甘，彻底殒命了。

至此，龙雀、马原、虬龙和黄金古象四大天神皆卒。

“嗷吼！”远处，一只银色的貔貅在引颈长啸。它鳞片落光，血液尽失，又被混沌古蚁截去了半截身子，付出了巨大的代价，这才逃走。

七大天神中，只有帝昆、古猿、貔貅活了下来，成功退走。

不久后，那两只混沌古蚁也离开了。

“杀！”

谁都没有想到，石昊竟然会大吼一声，开始追杀天神。

虚空早已被雷电轰击得不成样子了。他动用了破界符，按照先前所了解到的情况，横渡虚空，穿透界壁，一路跟了过去。

这简直令人难以置信。从来就没人听说过有在渡劫时还要横穿虚空的，别人都是全力以赴抵抗天劫都还怕不够呢。

石昊自然也遭遇了危险，他的骨头已出现多处裂痕，断了不少，但他依旧在咬牙坚持，要借此解决后患，不想再留下麻烦。

貔貅是最后一个逃走的，故此他首先跟上了它。

这是一片古地，乱石密布，正是貔貅族的栖居地，不过这里这一种族数量稀少，其他生灵也不是很多。

严格来说，它们并不是原住民，而是昔日貔貅族的天才进来后滞留在“仙古”所留下的后裔。

出乎石昊意料的是，他跟到这里后并未发生激战，因为那只古老的貔貅已经在解体了，元神也在逐渐衰竭。

“小辈，这不关我族人的事！”貔貅喝道。

石昊快被雷劫劈残了，已骨折筋断，但是他还在坚持，好在这不是大道之伤，故此他强行催动血气，想要恢复伤体。

与此同时，石昊没有说话，只是盯着那只貔貅。

“噗！”

那只貔貅的元神碎裂了，它终究没能抵住诅咒的腐蚀，彻底殒命了。

石昊转身，再次上路了，没有冲进石林深处，迁怒于整个族群。

“轰！”

虚空炸开，只见他在黑暗中渡劫，在通道中沐浴雷电，这种景象千古未有，要知道这还是头一次有人在渡劫时远行。

“啊！”

石昊忍不住发出了低吼。他的身体龟裂了，但是两股仙气出现后便开始为他修补伤体，情况也有所好转。

这不是大道大伤，尚可抑制，坏不了他的根基。

“可怕啊，荒竟然在追杀天神，还逼死了貔貅，这……这还有天理吗？一个小修士能做到这一步，也算是惊天耀世了！”

有人跟了过来，而且还不在少数。当他们发现貔貅已经死去后，一个个都瞠目结舌，只有个别人还能开口发出惊叫。

猿山宏大而壮阔，一座连着一座，这里生活着“仙古”原住民——猿族。

不过，那只金色古猿回来后并没有返回族中，而是盘坐在外，因为它身上的诅咒太严重了，而且还在不断地逸散，很可能会毁掉族群。

它虽然凶残、暴虐，对敌人心狠手辣，但还是很在意自己的族群的。

“轰！”

虚空炸开，石昊带着雷劫和诅咒出现了，他的周身光芒万丈，环绕血色闪电，如同盖世魔神降临一般，一股毁灭的气息弥漫开来。

“凶猿，你不是要杀我吗？来吧！”石昊大喝道。

古猿倏地睁开了眼睛，它咆哮一声，化成一道金光冲了过来。与此同时，它的手中出现了一杆战矛，刺向石昊。

“轰！”

雷光中，诅咒之力若汪洋沸腾。

古猿踉跄了几步，它惊讶地发现它的法则居然扭曲了，这是肉身衰弱到极点的体现。

“杀！”

古猿掷出手中的战矛，让它带着法则，洞穿虚空，飞进了雷霆中。

当当声中，只见战矛火星四溅，但是并未被毁掉！

石昊叹息一声，疾速躲避，同时祭出了守护神符。只听“嗡”的一声，他被神符笼罩，一瞬间，就连天劫都被推开了。

古猿的战矛被挡住了，法则也没能击中他。

然而，就在这时，天劫变得更加凶猛了，暴虐无比。

石昊脸色苍白，收起守护神符便亡命飞奔。顷刻间，就在那个区域，一切都被彻底毁灭了。

凶猛的天劫将那里击出了巨大的黑洞，那种神威令人无法想象！

“这……”就连古猿都大吃一惊，被劈得横飞了出去，大口咯血。这雷劫太恐怖了，天神法则的干预让它瞬间威力剧增。

“怎么会……”古猿惊疑道。雷劫暴动之后，便有一部分冲着它来了，诅咒之力也变得更加恐怖了。

“噗！”

古猿避无可避，元神被诅咒侵蚀，最终烟消云散了。

远处的石昊面无血色，心中暗叹，刚才实在太危险了，那种雷电多半可以直接劈杀大神，看来由于这一纪元没有了天劫，人们对它的了解也太少了。

原来一旦有人出手干预，就会引火烧身，惹来相应境界的天劫，威力也会变得更加恐怖！

石昊庆幸自己躲过了那一劫。

他没有停留，带着雷电，再次横渡虚空，追杀帝昆。

眼前的一片古地中，矗立着一座座建筑物，这些建筑居然都是以青铜铸成的，看上去无比宏伟！

帝昆正盘坐在最中央的一座青铜古殿中对抗诅咒，但是，他蓦地睁开了眼睛。

“哧！”

下一刻，他腾空而起，看着突然杀至的石昊道：“在渡劫时竟也敢追来！”

“让你的族人们都走吧！”石昊声音嘶哑道。这般横渡着实艰难，他在雷光中遭到了重创，此时已骨折筋断，正忍受着剧痛。

“我的诅咒已难以根治，而这也是‘仙古’最后一次开启了，他们即便活下去了又有什么意义？”帝昆自言自语道。

“你……”石昊吃了一惊，这位天神太丧心病狂了，竟要让族人为他陪葬。

“我本为仙殿最强传人，奉教祖命令，扎根‘仙古’，徐徐而谋，结果却被困在了这里，不曾得到大机缘。”帝昆自嘲道。他神色阴冷，话语中带着恨意与愤怒。

石昊心头剧震，心想，原来不是他自己要留下的，而是因为当年受了命令……仙殿所图非小，只是似乎效果不佳。

帝昆被诅咒侵蚀，只能栖于一隅，一年也出去不了几次，故此没能大展宏图。

“仙殿还真是……野心勃勃啊。”石昊道。

“来吧！”帝昆阴冷地说罢，便带着残忍的笑向前冲来，他知道自己活不了了，因为他刚才尝试化解诅咒，却完全失败了。

他想拉着石昊一起死！

他尽情施展天神法则，不再防御，任由诅咒蔓延。

可是，顷刻间，他便惊叫出声：“怎么会……”他的脸上写满惊恐，无比后悔，因为那可怕的雷电也冲着他来了，诅咒之力更是强大了数十倍。

“噗！”

一瞬间，他的骨头就腐烂了，元神也化作灰烬，就此形神俱灭。

“啊——”石昊惨叫着，第一时间遁走了，因为他遭受了太多冲击，身子都变得破破烂烂的了，差点跟着帝昆一起殒命。

“轰！”

终于，他即将突破，马上就要晋升至真神领域了，强大的气息弥漫开来，充沛的血气快速滋养着躯体。

“嗡！”

他浑身发光，一刹那而已，他的身体就释放出了无尽潜能，血肉一下子变得晶莹璀璨了起来。

在接连的噼啪声中，他断骨重续，肉身修复，快速达到了最强状态。

他即将突破，这是潜能被全面激发的结果！

“要来了吗？我能修出第三股仙气吗？”石昊十分紧张，因为他停留在神火境的时间也许就只剩这最后一刻了。

而此时，天劫却变得更猛烈了，隐约间可见空中有闪电化成的古木、生灵等，景象越发可怕了。

第694章 大道铡刀

WANMEI SHIJIE

“我要变强！”石昊大吼道。他面对雷海，仰望着无穷的闪电，期望能修出第三股仙气。

“轰！”

一片雷霆劈来，爆发出无尽的闪电，一时间，天崩地裂，鬼哭神嚎，响声震耳欲聋。

天地变成了茫茫一片，什么都看不到了，石昊眼中所见只有天劫。

“啊——”石昊低吼出声。他已经攀升到了目前所能达到的最高峰——神火大圆满境界，并在此境界升华到了极致，即将迈进真神领域。

他变得无比强大，超越以往，浑身逸散出了各种霞光，瑞霞在黑暗中燃烧，照亮永恒！

“当！”

巨大的闪电打在他的身上，居然像打铁一般火星四溅，铿锵作响。

这简直让人无法想象。远处，见到了这一幕的人们无不目瞪口呆。

这还是凡人吗？这样的雷电击来，换作别的生灵肯定难挡天威，早已化作灰烬，就是不死也要重伤，他却能这般逆天。

“哐！”

又一声巨响传来。密集的雷电全都粗大如山岳，一道又一道劈在他身上，顿时火星四溅，铮铮作响。

这实在太惊人了，所有人都看得瞠目结舌，感觉心中一阵发毛，惊叹荒的肉身未免也太强大了。

石昊突破在即，恢复到巅峰状态后，潜能全部释放，故此在对抗雷劫时，展现出了惊人的手段，可硬抗雷电而肉身不坏。

但是他也没有大意，因为最可怕的雷电还在后面，这次的天劫太恐怖了，他知道自己只要稍一大意就会死去。

“第三股仙气怎么还不出现？”到了这最后一刻，他还没有蜕变，没有踏出那传说中的一步，他开始焦急了。

据传，在仙古时代，一些人在经历最可怕的劫难时，会直接再修出一股仙气，就此登上巅峰。

他即将突破，已经难以压制己身了，可是那第三股仙气却依旧不见踪影，这让他无比失望。

“没有吗?!”石昊仰望苍天，自言自语道。

上方，密密麻麻的滚滚雷电全面爆发，如汪洋一般汹涌倾泻了下来。

“不好！”石昊脸色大变。他最担心的事情发生了，雷海中的那些生灵复活了，有了生气，向他扑杀了过来。

“嗷吼——”一只饕餮摇头摆尾地从那雷电云层中踏了出来，它比山岳还高，可吞噬万物，此刻直接扑向了石昊。

这只饕餮是由巨大的雷电化成的，此时它仿佛拥有了灵魂，栩栩如生，不可抵挡。

石昊大吼一声后全面出手，毫无保留地对抗着这只饕餮，想将它击杀在虚空中。

“轰！”

雷霆爆发，击穿了虚空，此地顿时四分五裂。

与此同时，饕餮张开了巨嘴，吞噬万物，熔炼一切。

“噗！”

石昊在这种强度的雷劫之下终于承受不住了，这可怕的一击瞬间让他披头散发、皮开肉绽。

“杀！”

一个踉跄后，他重新站直了身体，目光变得越发犀利，发出了一声怒吼。

“既然没有第三股仙气，那我也不勉强了。”石昊低语道。而后他霍地抬头，盯着那只饕餮，疯狂出手。

同时，他开始释放出最后的精气神，以冲击真神境。

“嗷吼！”一声咆哮在雷劫中炸响，盖过了隆隆雷声，可见那声音是多么的巨大。只见那只饕餮彻底发狂了，正跟石昊对击。

“噗！”

毫无保留的石昊凶猛无比，伴着闪电而动，速度极快，比凶兽更像凶兽，竟一拳击穿了饕餮的眉心。

此时的他已有半只脚迈入了真神境，生命在升华，正超越自我，进行蜕变。

故此，他变得前所未有的强大！

就在这时，他吃惊地睁大了眼睛，因为他发现有一股模糊的仙气正缓慢凝聚，即将在他的体外显化。

然而，下一刻，天雷暴动，无边的雷海全部砸落下来，将石昊淹没了。

“坏了！”石昊顿时心惊肉跳。这种感觉太糟糕了，如同世界末日来临，让他汗毛倒竖，生出了一层鸡皮疙瘩。

他近乎窒息，感觉心脏都要停止跳动了，本能直觉告诉他，大难临头，他可能会在此殒命。

“轰！”

果然，这一道雷电强大得超乎想象，石昊隐约看到有很多生灵正咆哮着向他扑来，天空中虚影密布，全都可怕至极。

这片雷海整个砸在了他的身上，重逾亿万钧！

石昊大口咯血，浑身多处骨头断裂。在恐怖的咆哮声中，成片的猛兽、神禽一起向他扑杀了过来。

“砰！”

最可怕的是，虚空中浮现出了一块金色的天碑，它从天而降，将石昊镇压在下面，顿时让他体内噼啪作响，感觉全身的骨骼都要断裂了。

“这是什么？”石昊心中惊疑。

在这没有天劫的年代强行引来的雷劫果然可怕惊人，处处透着妖邪与恐怖，居然还出现了一块金色天碑。

这块天碑上密布着无尽的符文，在它的旁边，更是有诸多可怕的生灵在嘶吼，吼声震耳欲聋。

而这一切都是雷电所化！

这块由雷海孕育的天碑是怎么形成的？是想借此镇压他吗？

石昊不信邪，他举拳轰击，打在天碑上，一时间雷光绽放，炽盛无比，什么都看不到了。

下一刻，石昊被那茫茫雷光击成了重伤，横飞出去。

这天碑太不简单了，在其周围有无数生灵在膜拜，影影绰绰。此外，它当中还蕴含着可怕的力量，爆发的雷电无与伦比。

“你以为凭此就可以阻止我吗？”石昊大喝道。他举拳轰天，满头发丝根根倒竖。

然而，那块天碑真的非常恐怖，它震塌虚空，缓缓压落，将他镇在了下方，让他一寸一寸下沉，快要将他镇杀了。

“给我起！”

石昊怒吼出声。但是这天碑始终压在他的头顶上方，让他无从躲避，而今更是快要让他陨灭了。

“当、当、当……”

他挥动拳头，一下下击在天碑上，让它隆隆摇动，响声大作，终于出现了细微的裂痕。

与此同时，石昊即将蜕变成为真神，而且那股仙气也更清晰了一些，即将彻底成形，显化于世间。

“咔嚓！”

在那金色天碑碎开了一角的刹那，无数正对它进行膜拜的生灵无不惊恐大叫、瑟瑟发抖。

这场景虽然是雷电所化，却是如此的真实。

“锵！”

一道雪亮的刀光扬起，冲破云霄，短暂地震散了雷海，让天地万物都重新显现了出来。

“天啊，那是什么？”远空中，所有人都睁大了眼睛，眼神中满是惧意和震惊，一脸的难以置信。

那块金色的天碑居然横着倒了下去，从里面绽放出了白茫茫的刀光，光芒神圣无比，简直要刺瞎人的眼睛。

这是一口铡刀！

所谓天碑，不过是外在表现，此时它通体符文闪耀，发出了最为绚烂的光芒，形成了一口神秘的铡刀。

“噗！”

它可怕无比，拥有无上威能，在石昊还没有反应过来之际，就瞬间将他卷了进去，重创了他！

“啊！”

一阵剧痛传来，让石昊不禁大叫出声。他感觉自己快要崩开了，不仅肉身如此，连元神都仿佛要被铡断了。

“大道铡刀下走一遭，灭度苍生！”

隐约间，他似乎听到了这样的声音。这一切都是规则所化，包括铡刀，也包括这种法音。

一切都显得无比可怕。这片天地到底摹刻了什么，过去真的有这样一口铡刀吗？它秉承的又是什么意志？

一刀落下，石昊的躯体周围顿时法则弥漫，他感觉自己的元神仿佛都要溃散了。

这种剧痛让人难以忍受！

最可怕的是，他体外的仙气竟也被这一刀铡断了，看来在这大道铡刀下走一遭，会死的不仅是人，还有法与道！

“呜呜——”

大道铡刀两侧，无穷无尽的生灵瑟瑟发抖地哭号着，跪伏在此叩首膜拜，似乎是将石昊当成了祭品在献祭。

“不要！”

石昊嘴角溢血，不甘地仰天怒吼着。他辛苦修出的第三股仙气，居然就这样被铡断了。

法则交织，雷光侵袭，将他的断体劈得千疮百孔，想要将他彻底毁灭。

大道铡刀下走一遭，哪怕在仙古纪元也是最可怕的天劫，一般都是为修出了第三股仙气的最强的一列人准备的。

扛不过去就什么都不必想了，会就此灰飞烟灭，只有扛过去了才会有更进一步的可能！

史上最强天劫就是这么的严苛。

石昊在剧痛中想到了白龟的一些话，心有所悟，想来这就是最可怕的磨砺与考验，生死关头来了。

“轰！”

他燃烧己身，两股仙气浮现，强行凝聚他的肉身，在雷光中重组残破的躯体。

每一块血肉都经过了充分的淬炼，蕴含着雷霆，虽然他已被劈得浑身焦黑，但是一旦熬过去了，就注定会脱胎换骨，更上一层楼。

“啊！”石昊大吼。他的肉身已全部拼接在一起，两股仙气绕体，浑身血气沸腾。

“我不能死，我还要上九天去采集雷劫液呢！”石昊低吼道。他还要连闯九重天，沐浴金色雷劫液，从而脱胎换骨，怎能被这一关挡住！

这是一场生死之战。石昊出拳，尽显轮回奥义，在他的周围，时光碎片漫天飞舞，一瞬间连时空都被干扰了。

“轰！”

大道铡刀重新化为天碑，在虚空中渐渐变得模糊，最后消散在了雷海中。

石昊渡过了这一劫。瞬息间，他血气滚滚，神力爆发，修复伤体，并滋生出了第三股仙气！

“咔嚓！”

与此同时，一声脆响从他体内传来，像是有某种桎梏被破除了，他随之晋升到了真一境，成了一尊真神！

第695章 沐浴雷劫圆满

WANMEI SHIJIE

突破了！

第三股洁白如玉的仙气出现，缭绕在石昊的体外，尽显神秘。

别说在这一世，就是在上一纪元，这也是极限了，成功者可跻身最强者之列。

三股仙气有特别的意义，在神火境，这便是巅峰，代表了最高成就。

道生一，一生二，二生三，三生万物！

三股仙气便是与此对应的，拥有者将来会因与道的共鸣而蜕变，根基将变得坚实无比。

这契合了某种轨迹，是最强之路的体现！

早先石昊想方设法要修出第三股仙气而不可得，而今却在突破真一境之前的一瞬间成功了。

“极尽升华，最后一刹那才成功……”他若有所思，瞬间明悟了。

此刻，他已成真神。他的血肉开始剧烈律动，骨骼也噼啪作响，一股惊人的力量从血肉深处弥散而出，修补他的伤体。

他突破了，完成了一次升华，实现了生命层次的蜕变，故此他的身体宝藏也自行开启了，开始尽情释放潜能。

顷刻间，石昊先前所受的伤全好了，精气如狼烟般滚滚升腾，冲破了雷海，直冲霄汉，场面非常震撼。

断骨再生，裂痕尽褪，他体内的每一根骨头都变得雪白晶莹，散发出动人的光泽。

至于他的血肉，则更是变得如玉髓般剔透灿烂，当中涌动着强大的力量！

这就是真神，他终于成功立身于这一领域了！他尽情地吞吐着天地间的本源精华，并迅速将倾泻而来的雷劫转化为了他自身的能量。

石昊在变强，而且这个过程还在持续。只见他从真神初级开始不断攀升，整个人的气势飞快地变得凌厉、强大了起来。

这一变化让所有观战者都大吃一惊。他刚刚突破，实力就开始不断飙升了，这实在令人震撼。

很快，雷劫滚滚，闪电交织，石昊的眸子中射出了犀利的光束。他一跃成了真一境中期高手，看上去威风凛凛。

此时，石昊法力鼎盛，皮肤灿若玉石，长发上沾染着血迹，整个人都散发着绚丽的光芒。

“他才突破就已经成为真一境中期高手了？”所有人都看呆了，感叹这也太快了！

事实上，石昊早就达到神火大圆满境了，并且在那临界点驻足已久，他只是为了修出仙气而一直在压制而已。

而今，他绝对算是厚积薄发、一朝突破，故而霸道无比，修为瞬间就从初期升至了中期。这种崛起的速度异常惊人，足以令他睥睨天下。

“轰！”

突然，那刚才稍微平静下来了的天劫在短暂的沉寂后一下子爆发了，一时间天崩地裂，把这个小千世界都击穿了。

一群生灵从雷海中浮现出来，大旗猎猎，杀气滔天，朝着石昊冲来。

人喊马嘶，来人皆身着残破甲胄，像是百战不死的老兵从最可怕的战场奔袭而来，将石昊完全包围了。

他们的坐骑全是太古凶兽，无一例外，就更不要说这些强者自身的实力了。

远处的人们都看得目瞪口呆，这究竟是怎样的雷劫，怎么那些雷电全都化成了生灵？这未免也太可怕了。

他们光看着都觉得心惊肉跳，更不要说身处其中了，那简直就是自杀。这完全是一场灾难，太恐怖了。

所有人都觉得，即便是真神进去也必死无疑，别说跟那些强者战斗了，就是随便来一只他们的坐骑都可以横扫真神。

“嗷吼……”一只貔貅仰天咆哮，大爪子一拍，顿时飞沙走石、神哭魔嚎。

那所谓的沙石其实都是巨大如大星的球状雷电，从中溢出的任何一丝雷光都能轰碎真神，恐怖无比。

下一刻，那只貔貅身上的骑士以一杆犀利万分的战矛洞穿了天地，一时间光芒璀璨，照亮永恒！

“太可怕了，这一人一骑的攻势怎么会如此凌厉？看来他们足以横扫千军万马、虐杀群神！”

人们心惊胆寒，轻声哀叹，这样的对手世间罕见，而事实上渡劫的石昊不过才真一境。

“仙古纪元太可怕了，这就是他们所要经历的天劫吗，怎么会如此恐怖？这一世有谁能够渡过？”

人们看得心都凉了，如果渡劫的是他们，肯定才一个照面就化为了灰烬。

要知道，那一人一骑只是乱军中的一员，除他之外还有很多。他们全都蜂拥而上，包围了石昊，一时间宝术激荡、神光耀天。

“杀！”

石昊怒吼一声，随即化身鲲鹏，背负青天，展翅怒击所有对手，与他们激烈搏杀了起来。

强大如他，一开始也浑身多处负伤，那长矛、战戟、天戈等武器落在他的身上，全都能带起一片血雾。

这些敌手太可怕了，任何一个都足以傲视当世同阶人。

一群这么可怕的强者来围剿他一人，石昊一时间陷入了生死险境。

“噗！”

随着一声轻响，血光闪现，石昊踉跄倒退。此时他已经重新化为人身，身上插满了羽箭，突然，那些羽箭化作雷光，将他炸伤了。

“嗡！”

紧接着，石昊双翅一振，碰撞在一起，顿时混沌气弥漫，阴阳二气流转。他以鲲鹏绝学横扫而出，体表随之出现了金色旋涡，那旋涡中蕴藏着一个又一个模糊的神胎，疯狂地掠夺着外界的力量。

“杀啊！”

那些人马居然发出了喊杀声，并且瞬间变得越发勇猛了。

“杀！”

石昊也大喝出声。他将这雷劫中的生灵当成了真正的死敌，决定拼尽所有与他们激战。

这是最强雷劫，仙古时代的雷劫也不过如此，只有过于强大、触犯了天忌的生灵才有可能遭遇此劫，但是那种例子极其稀少。

石昊在这没有天劫的时代强行引劫，自然触了天怒，故此上天降下了史上最强雷劫，显化诸多同阶强者，一同围剿他。

“啊……”

石昊披头散发、浑身伤口，他将鲲鹏法術化到了极致，一时间漫天都是金色的羽毛，那些羽毛化成了天剑，劈杀十方敌手。

他的鲲鹏翅更是化作了阴阳二气，纠缠在一起，衍化出神图，映照混沌！

金旋波纹功使他的体表密布了无穷的旋涡，一个又一个人形神衹在旋涡中诵经，镇压六合八荒之敌。

在这一战中，石昊将鲲鹏法理解与发挥到了极致，宛如仙古鲲鹏再现。

“噗！”

石昊抬手刺透了一个对手的眉心。

“咔嚓！”

紧接着，他一振双翅，将两个强敌连人带坐骑撕裂了。

……

最后一名敌人倒下。石昊拄着一杆夺来的战矛，单膝跪地，满身是血，难以动弹。

“轰！”

突然，那战矛和雷海都炸开了，炸得石昊横飞而出，遭到了重创。

这一关也过了。尽管他被那人形闪电伤得气息奄奄，但终究熬了过来。

不过，这只是开始，后面还有更可怕的劫难。

他开始了短暂的调息，三股仙气围绕着他旋转，攫夺天地本源，帮助他快速治疗伤体，补充己身。

只见他伤口愈合，断骨重接，伤势在以肉眼可见的速度好转。随后他的肉身又一次发光，甚至开始掠夺天劫中的力量。

远处的人们都看呆了，他居然能这么做，这是何等的可怕。

事实上，此时就连石昊自己也很震惊，此等天劫也唯有仙气绕体之后才有可能渡过，不然没有任何希望。

缭绕于体外的仙气可以助他快速恢复过来，好让他能从容面对接下来的考验。

“这本就是为拥有两股以上仙气者准备的最强天劫！”他明悟了，因为唯有这样的强者才有希望过关。

“轰！”

随着一声巨响，石昊破开雷海，冲向高天，仿佛击碎了一重天。他升到更高处后，见到了一片全新的天地。

这里有鸟语花香、亭台楼阁，弥漫着丝丝缕缕的洁白仙气，美得如仙境一般，看上去无比的出世、宁静。

这里幽静而雅致，早先的雷声一下子全都消失了。

石昊见状却汗毛倒竖、头皮发麻，越发恐惧了——因为这里的一草一木、一池一山都是由雷劫符文所化。

“轰！”

他一上来就遭到了轰击。

只见一座青铜古殿落下，化成了最可怕的法宝，将他镇压在当中，要诛杀他。

这是一场血战，石昊刚刚艰难地震碎了青铜殿，紧接着又是一座九重塔落下。塔身缭绕着淡淡仙气，将他禁锢于其中，恐怖无比。

这一役耗时久远。九重塔里面有无数的妖魔鬼怪，石昊从第一层塔开始一路杀上第九层才脱困。

“当！”

一口大钟轰鸣着疾速飞来！

它非常可怕，钟波一出，便粉碎了一切阻挡。钟壁上有一个发光的“无”字，照亮天宇。

“‘无’……又是那口钟！”石昊吃惊道。

可惜他还是只见到一个字，没看清大钟上的另一个模糊的古字。

“当！”

只听钟声大作，大钟终于被他击退了。

这里出现的任何一个宝具都足以让真神化为齑粉，但石昊力敌所有古宝，硬是挺了过来。

最后，这里雷光迸发，满地都是碎片，将他炸得骨骼断裂、肉身破碎，几乎毙命。

“又过了一关！”

石昊咬着牙艰难地站起身来，以三股仙气勾动天地万物，截取本源精华，为自己疗伤。

“呜呜……”

当他腾空而起，再次跃上一层天，进入一个崭新的领域后，四野突然变得一片黑暗，同时传来了让人发毛的哭泣声。

隐约间，他仿佛看到一座又一座黑暗牢笼正随着时间长河漂荡着，当中关押着一个又一个至强的元神！

石昊倒吸一口凉气，心中思忖，这里难道是他的元神曾经陷落的地方？

毫无疑问，这一役更加可怕，石昊遇到了太多的艰险，已然杀到疯狂。这是一次元神大战，让他几近疯魔。

“啊啊啊……”

黑暗中，他丢弃了肉身，任元神徜徉在时光碎片中，被封进一个又一个黑色牢笼内，跟各种恐怖生物激战着。

石昊的元神大战十方强敌，遭遇了太多的艰险，变得惨不忍睹，甚至差点寂灭。最后它被雷光包裹着，终于杀了出来，回归于肉身。

这是一次地狱之行，石昊经历了无法想象的磨砺，太多的可怕生灵出现，与他的元神展开了激战。

雷光淬炼着他的肉身与元神，他九死一生，一路破关，向九天之上进军。

就这样，他冲破了九重天，登临高处，但这里还不是巅峰。

“杀！”

石昊早已精疲力竭，但他仍在坚持，击破第十层浩瀚天穹后，他终于冲到了尽头。

“九之极致，十境完美吗？”他心中疑惑。

第十层雷域中，大山宏伟，古木遍地，药草芬芳，强敌遍地。

他在这里采集了一些雷电化成的古药，发现它们居然能够疗伤，并滋养他的躯体，让他不禁瞠目结舌。

但这个地方的生灵也太可怕了，不仅有仙气绕体者，甚至还有不死天凤。

还好并不是所有生灵都向他攻了过来，虽然有些发动了猛烈的攻击，但还有些只是淡淡地扫了他一眼。

最可怕的是，这里有一座高台，高台上写着三个熠熠生辉的大字——“斩仙台”。

“斩仙台！”

这太让人震撼了！

石昊不认识那种古字，却可以与其相互感应，明悟其意。

“哧！”

突然，一道仙光扫过，威势仿佛可以斩仙！

石昊做好了血拼的准备，但那斩仙台并没有针对他，而是就那样渐渐变得模糊了。显然，这不是为他准备的古台，他只是在这里遭到了余波的冲击。

即便如此，石昊的肉身也被击碎了数次，才艰难地活过来。

“结束了吗？”到最后，他已经浑身干枯，没有一点力气了。

终于，他看到了一个金色的池子，那池子不过半米见方，池畔还有一棵古老的金色神树。

石昊挣扎着走了过去，“扑通”一声倒在池边，开始大口吞咽雷劫液！

第696章 进化

WANMEI SHIJIE

那金色的古池虽然不大，但是里面有满满一池子的雷劫液，让人闻一下就有种要羽化飞升的错觉。

石昊虚脱了，趴在地上一动都不想动。他身体残破，全身的骨头没有一块是完整的，全都碎掉了。

"咕咚咕咚……"

石昊大口吞咽着金色的雷劫液，除此之外，他什么都不想做，因为他的伤势太重了，说他现在是一个死人都不为过。

连闯九重天后又登临第十境，现在的他浑身没有一处完好，连额骨都碎成了十几块，只是被强行组合在了一起。

至于他的肉身，则更是千疮百孔、一片焦黑，伤势要多可怕有多可怕。

他还活着，还有生命波动，这简直就是一个奇迹！

半米见方的金色古池看起来像是从岩石中开凿出来的，摸上去不像是由雷电所化，让他非常惊异！

雷海中怎么会有这么一口古老的岩石仙池？这着实令人遐思无限。

这并非石昊第一次见到雷劫液，不过上一次他见到的雷劫液是紫色的，且功效远没有这次见到的大。

"咕咚！"

一口雷劫液吞下去，石昊顿时觉得自己残破干枯的躯体一下子恢复了不少生机，正在从濒死状态中走出。

到了他这个境界，身体、法力等都远胜从前，若这还是他以前见过的那种雷劫液，不可能会有如此大的效果。

"这是精华！"石昊惊叹道。

一滴金色雷劫液当中蕴含的旺盛的活力与生机，抵得上一小团紫色雷劫液。

雷劫代表了毁灭，而这种绝地却暗藏了这么一口蕴含着生机的古老仙池，可见它是多么的珍贵！

"这次的伤好严重！"石昊真正平静下来后，才发现此次渡劫是多么的凶险，不禁心惊不已。

这身体还是他自己的吗？只见他的躯体已经破烂不堪，每块骨头上都有数十道裂痕，都快粉碎了，而今只是被三股仙气强行凝聚在一起。

他的血肉与脏腑焦煳而冰冷，几乎坏死，毫无生机。

这次很惨，他的体内只剩下三道仙气了，他也正是凭此支撑至今，不然他早就倒下，化成一具尸骸了。

“噼啪！”

直到现在，他的躯体上还有电弧溢出，将他的肉身击穿。那是强大的雷劫留在他体内的力量，那力量还没有彻底散尽。

他的元神也已变得暗淡无光、四分五裂，要多惨有多惨，上面还交织着不停闪烁的雷光。

虽说经历了雷劫之后，石昊的血肉与元神都受到了淬炼和洗礼，若是能复原，必会得到莫大的好处，但是他现在的样子真的很凄惨。

喝下金色的雷劫液后，他的身体开始好转了，感知也全面恢复了，感觉自己正沐浴在神药汁液中，无比舒畅。

可以看到，他那干枯的躯体在发光，并且逐渐充盈了起来，破碎的肉身也在重组，断骨咔咔地响着续接在了一起。

远方的许多人都见到了这一幕。

“那是雷劫液啊，而且是金色的，整整一池子，谁见到过？！”

这一纪元已经没有天劫，也就意味着不可能见到这金色的古池，此刻它却显化了出来，这绝对是轰动世间的大事。

石昊原本无比虚弱，但是如今因为这池宝液已经有了恢复的迹象，他很可能会因此而脱胎换骨！

“这是唯一的机会了，荒刚渡劫完毕，正是最虚弱的时候，只要此刻将他击杀，从此便风平浪静了！”有人低语道。

总有对他怀着敌意的人，现在这些人眼睛中精光闪烁，迫切地想要出手。

“传说，那种金色的岩石池子是古老的仙池，是上一纪元所留下的，喝下那里面的雷劫液对日后的修行会有莫大的好处！”有人忍不住了。

据传，仙池自古不灭，显化于雷劫中，当中蕴藏着不可想象的大造化，一旦得到了这种液体的滋养，连潜能都有可能增加。

人力总有穷尽时，每多一分潜能，对日后的成就都会有巨大的影响！

“荒杀戮过多，我等应趁他虚弱，联手除掉他！”

“那满满一池的雷劫液，我等可以平分！”

诛杀石昊是虚，抢夺雷劫液才是真。见到这一惊世的福缘后，一些人便按捺不住了，想半路摘桃子。

“出手！”

伴着一声低喝，十几颗兽牙全部化作了飞剑，绽放出耀眼的剑光，摇曳着绚丽的光彩，向雷劫池畔的石昊斩去。

紧接着，一座弥漫着五色光彩的玲珑塔带着滔天雾气从天而降，变得如山岳一般巨大，将石昊镇压在了西方。

与此同时，一柄遮天蔽日的天罗伞在旋转的同时落下了一缕又一缕青气，淹没了那里。

……

一时间，数十种兵器出现，全都强大无比，显然是有很多强者一起出手了。

在这当中，有三千州的奇才，也有原住民，每个人都带着敌意与贪婪。有的人是真的与石昊有仇，有的人却是纯粹想夺雷劫液，大家都认为这是绝好的机会。

“敢尔！”

有人大喝出声。原来打神石、曹雨生等已经现身，正施展手段阻挡那些人的攻击。

这一刻的石昊最为虚弱，他刚渡完雷劫，肉身与元神都快毁掉了，战力十不存一，根本就没有一战之力。

“轰！”

一道惊天雷光绽放，紧接着，出乎所有人预料的一幕出现了——那看起来已经暗淡、即将消失的雷光层又一次浮现，爆发出惊世雷声。

但是这一次，那些雷光攻击的并不是石昊，而是冲向了那些兵器。

这里是九天雷海之上第十境，看起来如同仙家福地一般，山岳巍峨，亭台楼阁林立，神禽展翅，仙兽横行，圣药遍地。这样的景象原本已经模糊了，此时遭受攻击后又真实地显现了出来，瑞禽猛兽中有不少都带着仙气扑杀了过来。

“咔嚓！”

顷刻间，所有兵器尽数龟裂，而后当场爆碎。在雷光中的生灵的攻击下，它们都没有任何悬念地化成了齑粉。

一时间所有人都呆住了，这天劫怎么又出现了？

难道是上天佑荒不成?!

最可怕的是，那雷光还沿着他们兵器的出击轨迹一路蔓延而来，有些神禽、仙兽也跟着俯冲了过来。

“啊……”

惨叫声传出，刚才出手的人中有大半都遭到了雷光的攻击，或者被瑞禽猛兽扑杀了。只见血光冲起，顷刻间，那些人都在雷电中殒命了。

“什么?!这是何等的力量！”人们悚然心惊。

并不是每一个人都有荒的那种战力，便是天才也难挡雷劫，故此，那些人都没有任何悬念地在雷光中殒命了。

转瞬间，刚才出手的人中死了一大半，因为他们方才施展了毫无保留的攻击，故此也相应地引来了最大的天劫之力。

侥幸活下来的强者也被残余的雷光扫中，负了重伤，身体变得焦黑，冒出一缕又一缕黑烟。

“天劫太过久远，已成传说，故而后世人都不了解。别人渡劫，你怎能去干预，这是要引火烧身的！”一位老者说道。他目光幽邃，显然是一位天神。

他还有些话没说——就连他都不敢轻易招惹天劫，更不用说这些人了。干预的力量越大，引来的雷光便会越盛！

“劈得好！叫你们恶毒，在这种情况下攻击石昊。完全是自找的！”

“活该！居然想半路摘桃子，这种人太卑鄙无耻了，就该被雷电轰杀！”

打神石和曹雨生他们暗中说着怪话，让一些人听得脸色一片铁青，十分难看。

“道友，荒就要渡劫成功了，你们难道不怕他开创一段辉煌吗？到时所有人都会成为陪衬！”有人心中不甘，也暗中传音道。

“就是啊，这样一个对手，来日若是想争夺‘仙古’造化，有几人可敌？当趁此机会除掉他才是，我等理应共谋妙计。”

始终有一部分人不甘心，希望石昊能在这机缘加身、即将超脱的最后时刻殒命，歹意颇浓。

“还请八臂魂族的老爷爷出手！”人群外的一个银发小姑娘说道。她那红玛瑙般的大眼睛骨碌碌地转动着，正是小兔子。

“这群人太可恶了，真该把他们都送进天劫中。”雪琳也跟着说道。她容貌绝世，也拥有一头银色长发，跟小兔子站在一起，相映生辉。

“好！”一位大袖飘飘的老者闻言，猛地一展袍袖，一时间天风浩荡。只见他从人群中抓出了十几人，全部扔进了雷光内。

此人是八臂魂族的宿老，一名绝顶天神，是小兔子他们大费周折才再次寻来的救兵。

事实上，在大半年前，这位八臂魂族的宿老就曾被请出，领着几族人马去救过石昊，只不过最近他一直在闭关。

“啊……”

那十几名生灵全都惊恐地大叫着没入了雷光之中，那被动渡劫的样子实在是惨不忍睹。

他们自以为刚才在暗中隐藏得很好，不会被发觉，但在绝世天神面前，他们还是露出了马脚，故此全都遭了劫。

两相对比之后，人们才更加清楚地意识到了荒有多可怕，他在雷海中一路硬扛了过来，而这些人却刚一进去就爆碎了。

当然，也不能说这十几人太弱，要知道，此时的雷霆已是第十境，是最高层次的天劫，再强大的真神进去，只要没有修出仙气，都必死无疑。

“轰！”

随着一声巨响，最后一人也爆碎了，这里终于清静了。

天劫已经不会再劈向石昊，因为他早已渡完了，现在显化的只是残存的雷海，那些雷光还没有完全退走。

石昊在古仙池畔盘坐了下来。他本已油尽灯枯，而现在局面却彻底扭转了，勃勃生机在他体内蕴集，让他整个人都在发光。

很快，石昊的肌体变得如七彩琉璃一般晶莹灿烂，他的伤口全部愈合了，连骨头都变得雪白透亮了。

此时，他那本已暗淡的元神更是绚烂了起来，开始释放出刺目的霞光，如一轮金色的太阳在燃烧。

只见一个小人盘坐他的额骨后方，神情肃穆，显得强大无比！

隐约间，只见那小人身着以元神力化成的战衣，非常奢侈，周身弥漫着天神气息，让人震惊！此时，它手结法印，自成至尊，不屈于天地之下，十分可怕。

它盘坐在那里，一动不动，大道气息弥散开来，仿佛可以镇压古今未来诸天！

转眼间，石昊就喝下了三分之一的雷劫液，身体彻底恢复了过来，变得生机勃勃、熠熠生辉。

远处，所有人都大口地吞咽着口水，看得眼睛发直。那可是雷劫液啊，而且是金色的，古来罕见，怎能不让人眼红？

谁都能看出它的药效，这才多长时间，垂死的荒就已经生龙活虎，完全恢复了，而且实力更胜以往。

“变化还在继续，他可真是要破茧成蝶了啊！”人们惊叹道。

石昊艰难地渡过雷劫之后，原本都快死了，可是才一眨眼的工夫而已，他便脱离绝境，彻底痊愈了。

而且，成为真神后，他便开启了蜕变之路，如今这种变化还在继续，生机仍在酝酿。

显然，石昊远胜一般的真神，他在名副其实地破茧蜕变，生命层次得到了极大的提升。这是真正意义上的无上进化。

一层又一层老皮从石昊身上脱落，此外还有各种碎骨硬是被他从肌体内逼了出来！

血液在流动，如雷鸣一般轰隆隆作响，冲刷着他的体魄，让他浑身变得晶莹剔透，璀璨若骄阳！

石昊彻底脱胎换骨了，他的生命在进化，一路势如破竹，展现了惊人的本源力，巩固了所取得的道果。这一刻，他强大无比，散发出了惊人的血气。

直到很久以后，漫天雷光完全消失，他才睁开眼睛，两道犀利的光芒顿时从中射出，如同闪电划破长空！

而后，他取出了一尊白玉鼎，去取剩下的雷劫液。

别说其他人了，就连天神都顿时目露精光。要知道，那可是从金色仙池中取出的液体啊！

第697章 天神贵客

WANMEI SHIJIE

和上次天劫时的经历一样，石昊依旧不能取走全部雷劫液。他只收走了一部分，那金色的古仙池就渐渐模糊，随着雷光一同消失了。

天劫不复存在，天地间恢复了寂静。

此时，石昊感觉自己前所未有的强大，三股仙气绕体，将他衬托得超凡脱俗，如同一尊谪仙。

许多双眼睛都在目光灼灼地看着他，毕竟他手中的小鼎太吸引人了，当中可是有部分雷劫液啊。

石昊默默地感受着自身的变化，他的生命层次极大地提升了，渡过雷劫后，他已成为真神，实现了一次真正意义上的超级进化。

现在的他拥有无穷无尽的力量，他觉得自己伸出一根指头就可以轻易击杀神火境的修士。

“咦？”他还吃惊地发现，那些诅咒和阴秽的力量都消失了，不复存在。

这变化是因为天劫还是雷劫液？石昊心头大震。这意义太大了，大到可以改变仙古目前的格局。

他渡劫时曾引来如汪洋一般的海量诅咒，虽然他是初次遭受诅咒的侵袭，影响不是那么大，不至于让他立刻殒命，但他依旧感觉仿佛有一层阴影笼罩在心头。

但现在，石昊可以确信那侵蚀他的诡异力量都消散了个干净，他通体都变得明净无瑕，没有一点不适或异常。

他现在血气旺盛，好得不能再好！

石昊笑了，笑得灿烂无比。

要知道，连马原、黄金古象、貔貅、虬龙和古猿等天神都因诅咒而亡了，而他现在却似乎发现了一道曙光！

就在这时，有天神来了，而且绝不止一两位。有些人目露凶光，散发出强大的气息，在暗中盯着他，随时都可能会出手。

不过，也有带着善意的人。

当中的一位绝顶天神走了过来，正是八臂魂族的那位鹤发童颜、仙风道骨的老人，他的后面还跟着曹雨生、小兔子等人。

“哈哈……真英雄出少年啊，小友惊天耀世，古今罕有，当真是天纵之姿！”老人大笑着赞叹道。

“老丈谬赞了！”石昊谦虚道。他已经穿上了一身战衣，只见他肌体发光，战衣飘舞，平和中透着一股难以言喻的英气。

毫无疑问，这是一个少年英雄！

在场的众人——无论是他的仇敌还是朋友——都不得不承认，石昊实现了一个壮举，在这没有天劫的年代打破了神话！

他不仅引来了天劫，而且还渡劫成功了。他是在打破禁忌！

这无疑是震惊当世的大事，注定要被载入史书，谁都不能抹杀掉这段辉煌。并且，今日之事必将影响深远。

“石小子，你太不够意思了，没听见我的传音吗？那金色仙池一看就不是凡物，你怎么不替我从那里弄几块岩石来！”打神石哇哇大叫道。

“嘻嘻，你果然安然无恙，都说祸害遗千年，绝对是有道理的！”小兔子笑嘻嘻地说道。

“你失踪了半年，早先大伙还都替你烧了纸，现在看来有点浪费啊。”优雅高贵的雪琳平淡地说道。

“还好你复活了，不然要替你报仇，赢面还真不大，估计会把我自己也搭进去。”曹雨生说道。

……

洛道、蓝一尘、路易等人也围了上来，场面很是热闹。

只有清漪一闪而没，离开了这里。

远处，古代怪胎长弓衍、龙女也点头致意，向他表示祝贺。

这一次的影响真的太大了。石昊渡劫，一下子诛杀了七大天神，而他自己竟奇迹般地活了下来，堪称传奇！

“呵呵……”有生灵暗中发出了冷笑。很明显，那是一位天神，来自仙古内的强大种族，是一个极其强大的人物。

“一个外来者，就这样让我‘仙古’遗民失去了七大天神，八臂魂族的道兄，你打算庇护他吗？”有人冷森森地问道。

不管是非对错，石昊这一次渡劫引来了无穷的诅咒，祸害了七大天神，导致他们惨死，这事已经掀起了巨大的波澜。

在一批原住民的眼中，他是恶魔。

可以说，那七大种族都恨透了他，誓与他不共戴天。

石昊并不惧怕。还在神火境时他都能活下来，而今他已经是真神境中期了，何况还有三股仙气绕体，让他从容自信了许多。

“前辈，我请你喝一杯！”

石昊取出一个玉杯，然后从手中的白玉小鼎中倒出了一些金色浆液，顿时芬芳扑鼻，让人隔着很远就觉得自己要沉醉了。

许多真神看得眼睛发直、呼吸急促，那可是从古仙池中舀出的浆液啊，价值太高了。

还有天神在暗中冷漠地看着，目光深邃，并不是非常在意。

八臂魂族的绝顶天神喝下这杯浆液后，闭上眼睛，只觉回味无穷，不禁连声赞道：“好，好，好！简直比万年陈酿还要芬芳，想不到我连雷劫液都能喝到一杯。”

“嗯？不对！”突然，八臂魂族的绝顶天神脸色变得阴晴不定，他快速盘坐下来，头上开始蒸腾起阵阵白雾。

发生了什么？所有人都吃了一惊！

尤其是八臂魂族的强者们更是紧张，“呼啦”一声，一大群人冲了过来，将这里团团围住，唯恐老者发生不测。

“你对老祖做了什么？”有人喝问。

天神对于任何一个族群来说都太重要了。

“不得无礼，我无恙！”八臂魂族的老者喝道。他依旧盘坐着，体内腾起的雾气更多了。

石昊心头剧震。果不其然，跟他预料的差不多，这雷劫液多半真的能化解诅咒！

“小友，我还能再来一杯吗？”八臂魂族的绝顶天神开口道。他的脸上露出希冀之色，充满了渴望。

“好！”石昊又为他倒了一杯。

老者迫不及待地一口就吞了下去，而后再次盘坐下来。

“我也要喝！”打神石吧嗒着嘴，非常眼红。

其他人亦露出了火热的目光，一齐盯着石昊手中的白玉小鼎。这可是无价神液，只有天劫中才有，常人想得到太难了！

石昊微笑着取出了很多酒杯，将它们全部倒满，送到了他们面前。他还冲着远处的长弓衍、龙女招了招手，请他们也喝了一杯。

这更加让外人眼红了。此等绝世珍稀的浆液，他竟然就这样随便地送了出去，真是太不当一回事了。

“哼哼……”有一位天神发出了冷笑。他不认为石昊这么做就可收买人心、得到援手，一会儿该动手的还是会动手。

“今天，即便你八臂魂族想保他也不行，荒必须得死，要给我‘仙古’遗民一个交代！”有天神更是直言不讳道。

“即便这个外来者渡劫成功，开创了可载入史册的无上辉煌，我等也不能留他。其罪当诛！”

在他们看来，这个外来者已然惹了众怒。

坑害七大天神一事，他们无论如何都不能容忍。一个外来者怎能如此放肆，必须要杀了他！

一时间，凛冽的寒意弥漫开来，众人不由得心惊肉跳，暗自思忖，今日也许会爆发惊世大战！

因为有天神带着杀意而来，不想放过石昊。

“好强！我感觉自己要蜕变了！”曹雨生、雪琳等人全都惊讶无比。这种金色的雷劫液药效太惊人了，超乎他们的想象。

这个时候，八臂魂族的天神身体也开始剧烈颤抖，他体外那浓重的雾霭由白转黑，而后化成了黑光，在他的体表燃烧。

“什么？”此时，终于有天神震惊无比地惊叫出声了。

“怎么可能?!那是诅咒之力，它在焚烧，在消散！”对石昊带着强大敌意的天神再也不能镇定，大叫了出来。

这一刻，所有原住民都呆住了，他们不会看错，诅咒之力正在被化解。

八臂魂族的老者倏地睁开了眼睛，紧接着一跃而起，仰天长啸，其声若龙吟虎啸，中气十足，震荡天地。显然，他的身体再也没有丝毫不适了。

他激动无比地盯着石昊道：“小友，大恩不言谢，请你也救一救我的族人！”

“天啊，他真的化解了诅咒？”

人群一下子沸腾了，所有原住民都无法冷静了！

纠缠了他们一生的诅咒让他们始终活在阴影中，而今那诅咒居然被人破解了，这对于他们来说意义太大了！

这比见证石昊渡劫成功还要令人震撼，比眼睁睁地看着七大天神死去还要让人战栗！

石昊可以化解诅咒，也就意味着他们也许能摆脱苦难了！谁能不激动？

所有人都盯住了石昊的白玉小鼎，无比眼红。在他们眼中，那是希望，是生路。

突然，只见人影闪烁，人马族与古魔族的两个老者也冲了过来。他们声音发抖地向八臂魂族的老者求证，而后一起望向了石昊。

“听闻上一次两位前辈也曾去救我，我请你们喝一杯！”石昊说罢，便为他们斟了一杯雷劫液。

两人手指微微发抖。若他们仅知道这是金色雷劫液，绝不至于如此，现在他们明白了此物能化解诅咒，这浆液在他们手中便变得比山岳还重了。

两人一口就将雷劫液喝了个干净！

这一刻，所有身处暗处的天神都口干舌燥，早先带着强大的敌意冷眼旁观的天神现在也呆住了，一些人面孔扭曲地握紧了拳头，恨不得立刻冲过去。

可是，他们刚刚威胁过石昊，还杀气腾腾地想击杀他呢，现在怎能立刻转变态度，放下身段相求？

“我感觉身体暖洋洋的，像是在燃烧。诅咒之力在变弱，太好了！”人马族的老者大叫道。此时他须发皆颤，脸上满是激动之色。

古魔族的老者也是如此，甚至直接像老顽童般地在虚空中翻了个跟头，嗷嗷怪叫不止。

远处的其他天神又嫉妒又羡慕，连眼睛都红了。

敌视石昊的天神此时不出声了，一个个脸色都阴晴不定，在心里琢磨着，怎么办，要不要低头过去相求呢？

一些人感觉头颅充血，既激动又悔恨。真不该得罪这个少年，他居然能化解诅咒！

“传说中，这种金色的雷劫液只有在最强天劫中的古仙池中才有！”有天神暗叹道。

最强天劫，那意味着什么？死亡、灰飞烟灭！

最强天劫极其难熬，即使是在上一纪元也没有多少人可以渡过！

“小友，还有吗？”人马族和古魔族的两个老者脸色红润，他们举着玉杯，无比渴望地再次向石昊讨要。

石昊手持白玉小鼎，正准备开口说话，虚空中却传来了剧烈的能量波动，原来有天神出手了，想争夺雷劫液，而且出手的不止一人。一时间，强大的杀意爆发出来，冲着石昊而去。

与此同时，八臂魂族、人马族和古魔族的三大天神一起出手，进行阻挡。

然而，只见石昊将白玉小鼎翻转了过来，开口道："诸位，你们出手晚了，雷劫液没了。"

他将白玉小鼎的鼎口对着众人，只见里面还有少许浆液，但是已不足半杯！

要知道，化解一位天神的诅咒需要两杯浆液，这么一点根本就不够。别说其他天神，就连人马族与古魔族的两大天神见状都呆住了。

一瞬间，所有攻击都停止了，天神们退了回去。

因为再去争抢已经没有任何意义！

"怎么会这样?！"有天神在暗处大叫道。

这一刻，很多人都看向了曹雨生、小兔子、雪琳、洛道、长弓衍等人。这群外来者并没有中诅咒，刚才却每人都喝了一杯，真是太奢侈了！

这是浪费，是一种犯罪！

躲在暗处的天神都怒了，恨不得仰天大吼。

奈何，药效都已被那几人炼化掉了！

"小友……真的没有了？"人马族、古魔族的两位老者声音发抖地问道。

"没有了！"石昊摇了摇头。大部分雷劫液都被他喝了，他只从雷海中带出了少许。

他看向两位老者，道："两位前辈，大半年前，我曾去古魔族、人马族寻求庇护，可是在半路上遭到了你们两族的天神的截杀。"

"什么?！"两位老者闻言大怒，看向了族人。他们有点明白为什么石昊只给他们一杯浆液了，这估计是在表达不满！

这一刻，两位老者都恨不得亲自逼问出到底是谁做的，真是太混账了！

"啊——"远处，有其他天神发出了低吼，声音中充满了不甘与绝望。他们原本都看到了希望，结果却又被一脚踹回了地狱。

"小辈，你这是故意让我们空欢喜吗？我要杀了你！"有天神愤怒地吼道。他周身杀气澎湃，准备再次出手。

"雷劫液虽然没了，但是我还在啊。"石昊淡淡地说道。

所有人闻言都是一怔，而后面露异色。

“我只要没死，能平安地成长下去，日后肯定还会渡劫的。”石昊轻飘飘地说道。

“小友，你是我族的贵客，随我来，我看谁敢动你！”八臂魂族的老者说道。他是唯一一个化解了诅咒的天神。

“不错，小友你是我们的贵客，谁都不能动你！”人马族、古魔族的两大天神也大声说道。

“小兄弟，请到我睚眦族做客！”

“道兄，请移步我灵圣族，我族公主即将择婿！”

“小友，请去我丽人族做客，我族有绝世明珠待嫁！”

……

几乎在一瞬间，八九名天神一下子就冲了过来，将石昊给包围了，热络得简直让人肉麻。

“我记得刚才有几个老浑蛋想杀我，这可怎么办？”石昊说道。

“谁敢？灭了他们！”有天神大喝道。

第698章 香饽饽

WANMEI SHIJIE

"哧！"

破空声响起，方才要杀石昊的天神瞬间远遁了。

开玩笑，八九名天神一起望过去，谁不发怵？就算对石昊有敌意的人全部联合起来，也不敢一下子得罪这么多强族啊。

况且，现在的石昊绝不能杀！因为他现在就相当于各族的解药，是救命符！

就这样，有天神逃走了！

事实上，那几人后悔不迭，心想，方才不该撕破脸，日后肯定还得求那个小子，不然如何获得雷劫液？这下怎么办？

远处的一群修士都目瞪口呆，形势变化之快超乎他们的想象！

刚才各族强者还想击杀石昊呢，可转眼间，八九名高高在上的天神就将石昊包围了，热情得让人看傻了。

一个能化解诅咒的人，一个与各族命运密切相关的人，怎会不被重视？

天神们在拉扯，都想带走石昊，那种热络万年罕有。试问，有几人见过天神满脸赔笑、低声下气地求人？

而此刻，几大天神都拼命地介绍自己族群的好，一副掏心掏肺的样子，恨不得就要明着抢人了！

"若论这世间种族哪个最俊美，我丽人族敢说第二，天下就没有人敢说第一，我族的明珠风华绝世、艳冠天下！"

话音刚落，旁边立马就有人反对，灵圣族的人说丽人族的明珠那叫病态美，若真要论风姿绝世，当属他们灵圣族号称"第一美人"的公主！

很快，螺族的人叫嚷道："红粉骷髅，没有意义，再美丽的人千年、万年过去后也是满脸皱纹，最后都不过是一抔黄土，我螺族所在的地方是修行圣地，有仙道遗迹，这些才是有意义的东西。"

"还是我古魔族最好，不仅适合修行，而且有绝代佳人，更有无穷的天材地宝。"古魔族的天神道，而后一招手，大笑道，"我族的倾城丽人正好在此，来，跟石小哥认识一下。"

"天哪！"石昊还没有说什么，打神石先发出了一声惊叫。

旁边的曹雨生、长弓衍也都瞠目结舌，看傻眼了。

只见古魔族的丽人衣袂飘舞，黑发垂到腰际，随风飘扬，而后她伸出一只蒲扇大手，跟石昊打招呼！

石昊原本还很期待呢，眼睛都在放光，猜想古魔族的丽人会多么美，结果这一见，他立刻就蔫了。

只见那名丽人有十丈高，腰肢有一座小山那么粗，脸上满是黑色魔纹。她一张嘴，露出几颗长长的恶魔牙齿，雪白发光，非常锋利。

那铜铃大眼瞪得石昊心里直发毛，吓得他赶忙小声道："我……有点高攀不上……"

小兔子笑得前仰后合，雪琳也抿嘴偷笑，在那里看热闹。

"我觉得不错，石昊你可以考虑下！"小胖子曹雨生说道。

"天姿国色。石昊你得努力，如此才能配得上古魔族的公主。还不上前去打个招呼？"龙女也冒坏水。

石昊额头青筋凸起，显然这十丈高的古魔族公主跟他想象的完全不一样。

"没事，小友不用自卑，日后多补一下身子，就不会这么柔弱了，就可以同我古魔族一般阳刚健美。"古魔族的天神打趣道。

"以后再说！"石昊急忙摇头。面对一族公主，他竟想落荒而逃。

"小友，还是去我人马族吧。"人马族的天神也说道。

"人马族也有公主吗？"石昊问道，盯着那名天神看。

"有，而且有五个！"人马族的天神大笑道，伸出五根手指。

石昊盯着那名天神的上半截人身、下半截马身看，有点发怔，而后使劲摇头，心想，打死我也不去！

"哈哈……"

身为天神，老于世故，经历的事情太多了，自然能看出石昊的窘态。

"我看小友是性情中人，那就去丽人族或灵圣族吧，那里的确有绝世美女！"有人笑着道。

可惜，石昊被吓怕了，旁边十丈高的古魔族公主正瞪着眼睛看着他呢，那巨大的眼珠闪烁着幽光，让他打了个冷战。如果各族都是这样的"特色"丽人，他感觉得立刻逃跑！

"你不是见过祭灵古祖吗？那就去我们的圣地吧，那里还有它的一段枝杈。"

八臂魂族的天神说道。

“好！”石昊痛快地答应了。

七大天神死去，只有石昊渡劫成功，打破神话！

这个消息影响深远，引发了轩然大波。

当然，最令人震惊的还是石昊能化解诅咒，让“仙古”发生了“大地震”，所有人都在谈论这件事，因为没有比这更重要的事情了。

这件事让各族沸腾了，所有强者得到消息后都在第一时间派出人马，前往祭灵早年待过的圣地去见石昊！

外界三千州的人看不到石昊的情况，因为最近他用仙气绕体，遮蔽了天机，但是他们通过其他人得悉了他的情况，皆无比震惊。

“渡劫……而且还成功了？”

“而且是最强天劫，是上一纪元最强一列人才可能会遇到的那种雷劫?!”

各教修士一片哗然，全都瞠目结舌。

在这个年代，居然还有人可以渡劫，并且还成功了，这有点不真实！

“也许在古代，在我们所不知的年代中，也有人渡劫成功，只是不为人知罢了。”很久后，有人这样说道。很明显，他这是在安慰自己。

“岁月久远，究竟出了多少奇才，难以说尽，说不定早已有人悄然成仙了。”有人低语道。

但是，没有人理会这人，因为若真有人成仙，定会举世皆知，不可能没有感应。

“轰！”

突然，一道璀璨的电芒撕裂苍穹，从域外直接劈到地上来了！

这一刻，不要说其他人，就算是教主、各教最强的古祖也都十分震惊，呆呆地看向天宇上方。

就连在闭关、在各处古地中蛰伏的人，此时也倏地睁开了眼睛，盯着苍穹，眼神中流露出震惊之色。

那股气息太浓烈了，仿佛是仙道气息！

那是一道巨大的银色闪电，贯通了天上地下，比成百上千的大岳加在一起还要粗大，简直要毁灭世界一般。

“是三千州中心地那座最古老的祭坛！”有教主声音发颤地说道。

“天啊，那祭坛复苏了，它居然还能发挥作用！仙道残阵运转起来了，有神秘生灵要降临！”

此时惊叫的不是天神，而是教主，他们全都睁大了眼睛。

三千州中心古地有一座祭坛，浩瀚莫测，由各教共同看护，这么多年来不断有人想激活它，但是从来没有成功过。

可是今日，一道神秘的电光从域外降落，居然让它复苏了。

那电光不属于此世，是上一纪元留下的，是仙道法阵！

此时，连强大的教主们声音都发颤了，没有比这更震撼人心的事情了。

“不属于此世……这一世的生灵出现了吗？！”

三千州因此发生了“百级大地震”。

“仙古”遗地的祭灵界是一片瑞土，人一接近就感受到了浓郁的灵气，久经这样的滋养，便是山脉中寻常的凡物都有了一点灵性，一草一木都在发光。

这山脉十分浩瀚，越向里走景象越神圣，并且出现了一个又一个超级强大的部落，共有十族，十族共同守护着这一片圣地。

若是在平日，别说是外人，就算是“仙古”内其他族群都很难接近这里，因为这里是一片禁地！

而今，石昊被人带到了这里，就连曹雨生、打神石、小兔子他们也都沾光，跟着进来了，接近这传说中的祭灵净土。

十个大部落占地都很广袤，人口众多，而他们所护卫的中心地更是气象非凡。

此地山地起伏，有众多琼楼玉宇，有的悬在半空中，有的坐落在山峰上，都蒸腾出成片的瑞霞。

沿途，神泉汩汩，白雾弥漫，彩霞飘动。更有神山，不是拔地而起，而是悬在虚空中，上面青翠欲滴，仙气袅袅，更有金色瀑布垂落而下。

总的来说，这里神秘而又圣洁！

石昊成了“香饽饽”，各族生灵都陪着他，但是此时他甩开了所有人，包括天神，一个人疯狂奔跑，冲向中心地。

“不能靠近那个地方！”有人大声喝道，想阻止石昊跑向中心地。

但是，几大族的天神摆手制止了，没有让人上前，而是任石昊激动地冲了过去。

净土中五彩缤纷，浓郁的灵气化成了液体，落在地上，汩汩而涌，汇成一条又一条流淌的小河，换言之，这些小河都是灵力河！

山地中的小河汇聚到一起，在那弥漫着混沌雾霭的迷蒙之地形成一个湖泊，精气滚滚，色彩斑斓，越发显得此地神圣、肃穆、庄严。

这里让人心生敬畏，不敢喧哗。

湖畔边有一些古老的庙宇，可是都坍塌了，隐约间可见残破的建筑上有各种石刻图，刻的是无尽生灵对着一棵柳树膜拜。

“柳神的三千神国，这里是其中一处！”石昊的胸膛剧烈起伏着。

微风吹来，雾霭稍微散开时，他看到氤氲彩雾袅袅而起的大湖对面有一棵树，扎根在那里。

它绿意盎然，带着淡金色，像是镶嵌上了一道道金边的翠玉，发出柔和的光，只望一眼，便令人心神宁静。

“柳神！”石昊兴奋地大叫出声。

这哪里是一段枝丫，分明是一棵巨树，伸展的枝干冲入了云霄，透过雾霭可以看到它比山岳还要高大！

后方八臂魂族、古魔族、人马族的天神也都在发抖，既震惊又激动。多少年了，祭灵的这段枝丫居然复苏了，显化出了法相！

要知道，平日连他们都看不到这棵巨树。他们便是以秘法觐见，也只能见到一段干枯的枝丫，横在残破的古庙上。

“你是第二个可以惊醒我的人。”柳树发出柔和的光，对石昊传音。

“柳神，还有谁将你惊醒了？”石昊的心情难以平复，他看着这棵柳树问道。

“一尊沾满血迹的鼎，上面缭绕着天地母气，带着一个人，曾经来到这里将我惊醒。”

第699章 神秘来客

WANMEI SHIJIE

“又是它！”石昊低语道，他已经猜到是在葬界黑渊下见到的那尊模糊的古鼎，他知道，他当日所见只是烙印。

那是一尊三足两耳、染着血的大鼎，被天地母气环绕，鼎内是无尽混沌，不知是何来历。

石昊每次想起它，心中都一阵悸动，它带着的那个人到底是什么来头？有太多的谜团待解开。

不过，眼下最让石昊激动的是他能够再次见到柳神，尽管他知道这不是柳神的真身，但还是十分激动。

他想了解仙古纪元，想知道更多事情。

“你来晚了，我只是一段枝丫，即将不复存在，没有什么可以帮助你的了。”这棵淡金色的柳树说道。

此时，它的一根枝条与石昊的手臂相连，看到了另一个柳神，这是石昊有意为之的，他要告诉它外界发生的一切。

“为什么？”石昊不解地问道。

“我只是一段枝丫，不是真身，记忆本就残缺。此外，我动用了超越极限的力量，早该随风而散了。”柳树摇头道。

它不是真身，只是一段枝丫，能够在古庙前存活这么久已经算是奇迹了。

“动用了超越极限的力量？”石昊惊疑不定。

“还是因为上次那个人。”柳树说道。

“那个人究竟是谁，有何秘密？”石昊很急促地追问道。

“姓叶，已脱离‘仙古’遗地。”柳树说道，并且告诉石昊，它只记得这么一个姓，让他一定要记住。

“有什么讲究吗？为何你不知道其他，还这样郑重地叮嘱我？”石昊越发疑惑了。

“那个人不属于过去，也不属于当世，对其出手超越了我的极限，对我造成了很大的干扰与影响。”柳神说道。

也正是因为超越了这段树丫的极限，它将身前与身后之事都忘记了，没能留下清晰的记忆。

石昊震惊不已，一次出手就有这么大的影响？这简直不可想象！

“那个人为什么而来，也不记得了吗？”石昊问道。

“忘记了。”柳树说道。

这简直不可想象，难道是天地反噬吗？

石昊叹息一声，若是柳神真身在此就好了，一定不至于像此刻这样。

后方八臂魂族、人马族、古魔族等天神全都傻眼了。古祖祭灵的这段枝丫陷入了沉睡，居然是因一个人而起！

“染血的大鼎载着一个人，姓叶！”石昊目光灼灼，将柳树告知的这一信息记在心中。

“你已是真神境的修士，真一路要如何走，可曾定下？”柳树问道，它碧绿色的枝叶带着金边，枝丫遮天蔽日，神圣而庞大。

真神便是真一境，在这条路上要有一个明确的目标，专注于一途、一道。

“最强、超脱！”石昊明确而直接地说道。

“目标太大了。”柳树说道。

真一境要定下基调，即自己今后的宏大目标，然后在路途上努力前进，也即明志、问心、专注于一途。

“是有点大。想要最强，想要超脱，须先得长生，我将从这一阶段开启。”石昊说道。

“还是大了。”柳树说道。

可是，石昊知道，就算是真正长生了，也还是有敌手的，不然，何以上一纪元的仙会死？

所以想要最强、超脱，需要在长生的基础上才行。

“只是明志、问心。”石昊说道，身处真一境的他并不是真的要做那些。

所谓最强、超脱，就是真正长生了，也是非常难做到的，更遑论是现在。

“超脱不行，最强做不到，长生亦还远，那只有感悟生死了。”石昊又道。

“如何做呢？”柳树问道。

“悟道生命。”石昊说道，他一步一步缩小目标，只论当下要做的，即突破真一境的步骤。

“你早有打算了。”柳树点了点头。

“是的，真一境我要悟柳神的法。”石昊点头。

柳神早已将法传给他，在下界时他就已记在心中，只是那个时候他修为不够，还不能去参悟此法。

柳神曾经告诉他，最起码要等他达到神火境才修炼，否则会有性命之忧，因为它是一棵柳树，自身之法与自然生命有关。

只是自从进入“仙古”、达到神火境后，石昊迫切地想修出仙气，没有时间与精力专注于其他事。

直至现在，他才算有时间。

若要理解生之路，就得行走在生死边缘，消耗极大的生命潜能，因为有生才有死，有死才有生。

故此，从最强、超脱到长生，再到悟道生命，最后选择于真一境修柳神的法，其实石昊是早有打算的。

“这是古术，你看一看同那个‘我’现在的法相比，是否有变化？”柳树说道，探来一根枝条，点在石昊的眉心。

毫无疑问，这是仙古纪元时柳神的宝术，被它传给了石昊。

石昊一震，心中浮现出一棵金色柳树，各种符文呈现出来，无比璀璨，两相对比，他闭上了眼睛，收获巨大。

一种法的衍变、蜕变是一个过程。

理解一种宝术最重要的是理解它的全部，这种从古至今的衍变过程异常重要。

真一境时，他要修柳神的宝术，而且他相信，他在这一境界不会停留太久，因为他准备得十分充分了！

外界三千州，各教都难以平静。

此时，就连广袤无人区的边缘都一下子少了许多人，他们不再盯着仙道花瓣看上面映现的景象，而是赶往上界中心地。

此时，中州古老的祭坛畔，光束通天，银色电弧贯通天上地下，粗大到难以想象，让此地光辉无量，如同神国降临。

事实上，这里仅有一种力量在催动这古老的祭坛，让残存的仙道法阵复苏。

别说是天神，就算是教主心中都一阵悸动，各教许多重要人物赶到此地，密切地盯着此地，心中波澜起伏。

这是上一纪元留下的宏大仙阵，残存至今，由各教共同看护。仙阵以寂静的姿态残存了无尽岁月，没想到今日居然闹出这么大的动静。

这令人觉得有些不可思议，心想，还有谁会动用此阵，要来这里?

所有大教都被惊动了，对此十分重视。

“那生灵要过来了！”补天教的教主说道，神色严肃而又凝重。

这电弧分明是从虚空中击落下来的，强行牵引着这残阵，让它运转。此时，景象有些诡异与可怕，说明那生灵肯定不一般。

“轰！”

最后传来一声巨响，那银色电弧向内聚拢，形成一道门户，银光灿灿，十分圣洁，此外，还从中冲出一股浓郁的灵气，像是与神界产生了沟通。

“来了！”人们大喊道。

只见有人从那道门户中迈出，向外走来，身上散发出强大的气息，让在场很多人感觉快窒息了。诸多天神更是浑身战栗，难以忍受那股气息。

“轰！”

最先从银色通道内走出的三道身影看上去都是中年人，但是眸子中的沧桑昭示了他们已活过漫长岁月。

三人一露面，就带来一股浩瀚威压。

但他们很快就收起了威压，目光扫过所有人。

接着，从他们的身后跟着走出五六人，这一行人都是年轻人，有男有女，一个个气息惊人，散发着蓬勃生机。

这是什么人?残阵外上界的各教修士都呆住了，那三名看上去像中年人的人实力深不可测，一时间竟不能揣度。

而之后出现的几人太年轻了，个个朝气蓬勃，这几人的年纪绝对不大，可是他们居然也都已经是天神了!

突然，一位中年人开口说了一句话，但那语言古老而晦涩，很难听懂，所有人都是一怔。

“终于过来了。”

有古教主仔细品味后才明白其意。

“这是古语，虽然与我们同源，但是跟现在的语言有些出入，唯有仔细琢磨后才能懂。”上界一位教主神色郑重地说道。

这话更加让人震惊，众人不由得心想，这几人来自哪里?

三位中年人看上去非常镇定，那几名年轻人倒还算有活力，并不死气沉沉，有人一边向前走来，一边开口说话，依旧是那种晦涩的古语。

“我怎么觉得我一人就足以横扫这一界所有年轻强者，他们都不怎么样啊，太糟糕了。”

上界的修士仔细琢磨出那人的意思后，莫不脸色大变，心想，这年轻人太自负了，刚走出来居然就说了这样一句话，太不友好了。

不过，很快人们就闭嘴了，因为此人体外居然浮现出仙气，实在令人震惊!

有仙气的天神是什么怪物?

最起码，上界还没有出现过这样的人，就算是身在“仙古”的那群最强大的奇才，也没有人达到这个境界。

这个年轻人一出来，就使各教所有天神都有点发蒙。

人们仔细观察，发现那几名年轻的男女全都器宇超凡，任何一个人都是人中龙凤。

不说话的四名年轻男女虽然没有显露出仙气，但是实力绝对也很强大，不在出言的那名年轻人之下，因为他们身上散发出的那种气息就说明了一切。

“真失望啊，太弱了，年轻一代都死了吗？”早先开口说话的那个年轻人摇头，看着在场的人。

上界的确有一些年轻修士来此，但是跟那祭坛上的几人一比，差距太大了，根本就没有办法与之抗衡。

众人面红耳赤，有人不服气，道：“我等的确愚钝，不是天才，可有人不见得比你们弱，只是如今去了‘仙古’遗地而已。”

“我听说过那个地方，听闻只有神祇以下的人才能进去，想来都是一些小修士，跟天神比差得远了。”那年轻人摇头道。

他是天神，而且还拥有仙气，此时他背负双手，傲视众人，让人无话可说。

“真弱！”他再次摇头道，而后看向上界的一些天神，道，“既然你们这里的年轻人这么差劲，那么我想跟各位切磋一下。”

“你！”有人神色不快。

“还是太弱啊，这样，所有天神一起上吧，我一个人同诸位切磋。”他平静地说道。

第700章 魂岛

WANMEI SHIJIE

魂岛悬在空中，彩霞点点，瑞气流转，景象看起来祥和而又神圣。

这里是八臂魂族的宝地，今日从祭灵祖地外面来了很多人，非常热闹。

“多谢各位前辈的款待。我只要能够活下去，一定还会渡劫，为大家取来一池又一池的雷劫液！”石昊拍着胸脯许下诺言。

“小道友实乃人中龙凤，很快就可一飞冲天，我等先行谢过，等待那一天的到来！”睚眦族的天神说道。

离开祭灵祖地后，他们来到了魂族的禁地，在那里推杯换盏，也算是为石昊接风洗尘，庆贺他这次渡劫成功。

很明显，石昊是宴会的主角，连一干天神都与他坐在一桌，跟他碰杯，对他无比客气。

一些人暗叹，石昊真的不能死，不能出意外，因为他已经成为他们最后的救命稻草。

但是，也有人腹诽，这小子太奸诈、狡猾了。他肯定早就觉察到雷劫液可化解诅咒，却毫不珍惜，在雷云中鲸吸牛饮，喝了个饱。并且，他出来后还把雷劫液大肆送人，让长弓衍、兔子，甚至一块石头都能畅饮，太可耻了！

他这样做不仅是浪费与挥霍珍宝，更是犯罪。激进的原住民此时回想起来，不禁暗叹太可惜了，眼睛都有点发红，恨不得仰天长啸。

他们知道，石昊这样许下诺言是为了自保。如今他奇货可居，所有天神都会拼了命地保护好他，因为他们还指望他再次渡劫呢！

魂岛很大，悬在空中。上面有秀丽的山峰，有汩汩而涌的神泉，周围神禽盘旋，云雾缭绕。

曹雨生、雪琳、长弓衍、龙女等人也来了，沾石昊的光，他们有幸进入这座神圣的古岛。

“好多草药！”小兔子丝毫不关心桌上的食物，而是盯着远处的药园子，一副小财迷的样子。

“呵呵，小姑娘，你如果需要，我就送你一些圣药。”八臂魂族的老者笑眯眯地说道，很是慈祥。

如果说老者是爱屋及乌肯定不太准确，但他对小兔子也这般好，绝对是因为看在石昊的面子上。在场的天神都看出这几个年轻人跟石昊的关系匪浅，值得他们拉拢，以间接讨好石昊。

“好呀，爷爷，我不要整株的药，每株只尝半边叶子就行了！”小兔子一下子就蹦了起来，抱住八臂魂族老天神的手臂，一口一个“爷爷”，叫得亲热得不得了。

“小事！”八臂魂族的天神一挥手，让人带着她去采药。

然而，没一会儿，从魂族的药园子中传来惨叫声。

“怎么了?!”所有人都闻声回头。

只见一株神药抱头鼠窜，从药园子一头跑到了另一头。

神药!

许多人眼睛发直。只见那株神药被小兔子咬了一口，少了一小片叶子。

但凡神药，都已经成精了，有了灵智，可以在山川中奔跑，非常神奇。

八臂魂族的天神十分心疼，一般的药也就罢了，族中的神药居然都被这只兔子发现了，看来以后无论如何都不能让这兔子进药园子。

“呃，没事，不过半片叶子而已。”八臂魂族的天神虽然心疼，但还是面带笑意地说道。

接着，众人继续推杯换盏，谈及“仙古”内的各种秘密，说到了许多险恶之地。

石昊一一记了下来，特别是有关圣人木等天材地宝的讯息，因为接下来他可能会用到。八臂魂族的天神毫不保留地告诉他天材地宝在何处，而后又叮嘱他，那些地方十分凶险，万不可去冒险，如果真的需要的话，他们可以考虑帮他寻一寻。

不远处，曹雨生、洛道等人一脸羡慕，暗道，这简直没天理了，居然有天神要为石昊保驾护航。

“这家伙故意把雷劫液喝得一点不剩，反倒让几大天神族这般重视他。”他们腹诽道。

“前辈，当日贵族究竟是何人要截杀我？”石昊看向人马族的天神，而后又看向古魔族的天神。

两大天神顿时有点尴尬，当日的事的确有点说不过去。石昊去投奔他们，结果却在途中被他们族中的天神截杀。

石昊若是去细查，肯定能查出来是谁，因为便是顶级的强族也没几名天神。

两大天神一叹，这事真不好办，难道他们要对族中的天神问罪？那样的话损失太大了，可是若不给这少年一个交代，他肯定会对本族不满。

“小友，你已到了真一境，需要什么天材地宝吗？”人马族的天神问道。

这样转移话题的意图太明显了，不过他是故意这么做的，想以其他圣物等来补偿石昊。

“我只想知道，究竟是什么人对我有敌意，想杀掉我，不然心里总觉得不安。”石昊说道。

古魔族的天神蹙眉思忖，若是这少年不依不饶，肯定会对日后造成极大的影响，他们还指望他提供雷劫液呢。

不过，严惩族中的天神也很难做到，他们直接就把这一想法否定了。

“嗷吼……”

突然，一声咆哮响起，震动了整座岛屿，让所有人都心惊肉跳，汗毛炸立，连天神都不例外。

“这是什么人？”石昊吃惊地问道。

这吼声未免太吓人了，连岛屿深处都泛起成片的涟漪，那是古老的大阵在发光，守护此地。

如果没有这法阵的话，整座岛屿都会被那一声大吼震得粉碎！

在场的天神脸色都有点发白，无比难看。

“此人若放在外界，必然是教主中的绝世人物，可是他怎么会如此暴戾？吼声如同古兽般恐怖。”小胖子曹雨生说道。

雪琳则向几大天神请教那发出吼声的是何人。

几大天神都发出一声叹息，八臂魂族的天神更是看向石昊，道：“小道友，来日一定要渡劫成功，救我魂族。”

发出吼声的那人并未隐瞒自己的身份，他年近百万岁，是八臂魂族的一位老祖宗，也是该族第一高手，实力高深莫测，早已超越天神境了。

“什么？”闻听此言，雪琳等人都大吃一惊。

古教主级的人物！

此人实力强大，若放到外界去肯定是一方巨擘，甚至更强也说不定。

原住民到了天神境还能保持清醒，只要不总是离开祖地，活下去没有太大问题。

但是一旦超越天神境，那就有大麻烦了。随着时间的推移，哪怕他躲在族中，受到的诅咒也会越来越严重。

到了那等境界自然有无上法力，可以镇压己身，但是即便能保持不死，也会变得浑浑噩噩，出现各种可怕的问题。

很明显，八臂魂族的第一高手现在面对的就是这种情况。他已经疯魔几十万年了，一般情况下都在沉睡，不承想今日他苏醒了，而且又一次发狂了。

“可以去看一看吗？”石昊问道。

在征得同意后，众人在八臂魂族的天神的带领下，来到岛屿后方，那是一片石山区域，寸草不生，有一片浓重的黑雾弥漫开来，跟早先所见到的祥和景象完全不一样。

此景象只因一个老人所致，他被粗大的锁链固定着，被锁在大阵中心，披头散发，皮包骨头。

但是，他依旧顽强地活着，并且周身遍布着惊人的力量，如汪洋在起伏。

感应到有人站在阵外，他霍地一下抬起了头，枯黄的头发如野草般杂乱，一双眸子透过垂在脸上的发丝射出惊人的光束。

好强！众人无不在心中惊呼。

便是天神也心悸不已，根本不敢踏进阵中半步。

“有办法让他清醒哪怕片刻吗？”石昊说道。

所有人闻言都是一怔，尤其是八臂魂族的人，他们一起看向石昊，不明白他的意思，纵然能清醒过来又有何意义呢？

“这鼎中还有一点金色浆液。”石昊说道，再次取出那尊白玉小鼎。随着他的运功，白玉小鼎发光，溢出一滴滴金色浆液，散发出一股清香。

“啊，小友你还有雷劫液?!”所有人都震惊了，睁大眼睛，眼神无比炽热，恨不得扑过去。

不过，这是八臂魂族的地盘，而且这里有大阵，没有人敢乱动，再者，他们也不想得罪石昊。

“小兄弟，你藏得好深，你居然还有雷劫液！”八臂魂族的天神惊喜地道，激动得手都哆嗦了。

“只有最后一杯多了。”石昊将白玉小鼎递给他，示意他细看。的确如此，藏于鼎壁中的金色浆液加起来也不过一杯多而已。

人马族、古魔族的天神呼吸急促，他们已经喝过一杯雷劫液，如果再给他们喝一些的话，就能彻底解除诅咒了。

两大天神胸膛起伏，彻底明白了，这个少年因为曾被他们族中的天神截杀而对他们有所不满，所以藏了一手。

“唉！”两人又是一阵叹息，怨愤族人惹事。

“我族有镇魂石，可以让他清醒片刻。”八臂魂族的一名强者说道。

人们听了这话都羡慕不已。镇魂石绝对是瑰宝，对于灵魂的修炼有极大的好处，几乎不用担心会出现走火入魔等状况。

就算是中了诅咒，走到了绝路上，镇魂石也能让浑噩的灵魂苏醒片刻。

石昊点头，接下来魂族知道该怎么做。

镇魂石不过拳头大，通体银白，熠熠生辉，仿佛可以镇压地狱的无穷魂魄，取出的瞬间就影响了人的神魂。

打神石狂吞口水，可惜想都不用想，它没有机会吞食这种石头。

所有人都紧张地望着那块奇石，这时，处在大阵中心的老人瞬间安静了下来，眼神不再凶狠，有了一点清明。

“老祖，快醒来，你的诅咒也许可以化解了！”八臂魂族的天神喝道。

“谁在呼唤我？”那百万岁的老人醒来，眸子渐渐有了光彩，神志也恢复了。

“我是您第六十三代子孙！”八臂魂族的天神恭敬地说道。

众人骇然，这老人果然来头巨大，身份太尊贵了，他比该族最强天神都要大上那么多辈，实力绝对非常恐怖。

“化解诅咒?!”这百万岁的魂族第一高手目中的神光一下子暴涨，便是隔着大阵都让天神觉得胸口传来阵阵刺痛。

时间有限，八臂魂族的天神快速说清是怎么回事，而后直接将白玉小鼎送了进去。

金色浆液消失在那老人的嘴里，他闭上眼睛，不久后，滚滚黑雾从他体表腾起，而后开始燃烧，化成黑光。

众人震惊不已，雷劫液果然起作用了。

石昊很满意，他终于救了一个有足够分量的大人物。他有预感，这一次“仙古”多半会早早地就开启了，不会等上上千年那么久。

估计外界有一群老家伙正等着他，准备杀他呢。

若是能从“仙古”救活几尊教主级的绝世强者，那么他便可以直接杀出去！

第701章 天劫又起

WANMEI SHIJIE

“希望诸位保守秘密，暂不要将此消息透露出去。”石昊明着这样说道。

他体外有三股仙气，可以遮蔽此地的天机，外界的强者无法通过仙道花瓣窥探到这里发生的事，只要在场的人不泄露出去，这就将是秘密。

在场的人都点头，毕竟几族日后都有求于石昊呢。

“轰！”

突然，如山洪暴发般的波动扩散开来，大阵中心的老人睁开了眼睛，目光比刚才更加清澈了。老人道：“还差一些！”

他是超越天神的存在，实力强大，所受的诅咒也更深，一杯多的金色汁液肯定不足以化解全部诅咒。

毕竟，连天神都需要两杯雷劫液才能完全化解诅咒呢！

“小友，大恩不言谢，我等你的好消息，希望你再次渡劫成功！”八臂魂族的第一高手说道。

他没有离开，依旧自封在大阵中，虽然现在他的神志不浑噩了，但是说不好什么时候会复发，需要谨慎一些，等真正化解了全部诅咒才行。

石昊已经在祭灵古地待了数日，他一直想离去，但是附近几个大族执意要留他，请他在此闭关。

他也去过人马族、古魔族，并且隐约间感应到了曾经截杀他的两位天神的气息，但是两族都不愿多说什么。

于是，他很快就离去了，不愿多与他们接触，免得发生意外。

“他对我族心存芥蒂，这可不是好事。日后他若真的再次渡劫成功，我们能分到几许雷劫液？”有人低语道。

“哼，天劫是那么好渡的吗？尤其是到了后面，肯定会越发恐怖，下次这个人也许就不复存在了。”有天神不悦地说道。

很明显，袭杀过石昊的天神不愿低声下气地去跟他赔礼，只是带着冷意，在暗中观望。

“轰！”

数日后，一声惊天巨响爆发，只见一柄天剑斩破虚空，一道身影独立苍穹下，引发了可怕的劫难。刹那间雷光万重，无尽雷霆落下，将大地都砸得下陷了。

毫无疑问，有人在渡劫，而且声势浩大!

继石昊渡劫成功后，又有人踏上了这条路，引动天劫，淬炼己身。

这一消息震动“仙古”，特别是原住民，都冲向那里，就连八臂魂族、丽人族、灵圣族等也不例外，即便得到了石昊的许诺，他们依旧想第一时间赶去。

对原住民来说，渡劫成功的影响非常深远，意义非常重大。

“又有人在渡劫。真希望他能成功啊，省得那个荒自以为了不得，认为我等离不开他！”马跃说道。

“很好，希望此人能成功。我亲自去看一看！”魔洛点头认同。

说出这种话的是人马族、古魔族的天神，也是曾经对石昊出手的强者。

天地大劫，震动十方。

很快，有消息传来，渡劫的人是孤剑云，一位古代怪胎!

他来自剑谷，在进入“仙古”前就曾经在罪州挑战长弓衍，实力极其强大，在古代怪胎中都名列前茅。

石昊闻言蹙眉，剑谷、妖龙道门、火云洞等都敌视罪血后代，他们同气连枝，曾经一起镇压罪州。

“剑谷的弟子，我真想会一会！”石昊自语道。

“轰！”

顷刻间，天崩地裂，神哭魔嚎，孤剑云渡劫的声势越发浩大了，吸引了一些天神。

“成功了，又有一人渡劫成功，谱写了极致辉煌！”消息传到了祭灵祖地，有人大叫道。

这一日，孤剑云渡劫成功，同样掀起了惊世波澜。

许多人第一时间冲向那里，围了上去。

因为有人见到最后的雷劫云层中有仙池，仙池内有雷劫液，孤剑云盘坐在旁边疗伤。

这消息让人震惊不已，这意味着又一个绝世人物出现了!

“哈哈……”许多人大笑着，特别是曾经对石昊有敌意的天神，此时更是无比畅快，心中的阴霾一扫而空。

他们觉得现在没什么可担心的了，又一位绝世天才出现了，同样渡过了雷劫，掌握有神秘宝浆，他们不用再去求石昊了。

“荒以为自己是谁，是古来独一无二的吗？现在又有人成功了，将取代他！”

“哈哈……破除诅咒有望了，不一定非得靠荒，杀了荒又如何?!”

有天神站在远空，这般说道，周围弥漫着恐怖的杀气。

天劫只剩下残余的雷光，渡劫已经算是结束了，但孤剑云还守在雷池边疗伤。

一些天神自发隔绝外人，将孤剑云护在中间，等待他从雷劫云层中走出来，再将他请回族中。

让人深感意外的是，人马族与古魔族也各有一位天神在当中，正是马跃和魔洛。他们俩畅快地大笑着，让人愕然。

“咦？那两族不是将荒请去族中了吗？怎么现在跟那些曾与荒有碰撞与摩擦的天神走到了一起？”

“嘘，小声点。马跃与魔洛两大天神曾对荒出手，不久前他们俩的处境很被动，而今自然放松了。”

最后，孤剑云从雷劫云层中走出来，周身带着强大的气息，他彻底渡劫成功了，进军真神领域，成为最强天纵奇才之一!

尽管外界发生了不少大事，但是孤剑云渡劫成功的事依旧在三千州引发了轰动，令许多人震惊。

“好一个孤剑云，竟然如此了得，能牵引雷劫，闯了过来，他超越了诸多前贤！”

消息一出，四方皆震，三千州因此不能平静!

“罪血后代，你以为自己能够独领风骚吗？我们的人也可以，‘仙古’遗地开启之时，就是你殒命之时！”有古教天神寒声说道。

火云洞、妖龙道门等族的人恨透了石昊，很想杀了他，可惜而今他们进不了“仙古”。

“小友，可愿去我族?!”

“仙古”遗地内，一些天神挡住其他各族的修士，无比热切地对孤剑云传音，都希望将他带走。

“小道友，可否带出雷劫液？”有天神更是直接。

“我人马族与古魔族愿为你保驾护航，助你夺取‘仙古’最大造化。”又有两大天神上前，正是马跃和魔洛。

石昊若是在此，自然明白他们这样做的目的。

很快，有人要用圣物跟孤剑云交换雷劫液。

“就送给几位前辈吧！”孤剑云平和地说道，没有和他们交换，而是直接取出几个玉罐，装上雷劫液，分别递给他们。

这一下引发了轰动！

不知道有多少双眼睛正看着，就连八臂魂族的天神等都差点冲过去，只可惜晚了一步。

“还是小友光明磊落，竟不思回报，将如此珍贵的东西献了出来。放心，我等绝不会亏待你！”有天神大笑道，十分激动。

“这就是差距啊！同样渡劫成功，有人以此自傲，而小道友却这般坦诚，令人钦佩。”马跃说道。

他这话已经是在贬低石昊了，他手中持有玉罐，当中封印着雷劫液，自然什么都不怕了。

魔洛也是如此，他知道诅咒应该能够解开了，大喜过望，道：“人和人是不同的。小友高风亮节，未来注定会有大成就。我想有人会急了吧，毕竟他不是唯一一个渡劫成功的人了，哈哈！”

其他天神也不吝赞扬，都希望将孤剑云拉拢到自己族中。

不得不说，孤剑云天赋异禀，实力非凡，这才能渡过天劫。

此时，他笑容平和，心中思忖，这次渡劫成功果然影响巨大，他将可以借助原住民的力量做很多事，自身实力也将突飞猛进。

他笑了，一切都朝着他预想的方向发展着，他这般谦虚，肯定能拉拢一些天神，凝聚成一股恐怖的力量！

而且，这样一对比，他比石昊更占据优势，想到这里，他的笑容越发灿烂了。

“我要立刻化解诅咒！”有天神说道。

事实上，早就有人迫不及待地喝下了雷劫液，盘坐在虚空中，闭上眸子，开始化解诅咒。

时间流逝，片刻后，最早喝下雷劫液的人睁开眼睛，露出狐疑之色，道：“怎么……好像没有作用？”

“不对啊，我的诅咒还在，并未减弱！”又有天神睁开了眼睛，露出不解之色。

孤剑云的笑容一下子僵住了，他皱起了眉头。

随后，所有天神都站了起来，全都低头看着手中的玉罐，一个个握紧了拳头，表情十分复杂，一时间，所有人都沉默了。

远处的很多修士都见到了这一幕，不禁愕然。

“为什么没有用？”有天神低吼道，大为失落。同为雷劫液，同样带着金光，为什么这次的雷劫液不起作用？

当确定诅咒还在、不能化解后，这些天神好比从天堂坠落进地狱，之前所有的喜悦都消失了，失望到了极点！

“怎么回事？！”有人咆哮道。

他们探出强大的神识，仔细观察，最后不禁叹息。

这雷劫液确实带着金光，但是内部蕴含着紫光，不细看根本难以发觉，但越探查越能看出有浓郁的紫光隐在金光中。

有人将那雷劫液加以提炼，也只能获取少许金色浆液，大部分还是紫色浆液。点点滴滴的金色浆液竟能将所有紫色浆液染成金黄色，这太惊人了。

“这种雷劫液无效！”这些天神又惊又怒。

虽然同为天神，但是他们根本没有渡过天劫，而此前他们也只见过石昊一人引发了天地雷霆，其他所知都是在骨书中看到的。

孤剑云渡劫时，他们见到了雷池以及浩瀚无边的雷海，所有人都以为那也是最强天劫，现在看来，和真正的天劫相比差远了！

非最强天劫诞生的雷劫液无用！

这一刻，人马族的马跃脸色铁青，想起自己刚才说的那些话，他握紧了拳头。

古魔族的魔洛更是后悔不已，很想扇自己一巴掌，这下可如何是好？！

刚才的话若是传到石昊耳中，以后他们俩就别想化解诅咒了，石昊肯定不会给他们雷劫液。

其他天神的脸色也很难看，刚才发生的一切让他们体会到了什么叫乐极生悲。而且，刚才的话应该是把石昊得罪了。

消息传到祭灵祖地，石昊只淡淡地说了一句话：“紫色的雷劫液，我在尊者境渡劫时，曾经得到一池。”

这话被人传了出来，顿时引发一片哗然，众人震惊不已。

这是人们第一次知道，石昊在尊者境时就曾渡劫！

孤剑云的脸色很难看，他辛苦渡劫，所得到的雷劫液竟无用，而石昊在尊者境就已经渡劫，而且早就见识过紫色的雷劫液。

孤剑云气得脸都白了。

“轰！”

惊天巨响再次传来，“仙古”内居然接连有人渡劫。

马跃、魔洛等天神第一时间赶去，可惜这几人全都渡劫失败，形神俱灭。

“不是每个人都可以像荒那样渡劫成功，而且是获得最强天劫！”有人说道，这话一下子得到了很多人的认同。

第702章 风暴起

WANMEI SHIJIE

渡劫潮着实造成了巨大的风波，引起了各方的关注，牵动着所有“仙古”遗民的心。

但最强雷劫不是谁都能渡的，至今无人打破石昊创造的神话，便是一般的雷劫也无人能成功，渡劫者最后几乎全死了。

“小友，这是一颗神丹，以引魂莲为主药，以数十种圣药为辅药，精心熬炼而成。”人马族的老天神说道，满脸赔笑，递给石昊一个玉石罐。

玉石罐中有一颗神丹，流光溢彩，将三寸高的白玉小瓶子映照得无比绚烂。石昊打开盖子，顿时药香扑鼻，光雨洒落。

引魂莲是神药，绝世珍稀，举世难寻，以它为主药熬炼成的神丹自然价值惊人。

石昊没接话，而是问道：“听闻贵派马跃曾经奚落、鄙夷我，对我敌意甚深，不知当初截杀我的人是否就是他？”

人马族的老天神很尴尬，他这次送来神丹，就是为了缓和关系，同石昊结好，但是马跃所为明显太过分了，把石昊惹怒了。

上次的袭杀之事还没有说清呢，结果马跃居然又跟那些与石昊有过节的人走在一起，而且言辞尖锐，出言鄙视石昊。

“小友，马跃是个奇才，年不过百便已成为天神，但也因此而性格桀骜，他若有做得不对的地方，还请小友恕罪。”老天神说道。

“动辄就要取我性命，这种桀骜我可承受不起，说实话，我也想对他桀骜几次！”石昊冷淡地回应道。

马跃第一次对石昊出手是因为觊觎他手上的仙种，并且连族内想庇护石昊的人都想一并击杀，可见其是有多么肆无忌惮。

此事若是就此过去就算了，石昊也不会斤斤计较。但这次只因石昊问了一句当日是谁对他出手，马跃就不耐烦了，不但没有任何歉意，相反在知道有人渡劫后，对石昊流露出强烈的敌意，明嘲暗讽。

这种狼性人物，石昊说什么也不会把雷劫液送给他，甚至对这一族都有看法了，怕把神液给他们后，自己便会落在马跃手中。

“小道友，老朽为你送来了一件好东西。”古魔族的老天神也到了，送来一杆青铜矛，据说是“仙古”遗物。

他们同人马族一样，族中也出了个针对石昊的天神魔洛。魔洛的所作所为几乎跟马跃一致，让该族处在非常被动的境地。

“两位老人家，谢谢啊，东西我留下了。”石昊说道，他如果直接拒绝的话多半会遭两族记恨，与其如此，他不如痛快地收下。

别的他什么都没有说，但如果真有雷劫液的话，他不可能给马跃，更不可能帮魔洛化解诅咒！

两个老天神失望而归，因为他们没有得到石昊的任何承诺，但他们又觉得，如此总比被拒绝强。

他们各自回到族中后，立刻召开会议，应付“诅咒危机”，毫无疑问，马跃和魔洛遭到了族中老天神的质问。

只是，两人皆是后起之秀，天资卓越，不可能被镇压，甚至都没怎么被训斥。

而且，两人都毫无悔意。当初两人为了夺取仙种而在暗中截杀荒，事实已定，已难回头，现在这种情况下他们更不想向石昊道歉。

“有什么大不了的，等他下次渡过天劫再说吧。天劫岂是那么好渡的，自古有几人可以成功？多半直接就被雷劈死了，化成了灰烬！”马跃说道。

“孽畜，你在说什么？！现在所有人都希望他能成功，你难道还盼着他死去吗？！”族中的老天神呵斥道。

古魔族遇到了一样的问题，魔洛根本不悔改，反而冷笑连连，敌意甚浓。

“他如果成功渡过天劫，若识相把雷劫液交给我们也就罢了，不然的话，我会自己去取，不可能任诅咒发作。我必须要化解诅咒！”

“你还想去抢？！”族中的老天神又惊又怒。

“我也是为了族群好，我化解诅咒后，抢来的雷劫液自然会送给族人！”魔洛冷冰冰地说道。

外界的各族都在议论外来者纷纷渡劫一事。

而在这几日间，就连原住民中也有不少奇才效仿石昊前去渡劫，想要冲关，搏一搏，青史留名，因为石昊的成功着实激励了很多人。

但是，不断有人殒命，无人能熬下来，这就是残酷的现实！

“荒果然了不得，这么多天过去了，各族最强人杰不断殒命，根本就承受不住可怕的雷击。”

越是如此，越能凸显石昊的实力超凡，与众不同。

当然，孤剑云也被人认可了，他所渡的虽然不是最强雷劫，但毕竟他熬了过来，是除了石昊之外唯一活下来的人。

很多强族认为孤剑云潜力惊人，将来不见得没有冲击最强天劫的资格，因此想拉拢他。

“长弓衍，这样的事可不能忍，一个当初挑衅你的人而今都渡劫成功了，你不想压他一头吗？”小胖子曹雨生撺掇道。

长弓衍神色平和，并不说话。

石昊在暗中点头，这位四冠王果然超凡，心志坚定，能不被外物干扰，将来的成就难以揣度。

“我也想去渡劫试一试。”曹雨生说道，因为他已经成功修出了一股仙气，只不过一直不曾对外公布。

“轰！”

突然，一股恐怖的气息爆发，震动了“仙古”各方小千世界，这一刻每个人都感应到有一股强烈的波动从云界传出。

云界的宁静因此被打破了。

一座巨大的宫殿从虚空中浮现出来，宛若史前巨兽出世，周围是一条又一条黑色的大裂缝，裂缝蔓延出去，让此界都快要塌陷了。

那座宫殿宏伟高大、气势磅礴，金色的瓦片、古老的浮雕、喷薄的瑞彩、蒸腾的云雾，让它看起来古老、沧桑，像是从另一个纪元跨越时间长河降临在此地。

殿前的石阶散发出大道气息，更有一根又一根巨大的支柱耸立，插入苍穹，仿佛托着天空。

黄金道宫接引，古殿再次出现！

当日，石昊刚修出两股仙气时，就见到十冠王、吹笛男子和宁川等都曾赶来，想要争夺造化。

最后，只有一个神秘元神，像是从黑暗牢笼中挣脱出来，冲进了古殿。

“天啊，这座殿宇真正显化了，不是虚影，而是彻底出现了。”

消息如洪水，席卷十方！

所有人都知道，这意味着那座擂台要出现了！

群雄争霸，天才交锋，谁是天下第一？谁能踏向最终的造化地？谁是至尊？都将在一座古擂台上角逐出来！

从古至今，那擂台都会伴着接引古殿而出现！

果然，就在黄金道宫出现后，一座宏大的古建筑出现了，它由神秘的岩石筑成，是一座古老的角斗场。

这座擂台十分广袤，如同一座岛屿悬在空中，跟黄金道宫并立。

擂台没有光泽，也无仙道气息，只有暗红色的血迹，还有断裂的兵器，印记斑驳，看起来暗淡而又朴实。

但是，它才出现就让人觉得一股冲天的杀气迎面而来。一般的人到了这里都会惊叫，倒在地上。

它看着普通，但是很可怕，仿佛能吞噬人的魂魄，连看一眼都会觉得心悸，忍不住瑟瑟发抖。

这就是“仙古”最强战场，属于绝世天才的擂台！

从古至今，不知道有多少人死在上面，而且那些人全都属于各族最强者，都是顶级的生灵，不然根本没有资格上去。

若论古代怪胎在哪里死得最多，毫无疑问，就是这座擂台。

人们不会忘记昔日的大战，就连“仙古”遗民想到那一幕幕都不得不惊叹。

有人还记得宁川第一次出世时神采飞扬、傲视一众强者，血战数月、斩尽群雄，最后独占鳌头的场面。

也有人记得十冠王勇冠天下，经历的最艰苦的那一战。当时他遇到八冠王出世，两人展开了惊天大对决，引得所有人热血沸腾，跟着高呼，最后他当众击杀对手。

更有人记得，四冠王长弓衍一箭定乾坤，禁锢擂台，十方敌手全都在同一时间炸开的场面！

在那之后，英雄辈出，代代都有强者出现，每一次大决战都会点燃“仙古”，让所有人热血沸腾。

这一世则与众不同，历代的王要一起出现，在这末世相遇。

他们的风采是否依旧，他们的强大能否再次得以体现，许多人已血液奔涌，握紧了拳头，期待那些王一个个现身，展开争霸。

“进入‘仙古’数年了，可是有些王还没有消息，他们曾在古代留下了最为辉煌的战绩啊，希望他们都能一一出现！”

“我坚信他们会出场的，会展现出无敌风采！”

不仅三千州的天才在等待，就连“仙古”原住民也都在瞩目，跟着心绪起伏，因为这注定将是一场盛况。

“擂台很清晰，算是彻底浮现出来了，料想在这几日内就要开启大决战！”

人们叹道，这一世未免太快了，众多天才刚进来几年而已，这“仙古”终极战场就浮现出来了。

“轰！”

突然，刺眼的雷光出现，惊动各方生灵。

“渡劫，又有人渡劫了，这气息实在惊人！”巢界的人十分震惊，全都抬头望向凶巢方向。

毫无疑问，仿佛谪仙的吹笛男子渡劫了，他引来的雷霆不可想象，远超孤剑云笼罩的那方天宇。

隐约间可见，凶巢上方血月摇动，红色大日发光，异象惊天。

众人震撼不已，但是无人敢接近。那个地方是绝地，有千古大阵，甚至有天神在那里殒命。

“咔嚓！”

只见耀眼的电芒出现，“仙古”的一片遗迹中，十万道雷电贯穿在一起，化成了汪洋。

那是一片被诅咒的地方，平日无人敢接近，连原住民都敬而远之，可是今日竟有人在当中渡劫。

人们看到一个背负天图的白衣男子冲进了雷海，超然而又神圣。

“六冠王宁川！”有人战栗着喊出这个名字。

“轰！”

惊雷震世，在一片黑色的汪洋上方也有人在渡劫，整片海水都被雷光淹没了，异常恐怖！

“那是死亡之海，无人敢进去，现在居然发生了天罚，那个人是……十冠王！”有人声音颤抖地说道。

这一日发生了太多事，“仙古”内风暴骤起！

第703章 银血族

WANMEI SHIJIE

凶巢内无比寂静，不见谪仙从中走出来；

宁川似从人间蒸发，再不见身影；

死亡之海内波涛起伏，魂影重重，恶鬼无数，难觅十冠王的踪影。

……

“仙古”内多处爆发雷劫，威势无与伦比，可是最后未见有人从那些禁地中走出来。到处死气沉沉，仿佛陷入了沉寂中。

人们震惊不已，心想，难道那几人都死了？

不然何以如此宁静，毫无声息？

但是，无论是凶巢还是死亡之海等地，都是可怕的禁区，都曾有天神喋血，常人不敢贸然入内。

一时间，这成了一个谜，暂时无人知道答案！

这几人可以说是仅有的几个可以在“仙古”内同石昊平起平坐的人，若是这几人也死了，那就没有其他人可以渡劫成功了。

“死了，我见到谪仙在凶巢内被一道巨大的雷霆击中了身子，从空中坠落，血洒虚空！”两日后，有人信誓旦旦地说道，声称当时他正好在凶巢外，见到了谪仙受伤的那一幕。

“宁川也死了，最后一片雷光落下时，照亮了那方小世界，整片绝地光芒璀璨，如被骄阳照耀。我看到他的躯体被击中，倒了下去。”很快，又有人站出来，说宁川也死了。

“这么说他们都死了？一位海中的英灵看到十冠王也被雷劫击穿了眉心，一头栽进了死亡之海。”

这样的消息一出，“仙古”内各方势力都为之一震。

三人都死了吗？难道是因为擂台将现，他们急于突破，想借助雷劫让自己达到最强，故此导致这一可怕的结果。

整个“仙古”一阵哗然，所有人都在谈论这件事。

接下来的数日，整个世界都不能宁静。

很明显，石昊变得越发不一般了。很多此前一直保持沉默的部落也派人出动，前去见石昊，希望将来能得到雷劫液。

因为，目前只有石昊有希望再获神液。

黄金道宫接引古殿，金色瓦片发光，远远望去，气势无比恢宏。

在古殿旁边，那擂台显得越发清晰了。数日过去了，它仍矗立在那里，散发出惊人的气息。

不过，只要有人尝试登上擂台，就会被震开。

终究还是差一些火候，擂台没能彻底浮现在这方世界中。但是所有人都知道，快了，它马上就要出来了。

最近几日，石昊都在祭灵祖地修行。他虽然未出去，但也在密切关注着那座擂台，等待擂台开启之日！

“报。银血魔树一族有强者来访！”

这一天，有人禀报，一个极其强大的部落将来拜访八臂魂族，这一消息引得魂岛震动。

因为他们深知银血魔树一族有多么可怕，那可是号称“最强大的部落之一”的存在，该族所在的地方是“仙古”内一处可怕的圣地。

尤其是，银血魔树一族与八臂魂族之间的关系并不融洽，过去发生过一些纠纷。

不久后，石昊被人从祭灵古地请回魂岛。因为来访者想见他，就是魂岛的修士也不好隐瞒消息，不让他们相见。

那是三个生灵，都穿着银袍，周身散发出精气，如同燃烧着雪白火焰，极其可怕。

其中一男一女两名中年人是天神，他们的身体犹如银色的太阳，发着光。

另外一名青年笑容和煦，神采飞扬，气质非常的出众与不凡。

很明显，那两名天神是为了保护那名青年而来，可见这青年的身份多么的不一般，而青年自己早已达到真神大圆满境界，的确了得。

“真是英雄出少年！石兄这般年轻，却渡劫成功，开创了无上辉煌，如此光辉的成绩足以载入史册！”青年大笑道，并自我介绍，他叫银坤。

旁边八臂魂族的老天神暗中传音，提醒石昊，这名青年是银血魔树一族的后起之秀，在同辈中实力超强。并且，青年为该族嫡系，深得族长喜爱，未来有可能是扛大旗的人物，身份很不一般。

石昊点头，微笑道：“不知兄台找我有何指教？”

银坤笑道：“我对渡劫成功的英雄人物无比钦佩，特意慕名而来，求见真人。”

八臂魂族的人蹙眉，感觉不妙。这一族极其强势，最为可怕的是该族有一位老祖，那位老祖虽然也被诅咒困住了，但还能保持清醒。

正因为如此，该族强大无比，被一些部落尊为“最强大的部落之一”。

若是在以前，面对这样的强族，八臂魂族也得发怵，因为在这“仙古”中若是有超越天神的古老存在，那就是绝世战力了，他们难以匹敌。

不过现在嘛，八臂魂族有了一些底气，因为雷劫液让他们族中那位百万岁的古祖恢复了神志。

石昊温和地笑着，既然对方对他如此客气，他自然不会怠慢，于是，他坐下来跟对方饮酒交谈。

双方聊了很长时间，从修行到秘宝，再到“仙古”内的秘闻等，银坤很健谈，跟石昊聊得非常热络。

石昊明白了，银血魔树一族这是来挖墙脚的，想请他前往该族。不过，他并不想去那里，但他也不表态，而是装作没听懂。

八臂魂族的天神额头上有些冒汗，他们自然看出来了，对方这是要“横刀夺爱”，想请石昊去银血魔树一族，这怎么能行。

“对祭灵古祖最忠诚的部落，非我们莫属。任岁月匆匆，万古悠悠，我们一直守在这里，不曾背叛祭灵古祖，而银血魔树一族则不同，他们早已离开，不再尊奉祭灵古祖。”八臂魂族的老天神暗中对石昊传音。

石昊点头，表示知道。

而此时，银坤终于说出了直接邀请的话，他让石昊跟他走，前往该族。

石昊摇头，委婉地拒绝了银坤的邀请。

他这么做并不是因为刚才八臂魂族的老天神提醒了他，而是因为他能感觉到，银坤虽然面带微笑，但是其骨子里很倨傲。银坤这次前来，如此低调，是因为有求于他，不用想也知道是为了雷劫液。

“道兄，你真的不考虑一下吗？去我族远比待在这里强。”银坤有些失去耐性了，因为谈了这么长时间，对方居然始终装傻，最后更是拒绝了他。

“这里很宁静，在这里修行，我感觉很好，不需要换地方。”石昊说道。

此时，跟银坤一道而来的一名男性天神开口道：“小友，你可知我银血魔树一族有无上高手坐镇，只要你去了那里，无人敢找你麻烦。”

“在这里就有人会找我麻烦吗？”石昊反问道。

“恐怕八臂魂族不见得能保你周全。”另一名女性天神说道。

“这么说，我去你们的部落后就能无恙了？”石昊又问道。

“不错。只要你待在我族，无人敢动你。”银坤很直接地说道，越发失去了耐性，骨子中的倨傲略微显现出来了。

“对不起，我不想去。”石昊很直接地拒绝了。这时，他更明显地感觉到这一族有点霸道，他若去了的话多半会被他们软禁起来，专为他们提供雷劫液。

“道友需慎重考虑。你若去了我族，专心渡劫，提供雷劫液，我们必会给予你最大的照顾。”银坤收起脸上的笑容，略带冷漠地说道。

“我说了，我不想去。”石昊摇头。

“这恐怕由不得你！”银坤声音很冷，连眼神中都流露出一丝寒意了。

“你在威胁我？”石昊怒道。这一族果然霸道，他还没有去呢，他们就敢这样对他，若是真到了那里，岂不是会彻底沦为为他们提供雷劫液的工具。

“你可以这样认为。”银坤很平淡地说道。

“银血魔树一族，你们不要太过分，这里是我八臂魂族的地盘。”八臂魂族的老天神沉下脸，严肃警告道。

石昊也开口道：“你们这么霸道，我奉陪不起，请离开吧，我绝不会去！”

“这由不得你！”银坤冷冷地说道，双手放在身后，“你别敬酒不吃吃罚酒！”

“滚！”石昊只说了这么一个字。他真的怒了，这是请人吗？居然如此逼迫他，还敢这般出言不逊。

“让我滚？你还没资格！我看还是你束手就擒，跟我们走吧！”银坤说道，面色阴冷，傲气无比，俯视着石昊，继续逼迫他。

八臂魂族的老天神早已大怒，腾地一下站起，看向对面的两名天神。

银血魔树一族的人实在太过分了！

石昊被激怒了。对方居然这么肆无忌惮，敢这样胁迫他，实在是欺人太甚！

“走吧，你没有别的选择。”银坤倨傲地说道。

“想死吗？”石昊寒声问道。

这时，对面的两名天神向石昊走来，看那架势随时会发起攻击。

八臂魂族的老天神释放出血气，挡住了两名天神。

此刻，还有八臂魂族的其他强者正往这里赶来。

“我银血魔树一族想要带走的人，谁也不能阻拦，他是我们的人。”银坤平淡地说道，他不再看石昊一眼，而是只跟八臂魂族讨要人。

“过分！”终于，八臂魂族的其他天神到了，跟老天神一起，准备出手。

“别逼我们动手，否则后果自负！”银坤很强势，竟这样说道。

而后，他转头看向石昊，道：“你走不走？难道要等我们动手，将你架起来走吗？”

“我能杀他吗？”石昊看向八臂魂族的人，问道。

“想跟我们动手？呵呵。八臂魂族也按捺不住了，就不怕遭来灭族大祸吗？”银坤冷笑道，“算了，我族慈悲，只想带走荒而已，你们都退下吧，别自己惹祸。”

八臂魂族的人都怒了，向前围去，就算是天神也不例外。

大战一触即发。

银坤漫不经心地捏碎一块玉牌，瞬间虚空裂开，一道身影出现，一名银发老者降临在此地！

银血魔树一族的古祖到了！

他刚现身，就使得虚空龟裂、魂岛塌陷，一股恐怖的气息弥漫开来，一下子使一群人倒在了地上。

“敬酒不吃吃罚酒！”银坤冷声说道。

难怪银坤有恃无恐，原来他已请动古祖，令其复苏，这才不惜发动一场种族大战！

因为，一位绝世高手就足以扫平一方，镇压各族。

“小友，请你到我族做客。”来的这名老者说道，他是一道灵身，但同样无比强大。

真身出动的代价有点大，光是这次复苏就耗掉了很多天材地宝，因此一般情况下，他是不会离开部落的，大多数时间都在沉睡。

“道兄，你太咄咄逼人了。”就在这时，岛屿后方发出声音，刹那间，一个披头散发的老者出现在此，挡在石昊面前。

“你恢复了神志？”银血魔树一族的古祖大吃一惊。

“我们去那边谈一谈。”八臂魂族的第一强者说道。

他们俩的气场太强了，让九成的人都跪下了，在那里簌簌颤抖。虚空也扭曲、崩塌了，直到两人离开了才恢复正常。

“砰！”

下一刻，石昊出击，一脚将银坤踹飞了。

“你……”银坤羞怒道。

八臂魂族的天神亦出手，挡住对面的两大天神。

“噗！”

下一刻，银坤被石昊一脚踢在了脸上，大口咯血，牙齿都断了。

接着，砰砰声传来，石昊一脚又一脚地踩下去，让银坤发出阵阵惨叫声。

这一日气氛十分诡异，许多强族都察觉到了异常，但是都不知道发生了什么，只在恍惚间觉得像是有绝世高手展开了对决。

后来，人们见到银血魔树一族的人被丢出魂岛，虽然没死，但是都受了重伤，包括该族嫡系传人银坤与两大天神。

“事情有些复杂了。”石昊揉了揉太阳穴。在擂台出现的前方，“仙古”各大势力也坐不住了，一时间风起云涌，谁也不知道接下来还会发生什么。

“轰！”

数日后，一声巨响传来，仙道擂台彻底展现出来了。

与此同时，一声炸响传出，一道巨大的裂痕贯穿了所有小千世界，令人发颤。

“发生了什么？”外界三千州的许多人都很吃惊，因为他们看到广袤的无人区中出现了一道淡淡的虚空裂痕，景象十分恐怖。

它很淡，但是很长，不知道绵延了多少万里！

第704章 柳神的法

WANMEI SHIJIE

“这……难道‘仙古’裂开了，我等也可以进去了?!”

外界的所有人都激动得发抖，忍不住要仰天长啸。

如果“仙古”要裂开，那就太令人震惊了。“仙古”内蕴含着世间最大的造化，谁能真正得到便可傲立万古绝巅，实现终极超脱。

可惜的是，超越尊者境的修士不能进去，四方教主、十方天神都只能看着，不能临近，这是一个巨大的遗憾。

可现在一道裂痕横贯在广袤的无人区，也许机会就要来了！

“咻！”

有人出手，拿出一个明月鎏金铃，铃铛叮当作响。明月鎏金铃表面镀了一层薄薄的光明仙金，虽然很薄，量也很少，但那是无价仙料，使它看上去绚烂夺目，洁白无瑕。

铃铛一出现，苍穹崩开，威力强大到足以碾压一群至强高手，让天神都胆寒。毫无疑问，有教主在第一时间出手，想击开那道裂痕，闯进“仙古”。

“当！”

然而，让人吃惊的事情发生了。一道神秘法则从裂痕中弥漫开来，将明月鎏金铃震开。

要知道，连苍穹都被那铃声崩开了，这本就已出现了裂痕的区域怎么会如此坚固？竟将教主的兵器震飞了。

更可怕的事情还在后面，那法则扫出一片艳艳霞光，再次击中那个铃铛，景象十分恐怖。

“噗！”

破碎的声响传来，明月鎏金铃受损！

它表面镀的那层光明仙金并未受损，可它内部出现了可怕的裂痕，由内而外瓦解！

在上界，掺有仙金的兵器，哪怕只是少许镀金，也算是绝世宝具，各方教主中没有几人可以拥有这样的兵器。

可眼下这个明月鎏金铃被毁掉了，让看着的人跟着心痛，暗道可惜。

但也正是因为如此，所有人都意识到，“仙古”不是那么好进的，哪怕现在它出现了裂痕，也很难真正打开。

“轰！”

又有教主出手，但是只催动了一则大神通，没敢祭出宝具，怕被毁掉。

那裂痕不变，腾起一片烟霞，将该教主的宝术化解，并且冲出一股极强的反震力，朝着他打去。

他躲开了，但是他身后的一片山河在刹那间化成飞灰。

看着高大的山峰化成尘埃，所有神祇都一阵胆寒。

“诸位，我们联手攻进去！”有教主高声喝道。他们主掌上界沉浮，是实力最强的一批生灵，而今“仙古”居然出现了大问题，也许能借此机会闯进去，他们怎么会不动心。

“我等教化万民，秉承天地大气运，理应参与进去才对，诸位道兄一起出手吧！”有人响应道。

下一刻，一群教主祭出宝术，集中力量轰向那道虚空大裂缝！

看到这一幕，“仙古”遗地内的所有人都心惊不已。

那道裂缝未免太长了，贯穿了所有小千世界，这意味着什么？

难道说这片遗地将毁，将不复存在了吗？

最让他们不安的是，其中一个小千世界内的裂缝在轻微地摇动，像是在承受着攻击，好像外面有人要闯进来！

不过按照这个趋势，界壁很难被毁掉，因为大裂缝周围有神秘法则交织在一起，隐约间甚至有仙道气息扩散开来。

短时间内应该无恙，但是长此以往，一个月、两个月……几个月后呢，也许就会出大问题！

原住民也在担忧，他们也听闻过外界的事，有朝一日此界若是裂开会发生怎样的变故？他们不敢想象，因为他们知道那种冲击绝对是巨大的。

至于外界来的天才们，许多人都在欢呼，因为这意味着他们的师门有可能要杀进来了。

对一些人来说，这是最好的消息，他们早先心高气傲，完全不信邪，等到真正见识到古代王者的厉害之后，心里不禁充满了苦涩和挫败感，他们知道，那些古代怪胎太厉害了，凭他们肯定无法在“仙古”争霸中胜出。

“哈哈，我教天神等要进来了。荒，我看你如何逃过这一劫！”有人忍不住大笑道。

“恭迎教主驾临，教主定能扫平一切敌手，什么谪仙，什么荒，统统都将被镇压。他们现在发光发彩，最后只能徒然悲叹！我们期待接下来的比拼吧。”

这样说的人不在少数，比如残存下来的冥族、天国、神庙、火云洞、妖龙道门等势力。

他们迫切希望教主出现，扫平“仙古”，跟他们一起夺取古往今来最大的造化！

不过，现在所有人都按捺住激动，冲向了云界。那里的仙道擂台开启了，还伴着一座巨大的黄金道宫。

此时，别说是外界来的天才，就连原住民也涌过来了，黑压压的一片，密密麻麻的人将这方小世界挤满了。

石昊在祭灵祖地里叹息，他也得到了擂台开启的消息，这是好事，但是这“仙古”若是过早裂开那麻烦就大了。

“争时间抢速度，我必须在外界的人进入之前崛起，站在擂台上，扫平一切敌手！”石昊说道。

不然的话，等一尊又一尊教主进来了，麻烦就大了，到那时，真正的造化多半会与他无缘，因为那些教主什么事都做得出来！

那恐怖的结果光想一想就让人脊背发寒，特别是对于石昊来说，很可能是死路一条。

“噗！”

石昊咯了一口血，面若金纸，身体一阵摇晃。

“柳神的法果然不一般啊。”他轻叹道。这本是生命之法，问道长生，一旦修成，他若再负伤，除了非常可怕的攻击力造成的伤之外，其他的伤都可在最短的时间内修复。

只是这种宝术很难修成，若想参悟生命法则，必须理解生命，在生死间行走。

此法一旦修成，修炼者将成为这个境界最强大的生灵之一，自身的生命精气将源源不绝，血气滔天，如同十凶复活。

这是脱胎换骨的变化！

但是，想要拥有旺盛的血气和如火山般喷涌的精血，在此之前需要燃烧己身，消耗这种精血。

想要得到，必先失去，这体现了此法的平衡。

他现在就处在这种变局中，原本灿灿若神金的躯体而今已经失去光泽，略微干瘪。

“真是要命，正处在突破的边缘，那座擂台却开启了！”石昊目光闪烁，他绝不愿意错过擂台争霸。

可他现在正在冲关，燃烧自身精血。

“必须得去，早一步击败群雄，于擂台上独占鳌头，便可离危机远一些，免得被外界干扰！”石昊说道。

此时，他的肌肤越发的晦暗了，肌体干瘪，缺少精气神。

“轰！”

下一刻，石昊体外爆发出黄金血气，血气化成烈焰，熊熊燃烧着。

远远望去，他周身无比璀璨，如同一座金色的大火炉子，可是走近一看让人心惊，他不是在突破，而是在消耗自己蓬勃的生命。

他如同烟花一般绚烂，可付出的是生命的代价。

“糟糕，到了紧要关头，这可怎么办？”石昊蹙眉思忖。

八臂魂族的人被惊动了，一个个目瞪口呆，而后心中发毛。老天神亲自跑来，问道：“小友你怎么了，可需要老朽相助？”

他们比石昊还要担惊受怕，万一石昊出个意外，他们这一族都要“心痛”，因为他们全都等着他帮忙化解诅咒呢。

“小友，我这里有退魔丹，你赶紧服下！”另一位天神也被惊动了，误以为石昊走火入魔了，于是火速赶来，取出一颗宝丹。

石昊苦笑，他这种情况跟走火入魔一点关系都没有，只是在消耗自己的血气而已。

“什么？点燃自身蓬勃的精血？这怎么能行！”老天神闻言后，直接命人去采摘神药叶子。

“别！”石昊出手阻止，他绝不能“进补”，那样等于火上浇油，会焚烧得更厉害。

“怎么办？这种情况下我不能闭关啊。”石昊蹙眉思忖。

他真的不宜出动，他现在的情况很糟糕，自身精血在快速消耗着，肌体变得越发的干枯了。

他终于明白柳神为何那样告诫他，让他境界高一些、实力足够强大时再修行此法，现在看来，确实如此，想血气喷涌，必先体悟寂灭。

“是直接前往那里，还是等我出关后呢？”石昊难以取舍。

云界的黄金道宫巍然屹立，没有人知道它真正在接引的是什么。

其旁边的那座擂台悬在半空中，宏大无边，暗淡无光，古朴无比，地上有黑色的血迹，无声地述说着曾经在这里发生的惨烈战斗。

地面上和天穹上都挤满了人，人们议论纷纷，一片喧闹。

“谁想第一个登台？”

许多人都在等待一个人首先登台，谁都不想做出头椽子，怕自己精疲力竭时，被人乘虚而入。

“放心，在擂台上比拼很公平，没有人可以投机取巧，无论是谁上去，都要连胜一百场，才可以去休息。”

“什么？”很多人大吃一惊。

连胜一百场？这也太难了。要知道，能进“仙古”的都是各族的翘楚，都是天才，没有一个是易与之辈。

他们都是天才人物，彼此之间的实力能相差多少？谁能保证连赢一白场？

许多人当场心就凉了，这太难了，几乎不可能完成！

“你不行，自然有人行。最强大的初代，还有古代的王者，哪一个不能连胜百场？当然，前提是没有生死大敌出场。”

“好，我先上去！”

地狱三头犬仰天咆哮，第一个登台。它落在那浩瀚的角斗场上面，如同一片树叶般微不足道，因为擂台太大了！

突然，远处传来一阵轰动，所有人都闪开了。

“荒……他第一时间赶来了！”有人惊叫道。

这一刻，所有人都回头，很紧张地注视着石昊。

“他怎么第一时间就出场了，难道不想给别人一点机会吗？”

许多人猜测，石昊多半是想取得连胜，逼得群雄无人敢上场！

谪仙、宁川、十冠王疑似都被雷霆击杀了，现在还有谁能制衡石昊？

第705章 连胜

WANMEI SHIJIE

石昊来了，他一出现，顿时引来十方瞩目！

他被几族天神请走后，很少露面，许多人都听过其名，但一直没有见过其真身。

“这就是荒啊，他分明是一个翩翩少年，怎么会有那样辉煌的战绩？他已渡过最强天劫，注定将被记入史册！”许多人议论道。

对于很多人来说，石昊之名如雷贯耳。今日他真身来此，自然引发了轰动。

不久前，他打破神话，渡劫成功，并且导致七大天神殒命，战绩着实惊人，他因此成了各族热议的焦点人物。

以他那辉煌的战绩和壮举，无论走到哪里注定都会成为中心，想不引人瞩目都不行！

“当真是英雄出少年啊，他比我想象的还要年轻，他究竟是怎么修行的？要知道，他并不是古代怪胎，不曾积累战绩，完全是一世崛起，冲天而上！”有人惊叹道，即便是石昊的仇敌，也很服气。

石昊一路横扫敌手，所向披靡，在修行的道路上是个奇才，古今罕见。

“史上也不是没有出现过这样的人，但大多都夭折了，存于世间的只剩下宁川、十冠王等少数几人，可惜也都疑似殒命了。”人们叹息道。

石昊只要不夭折，他的未来不可想象，成就不可限量。

一世冲天，傲视同辈高手，石昊是一个传奇人物，一个举世求败、可大战同代所有天才的真正的年轻王者！

“唔，都说荒很厉害，原来他还这么英俊啊！”此地有很多少女，都在望着石昊。

“哎呀，他刚才看我了，嘻嘻。”

“别犯花痴好不好？人家是在看擂台，可没有看你。除非龙女、魔女那样的人到来，不然很难引起他的注意。”

一些少女也在议论，她们双眸泛异彩，彼此调侃，嘻嘻哈哈，很是活泼。

当然，对石昊怀有敌意的人也不在少数，但是都不敢表露出来。因为石昊的实力太强大了，他居然能连斩堕神子、钧道、古圣子等古代怪胎。

石昊看着前方，心中难以平静。进入“仙古”数载，他已经二十岁了，同以前相比，这一次进入“仙古”的时间未免太短了，居然这么快就要决战了。

那巨大的擂台上满是岁月留下的痕迹，但擂台始终不朽，矗立在虚空中，那将是年轻至尊争霸的舞台！

石昊没有立刻登台，而是盘坐下来，看着那里。

“可惜，我‘仙古’遗地的人没有办法登临擂台，不然的话，也能参与争霸！”有原住民表示很遗憾。

“谁敢与我一战？”登上擂台的地狱三头犬嘶吼道，它还没有注意到石昊已经来了，嚣张地在那里叫唤着。

不少人都回头看向石昊，结果发现他很平静，没有任何表示。

“咦？你们发现没有？荒的气色不太对劲，他清瘦了很多，皮肤缺少光泽。”有人惊讶地说道。早先此人就有所察觉，但他没有多想，此时才不禁出声。

“没错。难道他负伤了，怎么伤的？”众人非常好奇，是谁将石昊击伤了？

此地产生了躁动，不少强者的眼睛逐渐亮了起来，心想，这或许是机会啊。石昊可能发生了意外，若是他不能登场，那就太完美了！

人们盯着他，很长时间都不见他起身，他似乎不打算登台参战。

此时很多人都兴奋了起来，越发觉得石昊出了问题，不然的话，以他目前的实力，他若直接登临擂台，绝对会是各方强者的劲敌。

“有人要与我一战吗？”擂台上，地狱三头犬很惊讶，居然没有人上来应战，它有些晕乎乎的，但是很快就清醒了。当然，出现这种无人应战的情况，绝对不是因为它实力太强，镇住了群雄。

“荒……你！”终于，它发现了石昊，它有幸目睹过他的真容，顿时有点发慌，很想直接跳下擂台。

石昊冲它一笑，但并没有登台，这让它心中稍稍安心了一点。

“我来会你！”有人登台，是夜叉族的一位高手，一头金翅夜叉，它浑身泛着黄金光泽，手持长枪。

“好，只要不是荒大人上场，我就奉陪！”地狱三头犬说道。

众人暗骂，这家伙还挺会拍马屁，居然不着痕迹地恭维了一番石昊。

“你这犬妖，还是下去吧！”金翅夜叉大喝道，手中长枪向前刺去，顿时虚空中发出爆鸣声，划破长空。

这是一尊真神，实力超强，很多人都不禁倒吸了一口凉气。

地狱三头犬咆哮着，从其左边的头颅嘴里吐出一道黑色的火焰，那是地狱焰，可轻易焚死神祇；从其右边的头颅嘴里则喷出一片黄色的液体，那是黄泉水，可溶解神魔。

两颗头颅一起发动攻击，水火交融，对抗那杆金色的长枪。

“轰！”

金翅夜叉咆哮着，右手持枪，左手持一面巨大的盾牌，挡在身前，盾牌发出璀璨的光芒，成千上万的符号涌出，密密麻麻的，抵挡住那火焰和黄泉水。

“杀！”

金翅夜叉手中的长枪如毒蛇般刺出，袭向地狱三头犬中间那颗头颅的眉心。

“当！”

地狱三头犬伸出一只大爪子，拍在长枪上，顿时火星四溅。与此同时，从它中间那颗头颅的嘴里喷出一道血色闪电，沿着战矛冲向金翅夜叉。

“磨灭！”夜叉嘶吼道，他的身体发光，金色符文如河流般向前冲出，对抗血色闪电。

就这样，他们大战在一起，战况非常激烈，但是任他们神通广大，发动真神级力量，擂台都纹丝不动，毫不受损。

上百回合后，地狱三头犬发出一声咆哮，它的三颗头颅同时发光，眉心竟然裂开了，皆出现了竖眼，射出惊人的符光，刺中金翅夜叉的身体。

“砰！”

金翅夜叉半边身子受了伤，疾速而遁，总算避过杀劫，成功跳下了擂台。

人们感叹道，地狱三头犬真厉害，敢第一个登台不是没有道理的，它的确是这一族罕有的强者。

“将此胜利献给我崇拜的荒大人！”地狱三头犬的脸皮很厚，居然这样说。

石昊愕然，而后笑了。

其他人全都在心中大骂，这个马屁精，这么无耻的话也说得出口，脸皮实在太厚了。

“我来挑战你！”说话间，一棵血色古树伸展枝杈，一冲而上，来到了擂台上。

这是一棵铁血古树，枝丫苍劲，若龙蜿蜒；枝叶赤红，发出漫天符文；叶片飞舞，如飞剑般向前斩去。

“汪、汪、汪……”地狱三头犬狂吠，浑身发光，燃烧地狱火焰，跟古树大战，最后将那古树点燃了。

它又一次胜利了，战绩引人瞩目。

就这样，它居然连胜二十九场，着实惊呆了一群人，引发了热议，人们没想到这家伙居然这么厉害。

“马上就要赢三十场了，依旧献给我崇敬的荒大人。”它很肉麻地说道。

“你没机会了！”一头貔貅跳上擂台，盯着地狱三头犬。它的躯体非常庞大，如一座大山。

这一战，地狱三头犬落败，差点被击杀，它慌忙跳下擂台，结束了它的连胜传奇。

就在这时，远方传来消息，某一界剧烈震动，波动越发激烈了，是外界有人在疯狂地攻击虚空大裂缝，想要进来。

石昊发出一声叹息，时间紧迫，他必须登场了，必须早点横扫敌手，夺了造化！

“啊，荒大人要为我出头了，赞美无上的年轻至尊！”地狱三头犬一副大喜的样子，十分肉麻地恭维道。

石昊登台了，引发了轰动！

貔貅目露凶光，没有退缩，而是向前冲去，张口间，喷出一道犀利的杀光，祭出一件秘宝。

“咔嚓！”

在众人震惊的目光中，石昊单手捏住了那件秘宝，用力一捏，秘宝四分五裂。随后，他抬手点出一指，一个金色的符文化成柳叶，斩了出去。

“噗！”

血光一闪，貔貅发出一声惨叫，它受了重伤，立刻求饶，眼神中流露出恐惧。

石昊一挥手，将它震出擂台。

仅此一击便镇住了所有人，石昊这也太霸气了，抬手间便可镇压貔貅这种太古凶兽，实在太强大了。

“咦？不对，他怎么盘坐在了擂台上？”

“你们看，他面若金纸，脸色很难看！”

人们惊愕地发现石昊的状态有点不太对，他的躯体在微微发颤，他们甚至看到他嘴角溢出了一缕血。

"轰！"

这个地方一下子沸腾了，所有人都知道石昊的身体出了问题。

"这是机会！"

这一发现让很多人十分亢奋。如果是处在巅峰状态的石昊，谁可敌他？可现在他受伤了，许多人因此看到了希望。

"荒大人，我想请教！"一只紫金鸿鹄展翅落在擂台上，化成人身，向石昊发起挑战。

"可以，来吧。"石昊说道，擦去嘴角的血，看向此神禽。

"好，我来了！"紫金鸿鹄长鸣一声，口中喷出一柄由鸟喙化成的紫金神剑，背后出现一对神翅，割裂长空，向石昊扫去。

石昊盘坐在原地没有起身，只是探出一只大手，大手化成房屋那么大，直接砸了过去。

只听"砰"的一声，无论是鸟喙神剑还是紫金鸿鹄自身，全都如遭雷击，紫金鸿鹄更是被打得口喷鲜血，飞了出去。

"荒大人请手下留情，我认输！"紫金鸿鹄大叫道，第一时间退走。

石昊没有再出手，任它离去，而他自己的身体也一阵摇晃，而且就在此时，他体外腾起金色神焰，熊熊燃烧，那是他自身的精血在燃烧、消耗。

"咦？发生了什么？他居然在燃烧生命本源，难道他的伤势恶化到那一步了吗？"

"他的身体出现了非常严重的问题，他想在最短的时间内战胜群雄，夺取造化。我觉得若是能拖延时间，说不定他会自己倒在擂台上。"

许多人大喜，没有比这更好的消息了。

下一刻，无人登台，人们静等石昊自己支撑不住，倒在擂台上。

然而，过了一段时间后，擂台上浮现出符文。

"什么，算他胜了一场？"人们读懂了符文的意思。

若无人登台，每过一段时间，便会算石昊胜了一场。

这样下去可不是办法，特别是仇视石昊的人，都不想看他这么轻松就取胜。

"没关系，寻一些人上去跟他战斗，等战到不行时再认输，反正看样子他不会下杀手。"不少强者在暗中商量道。

果然，接下来的十几场战斗，虽然无人能撼动石昊，但使得他的身体状况越来越糟糕，因为他在冲关，自身血气消耗得太厉害了，整个人体外都燃烧着血气。

他不曾下杀手，十几个生灵都被他放过了。

但很快他蹙眉，露出冷意。第十八场战斗时，他抬手一点，一片金色的柳叶飞出，“噗”的一声刺透对手的眉心，使对手栽倒在地上。

“杀人了，一位强者殒命！”人们惊呼。

很明显，残酷的杀伐从现在开始了，谁要再想上去迎战就得掂量一番了。

而在这个时候，石昊体外的血气燃烧得更加厉害了，他的肌体迅速干瘪，整个人向皮包骨头的状态发展。

“他可能真的不行了！”

这是人们做出的判断，许多人因此十分兴奋。

但即便如此也无人敢轻易登台，瘦死的骆驼比马大，人们都怕被石昊击杀。

“不行，还得有人登台，消耗他的血气，让他的伤势恶化，绝不能让他连胜一百场。这是仅有的将他踢出去、甚至击杀的机会！”有人发狠道。

可是，没有谁愿意去冒险，拿命去挑战石昊。

“我等抽签，抽中谁谁就上去挑战！”

对石昊有敌意的生灵不在少数，他们聚在一起，居然这样发狠，要对付石昊，有些人的确不怕死。

当然，那是因为很多人有自保的手段，相信在最后关头能逃命。

就这样，一个又一个生灵登台，石昊的身体变得越发干枯了，出手也不再那么凌厉了。当连胜五十四场时，他只杀了一半的对手，另有一半的对手跃下了擂台。

“诸位，我们的机会来了！”

他们知道必须趁石昊身体出了问题，让他止步于此，不然等他身体完全恢复了，谁都没有办法跟他争夺造化。

第七十场，第八十场……

石昊尽管身体摇摇晃晃，但是依然连胜了八十五场，这样的战绩震惊“仙古”，让所有人都胆寒。

“诸位，我们请来了一个高手，他无惧荒的速度，最不济也能逃出，请各位将所有最强的秘宝都拿出来给他用。”

石昊盘坐在那里，他感觉到了自己的身体很虚弱，伴随着血气的燃烧，他的身体变得越发干枯了。

第八十六场，他见到了一个熟人——闪电子。

当初在元天秘境时，石昊曾经将他击杀，不过在那个小千世界中，一些初代都有兽牙命符，可以复活一次。

“荒，又见面了，不过你的状态不太好。”闪电子神情淡漠地说道。

“是啊，又见面了，你还有兽牙命符吗？”石昊问道。

“这一次，你还是先担心你自己吧！”闪电子说道。他没有用虚招，刚上来天灵盖就发光，形成一个神秘的符文，爆发出滔天电芒，轰向石昊。

“你不知道我刚渡完雷劫，最不怕闪电吗？”石昊冷笑道。

闪电子并不说话，抬手祭出十几件秘宝，将它们全都点燃了，顿时，一股恐怖的力量爆发出来，淹没了这座古老的擂台。

这让石昊心中一凛，这些秘宝在这里炸开了，威力强大到足以威胁到他。

“哧！”

下一刻，石昊动了，他不能继续盘坐在原地，必须动用强大的手段自保。

人们颇感震惊，这是他们第一次见到石昊起身躲避。

“荒，你去死吧！”闪电子低吼道，再次祭出十几件秘宝，依旧是将所有秘宝引爆，打算将石昊淹没。

接连数次交手之后，闪电子足足毁掉了数十件价值连城的秘宝。

让人震惊的是，石昊仍然无恙，所有炸开的宝具都不能伤到他。

闪电子一阵胆寒，他是一名强大的初代，可是今日的挫败感比在元天秘境时还要强烈，他不由得一阵心灰意冷。

他知道自己远不是石昊的对手，于是转身就走，疾速逃遁。

“做个了结吧！”石昊说道。

接着，他手臂发光，一根金色的柳条如同秩序神链般快速冲了出去，追上了驾驭雷霆飞行的闪电子，速度快到极致。

“不！”

闪电子大叫道，奋力挣扎。

“噗！”金色柳条打中了闪电子的身体，将他的元神绞碎，令他毙命。

众人震惊不已，这么容易就杀死了闪电子？石昊果然实力非凡。

九十一场、九十二场……

石昊连胜九十多场，无人可敌！

众人困惑不已，石昊的身体已经出现大问题了，这样都无人可阻挡他连胜的脚步吗？

第706章 无人可挡

WANMEI SHIJIE

第九十五场，一头朱厌登上擂台，它有一丈高，皮毛发光，肌肉膨胀着，看上去拥有爆炸性的力量。

跟石村肉乎乎的毛球不一样，这朱厌体格健壮，白头红脚，双臂都快垂到地上了，看上去粗壮有力，身上黑红色的毛发长达一尺，看起来很凶猛。

“嗷吼……”

这是一头强大的真神，它发出一声大吼，声音充满了残暴的力量，接着，它腾空而起，使虚空都裂开了。

“朱厌王在初代中都是赫赫有名的角色，从未有过一败！”有人小声说道。

众人屏住呼吸，紧张地看着这一幕，谁都知道石昊的身体出了大问题，很可能会自己咯血倒在地上。

现在这么多的高手接连跟他产生碰撞，毫无疑问会使他的伤势恶化，也许会给他带去生命危险。

“轰！”

朱厌腾跃而起，而后一脚向石昊踹去，它的力量非常强大，那一脚足以将一片山岳踏碎。此时它整个身躯都在发光，毛发倒竖，看上去无比凶狠。

这时，虚空中传出轰鸣声！

石昊盘坐在地，体外燃烧着血气，如同黄金圣火将天空映照得金灿灿的。此时的他如涅槃的真仙，宝相庄严。

“咚！”

他抬起手，一拳向空中击去，迎上了朱厌的那只脚，顿时两者间出现璀璨的符文，爆发出惊天动地的声响。

石昊身体晃动，伤势更加严重了，但是朱厌更难受，它的脚掌已经变形，出现了裂痕，有血淌落。它跟见鬼了似的，一跃而起，整个身躯都在颤抖。

朱厌以力量闻名于世，非常难对付，是仅次于十凶的一列古兽之一，可现在单凭力量碰撞，它依旧远不如受了重伤的荒。

“呔！”

朱厌大喝道，它的身体瞬间暴涨，高达千丈，并且施展出三头六臂的大神通，六条手臂同时结印，向着石昊镇压而去。

这是它展现的法相，使得虚空都裂开了。

朱厌的攻击力异常惊人，法印威力惊人，压迫得人快要窒息了。若是换作寻常修士，直接就会被拍成肉泥，哪怕是初代也难以抵挡那一击。

但是，石昊抬起手，柳絮随之飘舞。柳絮不是白色的，全都是黄金色的，落在朱厌身上，顿时生根、抽出枝条，将它捆住，使它发出了惨叫声。

“变！”

朱厌喝道，千丈长的躯体迅速变小，它化成一只蚊子，振翅逃遁。

石昊依旧坐在那里，探出一只大手，直接向前拍去，只听“砰”的一声，朱厌化成的蚊子被打了个结结实实，显现出原形，骨折筋断，翻腾着飞了出去。

“哧！”

石昊弹指间，一道剑气飞出，击中了朱厌的肉身。它浑身是伤，大叫着，踉踉跄跄地扑了出去，差点直接倒在擂台上。

朱厌脸上写满了惊恐，它终于知道石昊有多么可怕了。哪怕石昊看起来肉身干枯，血气消散了，它这样一族翘楚的实力仍然不敌他。

“看在毛球的份上，我饶你一命。”石昊说道。他看着这头朱厌，想到了下界的毛球，最终还是没有下杀手。

朱厌跃下擂台，退了出去。

此时，人们全都神色凝重。石昊太强大了，马上就要连胜一百场了，果然没有人能阻挡他前行的步伐！

“他的伤势如此之重，居然都无人可以撄其锋，若是让他好起来，那谁都不是他的对手，谁也没有任何机会啊！”

“不见得。若是有古代的无敌王者出手，石昊这种状态无法走下擂台！”

“我来领教！”

随着“轰”的一声，死亡气息弥漫开来，一具巨大的白骨架降落在擂台上，头骨中燃烧着神火，这人并不是冥族的强者，而是一头白骨生物进化成的神祇。

“咔嚓！”

石昊直接动用了雷帝宝术，只见漫天雷光扫过去，阳刚气沸腾，电弧充斥在每一寸空间内。

只听阵阵嘶吼声传来，这头白骨真神竭尽所能对抗，但是终究不是石昊的对手，眉心被雷光击穿，灵魂之光溃散，当场毙命。

“荒主动发起攻击，攻势如同狂风暴雨般猛烈，他这是坚持不住了，要尽快结束战斗！”许多人都看出了端倪。

这让不少强者既期待，又紧张，争霸已经到了关键时刻，还有最后四场战斗！

“孤剑云来了！”就在这时，有人惊呼道。

所有人同时转头，向一个方向看去，全都大为震动。古代的王现身了，而且这位与众不同，是曾经渡劫成功的强者。

他来自剑谷，持一柄剑横扫天下群雄，曾向四冠王长弓衍发起挑战。

如今他来了，人们知道，石昊遇到强劲的对手了，处境很危险!

此人不仅修出了仙气，还渡过天劫，在古代怪胎中都绝对算是最强的几人之一，可以跟任何人争霸。

更遑论现在，石昊已经身负重伤，情况危急。

孤剑云会出手吗?

剑谷与火云洞、妖龙道门等一样，同为镇压罪州的古老道统，孤剑云出自这样的门庭，可以说天生就与罪血后代对立。

所有人都屏住呼吸，静待这紧张一刻的到来。

“呵呵，道兄，我先上去为你掂量一番！”从不远处走出来一个人，对剑谷传人孤剑云笑道。

“不用！”孤剑云摇头，他背负神剑，神色淡漠。器宇轩昂，还没有出手的打算。

“我也想去领教，即便败给荒也能逃离擂台。”这个人很自信。

随后，人群中传来一阵惊呼，因为众人看到他露出了本体。

他的本体是一条螣蛇，通体银灿灿，粗大如山岭。螣蛇跃上擂台，盘成一座蛇山，并不比真正的大岳差多少。

而后，螣蛇身体发光，周身遍布符文，衍化出蛇族至强奥义。龙吟声传出，符文向前镇压，而它自己也动了。

无尽符文包裹着那座蛇山，一同镇压石昊!

“嗯？”

石昊心中惊疑，这条螣蛇远比一般的初代要强，这符文如火山喷涌，使他都感受到了一定的威胁。

但是它依旧不敌石昊，石昊哪怕快耗尽了血气，身体很虚弱，仍然能发出雷霆一击！

“轰！”

伴着一声巨响，石昊轰开了那座蛇山，接着以上苍之手压盖天穹，狠狠地拍了过去，只听“砰”的一声，螣蛇被震得大口咯血，庞大的躯体翻滚出去。

它长嘶一声，蛇信子如匹练般向前卷去，还燃烧起无尽的符文，对抗石昊。

“噗！”

这一回石昊双手齐动，疾速放大，如同两道山岭。他抓住那条巨蛇的身体，猛地一扯，直接把它撕成了两段。

“啊……”螣蛇大叫道，身子刺透虚空，腾跃而去。它果然有不凡的手段，竟可在虚空中游走，就此逃走了！

众人叹息一声，石昊果然厉害，受了这么重的伤都可击败如此强大的初代生灵。

同时，也有人觉得这螣蛇超凡入圣，能在上苍之手的攻击下活命，也算了不得。只是，这部分人很快愕然了，因为石昊还没有收手！

只听“锵”的一声，他拔出一口古朴的剑胎，剑胎瞬间爆发出遮蔽日月的光芒，将擂台照亮。众人心惊不已，眼见大罗仙剑出世，“哧”的一声刺穿虚空。

“啊……”

螣蛇被石昊从虚空中斩了出来，发出惨叫，眉心被一剑刺中，当场毙命。

“好狠好凌厉的手段！”

人们倒吸了一口凉气，此刻才明白早先很多人能活命，是因为石昊没下杀手。现在他动了杀意，连强大的初代螣蛇都逃不走！

所有人都看向孤剑云，因为螣蛇上台前曾说，它是为了他去掂量一下石昊的实力。

如今螣蛇被斩，孤剑云会有什么反应？

人们明白了，罪血一脉跟剑谷、火云洞等对立，大仇不可化解。

众人猜测：石昊这样出手，是在警告孤剑云吗？

要知道，石昊可是受了重伤，竟还敢这么强势，这岂不是在逼孤剑云出手吗？

孤剑云面色平静，看似不打算出手，只是用幽邃的双目盯着石昊手中的大罗仙剑，眼神中渐渐流露出炽热的光芒。

他用剑，自然喜欢这口绝世剑胎！

“这柄剑很好，我喜欢！”他这样轻语道。

众人闻言都是一惊，孤剑云这是在宣战吗？他是要与石昊动手吗？

“你喜欢的话可以过来拿。”石昊平淡地说道。他盘坐在擂台上，用袖子擦去嘴角的一缕血，同时体外燃烧着圣光，肌体变得越发干枯了，皮包骨头的趋势更加明显了。

“我会的！”孤剑云说道，话音一顿，又道，“不过我不跟一个将死之人战斗。”

他没有出手，只是称呼石昊为“将死之人”。

“我来！”

第九十八场比拼开始，一头黑色的玄龟登场，迎战石昊。

这一刻，石昊没有任何保留，因为他知道，自身的伤势越发严重了，不能再继续拖延下去了。只听“哧”的一声，石昊手中剑胎发光，带出一道犀利的锋芒。

“咔嚓！”

玄龟的龟壳直接被切开了，化作两半，坠落在地上。

“这不是玄龟一族的初代吗？它的防御力号称这一代最强，居然就这样被斩开了？”

所有人都惊讶地睁大了眼睛。

再强大的防御也挡不住绝世剑胎一击，玄龟扔下龟壳，直立着身子掉头就跑，边跑边喊：“我认输！”

看着它以这般滑稽的样子撒丫子狂奔，石昊心中的杀意消失，他目送着它离开，留了它一命。

接着，第九十九场比拼来了，一位古代怪胎登场。

“你是古代的王，却甘愿替别人耗我血气，就这样放弃争霸？”石昊问道。

“我有自知之明，我不曾修出仙气，也无法渡过天劫，与其如此，不如放弃争夺造化，跟人交易，用其他东西来补偿。”古代怪胎说道。

这一战堪称龙争虎斗，此人早已晋升真神境，而且实现了大圆满！

石昊血气干枯，激战起来有些吃力。

但是，当他强行提一口气、热血激荡时，战局就被他扭转过来了，就算是古代怪胎也无法与他抗衡！

“噗！”

他不曾动用仙剑，只结法印，施展轮回神通，令附近的时光碎片飞舞起来，这位古代怪胎便迅速衰老，景象无比恐怖。

最后，石昊用右手切中此人的颈项，让他斜着飞了出去。

并且，石昊还补了一指，将其眉心刺穿，一位古代怪胎就此毙命！

没有人可以阻挡石昊连胜的步伐，哪怕他的身体出了大问题，哪怕古代的王者来了也不行！

“你想登台吗？”石昊看向孤剑云。此时只剩下最后一场比拼了。

第707章 扫敌手

WANMEI SHIJIE

“我不跟死人战斗！”孤剑云的回答很简洁也很果断，他并不打算出手。

这一代中敢称呼石昊为“死人”的强者真的没有几个，孤剑云的这种姿态着实引得十方生灵大为震惊。

“道友是否托大、言过了？”旁边，有人小心翼翼地问道，不敢大声说话。目前孤剑云威势极盛，除却石昊外，唯有他渡劫成功，他绝对是最强的几个王者之一。

“他修了一门法，伤了大道根基，病入膏肓，活不久了。”孤剑云说道，算是解释。

“什么?!”所有人都震惊了，石昊受了重伤，命不久矣?

这个消息着实出乎人们的预料，要知道，如果要说现在谁的风头最劲，那非石昊莫属，可谁知他居然伤了大道根基，可能会殒命。

这一刻，所有人都看向擂台，盯着石昊，更有个别古代的王者修成了天眼，目光灼灼，细观石昊的肉身。

“不错，孤剑云道兄言之有理，荒血气干枯，而且在燃烧生命本源，身体越来越虚弱了，情况很不妙！”

目前，古代怪胎不多了，但任何一个都是绝世奇才，曾经一世无敌。此时有一人这般开口道，认同孤剑云刚才说的话。

这一刻，众人看着石昊的眼神变了，少了几许敬畏，多了一种惋惜。更有一些人幸灾乐祸，心想，究竟是什么法，居然可伤大道根基，可点燃生命本源，太恐怖了。

“可惜啊，荒这么厉害，却可能要殒命了。他果然和古代的那些人一样，因为太过妖孽，上天不容，终要夭折啊。”

“天妒英才”是最好的解释，人们都很认同这一说法。

“哈哈哈……”远处有些人没忍住，大笑出声，毫无疑问，那些人都是石昊的仇敌。

如今的石昊简直不可匹敌，除却十冠王、谪仙、宁川外，谁还是他的对手？可十冠王、谪仙、宁川三人疑似被雷霆击杀了。

石昊的所有仇敌都没有想到会发生这种变故，不禁大喜！

若是别人说的也就罢了，没几个人会相信，可是孤剑云是什么人，那是仅次于石昊而渡过天劫的不世王者！他说的话还能有错？

此外，其他古代怪胎也确认了孤剑云的判断，这一下子便使更多人认同了这一说法。并且，所有人都目睹石昊的确身体有恙，他本已气吞山河，几近无敌，却不能在此畅快地横扫对手，而是盘坐在那里，被动迎战，这足以说明一切。

此地顿时沸腾了，这样一个天纵神姿的少年要死了，许多人都有种不真实的感觉。

石昊很平淡地说道："我命不久矣？等所有人都死去，再过去几个纪元，我肯定还在世上呢。"

这样的话一出，众人呆住了，心想，石昊这也太自负与张狂了吧？

"你不上来很明智，最起码现在不用死。"石昊看向孤剑云，这般说道。

众人一片哗然，谁都能看出，石昊现在的状态很糟糕，大半时间他都盘坐在擂台上，不曾起身，血气与精血在燃烧，但是他居然还敢这般强势。

要知道，以孤剑云目前的无敌威势，绝对有资格挑战石昊，石昊哪怕处在全盛状态也得认真对待啊。

石昊这般姿态，就不怕孤剑云真的上去跟他血拼吗？以他那出了问题的身体，很可能会被击杀。

孤剑云不以为意地嗤笑一声，他背负神剑，盯着石昊那口剑胎，没有任何表示。

第一百场激战，人们预想中的双雄争霸并未到来。石昊盘坐在擂台上，竟无一人登台。

没有一个人敢上去，众人都怕石昊出现回光返照的情况，怕他临死前发狂。

"真遗憾，就没有一个人上来吗？"石昊问道。

此话一出，一些敌手暗中冷哼，但是又不敢上去。他们觉得，反正石昊命不长久，很快就要退出擂台了，干吗还跟他拼命？

"谁敢与我争锋？"石昊再次询问道。

暗中的所有对手都不忿，石昊太嚣张了，当着全天下人的面这般张扬，让他们这些人的脸往哪里放。

"一个将死之人，不值得我等出手！"

“有什么可自傲的，到头来还不是要死，我们等着看你殒命！”

“谁会怕你？只是不愿对付一个将死之人罢了！”

有些人忍不住在暗中回应道。

第一百场无人登台，只有一个少年独自盘坐在擂台上，伴着黄金道宫，一同悬在虚空中。

时间流逝，很快有符文浮现出来，因无人挑战，时间已到，石昊顺利过关。

石昊连胜了一百场，战绩惊人！

所有人都在期待石昊离场。在人们看来，石昊是因为性命不保，在做最后的努力，实现自身的辉煌。

而今，他已经用很辉煌的战绩证明了自己，他是一个无敌的王者。连胜一百场，无人敢撄其锋，他可以离去了，不需要在此继续战斗了。

但现实是，石昊不曾离开！

他也没有选择休息，而是依旧盘坐在擂台上，扬言要接受十方挑战。

此地变得一片喧闹，所有人都望向石昊，他不是生命之火将熄灭吗？怎么还敢留下来？

“真是太过分了！我等敬重你，想给你一个体面的结局，你却不珍惜，想死在擂台上吗？”

当即就有敌手大喝着从人群中走出来，不留情面地奚落石昊。

“分明身体干枯，战力锐减，还不懂得进退，等着被人击杀在上面吗？别人给你面子，你却不知！”

当然，也有人偏向石昊，道：“这是一个王者的选择，他宁愿战死在擂台上，也不愿黯然离开。”

“不错。像荒这样的强人古今罕有，他本应快无敌了，却遭遇这等变故，怎能甘心？他选择血洒擂台，值得尊重。”

此地一时不能平静，说什么的都有，但仍旧无人上擂台。

随着时间的推移，石昊不战而胜，已经取得了二十几场胜利。这一结果让一群人愤怒不已，心想，他这赢得也太轻松了吧？

石昊的确不想下擂台，时间紧迫，他想强势横扫下去，问鼎终极王座，争得大造化，不然万一外界的强者进来了，那麻烦就大了。

“真没有人挑战我吗？那好吧，我就一个人静静地守擂。”他这般说道。

“我呸，你想得美！”有人按捺不住了，命令手下的修士登台挑战。

石昊目光冰冷，出手无情，他一指点出，轮回符文弥漫开来，直接将说话的那人化成一堆枯骨。

石昊怎么还如此强大？人们有点惊悚，甚至开始怀疑孤剑云说的话了。

“血气十不存一，精血更是干涸了，他的确快要死了。”孤剑云说道，他看出石昊的道基裂开了，就要殒命了。

石昊自己也心惊不已，柳神的法太霸道了。若非他明白此宝术的全部奥义，也会怀疑自己要死了。

不过，他知道这才是柳神宝术的厉害之处——生与灭之间蕴含着平衡的奥义，欲长生，必先破灭，不破不立！

他想得到蓬勃的生命力，就得先体验自身干枯、濒临死亡的感觉，容不得投机取巧。

不过，这一步的确很凶险，一个弄不好，也许他真的会坐化，就此化成一堆白骨。

他神色凝重，盘坐在擂台上，不敢大意。

时间流逝，仍无人登台挑战，他已经算取得了五十八场胜利！

所有人都震惊了，历代以来从来没有出现过这样的人，分明要死了，却无人愿上去挑战他，他因此不战而胜。

“不行，给我上，逼他出手，让他加速死亡！”

一些强人聚集在一起商讨后，吩咐手下必须上去，跟石昊战斗。

接下来，石昊连开杀戒。尽管他目光暗淡，肌肤干瘪，身躯如同骷髅般，体外燃烧着血气，但是依旧有惊人的杀伤力。

最后，不少人殒命，他又一次连胜九十九场！先后加起来他已经连胜一百九十九场了！

“你还不上来吗？”石昊看向孤剑云。

孤剑云不回应，他背负长剑，依旧选择不与死人战斗。

很快，石昊连胜两百场了！

众人一片哗然，若是以往，无论多么强大的怪胎连胜两百场都会去休息，不敢有任何大意。

可是，石昊依旧不走，还要继续守擂！

“这样不行！得制止他继续在擂台上，不然的话，他这样连胜下去，说不定这座古擂台就认定他为胜出者，将造化判给他！”就连古代怪胎也无法平静了，这般说道。

孤剑云的脸色也微微一变，他知道，如果真这样下去的话，也许会闹出大笑话，一个将死之人，怎么能独占鳌头？

从第二百零一场开始，战斗变得有些激烈了，石昊不断出手。

很多人被逼上台，也有不少人认为石昊的身体越发虚弱了，有机可乘，想夺其仙种，而后立刻远遁。战况很惨烈，又有几十名强者死在擂台上。

最终，石昊连胜三百场！这一战绩引发了轰动。

但是，石昊的身体状况也的确越来越糟糕了，他盘坐在那里时，身体竟然都已经摇晃起来了。

这让人们又看到了希望，人们觉得，亲手击杀石昊的机会来了！

只是，从第三百零一场到第四百场，石昊再次击杀数十余名强者，令所有人都惊呆了，心想：这是一个怪物吗？！

众人都看出石昊油尽灯枯，血气要枯竭了，但他就是不死，仍旧能连杀对他有敌意的各路高手。

所有人都无言了，这也太厉害了吧？

就连孤剑云也愣住了，觉得不可思议。

"还有人上来吗？"石昊无比虚弱地问道。

从第四百零一场开始，接连数十场无人登台，他又开始不战而胜，转眼已连胜四百三十九场。

"他不行了。你们看，他连坐都坐不稳了，可以杀他了。不能再这样耽搁下去了，再让他连胜，这古擂台必然会判他为终极胜出者！"有人急了。

石昊的身体的确很虚弱，接下来的战斗，他不能再像前面那样一招毙敌了，而是要耗费更长的时间才能取胜。

可是，他依旧连胜，擂台上又多了不少尸体。

至此，他已经连胜五百场！

而此时，擂台发出光，那光居然洒落在他身上，这是对他的褒奖，是对他此阶段战绩的认可。

"必须要终止战斗了，这擂台分明复苏了，再这样下去就坏了！"有人郑重地说道。

这段日子以来，外界三千州中心古地发生了一场大风波，影响深远，许多大教甚至因为这场风波暂时忽略了"仙古"。

有半数教主在攻击“仙古”遗地的大裂缝，还有半数教主身在仙道法阵这里，因为此地发生的事情影响太大了。

“难道你们来自上界之外，是那几个地方的人?!”

“错，不是地，是天！”一个年轻人说道，他傲然无比，眼中流露出不屑，道，“你们这里的强者太让人失望了，这就是你们的天神？我已经连胜八十一场，所谓的天神中的佼佼者，一起上都不够打！”

在场的天神脸色都极其难看，就连一些古教主的脸色也很阴沉，但这个年轻人说的是事实，他太强大了。

“要不你们这些天神一起上吧！”那年轻人傲然说道。他体外有仙气，仙气衍变为大道花朵，浮现在其头上。

第708章 挑战

WANMEI SHIJIE

一个快死的人居然能一口气连胜五百场，这样的战绩惊得一干天才难以接受。

诸雄都坐不住了。他们知道，必须阻止这种情况继续发展下去，不然的话，这座神秘的擂台多半要判石昊为最终胜出者！

然而，让所有人不解的是，孤剑云依旧没有动，丝毫没有要出战的打算。

有人去请示他，让他出战，但他还是那句话：我不跟死人战斗。完全不把荒放在心上。

但是，其他人坐不住了。有人低语，认为孤剑云多半是忌惮荒，所以不敢轻易出场应战。

“我们得出手，耗尽荒的精血，让他早点死，这样大家才能安心啊！”有人密谋道。

“唔，我们要拉孤剑云出战。荒现在的状态很糟糕，注定要殒命，关键是孤剑云一直在养精蓄锐，应该让他去跟荒血拼！”

“理应如此！”

……

一些人谋划让手下的人上场，跟石昊比拼，还打算出重金请高手去挑战石昊，消耗他的血气。

在这些人当中有三千州的奇才，更有“仙古”的原住民，他们以天材地宝等招揽人手，上擂台应战，比如银血魔树一族的银坤。银坤在八臂魂族时曾被石昊暴打，扔出魂岛，因此他无比仇视石昊，此时他带着怨毒之色盯着石昊，请人上去对付石昊。

从第五百零一场开始，战斗变得更加激烈了。

石昊的身体在摇晃，他正在燃烧自我，等待功成。他的修行到了关键时刻，柳神的法已被他悟透，他正处在激烈的蜕变中。

毫无疑问，他这样做很危险，因为一个弄不好他就会陷入万劫不复的境地，尤其是现在他还在跟人对决，这样做就更加危险了。

一场又一场战斗继续，当进行到第五百六十七场时，石昊一个疏忽，顿觉肩头一痛，他被一名强者射出的羽箭刺中了肩头。

那羽箭只入肉半寸就被震断了，但是这是一个极其危险的信号，说明石昊的战斗力降到了最低点！

“哧！”

石昊深吸一口气，身后浮现出一柄羽剑。那剑粗大无比，与天齐高，爆发出刺目的金光，这是鲲鹏法的体现。

那剑正是唯一真羽剑！

他的真羽剑劈中了那名强者，那人受了重伤，鲜血溅起。

自进入第五百零一场比试以后，他虽然战胜了敌手，但很少能取对方的性命，让他们都逃走了。因为他身体虚弱，不想浪费精力去灭敌。

可是现在，他强行运转精气，劈掉了一名强者，原因无他，只因那人伤了他的肩头。

这一举动虽然很有威慑力，但是难以掩盖他现在的身体十分虚弱的真相。

许多人眼中都泛出了异样的光芒，精光暴涨，他们觉得机会就要来了。石昊第一次受了伤，这意味着他们也许可以借此机会在此将他击毙。

“上，将他重创，像踢死狗一般把他给我踢下来！”银坤咬牙切齿地吼道，他依旧在花高价请外界的天才出手对付石昊。

还有其他敌手也在这么做，眼中都流露出兴奋的光芒，都想解决石昊。

更有不少真正的高手跃跃欲试，他们并不是想独占鳌头，只是希望能快速解决石昊，夺走其仙种，而后远遁。

要知道，石昊拥有的仙种曾经引来七位天神觊觎，对他们来说更是有着致命的诱惑力！

甚至，许多人认为，石昊之所以这么强大，能走到这一步，跟他拥有仙种有莫大的关系。他们觉得，一旦得到这仙种，他们也能鱼跃龙门，高高在上！

“可惜啊，孤剑云不出手，我等还是缺少机会，最好荒能在临死前将孤剑云击败！”有人遗憾地说道。

这个时候，还有其他怪胎虎视眈眈地盯着石昊和孤剑云，希冀两虎相争。

“噗！”

第五百八十七场，石昊再次负伤。一只太古苍狼发出咆哮，一只发着光的大爪子抓中了石昊的手臂，他的肉身因此受了伤。

但是，并无血液从石昊手臂中流出，因为他的身体几乎已经干枯了，精血燃烧了个彻底。

“他快完了，血液不存，精气干涸，根本就是一个将死之人了，不然何以会被狼爪抓伤？”很多人倍受鼓舞，振奋地议论道。

“砰！”

石昊手臂一震，那苍狼的身体就翻了出去，在半空中溅起一片血雾。

但石昊自己的身体也是一阵摇晃，他感觉自身已经虚弱到了极点，状态很不妙！

“诸位，你们谁上？谁若上擂台应战，等出了‘仙古’我们必然奉上大涅槃丹、准教主兵器等宝物。你们若不放心，我们可以立下诅咒血誓！”

魔葵园、冥土、天国残存下来的人也都赶来了，跟石昊的其他敌手一样，出高价请人出手杀石昊。

至于神庙、火云洞、妖龙道门等大教的人更是早就行动起来了，纷纷请人出手，想杀了石昊。

“杀了他！不用担心没有报酬，你们看这是什么？这可是蕴含着神药成分的宝丹，天价悬赏！”银坤甚至这样说道。

此外，黄金象、古猿、马原、帝昆、虬龙等七大天神的族人也早已来了，全都阴沉着脸，请人上台杀石昊。

“想战死在擂台上，体面地死去？没门！”

“给我拿人去堆死他，将他打成死狗，把他给我踹下来！”

“让他以最屈辱的方式死在擂台上！”

七大族中有部分人已经发狂了，他们不计代价地请人出手，想干掉石昊，狠狠地羞辱他。

最近这数十场战斗，石昊的身体很虚弱，他仅杀了不足十人，其他人虽然被他击败了，但都逃脱了，他也无力再去追杀他们。

正因为如此，很多人胆子大了起来，又被高额赏金打动，纷纷跃上擂台，跟石昊大战。

“噗！”

第六百名高手被石昊一指点死，栽倒在地上。

“继续！”石昊咬牙切齿地喝道。他听闻，在某一世有一位古代怪胎锋芒大盛，一路连赢七百多场，争霸战还没结束，那位古代怪胎便被判为胜出者。

故此，他想坚持下去，尽早结束这场争霸，免得夜长梦多。如果等外面的教主进来了，那情况就更加危险了。

接下来，令人震惊的事情发生了，石昊几次都无法盘坐在地，身体摇摇欲坠，眼看就要倒在擂台上了，但他还是一路连赢！

第六百九十八场、第六百九十九场……

“天啊，他是仙王转世吗？怎么还能继续战斗？！”人们都困惑不已。

第七百场！

石昊又熬过了一轮比拼，实力震撼人心，至此所有人脸色大变。

许多人心中再次充满了恐惧，不禁暗想，难道说，荒并没有受伤，只是在诓骗众人登上擂台？

想到这里，许多人都看向孤剑云，面露异色，深感他有先见之明，觉得他多半觉察到了异常。

“不用看我。他最多能再战百场，能坚持下来不死就算不错了，若是有人发起猛攻，他多半坚持不到第八百场！”孤剑云平淡地说道。

“给我杀了他！”有人低语道，脸色狰狞，鼓动旁人去攻杀石昊。

第七百零一场、第七百零二场……

果然，一路战下去，石昊的身体变得越发虚弱了，在此期间他几次遭遇险情，差点发生意外，这极大地刺激了群雄。

转眼间，石昊一路闯过了八百场，他心中暗道可惜，因为他快坚持不住了。现场鸦雀无声，大家都觉得他太变态了，实力强大得惊人，若是没有伤那还了得？！

现在，他的战绩已经打破那位古代怪胎连赢七百多场的纪录了，可惜，擂台并没有认定他胜出。

很快，他明白了，因为当年那个人力压群雄，实力恐怖到没有几个人敢上去挑战，而他目前的状况显然不是那样。他负伤了，敢上来挑战的人还有很多！

“只能到此结束了，先略作休息吧，争取尽快修成柳神的法，完成蜕变！”一般取舍之后，石昊做出了这样的决定。

终于，石昊起身，摇摇晃晃地走下了擂台。

“什么，他不守擂了，自己下去了？！”

人们一怔，而后醒悟了，这说明石昊坚持不住了。

这下顿时引发了热议，此地一下子沸腾了。

体力与精气耗尽后，石昊终于撑不住了，大道根基裂开，身负重伤，这也意味着，他可能真的快要死了。

不少人望向孤剑云，深感他的眼光毒辣，他先前的预测竟然如此准确。

“荒快不行了，他的身体出卖了他，哈哈，真是好消息！”

许多人幸灾乐祸地大笑，并不同情石昊的处境，反而觉得无比兴奋。

而且，很多人眼中闪过一抹杀机，若非忌惮有原住民庇护石昊，他们多半就直接动手了。

要知道，石昊现在处在最虚弱的状态，很容易被击杀，不然的话，他也不会走下擂台。

“荒，你可敢与我‘仙古’遗民一战？刚才你在擂台上，我们受到了限制，无法登台，现在想与你一争高下！”

“不错，若非这擂台排斥我等，哪还容得下你们这些外来者寻机缘。荒，你可敢与我一战？”

有人在暗中叫板。

众人愕然，居然会发生这样的事情。

“这样好吗？会得罪人的。”远处有人低语道。

银坤摇头，脸上带着冷淡的笑，开口道：“这有什么，又不是我们出手，有人光明正大地发起挑战，我们只管看戏就是了。”

“这……可是，是你鼓动他们发起挑战的，若被人知道，显得不妥。”

“关我什么事？是他们自己发起的挑战，再说了，死去的七大天神的后人与部落也在鼓动他们。只要我们不出手，便不算什么。”银坤好整以暇，漫不经心地说道，目露凶狠。

“荒，你的那点成就算什么！你可敢与我‘仙古’遗民一战？”有人发起挑衅。

七大天神的后人都在冷笑，在鼓动一些人挑战石昊。

“荒，不要败了我们三千州天才的威风，不要丢掉荣耀！你在怕什么？跟他们一战！”

三千州的天才中也有人故意起哄，不怕事情越闹越大，显然都没安好心。

谁都能看出来，石昊现在身体极其虚弱，这个时候发起挑战等于在谋杀他！

那些人却不管不顾，就这样叫嚣。

“荒，你的屠刀难道真的只敢挥向我三千州的天才吗？外界来的人这样挑衅你，你想当缩头乌龟吗？!”

有人说话很冲，直接羞辱石昊。

魔葵园、神庙、冥土、火云洞、妖龙道门、天国等残存下来的人马，也都在暗中推波助澜。

“荒，你到底行不行，你不敢应战了吗？真是丢了我们三千州天才的脸！”

一群人吵吵嚷嚷，心思极其歹毒。

八臂魂族的人想出手制止，但被石昊阻止了。

石昊站在这里，面色阴冷，原住民中七大天神的后代等挑衅他也就罢了，三千州的天才中竟然也有人这样鼓噪个不停，实在可恨。

“既然你们找死，那我就要大开杀戒了！”石昊目光冰冷。

第709章 大开杀戒

WANMEI SHIJIE

石昊拔出大罗仙剑，向前挥去，顿时一道剑芒冲天而起，如长虹贯日。

“噗”的一声轻响传来，一头金色的神猿当场被剑劈中，倒在地上。

石昊竟然主动出手了，这一变故让一群人惊呆了！

那头神猿分明是七大天神中古猿的后代，竟然就这样被他快速击杀了。

要知道，石昊此时身负重伤，濒临死亡，状态糟糕透顶，都已经无法守擂了，但现在他仍这般强势，仅用一剑就杀了一头神猿。须知，那头神猿可是真神大圆满境的强者！

刚才的挑衅和喧嚣瞬间平息，所有人都呆住了，心中涌出一股寒意。

石昊究竟还有多少力量？居然能说出手就出手，根本不忌惮他们的挑衅。

下一刻，这个地方又恢复了喧闹，所有人都盯着石昊，议论纷纷。

“你竟然敢行凶！你不去杀挑战你的人，却无缘无故杀我‘仙古’遗民中的天神后裔？！”有人大喝，向石昊问罪。

“你们暗中挑拨，鼓动、悬赏强者对我出手，当我不知吗？！”石昊冷森森地说道。

“哧！”

又是一道剑芒刺出，刚才呵斥石昊、向石昊问罪的生灵发出一声大叫，只见光影一闪，那生灵被石昊杀了。

众人浑身发毛，人群中一阵喧哗。

“荒也太强势了，这个生灵不过是开口呵斥了他一句而已，结果就被他一剑杀了。”

“荒，你太过分了，当这里是什么地方？”

“竟敢这样随意杀我‘仙古’遗民，诸位道友一起出手，将他拿下！”

“此人太凶残、太疯狂了，当斩！”

七大天神的后代一个个都很激动、愤怒，在那里吼着，请周围的人一起动手，前去杀石昊。

同时，这些人更是在暗中传音，让那些接受悬赏的人出手，立刻杀了石昊。

“好样的，荒就该如此强大。那些‘仙古’遗民算什么，一剑斩掉，不用跟他们废话！”

“不错，当如此，这才是我上界三千州的好男儿。敢乱语的人，一剑杀了省事！”

不少人在暗中大声说道，但都不敢露出真身。

这些人在起哄，在火上浇油，希望事情越闹越大，让所有“仙古”遗民都仇视石昊，其心可诛。

“鬼鬼祟祟，见不得光的东西，当我不知道你们在何处吗？”石昊大喝一声。

他腾空而起，而后一剑点出。刹那间，剑芒迸射，足有数十道长虹飞出。在噗噗声中，传来一阵惨叫声。

刚才起哄的那群人中，一半的人毙命，还有一半的人遭受重创，横飞了出去。

“荒，你疯了吗？对‘仙古’遗民出手也就罢了，还对同样来在自三千州的同道人下毒手！”有人叫道。

“你们这些神庙的余孽，也敢说跟我是同道人？”石昊发出一声冷笑，再次挥剑，“噗”的一声将那质问他的人击中。

所有人都十分震惊，都觉得石昊太强悍了。他当众击杀敌手，根本没有半点犹豫，行动果断而凌厉。

石昊停下来，以剑拄地，大口喘息，此时他已精疲力竭。若是气血旺盛，刚才那几剑下去就不会有人只是受伤，而是应全部殒命。

火云洞、妖龙道门、魔葵园、冥土等残留的修士见到这一幕，都在远处呼喊，号召高手出来迎战石昊。

“诸位，还愣着干什么？此人快死了，没有力气再应战了，正是除掉他的好机会啊。”

一些人响应，在远处人群中大喝，推波助澜。

同时，七大天神的后代也都在数落石昊的罪责，重金悬赏高手，众人一起向前逼去。

此外，还有一些人浑水摸鱼，悄然接近石昊，想等他坚持不住时，偷袭他，盗走他的仙种。

“一群小辈，还不退开！”八臂魂族的高手喝道。

“魂族的前辈，你这样偏袒石昊太过了吧。我们是在光明正大地挑战荒，他也接受了，并且出手了，你怎么拉偏架？”七大天神的后代中有人喊道。

“八臂魂族，你们难道要庇护外人，践踏我‘仙古’遗民的尊严吗？”银血魔树族的银坤继续火上浇油。

因为他们自知跟石昊的关系闹僵了，日后他即便渡劫成功也不会给他们雷劫液。

“就是啊，凭什么为一个外人这样出手，我们是在光明正大地挑战他！”有人喊道。

火云洞、天国、神庙、魔葵园等的残余弟子，还有原住民混在一起吵吵闹闹，让这里一片大乱。

并且，暗中有人动了，向石昊逼去，杀气腾腾。

“道友，你要分个是非，不要徇私啊。”居然还有老辈的原住民出头，显然是七大天神还有银血魔树族请他出面的。

“我接受挑战，不怕死的都来吧！”石昊说道。

“小友！”八臂魂族的强者急了。

而此时，一些强族也看不下去了，怕石昊遇险。他们还指望着靠他化解诅咒呢，自然要将他保护起来。

“无妨，我没事。正好借他们之手磨砺己身，也算是废物利用。”石昊毫不掩饰地说道。这样一来，很多人更加愤怒了。

这话也说得太绝了吧？石昊都受重伤了，还敢这样小觑他们，实在是令人难以容忍。

“前辈，我要是大开杀戒，你们兜得住吗？”石昊问道，他望向了人群中的一些人，眼神中杀气滔天。

八臂魂族的强者听了这话，有点诧异地应道：“杀了就杀了，没什么，只是小友你的身体……”

自从族中古祖恢复神志后，八臂魂族就无惧任何强族了，更何况有很多大族都要保护石昊，有很多人跟他们在同一阵营，他们根本不怕得罪什么人。

他们也完全不忌惮七大天神的后代，因为天神都死了，剩下的后代不足为惧，他们唯一担心的就是石昊的身体。尽管石昊已经说了，他这是在修行，他的身体根本不成问题。

“好，既然如此，那我就没什么顾忌了！”说罢，石昊摇摇晃晃地提着大罗仙剑向前走去。

“调动死士，立刻给我杀了他。我看他能张狂到什么时候，都要死了，还敢如此大放厥词，把他给我拖过来，杀成一条死狗！”银坤在暗中吩咐道。

“哧！”

就在这时，石昊挥出一剑，冲着银坤他们的方向而去。他略过了很多叫嚣的人，直接冲着银血魔树族下杀手。

只听“噗”的一声，八人都被那一剑击中，瞬间殒命。

就连银坤也差点遭劫，那剑光擦着他的身体而过，让他汗毛倒竖。若非他在关键时刻疾速后退，刚才就死了。

“荒，你竟敢对我动手，挑衅我银血魔树一族?!”他十分震惊。他们距离石昊足够远，而且方才交谈时的音量也不高，石昊居然听到了。

“对你动手怎么了？在魂岛上又不是没有暴打过你！”石昊说道，再次提剑向前逼去。

人们一片哗然，这件事很多强者都不知道，现在听他说起，众人都面露惊容。要知道银血魔树一族号称圣族，他们所在的地方是一处圣地，一般人谁敢惹?

“你……”银坤恼羞成怒。石昊当面羞辱他，让他无比愤怒。

“你躲在那里叽叽歪歪，撺掇别人对我出手，当我不知道吗？上次没有杀你，你不长教训是吧，这次将你一并斩了！”石昊说道。

石昊太强势了，众人震惊不已。

八臂魂族、丽人族等都在苦笑，心想，荒也太能惹祸了，让他们包容他，原来他是想杀银坤啊。

“给我杀了他，斩成一条死狗！”银坤又惊又怒，撕破脸皮后他已经没有退路了。他召唤死士，请他们出手对付石昊。

“哧！”

忽然，石昊手中长剑一扫，先对周围的人出手，随后，一群人发出惨叫声，全部倒了下去。

“你们是三千州的人，这个时候鼓噪，并且想来杀我，比那银坤更可恨！”石昊说道。

“杀啊！”许多人大喊道。

“来吧，一群废物，正好借你们磨砺吾身！”石昊说道。原本他连身体都摇摇晃晃的，毫无再战之力。可是现在，他的血肉忽然发光，肉身最深处泛起点点血丝，爆发出璀璨的光，让他再次变得强大起来。

那是残存的至尊血精华!

这种血很难焚尽，被他封在了体内最深处，一直不曾磨灭。

因为，他也怕至尊血干涸、焚尽后，很长时间都不会再现了，而在目前这个阶段，他需要战力以应付各种危机。

之前，他一直很犹豫，不确定是否该耗尽至尊血。

现在他做出决定了，要将所有的血包括最后剩下的至尊血精华也焚尽，让自己彻底干枯，顺应柳神的法，以完成蜕变。这便是所谓的枯木逢春。

从长远来说，这一定是最好的选择！

残存的至尊血精华一出现，石昊一下子变得生猛起来，如同一条从深渊中冲出的真龙，刚猛无比。

“啊……”许多人发出惨叫声。

石昊浑身发光，跟个大火炉子似的，紧接着，至尊血沸腾，顿时他体外烈焰腾腾，光芒璀璨无边。

他横冲直撞，在这里大开杀戒。他真的将这些人当成了磨砺己身的“废器”，用以加快至尊血消耗的速度。

石昊一挥剑，那所谓的死士便成片地倒下，一转眼就有数百名强者殒命。他体外包裹着三股仙气，一步跨出千丈远，刹那间就到了银坤近前。

“你不能杀我！”银坤大叫道，不断倒退，脸上写满了惊恐。虽然他的实力很强，但上次一战后他就被石昊吓破了胆，此时他根本不敢力敌石昊。

“你算什么，有何不可杀！”石昊挥剑斩出。

银坤怒吼一声，祭出所有宝具，但是根本无用，他还是被石昊那一剑劈中，当场死亡。

“还有你们，连你们的老祖都被我引入天劫中杀掉了，我又怎么会怕你们？”

石昊施展出轮回神通，冲向七大天神的后裔，如虎入狼群，所向披靡，顿时多名强者殒命。

“快逃啊！”所有人都十分惊恐，自知他们和石昊之间的实力差距太大了。

“往哪里逃，神庙、魔葵园、火云洞你们这些余孽，当初我没有赶尽杀绝，而是放你们一条生路，现在你们竟然还敢来杀我，这次我索性将你们一并杀了！”

石昊若一只鹏鸟，飞上高空，横击八方。那些鼓噪、挑拨的人全都脸色苍白，随后都被石昊击杀。

谁都没有想到，濒临死亡的石昊竟然还能这般生猛。

到了最后，石昊提着一柄滴血的仙剑在逃亡的人身后追杀，没过多久就有好多人倒在此地。

早先那些叫嚣的人大多已被他击杀。

石昊并未停止追击，依旧在消耗己身。至尊血疯狂燃烧，他神力暴涨，疾速向外宣泄，杀向四方。

这一战，后世人回想起来估计都会忍不住胆寒。所谓的天才，所谓的强者，在石昊的面前竟如此不堪一击，如野鸡、土狗一般，被他横扫！

不多时，有天神来了。但是八臂魂族、丽人族、人马族等也不是吃素的，他们的人更多。此时，天神全部被他们的人挡住了。

杀到最后，四方安静下来，再无人可杀了。

那些不相关的人早已躲到远空，一个个目瞪口呆，浑身发冷，因为石昊周围的已经成了修罗场。

而就在这个时候，石昊一身血气终于耗尽了。他当场盘坐在地，如同寂灭了般一动不动，独自悟道，此景震惊十方！

“轰！”

突然，他的身体又一次剧烈震动，最后一丝微弱的生机也消失了，整个人像是死了。

八臂魂族等心中一惊，无比紧张。

但是，没过多久，石昊身上又开始出现一缕生机。首先发生变化的是他的一双手臂，原本干枯、没有光泽的手臂，此时泛出了金黄色，生气惊人！

第710章 强者齐现

WANMEI SHIJIE

石昊盘坐在地，那金黄色的光泽一寸一寸蔓延开，由他的双手开始，向手臂上方扩展，生机勃勃。

原本他的身体都干枯了，没有一点生机，很多人都以为他坐化了，现在却又见到了这一幕，人们不由得瞠目结舌，不敢相信！

随着时间的流逝，那具干枯的躯体生机越来越旺盛，金黄色光泽从双臂扩散开，不久后，他的上半截身子都被光泽覆盖了。

石昊宝相庄严，如同金身涅槃，那具躯体内蕴无上玄妙，弥漫出惊人的力量。

很明显，他成功了，生机开始慢慢复苏、显化。

人们不得不叹，荒太强大了。大家都以为他快死了，结果却如他所说，他将那些人当成了磨砺己身的“废器”。

一些人看向孤剑云，很明显这位绝世天才先前的判断有误！

孤剑云倒也十分平静，没有说什么，只是盯着石昊。

“杀我银血魔树一族的嫡系后人，与我圣地为敌，此人不可留！”银血魔树一族的强者在暗中自言自语。

那是一位男性天神，其身旁还有一位女性天神，两人都曾经跟银坤在魂岛现身，与八臂魂族发生过冲突。

“铮！”

只见一柄黑黝黝的神锥飞出，神锥发出乌光，显然是天神法器。

“轰！”

神锥之威不可揣度，直接将虚空撕开了，而后神锥就到了石昊近前，带着一股刺骨的寒意，就要钉进其眉心中。

“你敢！”

八臂魂族的老天神大袖一挥，天神法则扩散开，将此地禁锢住，而后卷住了那件黑色法器，并围绕在石昊身前，守护着他。

战斗升级，连天神都出动了！

众人无比紧张，这种级别的巨头争锋动辄就会造成血流成河的场面，小千世界都可能会被毁掉。

“八臂魂族，你们包庇恶首，须知，你们也是‘仙古’遗民，眼看着他打杀我地遗民，你们却还与他走在一起。该诛！”银血魔树族的天神喝道，声音若惊雷。这个时候那天神更是露出了本体，化成银色古树，枝杈参天。

“砰！”

银色古树动了，巨大的枝条抽来，打裂虚空，并且每一根枝杈都化为一道天神法则，无比可怕。

八臂魂族的老天神修道多年，是一位绝顶天神，自然无惧那天神法则。只见他眉心发光，涌出强大的魂力，构建法则网，镇压对方，并且开口道：“既然如此，你等为何登临我魂岛，寻石昊小道友，还向他许以各种好处？只因小道友拒绝，你们就要翻脸了吗？”

老天神当面揭了银血魔树族天神的老底，不给他留任何颜面。

这一切究竟是怎么回事，所有人都很清楚。他们争夺石昊，无不是想化解诅咒，而有些人注定不能与石昊化解仇怨，故此想杀了石昊。

“咔嚓！”

天神法则碰撞到一起，虚空顿时扭曲了。

“两位道友还是息怒吧，听闻外界有人正在攻打‘仙古’界壁，想闯进来，而今我们不能发生内乱。”有人劝解道。

就在这时，这片天地发生了剧烈的震动，像是在印证那人说的话。

“隆隆隆！”

那条横贯各个小千世界的虚空大裂缝突然剧烈颤抖，发出神秘的霞光，像是要崩开，一时间法则交织。

很明显，外界有众多强者发起了攻击，想撕开这条虚空大缝隙，穿过“仙古”界壁！

这让人忧心，连原住民都有点惶恐。千百世以来都没有教主级别的强者闯入这里，如今要打破宁静了吗？

所有人都觉得很不安，这是“仙古”最后一次开启了，没有人知道这里最终会发生什么，会以怎样的形式落幕。

“轰！”

那条大裂缝再次颤抖起来，因为它遭受了更为剧烈的撞击，这让“仙古”遗民脸色大色。

来自三千州的天才则一个个面露喜色，心想，师门就要闯进来了吗？很多人都十分欢喜，因为对他们来说这争霸战太难了，他们根本争不过石昊这样的强者。可若族中的天神来了，若教主驾临，那么便足以铲除一切阻挡。

什么石昊，什么孤剑云都不在话下，哪怕他们俩天资再高，也都可击杀，因为以他们俩目前的实力，绝对挡不住教主发起的攻击。

“咦，孤剑云登台了！”就在这时，有人发出惊呼声。

显然，孤剑云也察觉到眼前的情况很棘手。若外界的人进来了，再展开对决的话，就是教主跟教主的争锋了，他哪怕再厉害，也没了优势。

“谁敢与我一战?!”他背负神剑，扫视所有人，平静地问道。

一时间，现场寂静无声，竟无人敢应答。

因为，此时的他毫发无损，正处在巅峰状态，谁敢撄其锋？除却石昊外，他可是唯一一个渡劫成功，并活下来的古代怪胎。

隐约间，他已经有了无敌之势，往那里一站就震慑住了群雄，一时间无人敢应战。但因时间流逝，擂台便判他赢了五十场。

这让人目瞪口呆！

居然还能这样赢？许多人都无言以对。孤剑云竟然都不用战斗，只用站在擂台上就可以从容过关，积累战绩！

不少人蹙眉表示不服气，但又不敢上去。

“这是荒发威留下的后遗症啊！”有人感叹道。

有目共睹，不久前，石昊即便受了重伤、濒临死亡依旧能赢八百场，无人是其对手。而孤剑云和石昊一样，也是渡过天劫的人，如今他气血旺盛，完好无损，在人们看来，现在的他或许比刚才的石昊还要恐怖！

他就那样站在那里，战绩就已经积攒到了连胜九十九场，而且全都是不战而胜！

当第一百场来临时，终于有强者出现了，在远空喊道：“孤剑云，我来会你！”

话音刚落，一片铅云带着滔天的、令人压抑的气息冲来，一个披散着灰色长发的年轻人出现了，“轰隆”一声降落在擂台上。

“是你，你还活着？”孤剑云大吃一惊。

“没错，当年你侥幸赢了一招，可我残身不灭，还活着，这一世要跟你做个了结！”来人喝道，他脸色苍白，灰发垂到腰际，笼罩着阴雾。

不用多说，谁都知道此人一定无比可怕，因为他当年竟然能跟孤剑云血拼，而且只落败一招而已。无疑，他也是一位古代怪胎！

“上一世我能打败你，这一世自然还可以斩你！”孤剑云平静后这般说道。

“废话少说，就此一决高下！”

这是一场生死搏杀，来人战意强烈，浑身散发出异常恐怖的气息，如一头愤怒的狮子扑了上去。

“哧！”

十几招后，这个人被孤剑云一指击杀，鲜血飞洒在空中。

“就这么死了，太弱了！”

“你也不想想，孤剑云修出了仙气，昔日的对手怎么还能对付得了他。”

人们感叹道，为那人感到可惜。

孤剑云却没有因为此战获胜而放松警惕，依旧在出手，他祭出一片道火，焚烧那人的血液。

“你杀不死我！”令人惊悚的是，一片血液突然腾起，化成千万滴血珠子，快速逃了出去，在不远处凝聚成一道血色身影。

“你当年能逃过一劫，就是仰仗无量血经这一魔功吧！”孤剑云说道。只听“锵”的一声，他拔出了背后的神剑，指向那血色身影。

“没错。只要还有一滴血，我就能不灭，你纳命来吧！”那血色身影喝道，他竟然可以不要肉身，只以血身攻击对手。

这着实令人震惊！

“天啊，居然是无量血经！这种魔功非常残忍，而且很难练成，不是早就失传了吗？居然又在世间重现！”许多人惊呼道。

这是古老的秘法，虽然比不上大焚天功、九天十地经等秘法，但是胜在一个“诡”字，修炼此功者很难被敌手击杀。

孤剑云不断挥出手中的神剑，数次将那血色身影击散，但就是杀不死他，虽然也焚掉了一些血珠子，但总是不能一下子将所有血珠子全部烧净。

“坏了，居然还有这种杀不死的人，这样如何赢他？”剑谷的人担忧道。这种拥有不死之身的敌手实在太可怕了。

“不用担心，孤剑云师兄一定能找到其破绽。这世间根本就没有不死之身，估计这血身当中有几滴他的本源精血，能让他复活几次，若是斩灭了那藏匿起来的几滴血珠子，他必死无疑！”有人说道。

“我炼了你整具身子！”孤剑云大喝道，一剑扫出，顿时形成场域，向那人笼罩而去。

“轰！”

那人整具身子被击中，又被点燃。

然而，远处有一滴血珠子从擂台缝隙中滚出，再次凝聚成血身，与孤剑云展开大战。

“一滴血珠子便能衍化出一道血身？”人们十分惊讶。

“这种魔功修成后，不触及仙道领域，并不是杀不死，只是会多上五到九条命而已。”有人了解其中的秘密，这般说道。

这一战很激烈，但最后孤剑云摧枯拉朽，以不可阻挡之势连杀了九次，此人终于血液尽失，就此殒命。

“我修出了仙气，且渡过天劫，哪怕你有一百条命也不够杀！”孤剑云平淡地说道。

这句话一出，现场陷入寂静。

而后，他继续守擂，接连数十场不战而胜。

当第二百场来临时，意外发生了。有人登台，祭出一件法器，初时人们未觉得此法器有多厉害，可是后来才发现它居然爆发出恐怖的气息，发出炽烈的神光，将孤剑云击得大口吐血。

“天神法器?!”人们震惊不已。

外界的天才根本不可能将这种器物带进来！

而一般来说，原住民的兵器也是不能出现在擂台上的。

孤剑云负伤，目光炽盛，开口道：“不管你是怎么得到的这件法器，只要你自身不是天神，那就得死！”

他发出一声长啸，手中神剑发光，人剑合一，围绕着那名强者发出猛烈的攻击，同时躲避着天神法器发出的神光。

最后，他一剑将那名强者斩杀，可是天神法器飞天而去，没被他拦住。

孤剑云想继续守擂，但是他突然看到了一个人，而后他瞳孔收缩，打消了守擂的念头。

因为有比他厉害的绝世人物出现了，而他却负了伤，此刻，他必须去养伤，不然危矣。

孤剑云跳下擂台，一闪而没。

随后，有人从远空走来，他白衣飘飘，超凡脱俗，异常俊美，让许多女子都会嫉妒他的容貌。

来人正是宁川，他银发齐腰，身材修长，连鞋袜都是白色的，纤尘不染，脚踏大道符文而来。

“轰！”

这个地方顿时沸腾了，人们怎么也没想到，宁川竟然还活着！

这是天大的事，宁川渡劫成功了，并未死去！

他一步就登上了擂台，目光灼灼，扫视所有人，却并不说话，一时间群雄无人敢登台。

石昊仍盘坐在地，此时那金色光泽一寸一寸下移，已经蔓延到了他的双腿处。此时，他如同一尊黄金塑像，异象超凡！

他心有所感，倏地睁开了眼睛，一眼就看到了站在擂台上的宁川。

并且，石昊的神觉十分敏锐，他注视远空，又看到了一人。

凶巢的谪仙也来了，他也并未死！

随后，石昊又发现了十冠王！

“这下热闹了，马上就要分出胜负了，谁是第一强者应该快揭晓了。”石昊自言自语道。

巅峰人物聚首，自然要发生惊天大对决！

第711章 至尊大战

WANMEI SHIJIE

方才孤剑云登台时，起码还有几人出手，特别是他最后还被天神法器伤了。

现在，白衣宁川一来，无一人敢登台挑战，一时间四周寂静无声！！

宁川平静地站在那里，一转眼，两百场过去了，仍无一人登台。

这种情况绝对是前所未有的！

“轰！”

“咦，有人在渡劫？”

在这种情况下，居然有人选择渡劫，实在令人惊异不已。

“是长弓衍！”

“四冠王在渡劫，他果然实力非凡，就是不知道能否成功！”

消息传来后，众人大为震惊。

与此同时，另有消息传来，其他小千世界也有人在渡劫，因为有人听到了惊世雷音。

“又有一些强者要死了！”有人叹息道。

这是事实，雷劫岂是那么好渡的，贸然引动天雷必成灰烬！

然而，但凡敢这样做的人，毫无疑问都是最强大的王者。这样的人以古代怪胎为主，而他们的死去是巨大的损失与遗憾，让人不禁感叹！

“没有道友上台吗？”擂台上的宁川神色平和，不被雷音所动。

此时石昊正处在关键时刻，身躯发着光，金光自上而下，已经到了膝盖处，整具躯体都快被金色笼罩了。

石昊神色平静，他看了宁川一眼，但并未停止修行，他觉得，两人之间若是有一战也是在他完满后！

“我来与你一战！”

到了第二百零一场，一人飞上了擂台，手持一把骨刀朝着宁川斩去。这是一位达到真神大圆满境界的生灵，非常强大。

但是，宁川仅用手一点，一道青光飞出，便将那把骨刀击碎了。

紧接着，碎片四散分飞，并且燃烧了起来，虚空中如烟花绽放一般灿烂，宁川这一击强到令人悚然心惊。

可是，就在此时惊人的变化出现了。那骨刀虽断了，但此生灵依旧持剩余的刀柄向前斩去，不曾停手，而且这虚空居然爆碎了。

“什么，天神之威?！”众人大惊失色，因为眼前这变化太诡异了。人们想不通，骨刀仅余刀柄，怎么反而威势更强了?

“无影刀！”有人想到了，顿觉无比惊悚。

无影刀是一种秘宝，为天神法器，十分可怕。这种刀不见刀身，可隐在虚空中，是一种非常可怕的刺杀类法器，让人防不胜防。

“天神法器不能带进‘仙古’，原住民的兵器也无法临近擂台，那他是从哪里得到这种刀的？”

此前，孤剑云就已经遇到了一件天神法器，此时又出现一件天神法器，让人愕然与不解。

突然，虚空中传来轰鸣声，原来那无影刀太过锋利，居然粉碎了虚空！

天神法则交织，恐怖的神力席卷而来，就连宁川也不禁脸色一变，他快速躲避，从原地消失，出现在另一方。

然后，这个生灵抡动天神法器，横扫整座擂台，使这个地方变得无比可怕。

“一元化虚空！”宁川大喝道。

他毕竟还不是天神，不得不严阵以待，施展出一种大神通，自身化成一缕光，在虚空中移动，并且在熔炼虚空。

这个生灵虽然强大，但是需要付出巨大的消耗才能催动天神法器，尽管他将宁川逼得向后退，但是他知道自己的处境越发不妙了。

“噗！”

最后，此生灵受了重创，大口吐血，法力不支，无力再催动天神法器了。

就在他元气受损的同时，宁川如天外飞仙，一指点出，“噗”的一声洞穿其眉心，那把无影刀则瞬间飞走，消失了。

众人一片哗然，既感叹宁川的强大，也为接连两次出现天神法器而震惊。

“有三千州的天才跟原住民联手了！”有人低语道。

“没错，应是如此！”很快就有人做出了这样的判断。

能登上擂台的自然是外来者，不是原住民。

至于兵器，人们猜测是先由原住民淬炼出粗胚，再将真正祭炼成天神兵器的最后一步交给外来者完成。

这不是没有可能。虽然天神法器极为珍稀，难以祭炼，但是如果把所有条件都准备好，只让外来者顺势而为，还是能成功的。

“甚至有可能不是原住民，而是一些大教自己做的。不要忘了，有些大教图谋甚大，他们故意让一些弟子留在‘仙古’，发展成另类的原住民。”

“不错！”

人们越是深想，越觉得可怕。

要知道，连仙殿的帝昆都被当作一颗棋子留在了“仙古”，修炼到了天神境，只是后来他被石昊的雷劫提前击杀了。

可想而知，其他大教肯定也在“仙古”中留下了古代的人杰，作为内应。

果然，在接下来的战斗中，又有几人出手，依旧是手持天神法器，并且人们看出，他们属于不同阵营。

“坏了，形势非常不妙啊。一些古教早有布置，或是跟原住民联手，或是自行建立了根基，我等怎么抵挡？”

“轰！”

第三百八十七场时，有强者出手，居然也是一位手持天神法器的古代怪胎，实力异常恐怖。

人们呆住了，古代怪胎掌握着天神级兵器，这太恐怖了。除却宁川、石昊这等人物外，其他人绝对是瞬间就会被击杀！

这一战，宁川费了一番工夫，因为对方不仅有天神法器，还掌握着一种诅咒，差点让他着道！

“轰！”

宁川背后浮现出一幅天图，最终将此人裹住，炼化成一堆白骨。

一位古代怪胎就这么死了！

人们感到震惊的同时也为他感到悲凉，曾经傲视一世、无敌天下的人，而今却遇到了更强的人，就这么死了。

而且，这位曾经的王者就算拥有天神法器竟然依旧不敌宁川！

宁川连赢四百场后，就此停手，因为接连跟几位掌握着至强秘宝的人战斗，他的血气开始有些不稳。

尤其是最后一人还是古代的王，他着实花费了一定的气力，才将其击败。

若是没有强敌在场也就罢了，他还可以继续守擂，可是他看到了血气正在恢复的石昊，也看到了谪仙还有十冠王。

他不敢托大，果断跃下了擂台，他要让自己始终保持在巅峰状态，哪怕弱了一丝血气也不行。

下一刻，一个全身被一些混沌气包裹着的人登上擂台。

“这个人是谁？”很多人不认识此人。

“他是……十冠王！”有人低声说道，生怕触到了什么禁忌。

“什么?!”

这一刻，所有人都震惊了，这就是纵横“仙古”、号称“不败奇迹”的十冠王吗？从古至今，他一直都是无敌的存在。

别说是他们，就连原住民那边也是一阵骚动，很多人睁大了眸子，看着十冠王。

这个人带给他们的威慑实在太大了，他曾出入“仙古”十次，每一世都能力压群雄，独占鳌头，无人可挡！还有人记得他大战八冠王、横扫天下时的无敌气概。

在有他的年代，其他强者的威势都弱了几分。

原住民中也曾有人想杀他，可是每一世他都能避过那些对他有敌意的天神，安然无恙。

“老朽的师尊当年想对付他，却被他杀了。”原住民中有前辈高手说道。

无论是在三千州，还是在这片古地，十冠王都是一个无敌神话，一个传奇。

他登上擂台后，果然无人敢与他争锋！

不过到最后，还是有人出手了，依旧是手持天神法器的生灵。但是十冠王无惧，混沌气扫出，瞬间就将那生灵镇杀了。

“这是小道！”他只说了这么几个字。

下方有人叹息，深表认可。一个孩童便是手持利刃，也难抗成年人。十冠王有资格这么说，因为他强大了。

这让暗中谋划的人不禁蹙眉，他们多年的准备居然无效，根本对付不了宁川、十冠王这样的人！

只听笛声悠悠，一个人从远处走来，他脚踏虚空，衣袂飘动，身上散发出的气息太过空灵了，竟未沾染一丝人间的烟火气，如同一个谪仙。

源自凶巢的神秘男子谪仙到了，他手持一根洁白的骨笛，登上擂台，挑战十冠王。

“道兄，请吧。”谪仙带着平和的笑，向十冠王示意，请他出手。

“轰！”

这个地方顿时沸腾了，两大绝世高手要争锋，所有人都很兴奋。

“我第一次进‘仙古’时，就见过你。”十冠王盯着谪仙，认真地看了又看，然后这般说道。

“是啊，当年你我同时进入‘仙古’，还曾在三千石阶路上遥遥相对，彼此微笑致意。”谪仙笑道。

这番对话令在场的人莫不吃惊，他们怎么也没想到，十冠王和谪仙竟然同出一世，在一个年代进入“仙古”！

那是十冠王的第一世，但是是谪仙的第一世，还是第二世、第三世，或是更久远的年代，人们就猜不透了！

谪仙微笑着说道：“十世过去，道兄已经傲视‘仙古’，号称十冠王，荣耀尊贵至极。”

“你是第一个让我如此佩服的人，你能做到十世不显，是名副其实的无冕之王。”十冠王轻叹。

听着他们的对话，所有人都蒙了，内心波澜起伏。

“那就在这最后一世来个精彩的了断吧。”谪仙始终很平静。

“好！”十冠王只说了一个字，然后开始出手。

“嗡！”

两人交手，居然连擂台都在晃动，这是前所未有的事。

“十凶宝术！”许多人惊叫出声。

两人太过超凡，一上来就动用了震古烁今的大神通！

十冠王一拳轰出，只见真龙咆哮，众人无不胆战心惊，那分明是龙拳，是无敌的真龙宝术！

这可不是散手，而是真正无敌的盖世神通！

谪仙衣袂翩翩，如同在起舞，又若仙人转世，身体周围彩光斑斓，他施展出了天凤一族的大神通——天凤宝术。真龙对决天凤！

所有人都傻眼了，这才第一击而已，两人就动用了绝世秘术，怎么能不让人震惊。

这两人的造化未免太大了！这两种宝术，不说是万古数一数二的秘术，也差不多是那一级别的宝术了！

随后，人们更加震惊，头皮都有点发麻，因为两人快速变换秘术，再次施展出不同的十凶宝术。

“天啊，他们到底掌握了几种盖世宝术？”

擂台上交错着千般法则，万道瑞光升起，撕裂苍穹，震裂云朵，连那古老的擂台都在摇动。

才一瞬间而已，两人已经交手上百回合。在此过程中，每人都动用了三四种无敌宝术，都属于十凶宝术！

这也太厉害了吧！众人口干舌燥，心中剧震，说不出话来。

“真是龙争虎斗啊。”石昊说道。他睁开眼睛，那金色的光已经蔓延到他脚底，他成功完成了蜕变。

“罪血后代，可敢与我一战?！”宁川开口道，这是他来到此地后，第一次发出挑战。

“有何不敢，便是你在上面，我也要上去！”石昊一指擂台。

下一刻，两人冲天而起，全都跃到了悬在天空中的古老擂台上。

所有人都呆住了，这样也行?

两人没有多余的话，上去就厮杀在一起。

眼前的场景简直就是惊世大对决！一座擂台被分成了两个战场，参与战斗的人全都动用了举世罕见的大神通。

他们的比拼极其激烈，使得日月无光，天地失色。下方的人看得热血沸腾。

四大高手在同一时间争锋，这是前所未有的事，过去从未有过这么激烈的战斗，这擂台居然允许两组年轻至尊同时争霸。

这是千古罕有的大事件，真正的无敌大战开始了！

第712章 巅峰大对决

WANMEI SHIJIE

擂台上正上演着龙争虎斗，四大至尊正在激烈厮杀。

“嗷……”

一声龙吟传来，九天随之共鸣。十冠王神拳盖世，拳头上缠裹着一条真龙，能粉碎虚空！

挥拳间，他自身的血气滔天，将周围的云朵都冲散了。远远望去，他如同一座不朽的仙道洪炉在向外释放精气。

谪仙翩然而起，身姿矫健，凌空而渡，穿行在十冠王发出的滔天血气中，竟不落下风。

人们看得神驰目眩，心神剧震。

另一边，石昊与宁川亦在激烈地比拼，如同两尊战神在决一生死，搅动起九天十地的风云，异象惊人！

“宁川你纳命来！”石昊大喝，修成柳神的法后，他通体金黄，如同一尊不灭金身。

他向前俯冲，带起万道光束，每一道都如同彗星的尾光，摇曳出璀璨的神芒，使周围的虚空都裂开了。

他挟万道绚烂的、长达数十里的光束，若宇宙中的帝星从天外砸来，群星守护在他身体周围，炫目至极，不可直视！

此刻，他手捏拳印，犹如无上神王降世，要震碎山河！

可以看到，他的金色拳印在燃烧，金黄色的血气弥漫出来，使得擂台都在颤动。

此擂台十分坚固，换作其他地方早就被震得爆碎了。

因为，拳印发光，瑞彩万道，威力无穷，其中一些细小的金光溢出，冲向了远处的山脉，甚至直接使巨山崩塌了。

可以想象，此时石昊发出的一拳之力多么恐怖，简直可以将天上的星辰轰下来！

所有人都呆住了，这样的一拳有几人可敌?!

“罪血后代，受死！”宁川喝道。他银发飘舞，白衣展动，身上散发出灿烂的光辉，结出一道至强法印，神圣无比。

瞬间，他身边浮现出九个古神虚影，一个个宝相庄严，气息滔天，如同九尊天神，共同向前方那人镇压而去。

“咚！”

这一击发出后，天崩地裂，鬼哭狼嚎，更伴着电闪雷鸣，滂沱血雨，景象之恐怖让所有人汗毛倒竖。

这是两人之间展开的惊世大对决，因为超出了这一境的极限，所以引发了天地异象。

擂台下的所有人心胆皆寒。

两人如同无上战神，全都带着气吞山河的威势，仿佛举手投足间就能将这片天地撕开。

顷刻间，两人周围出现了上万条虚空大裂缝，冲向四面八方。黑暗的虚空大裂缝被他们拳头发出的光芒填满，光芒如上万道闪电，纵横交叉，景象变得越发可怕了。

下一刻，血雨洒落，但那不是真实的血水，而是由光雾凝聚而成的。

两人继续大战，引发天地共鸣，神魔哀号，再现昔日超越极限的古代最强者争霸时烙印在天地虚空中的可怕异象。

“他们太强大了，不可想象！”观战人惊叹道。

在血雨中，在闪电中，在虚空大裂缝间，白衣宁川风采绝世，不染尘埃，不沾血迹，越发超凡脱俗了。

但是，他的每一击都能带动日月星河，滚滚血气弥漫开来，如同大星陨落，砸了下来。

“咚！”

他随意发出一击就能击穿苍穹，神威不可想象。

人们脸色发白，心想，这种力道若是打在他们身上，他们怎么能抵挡？就算是成百上千的真神上去，也毫无悬念会被宁川击杀。

也唯有石昊才能抵挡住他的攻击，跟他激战。

不久前，人们还在说荒要死了，可眼下他堪比一条人形天龙，极富活力，血气滚滚，有能撕裂乾坤之力。

“天啊，我受不了了！”

擂台下，有人浑身打战，难以承受那种威压，“扑通”一声从虚空坠落，倒在地上。

而半空中，石昊的正前方没有一个人，众人都承受不了那种拳印带来的可怕气息，纷纷逃离。

这拳印无坚不摧，汪洋恣意，宏大到极致！

两人继续展开对决，刹那间就有千百次交击，如同闪电碰撞，每一次都会发出刺目的神光，将四周映照得一片绚烂。

这是天纵神人之战，比起他们，众人十分沮丧，深感彼此之间的差距太大了。

这样的人，古往今来能有几个？

两人都是天纵之姿，随手一击就可以斩杀同代翘楚。他们的敌手不止一世，而是跨越古今，需在时间长河中寻找。

也正因为如此，不同时代的年轻至尊都来到这一世谋夺造化。

他们相遇在一起，彼此才有了敌手，不然的话，每一个人都注定只能在各自的时代中孤寂无敌，想求一败都难。

“宁川，你不是口口声声说想镇压我吗？来吧！”石昊大喝一声，向前发起猛烈的攻击。

“一元炼虚空！”宁川轻喝一声，张口一吐，吐出混沌气，祭炼虚空，天地都变模糊了，似乎要被熔炼为一颗金丹。

随后，他额头发光，龙纹密布，这是他天生的大神通。传说他可能是无上禁忌人物转生，曾被以龙血温养母胎，留下残痕，化作龙纹。

当然，这是传说，无人可证实这世间真有转生者。

“轰！”

石昊施展出雷帝秘术，发出狂暴的一击，体外缠绕着万道雷光，只见一颗又一颗雷霆化成的星辰显化，密布在虚空中。

远远望去，宛若一片古老的星域被截取出来，镇压这片虚空。

“爆！”

石昊大喝一声，顿时，此地沸腾了，所有雷霆化成的星辰全部崩开，击穿天地，震碎虚空。

他体表泛着金黄色，如同不灭金身杀到宁川近前，举拳就轰杀，带着滔滔电芒破解禁锢。

“轰！”

两人的手掌碰撞在一起，爆发出无穷神光，顷刻间，四方都被炽烈的神光填满了。

远方的众多修士莫不心惊肉跳，这种力道若是冲到他们近前，他们绝对会化成肉酱，当场死亡。

两人仍在对拳，一拳强过一拳，仿佛要打破苍穹！

这个级别的战斗千古罕见！

在两人血拼的过程中，各种霞光迸发，光雨洒落，景象神秘而又令人震撼。

石昊感叹，这个对手太强大了，举世难找。若非他已修行到这一步，多半会遭遇不测。

要知道，自他出世以来，仅有那么一次是跟人一起围攻另一人，就是对抗宁川的时候。

当日，石族三兄弟一个个非常自信，说看不起宁川的那道灵身，但最终他们是一起攻击的宁川。

当日他们斩了那道灵身，并不是因为宁川不够强，而是因为石毅与石昊走在一起，实力可怕到令人无法想象。

因此，那一战不足以说明问题，不仅不能说明宁川实力弱，反而能突显出他的风华绝代，因为，他能以一敌三！

此时，他的真身出现了，举手投足都与天地相合，拥有不可匹敌的威能，仿佛能够镇压一切！

石昊自然要感叹，此人无愧为千古人杰、绝代强者。

事实上，此时宁川心中也是波澜涌动，无法平静，震惊一点都不比石昊少。

须知，他是六冠王，积攒了六世神威，自然能达到天下无敌的境界，可是眼前这人是一世崛起！

宁川自知，这数世他衍化至极致，将自身的路推演得清清楚楚，没有了一丝的滞涩，故此才可以横扫“仙古”，世间无敌。

而眼前这个人却于这乱世中崛起，一跃而上，不曾有前世积淀，仅靠此生就达到了如此高的成就，着实让他忍不住轻叹。

“吼！”

这一刻，十冠王的头发突然飞起，他大喝一声，血气弥漫，席卷天上地下，震得天宇都裂开了。

不要说擂台上，就是擂台外、躲在足够远处的众人，也觉得一阵难受。很多真神都大口吐血，横飞了出去，个别神火境的修士更是身受重伤！

这种盖世神威，别说是三千州的天才，就算是原住民中的前辈强者都自觉不敌。

“只有最强者才可以站立在此，先敌我这一拳，看一看你们是否有资格站在这擂台上面！”十冠王大喝。

他居然暂时停止了和谪仙的比拼，如同一尊天帝转世，龙行虎步，杀到了石昊与宁川近前。

只听轰隆一声，山海崩塌！

十冠王出拳，第一拳击向了石昊。这是举世无双的龙拳，一条真龙缠绕在他的手臂上，气吞万里，径直朝着石昊袭去。

一拳击出，天地倾覆，什么都看不见了，只有龙吟声回荡在天地间。

“我也想看一看你是否有资格站在擂台上！”石昊大喝一声，腾跃而起，如同鲲鹏在天，与他针锋相对。

他的拳头发光，变成了金黄色，偶尔流转出一些黑色斑点，正是鲲鹏拳！

鲲鹏对决真龙！

这是十凶宝术的大碰撞，更是石昊与十冠王第一次交手！

这一盖世神功，顿时，日月无光，天地失色，呜呜声震耳欲聋，仿佛群魔在哭，诸神在泣。虚空中血色闪电交织，无尽雷霆绽放，更有数不清的神魔虚影浮现而出，而后不断陨落。

这是天地异象，非常可怕。

一只鲲鹏出海，跟一条腾空而上的真龙厮杀到一起，鹏羽染血，漫天飞洒；真龙长鸣，鳞片破碎，场面无比惨烈。

这一击造成的可怕奇景震惊了所有人，让许多强者手脚发凉，都在心中感叹，这是怎样的一种手段与威能？

“三股仙气！”石昊瞳孔收缩，因为他看到十冠王拳头上缠绕着三股仙气，跟他的一样，威力绝世无匹。

两人分开，交错而过。

十冠王面露惊讶之色，这一击让他对这一世多了些许期待，因为又多了一名敌手！

第713章 诸神争霸

WANMEI SHIJIE

“宁川，你也先接我一击！”十冠王喝道。

什么是无敌气魄？这就是！十冠王才与石昊硬撼一拳，转身就冲向了宁川，也要掂量一番宁川的实力。

要知道，站在这擂台上的谪仙、石昊、宁川都是绝世人物，对上一个便会有大祸，而十冠王却无惧。

随着“嗡隆”一声，只见十冠王和宁川之间烟霞澎湃，烈火焚天，法则交织，骨文绽放，声势极为浩大，那虚空如一幅破画般被撕开。

十冠王神勇无敌，大开大合。

“你也接我一击！”石昊见状，腾空而来，朝着十冠王冲了过去。他的拳印如洪炉，法力滚滚而来，爆发出惊世神光。

他也很想掂量一下十冠王到底有多强，虽然两人已经有过一次碰撞，但是那次他并没有看出深浅来。

“好！”

十冠王大喝，背后发光，绽放瑞彩，一条硕大的龙尾化形而出，横扫千军，斩向石昊。

又是真龙宝术！

而且是威力强到不可想象的真龙摆尾，这一记大神通比之龙拳有过之而无不及。当年真龙一摆尾，九天都被劈开，漫天强者噼里啪啦地坠落，跟煮饺子般。

“砰！”

惊世大对决就此展开，石昊的拳印跟那龙尾撞到一起，腾起无尽的神芒，如同万道剑气，斩破苍天！

那碰撞非常剧烈，剑气溢出，让人心胆皆寒，但凡真神莫不战栗，更不用说抵挡了。

“轰！”

虚空不断塌陷，紧接着，两人间溢出混沌气，淹没了一切。

周围的千般道则、万条瑞光冲霄而上，沿着虚空大裂缝蔓延开来，冲出了擂台。幸亏人们离得足够远，不然将死伤无数。

便是如此，远空也有很多人被那波动震得几乎昏过去。

特别是一些法则碎片冲入了山脉中，有些高大的山峰瞬间倾塌，更有一些被震得离地而起，在空中爆碎。

这种景象让众人心中发寒，浑身冰冷，连惊叹的话语都憋了回去，只剩下深深的恐惧感！

随后，他们并未收手，而是接连碰撞了数十次！

而另一边，宁川竟与谪仙对抗上了，两人都施展出大神通，展开激烈搏杀。

“昔日，我在凶巢险些遇险，原来是因为你！”宁川说道。

他白衣胜雪，银发披散，气质出众，但是此时身上散发出一股冷意。当初他险些坠进凶巢中，发生意外。

这是两人间的恩怨，故此展开了大对决。

他们气度超然，都不是凡俗之辈。

谪仙风姿绝世，空明若仙。他的攻击并不猛烈，甚至不带烟火气，但是可以舞动天凤，天凤挟道则，所过之处，万物皆灭，可怕无比，难以抵挡。

“轰！”

转眼间，两人对攻十几招。谪仙一冲而过，双臂一展，顷刻间，烈火冲天，五光十色，煞是美丽。

紧接着，他施展出凤凰展翅，如同一只天凤，翱翔而过，姿态优美，且带着无边神威，这是天凤大神通，威力自然不可想象。

宁川则大吼一声，手臂发光，背后浮现出一个模糊的身影，如同神王般，这身影跟他重合在一起，结出法印，镇杀那只天凤。

宁川也有十凶宝术！

不过，外人看不清这些。因为到了宁川他们这个级别，积累了数世，都有莫大的机缘，都得到过盖世宝术，外人自然看不明白。

“轰！”

两人之间的虚空塌陷了，若魔焰焚九天，四方崩塌，天地通明。

一击之后，他们就此分开了。

“凶巢的账，我们也算一算！”石昊喝道。

谪仙横空施展天凤神通，翱翔而过，如同凤凰展翅，空灵出世，妖艳而绝丽。

而石昊正好冲过来，迎上了他，以鲲鹏法发起攻击。远远望去，只见一只巨大的鹏鸟铺展开了翅膀，抓向那只凤凰。

这是至尊仙禽的对抗，两者同属禽族，皆有无敌神通。

太古十凶留下的宝术号称无敌法术，其中任何一种宝术都足以惊天地泣鬼神，不可多得。

“轰！”

二人之间浮现出无数羽毛，全都染着血，震动了乾坤。

这是一场震惊神灵的碰撞，两只仙禽冲撞在一起，激烈搏杀，它们冲破九霄，爆发出璀璨的光芒，亮丽的羽毛如神剑一般，划破了虚空，在这里造成了可怕而惊人的景象。

最后，异象消失，露出两大强者的真身。

谪仙面带微笑，平和地说道：“听闻你神力无边，今日我与你对上一掌！”

他收起空灵气，衣衫鼓了起来，不再运转天凤宝术，而是直接抬手向前劈来。

“轰！”

下一刻，天崩地裂！

在磅礴的血气还有神力的作用下，就连擂台外的大地上，相距不知道多少里处，也是飞沙走石，连山峰都崩塌了，景象十分震撼。

人们倒吸凉气，心想，这还是谪仙吗？他居然也有如此狂暴的一面，滚滚的血气如同真龙腾天，从其天灵盖冲起，令人心惊胆战。

这种气息太可怕了！连石昊也心中一凛，而后全力以赴对抗谪仙。

这时，谪仙背后出现了一个生灵的虚影，它的气息遮盖天地，无比暴烈。

“是它，果然是这种宝术！”许多人惊呼，露出震惊之色。

凶巢内蕴藏着一种盖世神通，自然被谪仙所得，以往很多人都不知那究竟是什么秘术，而今他们终于知晓了。

“是天角蚁！”

天角蚁是十凶之一，号称力量第一，恐怖无比。

如今，它早已绝迹，不可显现了。

但是，它留下了诸多血脉，太古神蚁、独角仙这两种太古凶虫都是它的后代演变而成的。

无论是太古神蚁，还是独角仙，都是以力量称雄世间的凶虫，跟它们一般大小的生灵，几乎没有比它们的力量更大的。

而它们的始祖天角蚁的力量则更是不可想象，可破乾坤，能掀翻九重天！

此时，谪仙的实力和以往完全不同了，他的一只手掌向前拍来，如同浪涛般的力量滚滚而来，那虚空顿时破碎。

石昊神色严肃，动用自身第三种神通，这天生的宝术很奇异，虽然还不完善，但是跟他的至强宝术结合在一起使用，可以增强神通威能，让力量激增。

两人的拳与掌撞在一起，神威不可揣度，发生了最可怕的事，天地被击穿，裂缝密密麻麻，那擂台上一片迷蒙，混沌气弥漫开来，景象非常可怕！

这是力量的对抗，让天神都大惊失色！

“好强，好可怕！”有“仙古”遗民低语道。

谪仙跟不久前完全不一样，血气滔滔，恐怖至极，如同一轮太阳在燃烧，灼得人双眼生疼，不敢直视。

石昊暗自点头，这并没有出乎他的预料。要知道，谪仙就是以无数天才的血液淬炼己身，以各种骨文磨砺己身，血气若不旺盛那才怪呢。

两人这一击震得擂台都咔咔作响，仿佛要崩开，这种情况古来从未有过！

当两人再次交错而过时，十冠王冲来，迎上了谪仙，很明显他想领教那一可怕的神通——天角蚁宝术。

“罪血后代，我要和你延续你我间的战斗！”宁川向石昊冲来。

此时，四人发生了混战，彼此间不时出手，战斗越发激烈了。

石昊心中无惧，虽然他只积累了一世，不像另外三人积淀惊人，但是岁月累计，早已让他道基夯实，他的确可以无惧任何对手了！

对于所有强者来说，石昊之神勇是一个奇迹。

“收！”

宁川喝道。他银发披散，神圣无暇，从其背后冲出一幅天图，当中大星滚滚，银河垂落，好比一方宇宙，浩瀚莫测。

这是他出生时就有的天图，纹在其背上，天威无敌。

现在，他以这种天生的宝术镇压石昊，想将他收进去。

不久前，他就曾以这种秘术将一位手持天神法器的古代怪胎炼成了一堆白骨，威力大得超出人们的想象。

“斩！”

石昊大喝，手中出现一柄轮回剑，这剑是以符文构建而成的，顷刻间，漫天都是飞舞着的时光碎片。

他几经生死，而今这一宝术被衍化到了极致，带出了时光的力量，威力强到让人神魂悸动！

“哧！”

两种宝术相遇，顿时虚空燃烧，时间紊乱，再次出现血雨倾盆等妖异景象，仿佛打破了天地牢笼，得见了不朽！

突然间，远处传来一声剑鸣，其音冲霄，在绝世剑芒中，只见孤剑云跃上了擂台。

人们惊呼，这位渡过天劫的古代怪胎终于再次登场，也要加入战斗。

他目光如炬，盯上了石昊。

就在此时，天边传来长啸声，一道身影化成一支神箭，击穿虚空，降临在擂台上。他的身上有雷电焦痕，但是气血仍旺盛如海。

此人正是四冠王长弓衍，他来到这里，挡住了孤剑云。

人们吃惊不已，长弓衍不久前渡天劫，显然才成功。

石昊大笑道：“长弓衍兄，别急，先让我教训他一顿。”

剑谷、火云洞等都是镇压罪州的古老道统，石昊对他们没有一点好感，见到剑谷弟子登台，他直接杀了过去。

“孤剑云，亮出你的剑吧！”

石昊上来就是一拳，顿时万丈光芒撕破苍天！

孤剑云出剑，那锋利的剑芒破开虚空，绽放出千万道光华，霎时凛冽的寒意冰封了虚空。

“当当当……”

石昊徒手硬撼剑锋，顿时火星四溅。

这个时候，他没有任何保留，每一拳都动用了自身的盖世神力，勇不可当。

大碰撞过后，孤剑云嘴角溢血，踉跄后退，剑芒也暗淡了许多。

“剑谷古来最强的年轻王者也不过如此！”石昊说着，再次杀向宁川，舍弃了孤剑云。

因为，宁川恰好赶来营救孤剑云！

没有人会因此轻视孤剑云，因为在石昊的至强神威下，孤剑云没有当场毙命，就已经算得上是神勇无敌了！

“重瞳不败，自古无敌，这种战斗怎么能少了我！”远空，有人低语道。

原来是石毅，踏着虚空疾速而来，降落在擂台上。

“剑谷镇压罪州，压我罪血一脉，可曾问过我。”石毅开口道，他也想向剑谷讨个说法。

话音刚落，石毅的眸子宛若在开天辟地，双目中射出两道光束，飞向孤剑云，虚空随之爆碎，混沌气弥漫开来，震惊了所有人。

孤剑云大怒，举剑杀去，剑芒撕裂天穹！

然而，最终的结果是，孤剑云被石毅目中射出的那两道光束震得虎口崩裂，后来更是被击得手臂淌血。

一声长啸传来，再次有人登场，他张扬而自负地说道：“可惜，没有绝世美女，不然一并收走。”

石毅回头，一眼认出了此人，正是昔日拥有一角轮回盘的神焰男子，他与此人在下界交过手。

“你们为何都选他试手，他很特别吗？让我也与他较量一番。”神焰男子说道，也盯上了孤剑云。

孤剑云胸中怒火中烧，脸色铁青，他这般强大，居然成了几人衡量自身战力的靶子！

“哈哈……”大笑声传来，只见烈火焚天，一个男子冲来，他发丝乱舞，带着一股魔性与狂野，道，“我紫炎飞也出关了，大焚天功已经修炼到前无古人、后无来者的地步，怎么能不杀几个古代怪胎！”

一时间，擂台上大乱，最强的一列人都快到齐了，即将展开更可怕的大决战。

第714章 天骄混战

WANMEI SHIJIE

擂台上一下子多了数名年轻王者，气场震动十方。这场大战变得越发激烈了，让观战者都跟着血脉偾张，心中十分激动。

谁也没有想到，大战会进行到这一步，古代怪胎、当世王者等纷纷登场。

这些人神觉敏锐，隐约间觉得，这擂台允许群雄登场，角逐第一，与以往的情况不同，接下来多半要发生变故。

因此，他们才纷纷登场争夺造化。

“铮铮……”

剑鸣响彻天际，如金石裂苍宇，寒气逼进了人的骨子里。孤剑云披头散发，浑身是血，状若疯狂。

他愤怒到了极致，因为这几个上台的人都拿他掂量自身的实力，他成了一个衡量战力的标准。

想他孤剑云，修出一股仙气，且渡过天劫，是名副其实的绝世人杰，如今却在这里被人这般轻视。

他先遭石昊重创，又被重瞳者击穿手臂，接连遭受打击，心中自然充满了怨愤。

片刻后，又有数人登场，都是古代怪胎！

其中一个女子手托一座尺许高的微型火山，火山岩浆中浮着一具小棺，妖异而神秘。

还有一个女子，金发披散，周身弥漫着金色光雾，天功一展，天地间便隆隆作响。

……

这擂台上更乱了，大战不辍，道音隆隆。

因为这些人都生出了感应，感觉到造化要出现了，该趁现在登台，趁乱搏杀，不然可能就没有机会了。

“什么人都能上来吗？都吃我一拳！”

十冠王心怀不满，蓦地转身，手捏龙印，拳头发光，轰出一记至刚至猛的龙拳，只见一条真龙摆尾，向所有人俯冲而去。

他一人就能横扫群雄，不放过刚上来的任何人，霸气无比。

那些人都遭受了攻击，不得不出手对抗。一时间，这里轰然作响，神芒蔽日，符文如同火山喷发般恐怖。

众人都难挡十冠王发出的龙拳之力，有些人大口吐血，其中包括古代怪胎。

“还不速速登台相助！”有人负伤，但没有退后，而是在暗中传音。

“轰！”

突然，台下的各教高手、诸多联盟，闻声而动，分成不同的派别，一起冲上了擂台，此地顿时沸腾了。

前所未有的混战由此展开！

从古至今，擂台上都没有像现在这样混乱过。此时，也不知道有多少修士登台，跟一些古代怪胎站在一起，跟一些王者共进退。

“杀！”

石昊、谪仙、十冠王几人实力超然，他们穿梭在人群中，所向披靡，谁拦路就杀谁，接近者直接被他们打得爆碎，化成血雾，同时，他们几人间的大战也能不受影响。

石昊、谪仙、十冠王这样的人根本不可敌，他们如同修罗般，可斩杀一切敌手，没有人可以阻挡他们的脚步。

“咚！”

突然，一柄骨匕刺向石昊的后背，这利器乌光千重，是一口天神法器。

“咄！”

石昊轻喝一声，口中喷出先天精气。伴着混沌气，他以大法力牵引，让匕首横空而去。

不远处顿时传来惨叫声，显然有修士遭劫。

“敢偷袭我！”

石昊弹指间，金色霞光填满空间，鲲鹏真羽纷纷飞舞，向前杀去。

“噗！”

最终，一位高手殒命，天神法器有灵，自行遁走。

“荒太厉害了，却是我等大敌，不得不除。”有人登台后，相助孤剑云，化解了危局，暗中对他传音。

“你竟未死，也来了！”孤剑云大吃一惊。

对孤剑云传音的是火云洞的古代怪胎，早先传闻他走火入魔，坐化在上一世，不承想他依旧活着，进入了“仙古”，此时站在孤剑云身边。

“我们去相助宁川击杀荒，这罪血后代必须除掉！”火云洞的古代怪胎冷森森地说道。

刚才，有人持天神法器偷袭石昊，就是他在授意。

正如人们所料，有些大教布局，跟原住民联手，在“仙古”打造天神法器，用于针对一些古代怪胎。

火云洞、仙殿等都这么做过，如今这些天神法器以及暗中的力量显现出来了。

孤剑云皱眉思忖，他虽然很想击杀荒，但是这样跟人联手，他放不下身段。

“到了现在你还顾忌什么？我们帮宁川击杀荒，然后作壁上观，静看十冠王与谪仙两败俱伤，到时候我们这一系人就能胜出，得到造化！”火云洞的古代怪胎低声喝道。

“动手吗？”就在这时，又有人接近，对两人传音。

孤剑云一惊，还有人……而且亦是一位古代怪胎！

“我联络了两位道友，到时候皆持天神法器前去相助宁川。”火云洞的古代怪胎说道。

“宁川道友不见得会领情。”孤剑云迟疑道。

宁川不属于他们这些道统，但是观阅过他们这些古教的一些典籍，因此跟他们有着莫大的关系。

有时候，宁川就是他们这些古教的代表。

“出手吧！”火云洞的古代怪胎说道，原本他以为石昊出了问题，必死无疑，不承想石昊最后蜕变出一具金身。

“好！”

孤剑云最终点头，提着神剑，于混乱的人群中向前杀去。

四人分开，跟周围的人对抗，在飞溅的血液间悄然前行。

“轰！”

突然，一座发光的天神塔出现在石昊头顶上方，向下镇压，将他笼罩。

石昊汗毛倒竖，向旁边一闪，结果一杆天神战矛刺来，战矛绽放青色光芒，击碎虚空，气势无比宏大！

他再次避开，紧接着，一张晶莹透亮的大网席卷而来，要将他裹在其中。

而且，孤剑云也出手了，他持一柄神剑斩断长空，力劈而来。

这转瞬间而已，就有四大高手出击，再加上劲敌宁川，石昊陷入了围攻中！

不仅如此，石昊此时还面临着天神兵器压顶！

突然，所有人脸色都变了，因为就在此时，天神法力浩荡扫来，异常雄浑，除却古代的王者外，周围诸多修士难以避退，连哼都没有哼一声就当场惨死，这个地方一下子被清空了。

“找死！”

出乎人们的预料，石昊这次根本没有闪躲，而是就站在那里迎战四方敌！

他手持一块洁白的、并不大的骨块，迎向天神法器。

“轰！”

只见虚空中浮现出各种生灵的虚影，抵住了天神威压，挡住了那几件天神法器。

石昊手中拿着的是万灵图，自他进入“仙古”后，这还是万灵图第一次真正出现在所有人面前。

“这是什么？”火云洞的古代怪胎大惊，他手中的那杆天神战矛突然刺不动了，所有法力都被消融了，不能临近石昊。

唯一让他庆幸的是，骨块没有爆发神威，只是被动防御，显化出各种生灵的虚影。

“杀！”

这一刻，石昊忍无可忍，终于爆发了。因为他发现围攻他的那几人竟然都是古代怪胎，这等人物居然联手偷袭他！

“轰！”

随着一声巨响，他的背后浮现出鲲鹏翅，身前则缭绕着最强雷霆，手中持由轮回符文化成的剑，向前杀去。

他硬抗宁川，又转过身杀向孤剑云。

孤剑云大惊，他深知这种力道不可抗衡，石昊刚冲过来，就让他有股窒息感。霎时，符文涌动，让他“哇”的一声大口咯血。

他御剑而行，第一时间倒退。

“啊……”

火云洞的古代怪胎大叫，因为石昊盯上了他。那一剑劈来，轮回符文绽放，时光消逝，他感觉生命正在被剥夺。

“杀！”他大喝。然而任他怎么挣扎，不断出手，动用了此生最强手段，各种宝术尽出，还是挡不住石昊的攻击。

当石昊冲到他面前时，他已经动用了数十种秘术，但也只能做到这一步。坚持数十招后，他便被石昊一剑斩中。

其元神想逃，可是，刹那间便被那时光碎片斩中，化成了灰烬。

“轰！”

宁川在石昊身后出手，可是石昊的鲲鹏翅一展，遮天蔽日，挡住了他。

并且，石昊向前冲去，以万灵图震开一座天神塔，一拳将一位王者打得爆碎，化成了血雾。

随后，石昊不断结雷帝印，接连拍出，爆发出无穷的闪电，将另一位古代怪胎击得横飞而出，化成一具焦炭。

“一股仙气都不曾修出，也敢来杀我！”石昊冷哼道。

“轰！”

就在石昊冲向孤剑云时，长弓衍出手了，一箭射中孤剑云的肩头，让他大口喷血。

孤剑云横飞出去，从擂台上跌落。

“该结束了，你们都给我闪开！”一人大喝，正是来自下界的那个神焰男子，他手中出现了一角轮回盘。

起初，这盘子看上去没什么威能，可是随着他手腕淌血，轮回盘慢慢复苏，散发出阵阵混沌气，释放出至强威能。

这轮回盘可以带进“仙古”，却不被大道花瓣所阻，威能不可想象！

这一刻，他催动一角轮回盘镇压所有人，想将他们全部掀翻，打下擂台，最终他一人独占鳌头。

“他跟那以尊者之身称霸‘仙古’的断鸿一样，有混沌宝具！”有人大惊失色。

冲上来的人听了这话，全都头皮发麻，自觉根本就无法与那神焰男子对抗。

“以为凭此就能压制所有人吗？还不行！”十冠王喝道，刹那间，他手中出现一棵一尺高的小树。他攥着树干，猛地一扫，只见瑞光万道，无穷的法则将那压向他的混沌气全部灭了个干净。

人们倒吸凉气，因为那株小树很有可能是世界树！

另一边，谪仙更是从容，其手中出现一根独角，这独角看上去古朴自然，但是轻轻一划，可使天崩地裂，鬼哭神嚎！

“天啊，这是天角蚁的独角，属于十凶的无上仙角！”所有人都呆了。

神焰男子色变，他怎么也想不到，自己一击不成，反而被两人化解了威势。

“轰！”

就在这时，天地剧震，那虚空大裂缝突然咔咔作响，不断扩大，眼看就要裂开了，并且影响到了擂台的稳定。

“什么？外界的人要进来了！”人们悚然心惊。

原住民更是心中惶惶。

在外力的干扰下，万古变局开始了。

“咔嚓！”

大裂缝蔓延开来，从擂台前冲过，跟擂台发生了激烈的碰撞。这擂台不稳固了，它做出了选择。

只听“嗡”的一声，擂台闪耀光芒，快速形成一道门户，开启了一座传送阵。一道光扫向石昊，要将他卷走。

“选中了他！”人们握紧了拳头，心中明白，石昊此前连赢八百场，属于众人当中胜利场次最多的，故此会被擂台选中。

“给我回来！”十冠王大喝，挥动手中的小树，摇出万道法则，强行拘禁石昊，要将他拉回来。

与此同时，谪仙亦出手，用天角蚁的独角镇压石昊！

“杀！”宁川也动了。

不止他们，其他人也纷纷阻拦。

这一刻，石昊毫无保留，他穿上了似与雷帝有关的破烂甲胄，右手持万灵图，左手取出一块尺许长的鳞片。那鳞片得自诡异的源头——染血的黑色古船，此时散发出龙气，氤氲蒸腾。

“挡我者死！”石昊大吼。

第715章 战出一条路

WANMEI SHIJIE

只听“唰”的一声，随着十冠王的挥动，上万条大道的碎片飞舞，绚烂之极！

世界树虽然只是一棵幼苗，但已经非常强了，它天生孕有万道，与天地相合，能长出一个世界来。

此时摇动世界树，它哗啦啦作响，叶片绽放出各种光彩。

“轰！”

石昊手持万灵图迎了上去，顿时，万道虚影浮现，各种生灵都有，居然挡住了那棵小树。

两者间迸发出成片的混沌气，一片迷蒙，使这座擂台都剧烈颤动，这种景象着实惊呆了所有人。

世界树幼苗也就罢了，举世皆知它的可怕。但石昊手中那洁白如玉的骨块到底是什么东西？它只有巴掌大，威力居然如此巨大。

而且这块骨只是被动防御，并没有展开任何攻击。

擂台继续发光，构建出一道光门，形成传送阵，力量越来越大了，拉扯着石昊。

他被卷着，要向里面冲去，却被众人阻拦。那几件宝具太强大了，拦住了他的去路。

“天角蚁镇压！”

谪仙出手了，他手中的独角看起来不大，但是仿佛比十万座大山加在一起还要沉重，压得人快要窒息了。

在天角蚁规则的作用下，虚空寸寸爆碎，这是力之极致的再现，能掀翻九天！

这是无上法骨，不可匹敌。若是一般的人早已爆碎，就算是古代的王者也难以挡此一击。

还好，石昊有更强的手段，有可以匹敌的器物。

在右手持万灵图对抗世界树时，他左手持那鳞片迎了上去，顿时龙吟阵阵，响彻九天，挡住了谪仙的独角。

“龙有逆鳞，触之必怒！”有人发出这样的惊叹，声音都在颤抖。

因为原住民中有人认出这可能是一条真龙的逆鳞，而它居然被荒持在手中！

“轰隆！”

随着一声巨响，天地崩开，就连擂台都出现了裂缝，完全是那只独角和鳞片产生了碰撞所致。那是十凶身上的角与鳞，一个代表了力道，一个为世间数一数二的最强物种。

这样跨越千古的大对决自然无比可怕。恍惚间，大道神音震耳欲聋，仿佛日月星辰齐坠！

“拦住他，不要让他逃脱！”后方也有人大喝。

现在不是单打独斗的时候，一旦让石昊进去，便将灭了所有人的希望。唯有拦住他，将他击落下擂台，他们才有机会。

“杀！”

后方的人也一起出手，杀了上来。

一时间，各种宝术飞舞，全都是惊世大神通，平日间出现一种就让人瞠目结舌，可现在各种禁忌神通齐现。

有些宝术早已失传数十万年了，可是现在都重见天日，再焕光彩。

石昊长啸一声，浑身发光，手持两件神圣宝物，力敌群雄。他彻底豁出去了，竭尽所能地对抗他们。

眼下他面临的最大的麻烦、对他威胁最大的是十冠王的那棵小树，那树虽然只有一尺高，但是扫出了万条光雾，每一条都是一种道则碎片，跟他纠缠在一起，将他束缚住，使他不能进那光门。

不然的话，石昊早就直接离开了。

此外，天角蚁的独角的威能也很可怕，虽然没能将他束缚住，但是神力盖世，攻击力强得不可思议，符文滔滔不绝地涌出，将这擂台都要打得塌陷了。

若不是有逆龙鳞在手，石昊很难对抗那只独角。

“杀！”

被神焰包裹的男子也杀来了，他祭出轮回盘，轮回盘轻轻一震，顿时，天宇裂开，混沌气弥漫开来。

又一种至强宝具压落，让石昊的处境雪上加霜，若是没有万灵图和逆龙鳞，他绝对会被压碎。

就这样，几种至宝从各自主人的手中脱落，定在虚空中，彼此对峙，宝具间混沌气汹涌而出。

“杀！”

十冠王松手，任小树浮在正空中，而后径直杀来，跟石昊争锋。

万灵图、天角蚁的独角等也全都浮在虚空中，纠缠在一起，衍化出一方奇异空间，让石昊暂时走脱不了，唯有一战。

石昊放开了手脚，通体若烈日，爆发出无量光彩！

“轰！”

他没有说什么，出拳迎上了十冠王，拳头如玉石般晶莹透亮。这一拳蕴含着几种奥义，轰击时威力比天雷还可怕，无坚不摧，强大无比。

十冠王神色凝重，身体噼啪作响，手臂发光，发出一记龙拳，拳头中混合了其他十凶宝术，拳力盖世。

“咚！”

两人的拳头撞在一起，爆发出滔天神焰，威力超越以往，仿佛真的要打破天地牢笼，得见长生！

“轰隆隆！”

顷刻间，天塌地陷，此地烟尘冲起，擂台受损。

“唰！”

谪仙也出手了，他飘然若仙，用手轻轻一拂，绽放出混沌霞光，这一击看似空灵，但是威力极大，将擂台地面都震裂了。

更不要说跟他对了一掌的石昊了，更是承受了无法想象的巨力，两人间迸发出光芒，刺得人双眼生疼。

这一切发生在电光石火间众人还来不及反应，三大高手就已经完成了一次对决。

忽然，山崩海啸，宁川也出手了，他背负天图，向前镇杀。只见一幅天图横空，当中烈日高悬，大星转动，宇宙星空隐现，浩瀚银河灿烂，威力强大。

宁川也出手了，他背负天图，向前镇杀。

眼前的景象让所有人都惊呆了，四大至尊争霸，其中三人居然围攻一人，场面着实震撼人心。

须知，四人中任何一人都足以横扫千军万马，傲视诸敌。

所有人心头剧震，都在暗自嘀咕：荒能活下来吗？多半危矣！

“杀！”

石昊大吼一声，身上的破烂甲胄发光，虽然上面有很多洞，但是现在并不是缺憾，反而成了优势。

这些洞内部有万道光华，光华不断旋转，汲取十方天地本源，然后没入石昊体内，让他血液沸腾，力敌三强。

这一瞬间，天地间出现了诸多异象，天崩地裂，神哭魔嚎，血雨倾盆，甚至仿佛有仙灵浮现，氤氲的光雾蒸腾而止。

四大至尊化成光，纠缠在一起，不断碰撞。

所有人都震惊了，石昊居然这么了得，并未殒命，还在跟三人激烈厮杀。

“我来也！”后方有人大吼道，也出手了，正是紫炎飞。这个人很妖邪，将大焚天功修炼到了前无古人的地步。此时他化成火道神尊，朝着石昊俯冲而来。

“什么？”人们大吃一惊，隐约间感应到了仙道气息。

“原来如此！”石昊明白了，这家伙熔炼有一团古火，算是仙种，就如同清漪与青月焰融合了。

大焚天功震古烁今，可与六道轮回、九天十地经并列，而紫炎飞原本就是修炼火道功法的，现如今他将大焚天功与昔日真仙殒身后所留下的一团本源火融合，让其威力不可想象！

“难怪他敢说，他将这门天功修行到了前无古人的地步。的确可怕！”有人惊叹。

其他人得到了真仙遗留下来的古火，在成就神位后，那火便会离去，而他的却保留了下来。

“轰！”

出乎紫炎飞的预料，石昊根本没有躲避，而是发出刚猛的一击，硬撼他的大焚天功。

因为，石昊的拳头上缠绕着三股仙气，可镇压一切火光，威力不可匹敌。

“呼！”

紫炎飞大喝道，浑身喷薄精气，那烈焰更加炽烈了，烧得天穹都崩塌了。

这是古火之威，更是大焚天功之力，威力不可想象。

紧接着，一声巨响传来，石昊捏拳印，周身光芒更加璀璨了，并且，从拳头周围飞出一根又一根金色的柳条，柳条化成秩序神链，冲进火光中。

“噗！”

激烈碰撞之下，紫炎飞闷哼一声，而后大口咯血，倒退了出去。

此时，他伤势极重，在这场大对决中落了下风。

“怎么可能?!我将天功修行到了前无古人的地步，在这个境界，古火融合应是至强的招数才对！”他不敢相信眼前的场面。

“等你修出三股仙气，再来跟我论天功吧！”石昊冷声说道，他力敌三大至尊高手，有底气睥睨群雄。

“一起阻住他！”

其他人不敢临近，在远处出手，纷纷祭出宝术，当中包括古代怪胎。

“杀！”

石昊大吼道，这一刻，他再次捏拳印，大战三大绝世高手，与此同时，他的身体发光，金色涟漪扩散开来，也在衍化柳神的法。

只见他身上纹路交织，而后从他的每一个穴窍内都冲出一根金色的枝条，枝条看似轻柔，但无坚不摧。远处有成片的人被刺中眉心，当场毙命。其中甚至包括三位古代怪胎，他们也都被刺中眉心，大叫着向后退去，可是，紧接着就被金色枝条重创。一时间，噗噗声不绝于耳。

“挡我路者死！”石昊大喝。

他拼尽力气施展出所有秘术，在此地大开杀戒。挡他前行就是断他的求道之路，他自然不依。

这一刻，只有三大至尊高手还能保持镇定，其他人的脸色都变了。石昊的手段太可怕了，他舞动天风，所向披靡，躯体外血气冲霄，拳印的威力惊人!

柳神的法被他催动出来，横扫四方。

这时，强大的重瞳者竟未动手，而是站在一方，眸子中阴晴不定，闪烁着混沌光芒，很明显他也是一位可怕的强者。

他没有动，着实影响很大。

此外，长弓衍手持大弓，也没有动，而是在远处凝神而立。

石昊力敌三大至尊，身上的甲胄发光，形成滔天的光雾。在此前的对抗中，他中了招，也击中了对手，此时身上沾有血迹，但他仍然纵横厮杀，大开大合，勇猛无敌。

“嗡！”

终于，平衡还是被打破了。这擂台构建的光门膨胀开来，变得越发璀璨了，瞬间竟燃烧了起来，场面恢宏壮阔。

石昊大吼一声，顿时地动山摇，他拼尽所能，杀向那道门户。

这个时候，他强行将万灵图和逆龙鳞抓了回来，持在手中。

很明显，这擂台快要解体了，光门可能就要被毁掉了，这是他最后的机会。

“轰！”

终于，他成功了，硬生生地闯了进去，主要是因为这道光门在发力，喷薄出的光束卷住了他。

只听“咔嚓”一声，世界树发出的法则跟他断了联系，不能束缚他了。

“唰！”

又是一声巨响，石昊没入了那道门户中。

与此同时，那虚空中的大裂缝一下子扩大了不止数倍，咔咔作响，“仙古”摇动，仿佛要解体了。

“不好，外界有人杀进来了！”就在这一刻，远处传来吼声，震动天地。

所有人都大惊失色，这“仙古”要大乱了！

第716章 乱起

WANMEI SHIJIE

外界有人杀进来了！

这一消息简直石破天惊！

万古未有之变局开始了，让所有原住民脊背生出寒意，他们不知道这样的变局是福还是祸。

三千州的天才也都沸腾了，他们知道师门要进来了，将进军“仙古”遗地，只是可惜迟了一步。

如果早上那么一点，荒就进不了光门！

“好可惜啊！”有人捶胸顿足，大呼太遗憾了，就差那么一点，他们就能阻拦荒进入光门，这将成为他们此生的一大憾事。

许多人无比痛苦，在那里大吼，更是有不少人面目扭曲，已经发狂到在那里诅咒荒，恨不得引领师门血洗“仙古”。

也有人身体发冷，预感不妙。

比如一些古代怪胎，还有十冠王、谪仙等，对于他们来说，如果外界教主进来的话，他们的处境将会极度危险。

因为，他们手中持有逆天之物，绝对有一些人想打他们的主意！

兵荒马乱之时，“仙古”若是遭劫，那些教主横扫而过时，他们的处境会很糟糕。

就算是孤剑云这些背后有大教护持的人，脸色也变了。“仙古”若发生大乱，他们这样的古代王者若不能在第一时间与师门会合，很可能会被人暗算。

这影响太大了！

一时间，众人反应不一。

“非是我不敌，而是变局来得太快！”十冠王低语道，握紧了拳头，三股仙气化成真龙，缠绕在他身上。

他猛地一震，虚空随之塌陷，让众人心惊胆战！

尤其是跟他离得很近的一批天才，全都“哇”的一声大口喷血，横飞了出去，根本承受不住那种波动。

这就是十冠王，一怒之下，气息喷薄而出，别人就承受不住。

“咦？”谪仙原本十分怅然，很不甘心，可是忽然间，他神色一动，因为他发现那光门还在，并未消失。

谪仙青衣飘飘，若天凤展翅，轻灵而飘逸，他被仙气包裹着，洒出光雨，径直到了那光门近前。

“什么？他也进去了！”人们呆住了。

谪仙翩然而起，身上缭绕着仙光，空明无比，一步就迈进了那道光门内，疾速向里面冲去。

“轰！”

这个地方顿时沸腾了！

这突来的变化让所有人十分震惊，情绪一下子高涨了，更有很多人仰天长啸，发泄心中的压抑。

这一刻，巨大的喜悦填满了每一个人的心。

“轰隆隆！”

十冠王出手，如真龙出渊，一跃而上，没有人可以阻挡他。

在他挥拳间，山海皆崩，天地共颤，宛若盖世神王出世，血气滔滔，席卷天上地下。

远远望去，一座火红的“道炉”包裹着他，那“道炉”宏大如山，正是血气所化。

这是一个人的生机，更是他无敌力量的体现！

十冠王闯进了光门内，所有人都为其让路。

“竟能如此！还有补救的机会，我等也能进去！”

人们大叫着，就连擂台下的人也都震惊了，蜂拥而起，向擂台上冲去，如同洪流一般，涌满天地间。

意外的变化让众人看到了希望，所有修士都争先恐后地登上擂台，不管怎样他们都要跟进去，哪怕造化被人抢了，也要进去看个究竟。

只见一幅天图展动，其内部收有日月山河，此时化成一条金光大道，宁川继十冠王之后踏着这条大道冲了进去。

“轰隆！”

石毅也出手了，眸子发光，重瞳开天地，演化世界雏形奥义，自成一方天宇。他崩开虚空，将身边的人横扫开，也闯了进去。

“怎么能少了我？我可是注定要成仙的人！”小胖子曹雨生大叫道，跟长弓衍站在一起，向前杀去。

古代怪胎都出动了，各自施展大神通，光门前流光溢彩，法则交织，乾坤崩裂。

最强的一列人先后都进去了，但是踏进光门后，他们就发现自身的待遇与石昊的不一样。

石昊是直接从这里消失，到达目的地。而他们则需要沿着一条以法则构建的通道一路疾驰，自行向那神秘之地赶去。

“快，一定要快！”

人们喊着，担心若是晚了，估计那神秘之地会被荒席卷一空，什么都不剩。

别说后面的人，就算是谪仙、十冠王也都动用了他们目前最强的力量，燃烧法力，消耗本源，不顾一切地向前闯。

等待数世，为了什么？这一刻，他们全面爆发了，比不久前还要可怕！

“轰！”

当然，在这个过程中也还有一些争斗，比如重瞳射出的光束跟宁川的天图产生了碰撞，爆发出一声巨响，混沌光随之弥散开来。

这条路不平静！

“路怎么会如此之长?!”就算是古代怪胎也急眼了，全都疾速而行。

凭他们的修为，数千里都可转瞬即到。可是随着时间流逝，他们至少奔行了数万里，结果还是在途中，没能接近那终极古地。

“咔嚓！”

擂台前的那条虚空大裂缝颤动着，散发出十分恐怖的气息。

原住民的脸色都很难看，他们各自启程，返回族中，准备应付变局。

同时，也有人冲向其中一个小千世界，准备探听是何等人物进来了，从而把有用的信息带给族中的人。

更有三千州的天才冲向那个小千世界，他们没有闯光门，而是接引自己的门派，引高手杀来。

在很多人看来，与其跟荒、十冠王、谪仙争夺，不如赶紧寻到门中的教主，堵住光门，那样什么都跑不了。

玄明界内有一个不算大、很普通的小界，可是此地因为空间节点被击开，与外界贯通而变得彻底不同了，再也不可能只是一个平凡的小界。

此时，此界神力澎湃，法则交织，天地间电闪雷鸣，各种异象纷呈，震惊了此界所有原住民。

其他小千世界的高手赶到这里后，一个个也都瞠目结舌。只见一条大裂缝贯通此界，其中有一段裂缝格外粗大，那是空间节点所在。

一位头戴紫金冠、身穿道袍的道人站在裂缝中，半截身子进入了此界，他的眸子若神虹般扫过山川，眼神无比炽热。

在其身前还有十几人，从尊者境到真神境不等，不过修为都没他高，都是此前为了试验这空间节点的承载力而成功送过来的修士。

“不好！”

那位道人一惊，感觉神魂战栗，毛骨悚然，莫大的危机将他笼罩。

“啊……”他大叫一声，奋力挣扎，想要冲过来，可是“仙古”内有莫名的法则，交织在虚空大裂缝中，阻止他进入。

虽然外界有人出手，想助他越界，但还是不行，他的脸色一下子变得苍白了，因为有无上道则冲进了他体内。

“不！”他大叫着，额骨发光，元神冲出，想逃进“仙古”遗地，因为他预感到了不祥，肉身已经快支撑不住了。

可就在此时，虚空大裂缝中光雾氤氲，一片混沌光扫出，若绝世剑芒，劈中那道元神，根本不放过他。

“噗！”

那拳头大的元神哀号一声，就在此地炸开，并且他的肉身也在同一时间被焚成了灰烬。

早先过来的十几人全都疾速倒退，脸上失去了血色，但他们很幸运，总算顺利过来了。

而那位道人实力强大，一只脚都踏入了天神境界，是一位准教主，却如此轻易就死了，如同一块石子丢进湖泊中，没有溅起太大的浪花。

外界的无人区内，只见大裂缝横在空中，血色霞光绽放，乌黑闪电交织，景象骇人。

此时，成群的人站在此地，从尊者到天神，再到教主等，都是各教的修士。

特别是前方的一群教主，一个个神色凝重，他们耗费无尽力量，终于将界壁击穿了，神火、真一境的人逐一尝试过了，进去都不成问题。

后来那老道人急于求成，主动请他们合力助他越界，但不承想这个一只脚迈入天神境界的准教主一下子毙命了！

“难道说，我等无缘，没有机会进去？”有人叹息道。

刚才那一幕他们都看在眼里，默默推演后，确认教主进不去，会被那“仙古”世界排斥，不然老道人也不会惨死。

“最强也只能到天神境，一只脚踏出天神领域的人都不行。”有人道。

在场的教主都沉默了，心有不甘。他们何尝不想进去，可是反复推演后，全都蹙起了眉头。

“还有道友愿意尝试吗？我等当竭尽所能护持。”有人说道。

没有人应声，因为他们早已在心中算定了结果。

“罢了，只能让我等门下的天神去争夺机缘了，我相信，他们会带出机缘的。”有教主开口道。

只是，这界壁不稳，就算是护送天神进去，他们也需要合力而为，撑开空间节点，保护越界的人。

“‘仙古’排斥我等，这通道不稳固，不知道能支撑多久，只能送一部分天神进去。”有人说道。

所有人都想到这一点了，若是这个空间节点毁了，他们还得重新寻一处地方，再次共同施法才能打开新的通道。

按照他们的推测，起初的一批人应该可以顺利进入。

这样一来，名额有限。

“第一批人中当有我仙殿一个席位！”远处，一座古老的青铜殿内散发出混沌气，传出一个苍老的声音。

所有人都心头悸动，对他有深深的忌惮，就连各大教主也不例外。

一辆辇车中同样传来一个声音，那是当世帝族，他也想占据一个席位。

“我西方教当有一个席位。”

“我冥族应登临‘仙古’造化地。”

“我神庙可以用九天十地经护持此通道，理应有一个席位。”

……

所有教主都开口争夺席位，这是关乎大造化的事，是在瓜分“仙古”的最大机缘，这个时候绝不能退让。

“什么荒，什么谪仙，什么最终胜出者，在天神压境后，都只能沦为尘土！”

被选中的天神中有人低语道，那是仙殿的一名中年人，目光冷厉。

“道友所言极是，我等不曾进入之前，那都是小孩子过家家，现在将重新决定造化归主，敢有不从者，只能沦为灰烬！”

“仙古”中，擂台光门后的终极古地里，石昊一个人站在那里，这个地方太神秘了，他仿佛已经化成一尊塑像。

第717章 “仙古”造化地

WANMEI SHIJIE

远处一片黑暗，而近前有柔和的光散出，流霞如水波，荡漾着氤氲灵气，让这个地方看上去异常神圣。

在这圣光流淌之地，晶莹的花瓣飘落，带着阵阵馨香，还有勃勃生机。

除此之外，洁白的仙气散开，缭绕在此地。

石昊静立，仿佛听到了真仙的叹息，如同历经百世轮回，似看到了“仙古”的更迭。

这种感觉很奇妙，刹那间，他看到了千百幅画面，有一些生灵，也有一些草木，还有一些战斗场景。

恍惚间，他看到天空染着血，一个又一个至强者从域外坠落，砸在大地上，那血水染红了山河。

“有帝在殒命，有禁忌强者在消逝……”石昊轻语道，如同梦呓。

他看到这些场景并不觉得震撼，反而觉得有些麻木。

虽然那些只是残景，可是足以说明仙古末年发生了多么残酷的事。

“敌人是谁？”他盯着那千百幅画面，心中思忖。

可是，只见前人殒命，不见敌手自那九天上显现，留给后人的只有一幅幅破败的画面。

随后，他看到一个悬在宇宙中的浩瀚大陆解体了。

难得的是，看到这一幅又一幅残景，石昊并未感受到悲壮，只觉得落寞与凄凉。

此外，石昊还从当中感受到了一种隐藏的情绪，那就是绝望！

之所以只给后人留下一些残破的烙印，是因为不忍心告知后人真相，怕后来者产生彻底的绝望。

因为在那一纪元，那些人彻底败了。

留下这些印记的人有一种无力感，有一种深深的失落，看不到一点希望。

这是石昊体会到的。

突然，一只散发出仙道气息的金色的手掌徐徐而过，将所有画面都抹除了，特别是最后模糊的、无法看清的画面。

想给后人留下什么，却又一把抹除！

那残破的印记只传出一声叹息，然后就散开了。

石昊觉察到了，那是在传递一种心声，声音平缓，却悲到极致，伤到绝望。

“与其绝望，不如懵懂，一世又一世，一纪元又一纪元，就这样浑噩而过。”

恍惚间，石昊仿佛听到了这样的声音。

镇定下来后，石昊不禁毛骨悚然。

那是怎样的一种悲，竟让上一纪元的幸存者到了这一步，认为后来者还是不知为好。

四周寂静无声，落英暗淡，瑞光渐渐熄灭了。

仙气也散开了，化成一缕又一缕灰雾，至于祥和的云霞，此时也都变得死气沉沉。

这里仿佛经历了一个轮回，斗转星移，岁月变迁，一切都变了。

石昊不出声，默默体悟。

“不如懵懂”，这种念头太可怕了！

“我想知道为什么？”石昊开口道。

前方所有的斑斓光彩都消失了，只剩下灰暗的石壁以及一些模糊的刻图，正是此前所见的画面。

他认真感应，仔细琢磨，可终究还是再也看不出其他。

这就是仙古末年留下的造化？简直是一个笑话！

石昊在这里一无所获。

那些画面能给他带来什么帮助？修行还是明悟？

都不是。只是一种平缓的记述，不激励后人，不引导后人，有的只是一股绝望。

石昊细观石壁，确定此地的确没有其他东西了。

“为什么?!”他再次开口。

仙道花瓣绽放三千次，只是为了让他来此一观石壁吗？如此兴师动众，结局却这般苍白！

“懦弱！”

石昊只给出了两个字，这是他对留下烙印者的评价。

他愤怒了，杀到此地，见到的竟是这样的结局——一堵灰暗、沧桑的墙横在前方，阻挡了前路。

现在要沿着原路返回吗？

可是，他怎么能甘心！

他体外的三股仙气如同三条真龙昂首而鸣，神力澎湃，向那堵墙冲撞而去，想击穿此墙。

“轰！”

剧烈的撞击声响起，仙气腾腾。

“没有道理只是来此一观石壁，都说这里是最大的造化地，机缘就留在这里。”

石昊身体发光，法力汹涌而出。

他睁开天眼仔细凝视，想望穿那堵墙。

“嗯？”

很长时间后，他若有所感，觉得这墙壁后方似还有东西！

“是这样吗？用绝望之墙拦路，却又给不甘心的人留下一条小路；虽然不看好后人，但是依旧给了后人一些希望。”石昊轻语道。

结合“仙古”的传说、最大的造化，还有此地的绝望情绪，他略有所悟。

“轰！”

他挥动拳头，轰向那堵墙。他的路在前方，走到这里，他不能回头。

无论如何，他都要去看一看。

也许，这堵墙已经预示出，无论他怎么努力，最后的结局都会和上一纪元一样。

但是，石昊现在不会去管这些，这些东西太远，涉及太广，层次太高，而他现在只想变强，只想走自己的路，等有朝一日有资格去想这些，再去了解、破开。

现在他要做的，就是得见“仙古”最后的造化。

一股仙气旋转而出，打在墙壁上，顿时，一股柔和的力量将他推开，阻止他进去。

“最强的攻击！”

石昊大喝，祭出各种宝术，运转八九天功，“轰隆”一声，一拳打在了墙壁上。

三股仙气弥漫开来，像是印证了什么，得到认可后，那墙壁“咔嚓”一声裂开了，出现一个人形的洞口。

此时，一股悲、怒、惊的情绪从那洞口中涌出来，比早先更加浓烈了。

石昊不理会这些，穿过绝望之墙，迈步走了进去，眼前的景象令他骇然。

他看到了一道阶梯，这道阶梯太神秘了，每一级都由九颗星辰堆砌而成，这是宇宙的大星，被人以大垩法力炼制、缩小。

当年的人法力难以想象，连最普通的路径都能做成如此，让人叹服。

四周一片虚无，只有这样一条石阶路，通向永恒与未知的尽头。

石昊踏上阶梯，他目光灼灼，无比坚定地向前迈步。

没过多久，这空旷之地弥漫混沌气，并且这阶梯似能通向最高处，尽显此地的悠远与深邃。

石昊有一种错觉，他每迈出一步，都像是在跨越古今，像是在一个又一个大世界中穿行，让他产生了一种悸动。

这是要去哪里？

忽然，罡风烈烈，在那虚无中，出现了一颗又一颗大星。他仿佛沿着石阶来到了宇宙中，四周都是浩荡的天风。

不久后，石昊惊讶地发现，那风吹过，一些星辰就暗淡、破碎了，在石阶外炸裂。

唯有石阶路上风平浪静。

景象太可怕太怪异了，石昊不知道这是一条怎样的路，要通向哪里。

直到最后，他觉得自己仿佛走了很多年，这才临近阶梯的尽头，还有最后九级石阶。

“嗯？！”当迈上第一级石阶时，石昊觉得自己仿佛穿过了一层天！

就这样，他再次迈步，一级、两级、三级……

当踏上九级台阶后，石昊有些恍惚，这种体验太怪了，他仿佛穿过了九层天，到了苍宇上。

石昊回眸的瞬间，发现背后什么都没有，唯有继续前行！

“难道我真的来到了九天之上？！”石昊不由得神魂悸动。

九天之上，云雾缥缈，弥漫着仙道气息，可是除此之外，空空荡荡的，一眼望去什么都没有。

“唯有前行！”

石昊继续迈步，脚掌从第九级石阶迈出，离开了那里。

下一刻，天地变幻！

九天上没有宫阙，也无仙人，只有一片巨大的土丘。

他来到了一个怎样的地方？

眼前是一片暗红色的土地，像是被血染过，寸草不生，一个又一个土丘遍布在前方，形成一片“丘陵”。

石昊起初没觉得有什么，仔细看却不禁一阵心惊，这一个又一个土丘的形状很古怪，有点像大坟。

他还是不停步，继续向前。

终于，石昊到了“丘陵”深处，只见一条暗淡无光的通道延伸到地下，他大步走了进去。

那是一座很广阔的地宫，路很长，耗费了一定的时间后，他终于走到头了。

只见霞光腾起，氤氲灵气蒸腾，可是，石昊突然觉得毛骨悚然，他被眼前的景象惊呆了。

此刻，他可以确定地面上的土丘全都是古老的大坟！

因为，他看到了一具又一具棺椁！

这些都是玉石棺椁，古朴又晶莹，彼此相距很远，全都在发光，溢出仙道气息，有些棺椁甚至是透明的。

石昊怀着震撼的心情向前走去，来到一具棺椁前，仔细凝视，顿觉脊背生寒，口干舌燥。

那是一具发光的尸体，万古过去了仍未腐朽，甚至有仙气弥漫开来！

这是怎样的强者？

石昊心生怀疑，这是曾经的仙吗？！

可是，放眼望去，这里的棺椁可不止一具两具！

他心神剧震，强忍着疑问，带着难以平复的心情，走向另一具棺椁，棺椁内鲜红透亮，如岩浆，又如玉髓。

这具棺椁当中也有一具尸体，尸体的颈项处有平滑的伤口。

连看了几具棺椁，所见都是如此，棺椁中躺着一具沾染着鲜血的躯体，神霞蒸腾。

石昊真的震撼到了无以复加的地步！

这是怎样一种景象，他居然步入这样一个地方！

石昊心想，这是仙吗？！

“为什么会如此？！”石昊大喝。

下一刻，他再看时，景象发生了变化。旁边的棺椁中，尸体不见了，留下一本玉石古书，还有一粒神秘的仙种。

“嗯?!”

他大吃一惊，急忙回头向刚才的几具棺椁望去!

第718章 得造化

WANMEI SHIJIE

其他几具棺椁也都是如此，内部没有尸体，只有一本玉石书和一粒仙种。玉石书神秘莫测，带着蒙蒙雾霭还有霞光。

无须多想，这是上一纪元留下的珍稀道书！

石昊双目中神光湛湛，心潮起伏，他一下子明白了，这里是传承地！

绝望之墙后方、九天之上还有一线曙光，给人留下了些许希望的就是这些东西。

“上一纪元的修炼方法吗？”

石昊很激动，很想看一看上一纪元的法门究竟如何。他早就听说了，上一纪元的法门与当世的法门不一样，主要依靠仙种修行。

他分出一道灵身，令其上前尝试打开一具棺椁，然后他的真身退出去足够远，以免有意外发生。

“嗯?!”

石昊大吃一惊，凭他的力量，就算是成片的大岳都可抬手抓起，但竟没能打开那具棺椁。

当他动用法则时，棺椁透出光芒，释放出秘力，将他推了出去。

无法开棺便意味着拿不到玉石书。

石昊站在近前，围着棺椁转了一圈，心中疑惑，既然他闯到了此地，理应得到造化才对。

他抬眼望去，前方还有玉石棺椁，不过每一具都相隔很远，看来这里的传承不算少，至少有数十种。

他接连试了几次，几具棺椁都没有反应。

石昊并未强求，因为前方还有棺椁，他一路向前，所见到的棺椁颜色都不同，但都是用稀有古玉凿刻而成的。

并且，一眼望去，棺椁内部皆是未腐的尸体，血液还能散发出蓬勃生机，仿佛能透过棺椁弥漫出来。

这种景象太可怕了！数十具棺椁，这是一股多么庞大的战力！

“当年死了这么多的无上强者吗？”

石昊心头一颤，尸体至今还熠熠生辉，说明这些人绝不是凡俗之人，很有可能是真正的仙人！

即便不是仙，多半也是屹立在大道巅峰上的禁忌存在，实力不可想象。

可是，他们都死了，可见敌人有多么可怕，这就是让人绝望的原因所在吗？

同时，石昊还想到了一件事，他追逐诡异的源头时，曾闯上那艘染着血的黑色大船，在那里见到了一尊石鼎。

当时，他曾大为震惊，因为石鼎中装着满满一鼎的宝器，都属于无上强者，这些强者中疑似有仙！

现在他又在这里看到这么多尸体。难道说两者间有联系，可以相合在一起？

这样的一群强者就此殒命，让人悚然心惊。看着那些无头尸体，石昊仿佛听到了上一纪元的号角声，天地间无数强者在厮杀，最强生灵先后死去……

石昊打了个冷战，昔日的无敌强者如今成了冰冷的尸体，全部横在这里，让人不禁叹息。

不多时，他在路上见到的那些棺椁的内部也都发生了变化，尸体消失了，留下玉石书还有仙种。

他一路尝试，没能打开一具棺椁。

这让他蹙眉，心想，这么多传承，一种都得不到吗？

他没有出声，依旧向前走，到了路的尽头，他看到一个庞大的祭坛，气势恢宏，如同一座大山横亘在那里。

他谨慎地靠近，来到祭坛近前。

祭坛上面刻着各种图案，从生灵到星域，从一粒尘埃到浩瀚汪洋，既有昔日先民，也有真仙。

图案古老，贯穿岁月长河，显示着这是上一纪元的祭坛。

它矗立在此，不知道有什么作用，若是登临其上，可以俯视下方所有棺椁。

石昊绕着它走了一圈，最后腾空而起，来到顶端，在此期间并没有任何异常与危险发生。

突然，石昊发现祭坛上供奉着一物，不禁心头一跳，眼睛当时就亮了起来，暗道，难道在这种地方，在这样的古老祭坛上遗有贡品？

祭坛上弥漫着混沌气，景象异常不凡。

除却那一物外，别无他物。

石昊大步冲了过去，深吸一口气，很轻松地就将一个玉石盒抓到手中，不曾受到阻挠。

“这就是我的机缘吗？”他心头一动。

穿过棺椁区，他什么都没有得到，直到来到路的尽头，登上这祭坛，才有所获。

他心中十分激动、好奇，忍不住想打开玉石盒，看一看当中究竟有什么。

然而，当他发力时，玉石盒发光，并且显化出一种晦涩的模糊的烙印，接着，仿佛有一个声音在他心中响起。

“想把我带走？那要看你有没有资格！”那声音这样说道。

石昊心头一震，他都已经闯到此地了，居然还不算完，此地居然还有限制。

突然，他感觉毛骨悚然，身上起了一层鸡皮疙瘩，觉得大祸将要临头。

他直接腾起，就要飞身出去，然而他吃惊地发现，双足被牢牢地吸附在地上，不能移动半步。

看来，从他拿到玉石盒的那一刻起，就注定他很难离开祭坛。

与此同时，祭坛腾起光束，这光束如同一柄又一柄仙剑，柄柄透亮，刺透虚空，一缕又一缕混沌气随之扩散开来，让此地显得越发神秘。

石昊走不了，而这祭坛上云蒸霞蔚，出现一股莫名的力量，居然要开始炼化他。

石昊闷哼一声，动用全部力量跟它对抗，最后终于渐渐地抬起脚，可是磅礴的压力瞬间涌来，将他禁锢住。

“轰！”

他被压了下去，身体向下弯曲，脊椎骨都要断了。

石昊低吼一声，盘坐在那里，挺直脊背，动用自身的至尊宝术，运转十凶的神通，还催动了柳神的法。

他要拼命了。都到这一步了，怎么能有意外。

他绝不会放弃玉石盒，必须要把它带走！

祭坛上，那些霞光和混沌气向着石昊压去，化成了一间牢笼，而后衍化为一尊鼎，将他镇压在当中。

“嗯，想炼化我？”石昊心头一惊。

不过，他并不害怕，而是奋力对抗。此时不能示弱，唯有一争到底。

他必须展现出自己的超凡之处，所谓的资格就是对他的考验与掂量，他要能过关才行。

“轰！”

天雷巨响，闪电交织，在那鼎中轰鸣，全部劈在石昊身上，接着太阳火精出现，焚烧其躯，再后来太阴之水流淌，将他淹没。

石昊倒吸一口凉气，这一瞬间，各种力量接连出现，而且都是某一领域内的极致力量，强大如他也觉得有点吃不消。

这一瞬间，他居然遭遇了数百击！

若是换作一般的人，面对这样的攻击，定会在第一时间化成一粒尘埃，无法活下来。

“轰！”

不知道过了多久，一块混沌丘压落，它沉重无比，简直能毁灭诸天星辰，压得石昊在第一时间吐血，并且骨折筋断。

别说是他，就算是天神见到这混沌丘也要惊悚。

这种诞生于混沌中的东西，可炼成无上宝具，自然能随意压塌山川星辰等，虽然石昊足够强大，可还是支撑不住。

因为，这混沌丘太大，太沉重了！

“噗！”

石昊的肉身不堪重负，骨骼也不知道断裂了多少根，如此过了很久之后，那混沌丘才消失。

若是一般的古代怪胎，绝对已经死了，不可能留下残身。

突然，“呼”的一声，石昊的周身腾起黄金火焰，体内血气滚滚，喷薄而出，他的肉身噼啪作响，断骨洁白晶莹，开始接续。

这是柳神的法，让他如今的生命力极其旺盛，便是负伤，也可在第一时间得到滋养，快速复原。

这是此法目前最逆天之处。

柳神曾遭劫，化成种子，后又遭遇雷击，成为断裂的枯木，但都一次又一次复活，就是因为它的法让它生命力惊人，可以再次涅槃。

石昊的肉身才恢复，一块黑色的石头就朝着他砸来了，那是一个非常大的磨盘，直接就让他再次骨折筋断，险些成为肉泥。

“这是……”他惊讶地发现那是世界石！

一块世界石的价值是无量的，哪怕是仙人都要眼热心动，为之征战。

不过，无论是早先的混沌丘，还是这块世界石，都不是实体，皆为法则衍化所成，但是具有真实的力量。

“砰！”

石昊努力运转法门，肉身快速恢复，可世界石再次打来，哪怕他以宝术对抗，还是被砸中了。

他又一次咯血，肉身受了重伤。

如此进行了数次，他险些成为一摊烂泥！

这考验实在太艰难了，石昊明白，这肯定是为修出了三股仙气的人准备的，不然的话其他古代王者来到这里要被诛杀。

此时，他有点承受不住了。

诸多符文出现在他身体表面，他背后出现一株金色柳树，血气旺盛，他再次修补好了伤体，但是很明显，这样下去他必会元气大伤。

任何一种法都不可能没有代价，都需要自身的精元去支撑。

石昊有一种度日如年的感觉，此时这虚空中有一柄又一柄法则之剑在斩他的元神，功力深厚如他，都感觉剧痛难忍。

偏偏他被禁锢在祭坛上，只能被动对抗。

再后来，金属气弥漫开来，那是仙金被熔炼开来，化成金属浆液，从虚空中流淌而下，向他身上落去。

这可不是一般的金属浆液，其中都带着仙气！

“可恨啊！”石昊想骂人，这是哪个浑蛋设下的考验，太折磨人了，一个弄不好就是形神俱灭的下场。

终于，也不知道过了多久，祭坛上恢复了宁静，他整个身子都快散掉了，不成样子。

石昊动也不能动，但总算熬过来了。

第719章 与众不同

WANMEI SHIJIE

也不知道过了多久，石昊终于能动了，这次负伤的确出乎意料，造化地居然如此惊人，考验竟然如此可怕。

他暗暗思量，若非有三股仙气绕体，加之他肉身极强，经历过最强雷劫的洗礼，那么后果将不堪设想。

他盘坐在此，默默恢复，直到体内轰隆声震耳，精血彻底恢复到巅峰状态，他这才起身。

此刻，石昊的躯体不再闪烁着黄金光泽，而是恢复到了正常肤色，且如玉石般剔透，如仙金般富有光泽。

起初，他修成柳神的法后，身体不时会呈金黄色，看起来很怪异，目前则彻底恢复正常了，即便运转那种法，肤色也不会变了。

他仔细探查，发现自己已经晋升到真神后期，甚至快临近圆满，这种修行速度实在有点吓人，这才多久，他就有这种道果了。

“我准备得很充分，不过这样还是太快了，进入下一个境界所需要的神物还没有准备好，出去后就得寻。”石昊自言自语道。

他手持玉石盒，数次想将它打开，但发现它居然纹丝不动，这让他惊异不已。

仔细推演过后，他面露惊容，发现竟然是因为他的道行不够，无法观阅到当中的东西。

“我都已经达到接近真神大圆满的境界了，即将更上一境，竟然都没有资格得见里面的东西?!”他相当吃惊。

在祭坛上一番搜索，确信再无其他器物后，他便收起玉石盒，而后从这座宏大的祭坛上跃下。

数十具棺椁，每一具内都有经书、仙种，石昊无比眼热，无奈他连一具也搬不动。

虽然他觉得玉石盒中的东西更珍贵，他应该知足了，可是看到这么多传承就在眼前，他还是忍不住不忿。

明明有很多经书，每一部出世都可能会引发滔天大浪，让各大教主眼红，可是他得不到。

石昊不甘心，又从头试到尾，一具又一具地去开启棺椁，但没有一具能打开。

特别是祭坛前的几具棺椁，格外巨大，内部的经书与仙种非常不凡，一片迷蒙，恍惚间有大道仙音传出。

“真是不甘心啊！”石昊说道。

突然，他神色一震，向着入口望去，只见谪仙、十冠王闯进来了，他们如一道雷电，速度快到极致，散发着恐怖的气息。

他们一眼就看到了石昊，发现他正在费力地开启一具棺椁，不禁一愣。

很快，两人醒悟过来，便睁开天眼，看棺椁中有什么，看过之后，两人都很吃惊。

“大道经文?!”

“仙家洞府的宝典?!”

两人的反应相同，同一时间冲了过去，攻向石昊。

因为，在他们看来，石昊所开的棺椁绝对是非同小可的古棺，不然的话，为何会被他选中。

“你们两个有毛病吧，这么多棺材，为什么非要跟我抢？”石昊愤愤不平地骂道，他原本就心中不平呢。

“轰！”

他使出全力各向那两人轰了一拳，威力震动此地，顿时雷电交织，各种神秘符号迸射，虚空也随之崩开。

但是，所有的棺椁都未受损。

“咦？”突然，谪仙停止了攻击，向后退了出去，因为他心有所感，觉得某种造化正在呼唤他。

这是为何，他心头不解。

不过，才一瞬间而已，谪仙就知道是怎么回事了，那祭坛前最大的几具棺椁中有一具正在发光，跟他的道产生了共鸣。

“这是……”谪仙立时就冲了过去。

同一时间，十冠王也生出感应，面露异色，因为祭坛前另一具巨大的棺椁也在发光，有一种神秘波动跟他契合，跟他的道产生了共鸣，让他心中空明。

十冠王快速走过去，站在那具棺椁前，再也移不开脚步。

这是仙家经文吗？它们是选定他们了吗？

石昊刚才走了一大圈，没有一具棺椁理他，这两人刚进来，就与棺椁产生了奇异感应。

这让他非常气恼，即便有玉石盒在手，他也很不忿。

“为什么不选我?!”他大叫道，其音如雷，震动了这片古地。

这一声大吼将谪仙和十冠王都惊醒了，他们探出强大的神觉，扫过这片古地，不禁愕然，所有棺椁内都有玉石书，不曾遗失，石昊虽然比他们先进来，但没能得到一部。

“轰！”

突然，宁川杀进来了，他背后的天图闪耀，裹着一颗又一颗大星，仿佛一片星空宇宙降落在地。

他刚进来，一具棺椁顿时发出霞光，而且是祭坛前的巨棺，巨棺扩散出涟漪，向着他那里涌去。

直接就被选中了？石昊看到这一幕更加眼红了，他被这些棺椁气坏了，它们对他一点反应也没有，结果其他人一来它们就“献殷勤”。

“小六子吃我一拳，这造化属于我！”石昊大喝道，向着六冠王宁川杀去，他动了真怒，准备下杀手。

宁川是何等人物，很快就弄清了状况。想到这里有数十部经书，罪血后代一部都没能拿走，他嘴角忍不住露出一缕微笑。

“你敢嘲笑我，杀！”

只听“轰隆”一声，石昊左手轮回拳，右手雷帝拳，时光碎片与雷霆交织，杀向宁川。

两人激烈搏杀了起来。

此时，石毅也进来了，已经得到一具棺椁的认可，正在那里体悟，要得经书。

接下来，其他古代怪胎也都杀进来了，有几具棺椁先后发光，选中了那些天纵奇才。

“气死我了，没有仙气的人也能被选中，凭什么，我的道经呢?!”石昊怒吼道。

这个时候，进来的人都知道发生了什么，全都想大笑。

许多人嘴角抽搐，强行忍住笑意。

他们觉得很滑稽，堂堂一代至尊——荒，居然不被认可，无经书可选。

石昊脸上带着怒容，心中却没有那么生气，只是有点小愤懑。他是在演戏，现在玉石盒绝不能暴露，不然他肯定会被其他人围攻。

所以，他才选择跟宁川激烈搏杀，一是为了掩饰，二是为了阻止这个仇敌得到传承。

随后，进来的人更多了，因为石昊击穿了绝望之墙，闯出了一条路，后面的人不再受阻。

长弓衍、曹雨生也进来了，向石昊传音，告知他界壁破了，外界有些强者杀入了“仙古”，要他早作打算。

石昊心头一震，舍弃了宁川。此地不能久留，但他也不能这般离去，他再次开始尝试开启棺椁。

人越来越多，所有人都知道了石昊居然与大造化无缘，不能得到经文。

一些人实在忍不住了，无比兴奋地大笑出声，一副幸灾乐祸的样子。

事实上，石昊也在心中冷笑，暗道：你们就笑吧，我已经把真正的好东西拿到手了。

“轰！”

他来到一具巨棺前，强行占据巨棺，准备竭尽所能出手，将巨棺打走。

这时，小胖子曹雨生屁颠屁颠地跑了过来，有点兴奋，也有点委屈，示意这具棺椁在呼唤他。

石昊气得狠狠地踹了巨棺一脚。

“别啊，你轻点，这可是我成仙的倚仗！”小胖子无比心疼地大叫道。

“你笑什么笑，敢嘲笑我？！”石昊转身，瞪着站在不远处的一人，而后道，“你可以走了，这具棺椁归我所有。”

那人脸色苍白，他虽然自认不凡，号称可以纵横三千州，但是面对石昊也充满了畏惧感。

只听“轰”的一声，石昊将那人震飞了，占据了那具棺椁，可是任他百般尝试依旧无用。

“可恨！”他重重地在棺椁上踹了一脚，而后转身，看向其他人。

这一刻再也无人敢笑他，都噤若寒蝉，心想，这魔王得不到仙家古经，若是盯上他们的棺椁，拿他们出气，那就太倒霉了。

“你，闪开，让我看一看这具棺椁。”石昊向另一人喝道。他数次鸠占鹊巢，可惜每次都不能得到传承。

“轰隆！”

突然，谪仙、十冠王同时开启了棺椁，那玉石古书还与仙种自行飞出，落入他们手中。

不过，任他们如何用力都不能从经书中读取文字，甚至翻不开玉书。

接下来，宁川、石毅、曹雨生、长弓衍也成功了。

“噗！”

突然，旁边传来响声，有人得到认可，开启了棺椁，结果才拿到玉石书，自身就爆碎了。

那古书还有仙种冲霄而去，化作一道光芒，击破地宫，从这里消失，想拦都拦不住。

接下来，这样的事情接连发生，吓住了很多人。

人们这才发现，若没有修出仙气，即便所修之道与古书契合，开棺后也得不到传承，自身反而会爆碎，就此殒命。

这让许多人脸色大变！

“谁跟我合作开启棺椁？我来镇压经书！”石昊大喝道，看上去很焦急的样子。

众人沉默了，不敢尝试，不少人退后，他们觉得，经书虽好，是无上传承，但是没有性命要紧。

“咦，哪里走！”石昊大喝道。

后进来的人不知道这一规则，还在开棺取书，结果全都殒命，那经书刚从棺椁中冲起，石昊就出手了，向前轰去。

“哧！”

出乎所有人意料，这次古经没有冲天逃走，而是退回棺椁，蛰伏了起来。

“砰！”

石昊一拳击在棺椁上，顿时释放出无尽光华。

而且，这次棺椁居然摇动了几下！

“这棺椁曾被开启，封印已破，我能把它带走了！”石昊惊喜地叫道，可是任他如何努力，还是无法打开棺椁。

最后，他发出一声长啸，动用全力，硬生生地将棺椁扛起来了。

这样的神力震惊了所有人，他身上散发出的血气让很多真神战栗，倒在了地上。

这棺椁能被抬起，完全是因为其封印已破，但即便如此，石昊也无比吃力，满头是汗。

“气死我了，走了！”石昊发出一声怪叫，扛着棺椁，开始撒丫子狂奔，向外冲。

因为，他知道有很多外界的强者进来了，他必须离开此地，不能拖延了。

众人目瞪口呆，别人都是得经书、获仙种，他却直接扛走了一具棺椁，就这样狂奔而去，实在是另类。

路途上，很多人得到消息，不知道是该幸灾乐祸，还是该震惊，石昊的所作所为实在与众不同。

第720章 驾临

WANMEI SHIJIE

离开地宫，跑出仙坟区域，那九天石阶路再现。

石昊一路狂奔，最后回到了绝望之墙这里。

显然，来到这里后他也得沿着金色的空间通道返程，没有什么传送阵了。

石昊想了想，停了下来，藏身于他所击开的墙壁的一侧，静等那些得了造化的人归来。

时间不是很长，就有个别人逃了回来，并非谪仙、十冠王等人，很明显他们还在寻找其他造化。

石昊抡动身上那具比山岳还重的棺椁就砸了下去，当场将一人拍在地上。

这是一名古代怪胎，此时他却被人打了“闷棍”，拍了“黑砖”，眼冒金星，浑身发软，生不出一些力气。

石昊快速上前，他出手有分寸，没有取此人性命，只是将其打昏了。

然后他快速冲了上去，当场洗劫。

可惜，此人没有得到传承，身上并无经书，因为不曾修出仙气，而且觉察出在那里难有收获，非常惜命，提前逃了回来。

石昊摇头，将他扔在一旁，继续躲起来。

时间紧张，他不能耽搁太久，若是宁川早点出来，能将他洗劫，那就完满了。

“砰！”

又一人冲出，石昊抡动棺椁，再次将那人撂倒。

“咦，玉石书！”石昊大喜，才将这人拍翻，就感应到了那种大道波动。

然而，出乎他的意料，那经书太妖异了，发出光华，裹着仙种，疾速冲天而去。

石昊竭尽所能出手，可是这经书太神秘了，居然从虚空中掉头而回，击穿大地，就此消失。

“连我都没有禁锢住?!”石昊吃惊地叫道。

他脸上阴晴不定，这东西太邪门了，不选择他也就罢了，还这么鬼机灵，脱离棺椁后都难以捕捉到。

下一刻，谪仙、十冠王一冲而过，也踏上归程，因为他们知道天神要来了，必须得抓紧离开，免得被堵住。

在他们的后方的宁川，抱着同样的目的。

“轰！”

石昊继续“拍黑砖”，他双手抱着棺椁，并使出数种宝术，发出恐怖的光辉，狠狠砸下。

谪仙、十冠王吃了一惊，他们都已经冲出去一段距离了，蓦然回头，正好看到石昊出手，当下都十分惊异。

此时，他们有些相信了，石昊应该不曾得到其他造化，甚至没有玉石书，故此才躲在这里伏击。

宁川遭遇攻击后，汗毛竖立，大喝一声后，动用所有宝术抗衡。

不得不说，宁川超凡入圣，着实了得，在这种情况下都能从容应对。若是其他王者肯定要遭劫了。

只是这袭击太突然了，他的宝衣被击碎了。

紧跟他出来的孤剑云被拍中，肩头当即爆碎，血雾弥漫。

孤剑云原本就有伤，身体衰弱，此时更加不支，险些被震死在当场。

受伤之后，他身上的玉书还有仙种，全都遁走，离开了他的躯体。

“不！”

孤剑云大叫道，眼睛都红了。

“唰！”

宁川出手了，只见他持一条晶莹的手串，衍化出六种绝世宝术，化成六团瑞光，将孤剑云包裹在内，硬生生将他从死门中拉了回来。

不然的话，石昊接下来的一击足以取了孤剑云的性命。

“有天神从外界杀进来了，正向擂台这里赶来！”

远处有人大喊道，是从擂台那里进来的人，因为修士很多，有不少都落在后方，此时才赶到，为族中早已先一步进来的人送信。

谪仙、十冠王皆色变，第一时间向前冲去。

宁川面色阴冷，大袖一挥，动用一则秘术，将孤剑云卷走，并且向石昊攻去，阻挡他逃走。

“轰！”

石昊抡动棺椁就砸了过去，气息狂暴。

宁川想拦他，但很困难！

石昊的头顶上方已经出现了一片鳞甲，正是龙之逆鳞，它正悬在那里，散发着杀气！

“轰！”

后方，有人射来一箭，正是长弓衍的黑色羽箭，洞碎虚空，到了宁川近前。

“哧！”

石毅也出现了，双目中射出两道可怕的光束，射向六冠王宁川，混沌雾霭随之弥漫开来。

“啊呀呀，本座也来了！”曹雨生大叫道。

石昊见状，本要离去了，又掉头杀了回来，若是能在这里击杀宁川，倒也不错。

宁川心头一惊，转身就走，不跟他们纠缠。

“走吧，不要耽搁时间了，天神若是进来，我等所得到的传承绝对保不住！”曹雨生传音道。

事实上，几人都不想在这里驻足，时间宝贵，容不得一点浪费。

也只有石昊敢这样出手。

石毅一冲而过，不曾与石昊打招呼，也没有动手。

等他们过去，石昊看了一眼宁川，也一闪而没，就此遁走。

其实宁川也不想久留，若是其他教的天神、教主进来，他多半也会陷入危险的境地，就是自身无恙，那玉石书多半也要失去。

玄明界中，几道身影已经跨界而来，成功出现在“仙古”遗地。

而且后方还有人在试图闯进来，那界壁很危险，需要教主以大法力护持，那些人才能平安通过。

最先出现的六人都是高手，一个个瑞气环绕，神光裂天，每一个都是天神，可以横扫一方！

有的人的眸子如同太阳般，灼烧虚空，令远方的原住民都感觉十分恐惧，几乎要一头栽倒在地上。

还有的天神双目如同寒潭，冷冽得刺骨，被这样的目光扫中，让人感觉几乎要被冰封，难以忍受。

“外界的天神怎么这般强大？”有人吃惊地问道，声音都在发颤。

这六大天神如同庙宇中供奉的无上生灵般，宝相庄严，器宇轩昂，冷漠地俯视着所有人。

他们的确强大，都是被各教精挑细选中出来的佼佼者，全都血气旺盛，精气蓬勃。

第一批共有十二尊天神，他们是先一步过来的六人，此时他们都笑了，因为这样灵气浓郁的净土，将因他们而战栗。

那些造化，那些机缘，已是囊中之物，敢挡路者都要被碾成灰烬！

“那些小家伙闹也闹够了，所谓的争霸该画上一个句点了。我等来了，就让他们退出吧。”一人轻描淡写地说道。

“嘿，希望这些小辈识趣，不要自误。”有人淡淡地说道。

很明显，他们过来后，风云将突变，原住民登不上擂台，他们则能，到时候谁能阻拦？

“唰！”

有人一招手，直接将远空的原住民抓了过来，一位天神将手掌放在其天灵盖上，得到了想知道的一切。

“荒在擂台上争霸胜出，第一个进去！”

“时间不多，别让那个小辈取走古来最大的机缘！”

众天神色变，不能平静了，抓住一人，让他指点方向，而后直接击穿虚空，向着擂台所在的小世界杀去。

擂台处流光溢彩。石昊拥有缩地成寸大神通，扛着一具棺椁一路疾驰，在途中连超众人，快速接近了出口。

“哧！”

谪仙、十冠王、石昊等一冲而出，都做好了防御准备，怕被外界的人偷袭。

外面传来惊呼声，有很多人都在看着，见到他们这么快就回归，都很吃惊。

“携带造化回来了吗？”一群人眼神炽热，就连原住民也不例外，全都望着他们。

在后方，又有一群人冲了出来，也回归擂台上，引发了阵阵惊呼声。

“天啊，那所谓的大造化难道就是一具棺椁吗？”

“当中有什么？好像是一部古经！”

这一刻，石昊成为焦点，所有人都看向他，因为他是第一个进去的，也是唯一一个扛着棺椁归来的。

石昊、谪仙等想要立刻遁走，然而发现有天神在施展大神通，封锁天地，拦阻四方。

“呵呵呵……”有天神在笑，从容而淡定，他们正好堵住这群人，一个都没有逃掉。

“你等可以说说造化地都有什么。”其中一位天神开口道，神色冷漠地看着擂台上最先冲出来的人。

除却六大天神外，早先还有一些真神为了试验通道是否安全，而被送了进来共十几人，其中有人喝问，让擂台的修士禀告造化地的情况。

谪仙、十冠王等连扫都没有扫他一眼。

“天神在此，你等还不知趣吗?!”有人恼羞成怒地说道。

“你算什么东西，也配与我叫嚣?”十冠王冷声道。

“他的话，就是我的意，擂台上的人暂时一个也不能走。”一位天神开口道，盯着十冠王，又看向谪仙。

这两人一个有世界树，一个拥有天角蚁的独角，都是仙珍，不容错过。

至于石昊，那更不能放过，他扛着玉石棺椁，实在太醒目了，想不引人注意都不行。

“你，将玉石棺椁放下，敬献给天神！”一人喝道，指向石昊。

这是一位真神，他自然认识荒，这几年来外界透过仙道花瓣不止一次看到他发威，震动了各教。

有天神在场压阵，他自然无惧，而且可以这样号令名震天下的荒，有一股说不出的快意还有张扬。

“你这样的废物，原本连‘仙古’都没有资格进，也配指挥我。”石昊说道。他在此地杀的都是各族天才，自然不将这样的人放在眼中，面对挑衅，直接点出一指。

“噗！”

只见血光一闪，那人的身躯爆碎。

不远处的一尊天神没有营救，只是脸色一下子变得阴沉了。

第721章 立威

WANMEI SHIJIE

“小辈，你觉得我的脾气很好吗？”那名天神开口道，脸上带着冷意，此刻他正屹立在天空中。

“我的脾气也不太好，所以杀了他。”石昊回应道。

众人闻言都是一愣，石昊果然厉害，面对天神居然并不惧怕，还敢这么说话。

事实上，石昊自从看到这六大天神就知道没法善了，无论他是否服软，都是一个结果，那还不如率性而为。

“不知死活！”那天神探出一只大手，向着擂台这里抓来。

“道友请息怒。”虚空中传来大喝声，与此同时，一枚符文绽放，抵住了那只手掌。

不过，来人并未显化踪迹，只是以符文拦阻，显然是不想直接与外界的天神对抗。

“我劝道友莫要干扰我等行事，‘仙古’将裂，外界诸教都将进来，还是留下一份善缘为好。”那天神收回手掌，这样说道。

他声音不大，但是有一股威慑力，让原住民都不禁一颤。

对原住民来说，“仙古”若是破开，那真是一场巨大的冲击，不知道外界诸教会如何对待他们。

突然，虚空抖动，又一名天神向前走来，俯视着擂台，道：“尔等留下造化，方可离去。”

这个时候，很多人都从那扇光门内走出，回到了擂台上，见到被堵住前路，全都感觉一阵压抑。

“你就是荒？”那名天神目光冰冷，看向石昊，道，“把玉石棺椁呈上来！”

“凭什么？”石昊反问道。

“你问我凭什么？”那名天神大笑，而后忽然用冰冷的声音说道，“界壁已经被击穿，你们所谓的争霸该结束了。”

这是一种冷漠，更是一种傲然，还有一种轻蔑。

对于天神来说，再强大的天才也不是他们的对手，都可以击杀。

天神领域高高在上，跟其他境界不一样，低境界的人不可超越，更别说跨境界跟这种人战斗。

“唔，你们两人也过来，不得离去。”另有天神上前，盯住谪仙还有十冠王。

“报大人，‘仙古’造化不止一具玉石棺椁，还有多部玉石书，最起码有十部古经被带了出来！”就在这时，有人禀告道，向天神献殷勤。

“砰！”

十冠王出手，一拳将那人轰成重伤。

“呵呵……有意思，居然有诸多古经！”几位天神胸膛起伏，心绪剧烈波动，难以平静。

所谓的造化居然是古经，毫无疑问，跟仙道有关。

“献上经文，任尔等离去！”有天神开口道。他们也都很激动，堵住了一众天才，想夺取造化。

没有人交出经文，更无人上前。

“我说的话，你们没有听到吗？荒，从你开始，将棺椁献上来，否则杀无赦！”一位天神开口道。

“想要的话，自己来取。你们当自己是天神，我可没这么认为，在我眼前，你们只是几个无耻的人而已！”石昊说道。

“大胆，敢与我等这般说话，你不想活了！你真以为自己是个天才，引动了全天下的风云吗？在我看来，没有成为天神前，再强大的天才也只是野草一根，斩掉你后，什么都不是！”那人喝道。

“你除了年岁比我长，还有什么？你我若是同处一代，我一根指头就能点死你！”石昊叫板道。

这话一出，顿时惊呆了所有人。

石昊未免太强势了，面对天神，竟这样赤裸裸地叫阵，根本没有一丝惧意。

“外界的诸教恨不得立刻杀你，我现在出手，很多人都会感谢，荒你没有必要活下去了！”那天神寒声道，一步上前，一拳就砸下来。

这一刻，不光是石昊出手了，就连谪仙、十冠王也动了，因为他们深知，石昊若是被拿下，他们也好不到哪里去。

几人各自催动手中的至宝，一下子让这里沸腾了！

“唰！”那天神疾速倒退，躲避了出去，脸色阴沉，就在方才他居然心头悸动，有些发毛。

他盯着十冠王的世界树、谪仙的天角蚁独角以及石昊手中的鳞片，神色非常冷，他觉得很没面子，自己居然被逼退了。

“你们还想反抗吗?!”其他几人也上前了，一人压制不了，几名天神一起上定能压制，毕竟等级摆在那里。

“再给你一次机会，荒，你若是将棺椁敬献上来，我允许你逃走。”一名天神说道，又看向众人，道，“尔等也一样。”

“当年我斩杀的人，任何一个活到你这般年岁，都会比你强十倍。”十冠王冷森森地说道。

那名天神顿时大怒，多少年不曾有人这样跟他说话了。

不过，人们细想后觉得，十冠王说的话也不见得夸大，他不轻易出手，能被他盯上与当作对手的奇才绝对无比可怕，若是活下去，的确能超越天神。

“动手！”

那几名天神一起向前逼来，同时出手。

“轰！”

这个时候，石昊、谪仙、十冠王、石毅等全都动了，各自祭出秘宝。

其他人也相助，比如手持一角轮回盘的男子、长弓衍等。

世界树发威，震碎虚空，轮回盘爆发出恐怖的气息，混沌气席卷十方，这个地方一下子崩塌了。

“嗯？不好！”有天神怒喝。

因为，他们所禁锢的天地被击穿了，那几件宝具太过可怕，贯通天宇，震散了封印之力。

人影冲天而起，擂台上的一干天才全都沿着那破开的缺口逃离此地。

“小友到这边来！”有人暗中对石昊传音，正是八臂魂族的老天神，不久前也正是他阻止外界来的天神出手。

石昊感应到了他的气息，朝着一个方向疾速而去，紧接着挥动大罗仙剑斩开了虚空，从那里消失。

“无上剑胎！”

“追！”

有两名天神目光炽热，早已锁定石昊，哪怕他脱困了，也被他们感应到了，他们一路疾驰，闯进破碎虚空，追了下去。

其他四名天神也有目标，各自冲向一方。

“怎么消失了？”才跟了一段时间，跨过四个小千世界，那两名天神的脸色便变了，因为他们彻底感应不到石昊的气息了。

“有天神出手，带着他离开了。”一人冷声说道。

“逃不了，究竟是谁带走的，等我们了解一下‘仙古’的情况后就能猜测到。到时候去讨要！”

……

这一日，“仙古”内发生了暴动，先是六大天神出现，接着又有六人降临，共十二尊天神杀进“仙古”，震动各方。

这些人追击各路天才，夺取造化。

这一日，有古代王者被擒，失去道书。

还有一些人虽无道书，但也被击杀，死于非命。

并且，在进来的天神当中，有人传音到各个小千世界，请原住民不得包庇石昊，让石昊出来。

事实上，原住民也不能平静，也有部分人开始行动，寻找那些天才，面对“仙古”造化，谁能不心动？

“荒，速速出来，你无论如何也走脱不了，若是献上棺椁、仙种等，可以留你一命！”

对于部分王者，比如说宁川、孤剑云等，十二位天神不敢下杀手，甚至没有去追击，因为他们的师门过于强势。

石昊被各教忌恨，因此那些天神等想击杀他，夺取所有。

谪仙、十冠王处境也很危险，这两人来历神秘，没有听闻背后有何等大势力支持。

“荒，你若是不献出棺椁，你的亲朋将会受到波及！”这一日，有天神冷声说道。

“太聒噪了！”石昊身在八臂魂族，这般说道。

事实上，有些人猜出他在这里，于是出现在周围，就等着他出来呢。

“请前辈出手，将他们全部击杀。”石昊说道，看着一个披头散发的老者，此人正是魂族的古祖。

“小友，这样的话，我与外面的道统便算结下了大因果。”八臂魂族的第一强者叹道。

“前辈，你是教主级人物，还怕什么，怕他们对你魂族不利吗？若敢如此，到时候你可大开杀戒，斩他们的子孙，谁不忌惮？”石昊说道。

一般来说，这等人物无论是在外界还是在“仙古”，都有莫大的震慑力，罕有人愿意招惹。

“前辈不用担心外界的教主多，不久后，我可以解除诅咒，让几大族的古祖都复苏。”石昊给老者下了“一剂猛药”。

“小友你是说……”

石昊道：“用不了多久，我便会突破，到时候再渡劫成功的话，所得到的雷劫液的品阶一定会更高，定能救活大量的强者！”

八臂魂族这位古祖心中一颤，若是能将一些老友救活，到时候他们就可以抱团，那样就不怕外界冲击了！

而且，无论如何，他不会舍弃石昊，因为他还等着石昊解救他的族人呢。

“好，小友，我为你斩掉他们！”魂族古祖答应了。

“前辈，无须你总是出手，不久后我若是渡劫成功，天神若再敢进‘仙古’，我定将他们一个个都杀个干净！”石昊霸气地说道。

“哈哈……我期待小友君临天下的那一刻！”八臂魂族的古祖大笑道。

“献出荒者，将被诸教接纳，成为我等盟友！”有天神再次传音。

“荒必须得死，外界各教很多人都不希望他活下去！”另有天神寒声道。

这些话语传遍诸多小千世界，既是在警告原住民，也是在表达他们不可动摇的要击杀石昊的意志。

“等我渡劫成功后，你们这几人全都会形神俱灭！”石昊冲出魂岛，来到山脉外。

“小孽畜，你还真敢出来，哪里走！”当场就有四名天神将他围住。

“既然出来了，就别想回去了，你自裁，还是等我们出手？”一名天神平淡地说道。

“同样的话，我想问你们，自己抹脖子，还是等我来杀?!”石昊说道。

“找死！”有人喝道。

可是下一刻，他们震惊了，一只大手铺天盖地而来，禁锢虚空，使他们动弹不得，而后一把将他们全部抓了起来。

“教主?!”

“原住民中的教主不是都处在浑噩中，走不出闭关地吗?!”

他们大叫道，心中十分焦急。

即便这等人物能出来，也应该不敢得罪他们才对，此人怎么会如此鲁莽，他就不怕外界的教主将来报复他吗?

“小友，交给你了。”八臂魂族的古祖将几人丢到石昊的近前。

形势逆转之快让几名天神难以接受!

“荒，你站住，不得过来！”有一人大喝道。

“你想做什么?!”另一人十分焦虑，奋力挣扎，但是身体被封住了，不能动弹。

“聒噪。我早就说过，你们可以自杀，或者被我杀。”石昊说道。

“锵！”

石昊抽出大罗仙剑，果断出手。

“噗！”

一剑落下，一人殒命。

“噗！”又一剑落下，又一人被劈中，鲜血流出。

石昊接连挥出了数剑，四大天神被斩杀，尸体倒下，神血染红了虚空。

“啊……”四大天神的元神怒吼道。

可惜，他们的元神也很快寂杀了，石昊一剑一个，全部粉碎!

第722章 狂澜前奏

WANMEI SHIJIE

夜晚，魂岛上的石林中，银色火焰跳动，如星辰闪耀。

火堆上方的肉被烤得金黄，油脂滴落到火光中，嗤嗤作响，散发出异香，令人馋涎欲滴。再加上数千年的神酒，让这里芬芳无比，令人沉醉。

“好香！”石昊双目晶莹透亮，他从被烤得金黄的鸟翅上撕下一块肉，往嘴里塞，一副很陶醉的样子。

“我也有数十万年没吃过这种肉了。”魂族的古祖说道，他披头散发，盘坐在石林中，此时正在大口吃肉，大碗喝酒。

自从诅咒加重，这数十万年来他都过得浑浑噩噩，终日在昏沉中度过，何谈享受。

若是让外人看到这一幕，一定会目瞪口呆，非被吓坏不可。

便是在三千州，法力通天的绝世教主，一般情况下也不敢这么做，除非私下捉一头天阶神兽，悄然吞食。

“这只金毛独角熊，除了熊掌外，其他部位真不如这头银鹄好吃。”石昊点评道。

“这是自然，在美味当中，会跑的不如会飞的，不过这熊掌倒真不错。”魂族古祖点评道。

“前辈，你越界了，那只熊掌是我的！”石昊叫道。

四只熊掌在鼎中熬煮了一天，这个时候，两人才揭开鼎盖，迫不及待地享用美食。

鼎中流光溢彩，那熊掌灿灿发光，晶莹透亮，光看一眼就能让人流口水，就算是魂族古祖此时也是双目发光。

“咕咚！”

他们一边吃还一边饮酒，这酒都是以各种宝药还有奇果酿造而成的数千年的陈酿，寻常人喝上一口就能增加道行。

“好享受！”他们一边吃神翅、熊掌等，一边畅饮，非常痛快。

远处魂族的一些弟子看得又是流口水，又是后怕。

除了两人外，魂族的老天神也来了，他跟着沾光，在啃了一只金黄的鹄翅后，红光满面，非常满足。

这对于任何人来说都是大补品，堪比神圣宝药。

“不错，味道好极了。”魂族的老天神喝得醉醺醺的，这样说道。

“既然前辈喜欢吃，那我们再去猎杀就是了。”石昊边说边为两人各倒了一杯酒，结果惊得两人全都酒醒了。

“小友，我已经与外界结下了大因果，真不能再这么干了。”八臂魂族的古祖说道。这太犯忌讳了。

“小道友，差不多了，不宜吃太多，虚不受补啊。”老天神也说道。

石昊干笑，但依旧大快朵颐，吃的不比那两人少，不但没有半点不适，反而浑身冒金光，精气腾腾而出。

四大天神殒命，魂岛上的人不愿外界知晓，没人敢张扬，不然的话必然是一场大麻烦。

目前，他们迫切希望石昊能尽快突破，渡劫成功，帮助他们化解诅咒，特别是若再解救出几位教主，便可抱团取暖，那样就无惧外界的冲击了。

“小友，还需要多久？”老天神问道。

“如果寻到我需要的那些天材地宝，立刻就可以准备，不会太久。”石昊说道。

“圣人木？”魂族古祖问道。

“是！”石昊点头。

“你要走那一步?!”魂族的天神吃惊道。

“必须的！”石昊郑重地点头，自出世以来，他一直在突破极限，一路高歌猛进，自然想踏上最完满的路。

“那可是有危险的！”老天神说道，但很快又闭嘴了，这个人怎能以常理度之，能在“仙古”争霸中睥睨群雄，便证明了一切。

“‘仙古’内的确有圣人木，不过都生长在险地，有恶兽还有毒虫盘踞，需要分外小心。”魂族古祖点了点头，又表示他可以派人去探查哪里的圣人木最好且易采伐。

“你若走那一步，需以宝具献祭，还需大量的兵器，化解自身危局，我族可以提供。”老天神道。

只要石昊能够实现突破，他们愿意不计代价地栽培他，就算是舍弃一些强大的宝具也在所不辞。

“不用，我的路不需要动用其他兵器，我的拳头、我的肉身就是最好与最强大的武器！”石昊说道。

直到现在，他都没有刻意去温养与祭炼一件专属于自己的神兵利器，只是在借用收缴来的兵器。

了解得越多，他越坚信，唯有自身强大才是正途，因为连这天地规则都有遭遇不测的一天，更遑论是兵器。

上一纪元可以成仙，这一纪元却连仙气都难以修成，这种剧变太可怕了。

石昊吃饱喝足后，地上多了一堆天神骨，都是鸟翅、熊腿等，老天神命人收好，这些都是顶级的炼器材料，不能浪费。

“这具棺椁的确古怪！”

三人围着棺椁看，石昊请他们帮忙，看能否开启此棺，强行取出那部经书。

老天神尝试了半天，都没能将棺椁打开。

魂族古祖大喝一声，双手发光，伴随着轰隆隆的声音，强行打开了棺椁，顿时各种祥和的瑞光从棺椁中飞出，氤氲蒸腾。

唯有教主才能以蛮力开启这棺椁，连天神都不行。

“哧！”

经书裹着仙种冲天而起，就要遁走。

三人早有准备，几只大手一起探出，向前抓去。

“嗡！”

经书摇动，一下子将仙种吸收了，而后掉头朝着地面撞去，只听“砰”的一声，火星四溅，符文绽放，经书被拦住了。

天地合拢，三人与经书都被镇压在当中。

这座石炉是魂族的祖器，封锁虚空，禁锢乾坤，玉石书无法逃走。

它被炉壁挡了回来，在这里乱闯。

“封！”魂族古祖一声断喝，玉石书不动了，被他封住，持在手中。

这部经书以五色神玉刻成，色彩斑斓，内部有奇异的秘力流转，隐约间可见一个又一个古怪的文字。

魂族古祖以大法力强行开启经书，刚掀开一页，只见五色神光冲霄，衍化出混沌气，景象异常惊人！

“这是至高道书啊！”他不禁惊叹道。

他们是“仙古”遗族，对上一纪元多少有一些了解，听过不少传闻，在上一纪元，但凡这等宝书一定是至高传承，遍寻一个纪元也不会有很多部!

魂族古祖蹙眉，因为他不认识当中的文字，一个也辨认不出!

石昊也凑到近前，逐一细看，结果同样是双眼一抹黑，一个字都不认识，这不是骨文，没有办法参悟。

“前辈，你们不是‘仙古’遗民，是上一纪元幸存下来的族群吗，怎么也不认识？”他问道。

“岁月变迁，一切都会改变。为了适应这片天地，我等的修行方式都变了，更遑论是文字。而且，这不是一般的‘仙古’文字，这是仅有少数人才能掌握的仙文。”魂族古祖叹息道。

他也很期待知道这些文字表达的意思，可现在他只能干瞪眼。

老天神将玉书接了过去，可是他连书页都翻不动，显然只有达到教主级才能强行开启此书。

这可如何是好，石昊还想借此书悟法，结果发现，自己没有那种资格。

“等你学到仙文后，再去参悟吧，这毫无疑问是一种无上传承！”魂族古祖感叹道，恋恋不舍地把经书还给石昊。

外面剩下的八名天神惊疑不定，因为他们发现那四人与他们断了联系，不见了!

他们虽然有所获，但是同进来的天神一下子少了几人，还是让他们心中发毛，震惊不已。

外界无人区的各大教主却无法感应，不知道当中发生了什么，因为这些天神进去后不能透过仙道花瓣映现出来。

他们猜测那些人不曾借助三千大道花瓣进去，故此无法在上面显现出来。

“呵呵，第一批人都顺利进去了，共十二尊天神，已经证明了这通道很稳定，可以容许天神前往，接下来可以送第二批人进去了！”有教主笑道。

事实上，第一批人中有几人是大教的重要人物，但是并非全部。

第二批人才全部是精英，比如仙殿的天神、冥族的古尸、神庙的大能、兽海的吞星兽、西方教的护教法王等，一个个来头惊人。

虽然早先他们争抢进“仙古”的名额，但送第一批人时，他们没敢让所有精英都进去，怕被阻击，也担心通道不稳定。

现在他们发现，这条通道外根本无原住民阻挡，更无人出手。

“多年的安逸让那些遗民失去了进取心，没有了昂扬的斗志，这很好！”

“进去后，将荒给我擒住，莫要杀死，给我带回来，我要将他炼成冥奴！”冥土的主人开口道吩咐那具古尸化成的天神。

“道友应当将荒交给我们才对，他的师门跟我教是宿敌。”仙殿有人开口道。

“嘿嘿……送给我吧，我将他封在杀剑中，经年累月，让他饱受杀气侵蚀，滋养吾剑！”天国也有人开口道。

这些人还没有抓到石昊，就已经在计划如何对付他。

就这样，这批最为重要的天神也被送进去了，“仙古”将迎来一场大风暴！

而这个时候，石昊也动身了，前往一片古地，那里有圣人木，他准备在那里突破，登上更高的境界。

他这条路与一般修士的路不同，一旦成功，他就会被尊为神王！

第723章 圣人木

WANMEI SHIJIE

当然，若是失败，下场也会很惨！

到了那时，就算能活下来，也会生不如死。

任何事情都是有代价的，没有付出，怎会有回报？

山路崎岖，向群峰深处蜿蜒。古木参天，猿啼虎啸，更有诸多奇异生灵出没，一声吼叫就可震散云朵。

石昊吃了一惊。这个地方太危险了，其中有一些强大的生灵连天神都会忌惮几分。

魂族的老天神因为实在不放心，便与他一路前行，为他保驾护航，也来到了这片传说中有圣人木的古地。

“呼！”

一头巨禽展翅，如一朵乌云遮蔽了天空，什么都看不到了。它太过巨大，一双猩红的眸子如同两轮血月。

它的身躯究竟有多长，很难说清，需要以千米计数，而非寻常的丈！

“圣人木是异宝，它所在的地方灵气浓郁得惊人，故而栖居着很多洪荒凶禽与古兽。”老天神说道。

他特别提醒，在这种地方还有一些疯了的天神，如那天空中的巨大凶禽，能击杀一切生灵，十分恐怖。

天神与教主受到诅咒后，有的变得浑浑噩噩，还有的直接疯了，就如同眼前所见的这只疯禽。

故此决不能招惹它们，一旦触怒它们，肯定会出现不死不休的局面，毕竟要摆脱这种已经疯狂的天神的追杀很难很难。

不多久，他们潜行到山脉深处，路途上看到了一头比山岳还高的莽牛，身上有土石，还长满了草木，不知道多少年不曾苏醒了。但是，当两人路过时，它居然一动，散发出惊人的气息。

老天神急忙祭出一件秘宝，敛去二人的气息，从此地消失。但那头莽牛还是睁开了眸子扫视此地，猩红的双眼如同血湖一般。

教主！

石昊大吃一惊！

这头莽牛活得够久远，应该超越天神了，那双巨角如同天刀，无比锋利。

最后，它又合上了眼睛，继续沉睡。

就这样，他们连过数重险地，遇到的不是疯天神，就是一些奇兽。毋庸置疑，都是盘踞一方的霸主级生灵。

若是一般的人贸然闯来，必死无疑。

幸好有一位天神跟随，并且动用了该族祖传的一件可以掩藏气息的秘宝，帮助他躲避各种古兽与恶禽，不然的话，此行危矣。

不多时，终于到了目的地，那是一片树林，林中灵气腾腾，显得神圣无比。

圣人木！

不光是石昊眼神热切，就连魂族的老天神面露异色。

即便是他们，对这种宝地也很在意。

可惜，圣人木很特别，容易招来毒虫猛兽，而且离开原地就会死去，很难移栽。

这些圣人木并非参天古树，不过一尺多高，还没有花草高，但是根茎深扎在地，蜿蜒曲折，苍劲无比。

每一株小树都喷薄瑞霞，可以洗礼神魂，更能铸炼肉身。最为奇异的是，有一种神圣的气息在弥漫。

小树的叶子五颜六色，形状各不相同。有的洁白如羊脂玉，有的则为金黄色，还有的则红如血钻，全都剔透锃亮，熠熠生辉。

故此，一眼望去，前方氤氲蒸腾，流光溢彩，无比圣洁。

“嗯？”石昊吃了一惊。他发现此地被人捷足先登，有人盘坐在树林中闭关。

圣人木珍稀难寻，只有四十九株。此时有一个白衣人盘坐在那里，被各种神圣气息气包裹着，如同一尊神王在修行。

宁川！

石昊目光一冷，在此闭关的居然是这位对手，看来他想要突破。

此人修行速度奇快，眼看就要踏出那一步，进入崭新领域。这并未出乎石昊的预料，毕竟对方号称“六冠王”，积累了六世，想必早已摸索透彻日后的路，甚至在前六世就可能迈出过那一步。

“我得抓紧了！”石昊觉得时间紧迫，这个敌手要突破了，他绝不能落后！

石昊很想出手，但他忍住了。因为凭着直觉，他能感应到这里有危险，有可怕的强者埋伏在暗中。

最后，他察觉到了，而魂族的老天神也示意他要小心谨慎，不要妄动。

“人马族、古魔族的天神？”石昊吃了一惊。

这里居然有这两大族的天神，而且还是他的“熟人”马跃与魔洛，这两人都曾截杀过他。

石昊脸色阴沉了下来。虽然这两人曾经阻击他，但是他不曾责怪两个族群，还曾给过两族雷劫液。他甚至还想待这次渡劫后为他们化解危局，可是，这两族竟在暗中相助宁川，这可是他的死敌！

“真是打得一手好算盘。”石昊有点心寒，目光幽幽地盯着前方，没有再说什么。

这两族也曾进入魂岛，言称可以保护石昊，送他去密地闭关，不过被石昊拒绝了，因为他担心两族中的马跃和魔洛会再次暗中出手。

不曾想，这两族广撒网，竟然跟宁川走到了一起。

“走吧，这里有两名天神，老朽只有一人，真要发生激战，不见得能讨到好处。”魂族的老天神说道。

石昊点了点头，虽然乘兴而来，败兴而归，但他没有多语。不过，在走出山脉前，他还是发难了。

“轰！”

他一拳轰出，击碎成片的山峰，惊动了所有古兽，更是将一些巨石砸向那头莽牛！

“嗷吼……”

惊天巨吼传来，这片山地再也不能宁静，几尊疯天神都怒了，那头教主级的莽牛更是发狂了。

“走！”

石昊疾速远遁，跟老天神一同消失了。

在接下来的时间里，他们一路寻觅圣人木，深入一处又一处古地，结果不是很理想。

有些地方居然被外界来的天神占据了，这些人料定谪仙、十冠王等可能要突破，故而守住了源头。

也只有宁川这样师门可怕、底蕴深厚的大教弟子有人庇护，可以不受影响。

不久后，石昊得悉，谪仙被堵在凶巢中，一直没有出来！

至于十冠王，被几大天神联手追杀，至今不知道身在何方。

“那些有圣人木的地方竟有外界的天神盘踞，这可不妙！”石昊蹙眉思忖。按现在的形势来看，宁川可能要先一步成就神王道果。

“人马族、古魔族，你们很好！”石昊自语。他自然很愤怒，曾经相助过两族的老天神，给他们雷劫液，而他们，居然跟他的仇敌走得那么近。

“还有什么地方有圣人木？”石昊问。

必须得尽快解决这个问题，不然他的破关速度会受影响。

连魂族的老天神都没有想到，几处有圣人木的地方都被占了。

“这个……也许只有那个地方了。不过，那儿过于危险，老朽进去多半都会死掉！”魂族的老天神一脸凝重之色。

“带我去！”石昊说道。

“小友，那里太危险了，是一处绝地，真走进去的话，九死一生。”老天神很为难地说。他特别提了一下，那块区域能禁锢法力，就算强大如他进去后也会暂时被降成凡人，一身大神都通动用不了。

“无妨，将我带到那里就好。我可以独自进去！”石昊神色坚毅，当即做出决定。

“好吧！”老天神点头。

“荒，你在哪里？还不出来领罪！”这一日，天神大吼，传遍各个小千世界。

“荒，你逃不了，这偌大的‘仙古’也不能藏你罪身，若是想活命，速来认罪！”仙殿的天神来了，他带着蓬勃的血气，发出恐怖的气息，震惊了“仙古”各族。他的力量太强大了，远超一般的天神。

要知道，仙殿的核心成员不超过五人，而他，就是其中之一。

从年轻传人到天神，再到教主，这是一个过程。他就是核心成员中的天神，许多年前，也曾为某一世的最强年轻传人！

“罪血后人，你体内流淌着肮脏的血液，本性大恶，在‘仙古’滥杀无辜，我等定要将你镇压，不得祸乱世间！”

当听到这样的天神法音后，石昊立时明白了宁川能安然无恙闭关的原因，是他们一系的人进来了。

同时，他心中大怒，这些人还敢提罪血。

“谁能提供荒的线索，指出在哪里，就是我天国的盟友！荒，他注定只会是一堆枯骨。”有人冷森森地说道，气息如同腊月寒冬来临一般寒冷。

人们更是心神大震，这是天国的杀神，绝对是最可怕的冷血人物之一，谁都得忌惮几分。

诸神入“仙古”，都要杀石昊。若是给石昊成长的机会，将来多半无人可以制衡他，因此必须要趁现在击杀，这是一些大教的共识。

“这些人都来了，就不怕我给你们一个惊喜吗？”石昊冷声说道，心中有愤怒的情绪。

这些天神自以为高高在上，还没有捉到石昊就已经如此表态，个个摆出咄咄逼人的架势，浑然不将他放在眼中。

“我要踏出那一步，化作神王，在这‘仙古’中大会所有天神，我要让那些大教心痛一百年！”石昊说道，声音铿锵有力。

终于，魂族的天神将他带到了目的地。

这是一片石林，刚一接近，石昊就感觉到了剧烈的场域波动。

“嗯？影响法力？”石昊惊异万分。

魂族的老天神点头，还告诉他，其实，里面更加可怕。

石昊点头。他要独自前往，所以让魂族的老天神先回去。

魂族的老天神犯难了，既忌惮这里的危险局面，又怕他出现意外。但他仍执意要跟随，想守护石昊的安全，因为他还等着石昊解救族人呢。

石昊看得出，魂族的老天神是真心实意的，可越是如此，他越不能让这老者犯险。所以，他坚决拒绝了，而后独自上路。

进入一片山谷后，目光所及依旧寸草不生，但是出现了奇异的能量，他的法力与道行消失了，他被变成了凡人。

随后，一群蚂蚁从地穴中爬出，每一只都足有数丈长，个个乌黑发光，看起来力大无穷。

“轰！”

一只蚂蚁扑了过来，居然不靠法力，仅凭肉身就能震塌一座山峰。

“好强！”

毫无疑问，这是一场恶战。石昊靠着曾被雷劫洗礼过的肉身跟这种黑色神蚁激战，一时间，火星四溅，铿锵作响。最后，他杀出了蚂蚁群，向前闯去。

“嗡！”

振翅的声音传来，让石昊忍不住头皮发麻。就在那前方，有一群蜈蚣，每一条都有数尺长，全都长着银色翅膀，铺天盖地般飞了过来。

这一战，更是无比艰难，因为，这是一群剧毒神虫。

而此时，石昊法力不在，只能依靠肉身，着实危险到了极致。还好他的肉身实在强大，即便被蜈蚣撞得铮铮作响，还不断发出火光，也不曾被攻破。

最后，皇蝶复苏，轻轻振翅，惊退了所有毒虫。毫无疑问，皇蝶立了大功。

接下来的一路上出现了数十种恶虫，每一种都无比强大。不难看出，那是数十个部落。

不过这些虫族都已经发疯，不能沟通。但它们本能还在，很快就被皇蝶的气息惊退了。

若是靠石昊自己闯，不知要耗时多久，而且肯定会九死一生，依靠皇蝶，他有惊无险地过关了。

终于，他看到了一大片圣人木，每一株都有一人多高，足有数百株，形成林地，发出炽盛的光辉。

“我的路要开启了！”石昊语气坚定地自言自语。

第724章 圣祭

WANMEI SHIJIE

一般的圣人木只有一尺高，此地的圣人木却都有一人多高，每一株都不同，枝干遒劲，树皮若龙鳞，叶片像是由玉石刻成，摇曳生辉。瑞霞蒸腾，如成千上万道神虹在这里汇聚。无疑，这些圣人木的树龄足够久远，远胜早先看到的那些！

“哧！”

一条金线飞来，快若闪电，令虚空模糊、扭曲。

“当！”

石昊抬手拍了过去，一时间，他的指间火星四溅。迎面袭来的是一头金蚕，不过拇指长，但是坚硬无比，以他刚才的力道，一般的真神都会被洞穿。

石昊眉头一皱，这种虫子不算少，他在圣人木上就看到了很多。

不过，石昊倒也不担心，毕竟皇蝶在这里。只是他还是有点不安，从他踏进树林后就感觉此地过于平静，似有危机暗伏！

他想在此修行，但得先找出这片古树林中蕴含的危机。

“咦，可以动用法力了。”

进入这片林地深处后，石昊的法力恢复了，他立时撑开唯一洞天，将自己护在当中。

“吱！”

突然，尖锐的叫声响起，一道紫光扑来。这是一只紫貂，不过却疯了，眼睛红通通的。它带着可怕的气息，撕裂了虚空。

居然是一尊天神！

石昊心头一震，居然有天神栖居在此！

石昊转身就走。这种疯天神最是可怕，没有什么道理可讲。

“呜呜……”

兽吼声传来，紫光交织间，一下子冲出数千头紫貂，它们都已经成神。最可怕的是，当中还有三尊疯天神，这实在太令人惊讶了！

很明显，这个强大的部落栖居在圣人木间，这里是它们巢穴。石昊想要在这里闭关，难度太大了。

石昊无比狼狈，快速逃脱。

“噗！”

就算他足够强大，有三股仙气绕体，还是被一只紫色的利爪抓中肩头，当时就出现几个血洞，鲜血汩汩涌了出来。

若是一般的人，被天神击中，必成肉泥。

石昊蹙眉，施展缩地成寸神通，几个闪躲，消失在树林外。到了外围区域，石昊的法力消失了，他靠强大的肉身奔了出去。后来，他在这片险地四处逃遁，艰难地摆脱了这三尊疯天神。

也幸好它们都疯了，神志不清，不然的话，肯定是一场大麻烦。

很久后，石昊又绕了回去。那里已经恢复了平静，但是仔细观察后，他不禁倒吸一口凉气！

他看到了紫貂的巢穴。

刚才所见的三尊疯天神还不是最危险的，巢穴中居然还有一头老貂，皮毛紫中带白，老得不成样子，浑浑噩噩地睡在那里。

“教主！”

很明显，这是一个超级部落，在这巢穴中居然还有一尊可怕的教主级生灵。

这还怎么对付？石昊头都大了，十分无奈。

早先他还想施展秘术将三尊天神分别引走，再想办法把它们带入绝地，困住它们呢，可现在看来……

石昊的心彻底凉了。真要招惹这头坐镇在这里的老紫貂的话，多半会极度危险，他可能会死在这里。

石昊不甘心，在这里等待了数日，直到有一天，这里传来奇异的波动。

那些紫貂都逃入地窟深处，不肯现身。

石昊也是一震。此地十分异常，远处的一个沼泽裂开了，内部发出灿烂的光辉，冲出奇异的波动。

“那是什么东西？”石昊心悸不已。

“法阵！”石昊惊讶地发现那是上一纪元留下的残阵。

残阵的波动所过之处，金蚕、毒虫等全都噼啪坠落，陷入沉睡。许多反应迅疾的虫子则快速逃进洞穴内。

石昊心中一凛，他可不想在此沉睡，急忙取出万灵图，守护自己的身体，向着古树林外飞速逃去。

然而，这波动来得太快了，瞬间席卷整片古地。

石昊被追上了。

随后，他眼睁睁地看着一些沉睡的毒虫等彻底不动了，再也没有了生命气息。

“好诡异的法阵，让人于沉睡中死去！”石昊惊悚不已，幸亏此时万灵图发光，形成一个光团，万灵皆现，抵住了那股波动。

不然的话，他多半也会出现意外。

沼泽地中的霞光不稳定，席卷古地时也不是那么均匀，而且，它如潮汐般一会儿涌来一会儿又退去。

在这种神秘波动倒退时，一些洞穴中会冲出毒虫，将那些死去的生灵抓走，当成食物。

“这个地方很怪异，地下有阵纹，所以那波动不触到岩石，毒虫等躲进去会很安全。”石昊自言自语。

他没有闯进去，而是快速冲向圣人木所在的区域。

这里是重灾区，所有紫貂都不敢冒头，躲进地窟深处去了，所以异常寂静。

“在此闭关！”

虽然很危险，但是石昊没得选择，不然的话，紫貂一出，他就没有机会了。

他让皇蝶还有打神石帮他护法，交代他们若有意外，将他唤醒。

这么一大片圣人木，璀璨无比，有的通体金黄，有的叶片碧绿，有的整株银灿灿的，它们都散发着神圣气息。

石昊需要借助它们修行。

圣人木很特别，是一种奇异的天材地宝。它发出的光看着像火，却又不是火，而是一种天地规则化成的光，可以用它焚身——当然并不是真的被点燃——借此淬炼自身的道与肉身。

圣祭，这是石昊要突破进去的境界！

这个境界异常诡异，很多修士都是略过，根本不去修行，因为太危险了。

真神过后，若是自身足够优秀，就可以直接想办法晋升到天神领域。

但世间有传说，唯有踏入过圣祭领域，才能算真正的神中之王，故此最惊天耀世的人会选择走这一步。

传闻，不经历圣祭不可能永存，日后很难踏足神道巅峰。不能捅破那最后那一层纸的话，是没有办法长生的。

然而，对于世间众人来说，无须去考虑长生，因为根本没有那个资格。望遍一个纪元，能见到何人不死？人人都要化成黄土。

故此，九成的修士都不会考虑圣祭，只有一成特别自信的人才会那样做。

圣祭，这是一个特殊的境界，进入之后，会发现它很是诡异。在此境界，任何人的修为都很不稳定，有时候跟天神没有什么区别，拥有无尽的力量；可有时候境界下跌，甚至不如神火境，就更不能与真神相比了。

在这个境界，自身修为忽高忽低，若是有仇敌上门，那是很可怕的。

虽然很特别，且有危险，石昊却不得不走这条路，因为他想登临神道最高峰，这个境界是绕不过去的。

别说是他，自古以来，但凡有一些野心想要有大成就者都会走这一步！

因为，经历过这一领域的人，明显会更强！

当然，也有人不将它视为一个境界。因为圣祭领域的人可战天神，几乎属于同一层次。

有人认为，圣祭领域就是天神境的一种磨砺。

只是，这种磨砺未免太过危险，代价太大，不然一般的人都会去走。

在圣祭领域中，若是能顺利突破也就罢了，会更加强大，可以睥睨其他人，故此有“神中之王”的美誉。只是，若是久不能突破，便会发生可怕的事，不但永远也无法突破，还会就此沦落。

当中，情况最严重的人，还会直接被打落到原有的境界之下，比之真一、神火境的人都可能不如。

所以说，圣祭这一境界最诡异，一般人不敢尝试！

而对这个境界的人的称呼也有很多，如圣人、神王等，都是认可与赞誉。

可是一旦在此境失败，那就不是赞美了，那样的称呼就是嘲讽。

在这一境界，人们会准备诸多武器，用以代替自己的身体遭劫，免得自身真的境界下跌。

故此，这世间的诸多原本可能会晋升天神级的法器会成为“废器”，也有的化作稍微好一点的“圣器”。

“修为忽高忽低，不能定型，有的人借此一跃成龙，有人则被打落万丈深渊。”

这是石昊的评价与总结，用以警醒自己，万不可大意。

他在这片灵气氤氲的树林中闭关，首先要让自己臻至真神大圆满境，然后再开始尝试圣祭，令自己蜕变。

这个时间段并没有持续很久，因为他本身早就接近大圆满了。

他修行了柳神的法，真一永固，半个月后彻底大圆满，可以开始圣祭了。

“你们小心一些，为我护法！”石昊叮嘱皇蝶它们。

“放心好了，不等那些紫貂出来，我们就带你跑路。”打神石一点也不脸红，将逃跑说得理直气壮。

“轰！”

石昊引动所有圣人木，汲取它们的精华，顿时，一片如同火光的物质出现，将他淹没，对他进行锤炼。

这不是火，这是道之光，也是法则碎片，磨砺他的法与道，锤炼他的肉身！

这是世间最神圣的一种洗礼！

“咦？怎么回事，小子你要飞升了吗？”打神石怪叫。

它发现石昊周围的虚空裂开了，光雨阵阵，像是有飞仙之光在绽放，一时间仙雾弥漫，瑞霞四射，太圣洁了。

石昊自己也是一惊，没有想到圣祭比想象的还神秘。

在这个境界祭炼自己身体时，时常会发生一些不可理解的事情。比如会出现飞仙之光，还有可能会看到莫名的殿堂等。

按照骨书记载，有诸多妖邪的事情难以看透。比如虚空中莫名出现神秘古路，引领人走上去，最后消失。

在史上曾有绝代人物就这样离开了人间，再也没有出现，生死未卜。

第725章 神速进步

WANMEI SHIJIE

虚空裂开，光雨璀璨且越来越密集，将石昊那儿包裹起来。

打神石与皇蝶不禁发起呆来。这种景象真的太神奇了，一道又一道光束飞出，就像有人在羽化登仙。

而且，这种趋势还在进一步增强，到了最后，可以看到石昊的周围有晶莹的花瓣飘舞，甚至散发出清香。

这是惊人的异象！

那些花瓣是从虚空裂缝中落下的，剔透闪亮，芬芳无比，使得此地越发显得祥和与神圣了，恍若与仙域贯通。

打神石头脑一热，张嘴咬住一片花瓣。它想试一试这花瓣是真的还只是光华凝聚而成。

但到头来，它也没有试出一个结果。这些东西很奇异，不多时便从它嘴里消失了。

石昊闭着眸子盘坐在那里，默默地感悟，并仔细借用圣人木洗礼自身。这是一个奇异而繁复的过程，不可能一蹴而就。

这种锤炼需要反复进行，需要很长的时间，甚至要多次洗礼才能最终踏足那一领域。

毕竟，圣祭很诡异，也很艰难。

以石昊的天资以及这种真正大圆满的境界来说，如果想成就天神位，现在已经可以了。

但是，他不想那样做，他要圣祭，踏出那很难、但是非常有必要的神圣一步！

“轰！”

一条星河横贯长空，诸多大星垂落，在这里旋转。如此情况再加上飞仙奇景，更加让人惊异不已。

这一过程足足持续了数日，石昊的肉身被滋养，道则被锤炼，神魂被锻造。那圣人木与天地共鸣，发出的光真的有奇效，助他圣祭。

有传言，这圣人木其实是扎根在上一纪元的腐朽仙骨上的植物蜕变出来的。

当然，这只是传说，仙骨怎么会腐烂呢。

还有人说，圣人木根本不是这一界的植物，它来自神秘古界，有神奇的作用，故此稀少而珍贵，被世人看重。

不管怎么说，它拥有奇效，那是毋庸置疑的。

五日后，石昊睁开了眼睛。

这一次的圣祭暂时结束了。

他默默感应自身的状况，此时，他肌体纯净无瑕，积累足够了，他默默地问自己，要破境吗？

最终，石昊又摇了摇头，不能第一次就破关，他还需要积淀，要再来几次，因为他想更圆满、完美！

而且，他觉得自己的修行速度很快。才二十岁而已，就能圣祭了，即将进入堪比天神的领域，这种成就望遍古今也是少有的。

甚至，石昊怀疑，他也许打破了纪录！这若是传出去，自然会引发轩然大波。

事实上，不需要去传，“仙古”内外早已是暗流涌动。诸教为何要除掉他？就是基于此种情景，因为他的成长未免太快了！

无论是宁川，还是十冠王，他们虽然强大，但都是因积淀足够，早已摸透了自身要走的路，故而在放开身心时可以突飞猛进。

他则不同，一世崛起，就斩获了这样大的道果，着实让人目瞪口呆，就是一些教主都暗中倒吸凉气！

在许多人看来，荒了不得！

甚至，一些对他有好感的教主曾经私下里赞叹：荒是唯一的，古今难得一见！

更有人曾说，以他这种天资，只要能活下去，日后成就无上天帝位都是可以预料的。

当然，也有人反驳，认为古代曾有过这样惊人的鬼才，最初爆发凶猛，结果后来泯然众人矣。

还有人举例，这种奇才难以活得长久，因为历史上曾有类似的人，但都过早殒命了，夭折于起步阶段。

还有人认为，宁川等人绝不弱于石昊，他们只是自我封印，为了到这一世争夺最大的造化才历经数世，不然早已称霸三千州，成为最恐怖的上界巨头了！

默默体悟了两日，就在石昊要再次闭关时，不远处的沼泽地里的裂缝闭合了，霞光消失，波动敛去。

“不好，我们得走了！”打神石示警。

石昊起身，带着它们快速离去。

果然，没过多久就传来簌簌声，地窟中的紫貂全都冲了上来，瞪着通红的眼睛四处寻觅。

石昊并没有离开太远，他不在远处潜伏，等待下一次机会。他觉得这片绝地有规律可言，那法阵每隔一段时间就会有符文扩散出来。

“荒，我知道你在这里修行，出来领罪吧！”

数日后，有洪大的声音响起，震动了这片古地。

“罪血后人，想要留下性命，速速来认罪！”

有天神到了，站在绝地边缘，冷漠地眺望此地，以大道神音震动虚空。

那两名天神手段狠辣，虽然只是传音，但绝对是致命的！

因为，这是一种可怕的音功。若是石昊在悟道、修行，一定会受到剧烈的干扰，一个不留神就要走火入魔，遭受毁灭性重创！

石昊当时就怒意四起，但是没有回应，他躲在绝地深处，并不出来。

“轰！”

突然，一位天神抬手拔起一座大山，将其炼化成一块巨石，而后猛力向着绝地深处砸来。

那是仙殿的天神，气息恐怖，手段强硬，这样一击足以毁掉一片净土，若是没有意外，别说生灵，就算圣人木等神物都要被砸成灰烬。

他就是这么果断，不管石昊是否在里面，哪怕毁掉圣人木这种天地灵根，也要展开攻击！

这是要宁可错杀也不放过，杀石昊的心太重了！

“轰！”

只见阵纹亮起，法则蔓延，挡住了他的攻击。这片古地之所以是绝地，就是因为有古代残阵留下，故此他的攻击没有奏效。

“轰！”

那巨石炸开了，化成齑粉。

霎时，这绝地中栖居的生灵也被惊动了，三头紫貂化成三道紫光冲了出去，嘶吼着，瞪着猩红的眼睛，追逐那两名天神。

与此同时，目光冰冷的石昊也展开了行动，让打神石出手布下一座法阵，这法阵由一些阵旗组成。

石昊施展秘术，将阵旗祭出，悄无声息地送进了地窟中。

法阵已经开始运转，但是没有引爆，这需要一定的时间。

石昊头也不回地远去。他只是换了一个方向，并没有走出绝地，而是悄悄蛰伏了起来。

片刻后，那地窟中传来惊天动地的巨响。

阵旗引爆了！

那些紫貂神志失常，此时一下子狂乱了。特别是那头教主级老貂，猛地被炸醒了，那猩红的眸子睁开的刹那，连大地都为之颤抖。

它感应到了子孙的气息，觉察到有天神在激战。

下一刻，它化成一道紫光冲向禁地外，呼啸之音撕开了苍穹，恐怖的气息铺天盖地。

“快逃！”

那两名天神当即脸色大变，下意识施展秘术，以疾速撕裂虚空，冲了进去。

“轰！”

老紫貂一爪子拍落，顿时紫光滔天，淹没那虚空。

“啊……”其中一尊天神惨叫，他被紫光斩落，遭受重创。

仙殿的天神真的超凡，竟能飞速复原，如同不曾受损一样。他拉住那个被老紫貂袭击的人横渡虚空，飞速离去，从这里消失。

即便没有性命之忧，两尊天神也震怒了。他们是何等的身份，进入“仙古”后居然遭遇了这等险情。

仙殿的天神面色很冷峻，他始终觉得，这老貂早先不出来，直到后来才被惊动，应该是有人引出来的。

“荒应该就在里面，必须杀了他！”他冷幽幽地说道。

半个月后，绝地中那沼泽地又裂开了，霞光绽放，有奇异的波动席卷这片古地，所有生灵再次躲避了起来。

石昊持着万灵图，又一次进入圣人木所形成的树林中，开始闭关。

这是机会，虽然危险，但是他必须得把握住！

这一次，他进行圣祭时果然又有了新的感悟。只见数百株古树发光，树叶从金黄色到银白色，再到碧绿色等，五光十色，摇曳生辉，光芒将他层层包裹。

这是在洗礼神魂，熬炼圣骨，这是在锻造神王！

石昊把握机会，引动这种规则之力，用神光冲刷自身的魂魄与筋骨，从上到下，从外到内，不断淬炼。

可以看到，他的神魂中些许细微的瑕疵被焚尽，越发显得晶莹，肉身更加完美，血气滚滚，如天河激荡。

“轰！”

突然，光雨在其周围飞舞，紧接着，虚空被炸开，出现了一条神秘的古路，通向未知之处。

“咦，真出现了？”打神石怪叫。

古代也出现过这样的绝世天才，在圣祭时曾见到这样的一条古路，结果踏进去后，再也没有出现过，不知道去了何方。

石昊睁开了眸子，盯着那条路，一言不发。他在仔细感应，认真思索。

这个时候，他显得越发圣洁了，飞仙之光在其体表绽放。那条古路变得格外清晰，延伸到了他的身前，要接引他进去。

此时，绝地外来了多名天神，一个个气息强大，神力澎湃。

“要知道，三千州来了一些太过强大的神秘访客，那几名年轻人压得我辈都要抬不起头来了。真的要除掉荒吗？现在如果击杀荒，不太好吧，此子很不凡，若有他这等惊天耀世之人去对抗那神秘来客，或许更好一些。”有人这样说道。

“呵呵，又不是只有荒才足够强，有宁川足矣，他能取代荒！”有人冷笑道。

“没有必要让荒活下去了，直接镇杀即可。”冥族的天神冷淡地说道，而后取出一支骨角，将它吹得漫天作响。

“呜呜……”

魔音震天，让天神都心绪不宁，不得不运转玄功对抗，更别提其他人了！

“这是冥族之宝，足以让人走火入魔，道兄的打算真是精妙！”魔葵园的天神赞不绝口，并且取出一面小鼓，道，“我来相助。”

“咚咚……”

鼓声震天，让人血液涌动，几乎要将躯体裂开。

毫无疑问，若是有人闭关，遭受这样的冲击，很容易出现大问题，也许会当场身死！

仙殿的天神“嘿”了一声，也催动一件秘宝，发出可怕神音，干扰了虚空。他想让石昊暴毙，手段狠辣。

绝地深处，石昊色变，他的心神的确受到了冲击，他寒声道：“真当我那么好杀吗？”

三股仙气环绕、包裹着他，他身心平静地对抗那魔音，并没有受到致命的冲击。

很长时间后，当可怕道音变弱时，他自语道："等我出关，一个一个将你们斩尽杀绝！"石昊起身，他迈出了一步，踏上了那条神秘古路。

"小子，你……要进去？"打神石吃惊道。

"去看一看，它究竟通向哪里！"石昊语气坚定地说道，他执意要弄个明白。

第726章 九断之路

WANMEI SHIJIE

这条古路很长，它穿越虚空，进入神秘之地。

石昊迈上这条路后，发现踏在上面跟踩在鹅卵石上一样，非常真实，但他不会单纯地认为这真的只是一条石子路。

虚空裂开，浩瀚无垠。这条古路不知通向哪里，仿佛能永远走下去。

路途边光雨蒸腾，仙雾弥漫，说不出的神秘与圣洁，而远处则是一片黑暗，像是虚无之境。

打神石与皇蝶也追了过来，在石昊的身边和他一同向前。

四处幽静无声，唯有霞光与花瓣飞舞，清香中带着令人沉醉的味道，让人感觉像要去朝圣，去接近最神圣之地。

绝地外面，几大天神一同努力，敲动神鼓、吹响号角，他们完全不知道里面怎样了，甚至不能确定石昊是否受到影响。

为何没有一点动静？在他们看来，若是遭遇天神的音波攻击，悟道的人必将走火入魔才对。

“这个小子不简单，我觉得，他应该安然无恙！”

“他真的在里面吗？会不会是我等估量错了，他其实是躲在其他遗迹中？”有人怀疑。

“绝对在里面！”仙殿的天神很笃定，神色阴冷地说道。早先遭遇老貂追杀，让他心中有一股火气，此时更有一种杀气在升腾。

“他活不了，一会儿继续袭扰！”火云洞的天神道。

在这绝地外，多位杀气腾腾的天神将这里包围，严密到连一只苍蝇都不会放过，希望将石昊困杀，不让他走脱。

因为，他的成长速度让这些天神都忌惮了，再给他一些时间说不定他会直接成为天神，跟他们平起平坐。到了那个时候，三股仙气化成大道花瓣，悬在其头上，谁与争锋？

光想一想，就足以让他们胆寒，因为他们绝不容许那种情况发生，必须要将他扼杀在成长的摇篮中！

不然，荒可能会打破纪录，创下最短时间成就天神位的传奇！

虚空大裂缝中，古路绽放光芒，向前延伸，显得越发幽深了。在这条路上，石昊不知道前行了多远。周围漆黑无比，仿佛往旁边多走一步，就会没入沉闷的黑暗中。

那些漆黑之地，什么都看不到，无法探查。打神石与皇蝶一路观看，什么都没发现，心中很是不安。

隐约间，他们听到了令人心悸的兽吼声，声音如此的模糊，仔细聆听时又好像听不到了。

石昊早已睁开天眼，扫向远方。让人吃惊的是，即便拥有天眼也只能看到朦胧的景象。黑暗笼罩四方，偶尔，才能看到一颗又一颗破碎的大星。

那种星辰，每一颗都宏大无比，皆是宇宙中的王星！

虚空中还飘着一些星辰碎片，仿佛是被人生生抓碎的，又像是被斩开的。

不知道此地发生过怎样的大战。

有一次，石昊在黑暗中看到了闪烁的通红的眼睛，仿佛是巨兽在移动，仔细凝视时，那双眼睛竟又化成了一缕黑雾。

“怪了！”石昊谨慎戒备，非常小心。毕竟，这条路沿途所见都很惊人。

终于，四周再次寂静了，连古路都暗淡了，像是快要失去光泽。

至于远处，更加黑暗了，偶尔一见的残破大星都消失了。

这条路显得愈发漫长与寂静了，除了打神石偶尔咕哝，再无其他声响。

“嗯？”

石昊突然一惊，他发现自己似乎来到了路的尽头。石路被截断了，中间是黑暗，对面还有一段路程。

这是被谁斩断的？

石昊停住了脚步，望向对面，可是看起来距离很远，不能看清所有。

还要不要前行？他在沉默。

“哧！”

石昊祭出一件骨器，这是他得到的众多战利品中的一件，为真神法器。骨器向前飞去，打向断路。

“咔嚓！”

虚空中生出血光，将此骨器击裂，之后，又将其当场毁掉，化成一团白色的粉末。

这么妖邪？

石昊心中一凛，他打开天眼，扫向前方。

而后，他小心祭出逆龙鳞，手持着它探到断路外，果然又有血光飞来，打在鳞片之上，发出铿锵声响，同时火星四溅。

石昊估量出了大致的力量。下一刻，他一跃而起，横渡断路，向对岸奔去。

“轰！”

这不亚于一场天劫。只见血光阵阵，甚至有黑色闪电不断劈来，攻向石昊。

这些都是从虚空中发出的。

断路并不长，石昊却遭遇阻击，整整花费了一个时辰才渡过去，这让他心头剧震。

而且，他居然被震得气血翻腾，嘴角淌血，肌体龟裂！

这种冲击不可想象。

没有三股仙气护体，没有渡劫后的强大肉身，怎能抵挡？若是换作其他人，肯定已经死掉了。

石昊觉得，这就是专为他这种体质的人准备的！唯有最强者才能踏足，才能横渡。除此之外，只能借助至强秘宝！

就这样，他一路前行，一路上又遇到八处断路，加起来总共九处了。

“九断之路？”

石昊看到了这样几个血字刻在石路上，触目惊心。

向下走去，后面还有字，写着“长生之途”。

这是什么鬼地方？居然被这样描述！

接连遭遇九次冲击，纵然强大如石昊，也有些吃不消，他的肉身裂开了，流了不少鲜血。

他盘坐下来，开始休整。因为，他发现前方好像快到尽头了，他要以最强的姿态来迎击。

柳神的法很惊人，时间不长，他就已经完全恢复。此刻，他战力汹涌，生命气息蓬勃，血气滚滚。

终于，石昊到了尽头，他径直走进路的末端，发现这里有一块石壁，阻在前方。

而当石昊再回头时，路已经不见了，应该是彻底消失了。接着，隆隆声传来，四面还有上下都出现了石壁，向他挤压过来。

霎时，这里化成了一座密闭的石室，与外界隔绝，但内部暗潮汹涌。

“坏了，我们落入了绝境中！”打神石脸色大变！这纯粹是自投罗网，他们被封在此地了。

石昊催动宝术，猛力一击！石室随之发生变化，每一面墙都变成了浩瀚无垠的苍穹，宛若乾坤般，可以容纳一切。

仔细凝视，他又发现墙上有壁画。

“打破天地，得见长生！”

那石壁上显化出这样的八个古字。

起初，石昊并不认识这些古字，因为它们太古老了。可是当他仔细揣摩时，一种烙印浮上心头，他莫名就懂了。

打破天地，就可见长生！很大的口气！

石昊目光幽幽地望着眼前。当他不动时，这里很宁静，什么状况都不发生，像是要将他永远困在这里。

“开！”打神石怪叫，向着墙壁撞去。

只听“当”的一声，火星四溅，但那墙壁却纹丝不动。

“这是什么石料！我咬！”它大叫着冲了过去，把这墙壁当作仙料，贴在壁上啃食吞咬，想要吞下此地的石料。

奈何，这石壁太坚硬了，它咬不动，同时，它的口齿间火星与闪电一起迸发出来。

石昊琢磨了一会儿，他决定亲自动手！他催动至高无上法，拳头上缠绕着三股仙气，竭尽所能向那墙壁轰去！

“轰隆！”

这一击如神王临世，光芒挤满了密室。那石壁剧烈颤动，粉末簌簌坠落，仿佛要崩开了。

“天啊，怎么多了一个人？”打神石怪叫。

石昊不理会，依旧挥拳，从雷帝秘术到鲲鹏法，再到轮回拳……一一施展，甚至组合祭出。

“又多了一个！”

“啊！第三个人出来了！”

在此过程中，打神石发现在无尽璀璨的拳芒间，出现了一个又一个身影，它们全都盘坐在密室中。这太突兀了。

当石昊最终停下来时，这密室竟然变大了十倍，而且多了十几个人，让人目瞪口呆。

石昊凝神看着他们，一语不发。

这些人中有耄耋老者，有神武霸气的中年人，有国色天香的婀娜少女，还有看起来很纯真的孩童。

不过，石昊透过他们的眼睛可以看出，这里面没有一个年岁很小的人，因为他们的目光中满是沧桑，如同历经了漫长岁月。

所有人都盘坐在那里，一动不动，但他们肌肤晶莹，双目深邃，栩栩如生。每一个人都生机蓬勃，宛若在闭关修行，只是眼睛不转未免有些怪异。

石昊一叹，这些人都死了。这只是躯壳，并没有神魂。

出乎意料的是，他们的肉身不仅不腐，还有生机，只要多一个元神，就能站起来，还可以拥有可怕的神威。

“为何这么怪异？他们为何都藏身岩壁中？”

石昊向前走去，看着这些从石壁中击出来的身影。

“打破天地，得见长生。难道说是要打破这石壁，就能与世长存了？”

他面露异色，围绕着这些躯壳转动，要看个仔细。

蓦地，石昊一呆，就是打神石也是一声惊叫：“成仙了？”

这些人的背后皆有一道裂缝，那口子很平缓，没有血迹，但发出圣光，这景象万分奇异。

每一个人都如此。

像是有生灵脱离了肉身，所以留下这样一个口子。

“怎么跟骨书中的记载一样，这是飞升了吗？”难怪打神石会惊叫，这情形真的与古代文献中的记载一模一样。

那伤口，那圣光，还有这些栩栩如生的人的躯壳……都跟传说没有差异。

古代传说人成仙后会留下遗蜕，也就是躯壳，只有元神飞出，踏足到另一片天地中，在那里享受长生。

“别告诉我这些人都成仙了，这是他们的遗蜕！”石昊有点难以相信。

第727章 不愿飞升

WANMEI SHIJIE

“若是我，绝不会舍弃肉身！”石昊非常坚定地自言自语。

肉身是大道之根，元神若是离开了躯壳，就如同无根之萍，终有消散的一天。

石昊不知道成仙后是否还会如此，但是他听过肉身飞仙一说，那样就不必舍弃自己的躯壳。

看着眼前这些遗蜕，他心中感慨颇多。这都是当年最惊天耀世的人留下的吗？若非背后有裂开的口子，还真以为他们都活着。

“这几名女子还真是漂亮，风姿绝世。”打神石赞叹道。

这些人中有老有少，有男有女，女子个个国色天香，其中有一个年轻的女子更是姿容出众，可是如今只剩下了躯壳。

“走到这里，击开这面石壁就可以成仙吗？”石昊很怀疑。

既然走到了古路的尽头，他当然要试一试，况且后路不见了，必须要打出一条路来。

石昊伸展躯体，开始动用极限力量。他自身的第三种至尊宝术复苏，虽然还没有真正演化完毕，但是和其他宝术叠加使用，威力能提升数倍！

“轰！”

三股仙气化成三条真龙，缠裹着他的手臂，击在那石壁上，发出震耳欲聋的声音。

连续八击之后，这石壁一阵摇动，而后龟裂，然后，石昊感觉到了一股宏大的气息，仿佛有一个大世界的大门敞开了，还在向他招手。

与此同时，他浑身剧痛，竟是元神要离体，想要前往那一界！

“居然是这种情况！”石昊心中大惊！他感觉肉身剧痛，就要裂开了。那元神在吸收自身的精华，要真正挣脱他的控制。

这一切不受他的控制，实在是太突然了。

“镇压！”石昊断喝。

他当场盘坐下来，口诵原始真解，默默运转骨文，来镇压己身，对抗那种可怕的吸附力。

这无比艰难。

石昊的后背上出现了一道金色的口子，元神从他的头颅部位下移，吞食各种精华。他的肉身就要裂开了。

这种趋势难以阻止！石昊的元神仿佛要跨界离去，肉身要被撇弃了！

“这是什么地方？”打神石在怪叫，躲在后面想帮石昊，却又无从下手。

“愈合！”石昊断喝。

他催动柳神的法，运转血气，强行闭合后背的伤口，更是调动自身精元，将元神稳固住，不让它脱离。

“轰！”

那石墙突然破裂。

飞仙般的光束从各个奇异的地方涌来，太炽盛了，与此同时，更有成片的光雨和花瓣撒落。

在很多人看来，如果要成仙了，就绝不会抗拒，要顺势而为。石昊却满头大汗，激烈抗争。

“我不能走，上界、下界还有我熟悉的亲朋故友，怎能离去！”

石昊挣扎着，他对那个奇异的未知地不放心，绝不允许自己丢下大道根基——肉身。

“嗯，这是？”

突然，石昊吃了一惊，他感受到了一种异样的气息，这气息从墙壁后方传来，有点像虚神界、灵界，很特别。

这个时候，那面石壁上的裂缝迸发出万道金光，如同一道又一道闪电在移动，刺目无比。

石昊毛骨悚然，心中思忖，石壁后方有什么秘密？飞升之地吗？可是为何有灵界的气息，虽然只不过浓烈了无数倍！

这一刻，石昊惊惧不已，寒毛倒竖！

他想到了很多问题。灵界究竟是怎样形成的？真是太古诸神以精神力构建的吗？

为何他在这里有种寻到源头的错觉？那是什么地方？

石昊不敢进去。他有一种直觉，若是去探究，只能元神前往，他定会失去肉身！

他看了一眼这些遗蜕，心生疑惑，这些人是真的成仙了，还是只是元神被强行吸进去了？他们是否还有再现世间之日？

这一瞬间，石昊有点慌乱，那石壁的后方他让非常不安，有些心悸，像是要窒息一般。

“再镇！”

石昊断喝，他真的急眼了，他的元神要离体，要没入那石壁中，前往神秘之地。

所有神通尽施，他终于镇定了下来，肉身愈合，血气滔滔，元神归位。只差一点而已，他就会置于非常危险的境地。

那墙壁也慢慢复原，裂纹消失，光华敛去，恢复原有的古朴。

“踏足长生领域，到底是超脱，还是遇劫？”石昊身体冰冷，心有余悸。尽管一切皆已平复下来，他还是出了一身冷汗。刚才的经历太诡异了，还好他头脑冷静，不然的话就很危险了。

他决定离开，不再探究了。

不过，今日他收获不小，洞悉了惊人的秘密。他总觉得那片地域有灵界的气息，但是更加神圣与超然。

“等重回三千州后，我要将灵界研究透彻，找出蛛丝马迹，看一看方才险些去的地方有何来历！”

石昊说道，继而转身，猛砸来路上的石壁。

终于，他击穿了拦住回路的石壁，那条古路又出现了。他头也不回地带着打神石与皇蝶一路疾驰，就此返回！

遗蜕，他一具也没有带。不管那些人是否真的死了，或者还有命，他都不想与他们扯上什么关系。

石昊回归之后，依旧到了那片古树林中。圣人木发着光，将他笼罩。

石昊决定闭关修行！他选择圣祭，让自己变强，成为神中之王。

突然，大道神音轰鸣，符文交织，从虚空中降落，斩向他的肉身。

“砰！”

他用手臂一挡，整条右臂都暗淡了，散发出奇异的波动，连身体都踉跄了一下。

这一刻，他感觉右臂法力消散了很多，像是被斩落下去一个大境界，退到神火境界了。

这就是圣祭，很危险。别说还没有成功，就是在冲击的过程中都可能有境界跌落的灾祸。

一般的人都准备了强大的兵器代替自己遭劫，即便兵器毁掉，人也会没事。

石昊没有那样做。他不以兵器代替自己死，而是借此磨砺自己的身体，警醒自己，让自己更加明白圣祭是多么危险。

石昊运转法力，整个人发起光来，如同大火在熊熊燃烧，终于让那暗淡的手臂又一次有了光彩，恢复了过去的力道。

不用兵器代替，以自己的身体对抗圣祭，这很危险，但也能更好地磨炼人。若是能闯过去，等于是经历了一次又一次淬炼，是一次惊人、可怕又可贵的洗礼。

不久后，此地的残阵波纹消失了，紫貂又出现了。

石昊不得不躲了起来。直到数日后，所有生灵再次蛰伏，石昊才有机会第三次闭关。

“轰！”

这一日，降下一记惊雷，其实这不是真正的雷电，但是更可怕。

一击之下，石昊大口咯血，他的胸膛遭受重击，腾起神光，而后又迅速暗淡。

他又有了可怕的感觉。胸部被击中后，整片胸腹颜色都暗淡了，境界下降，大道纹路在消退。

这果然危险，石昊脸色大变，不用兵器代替己身遭劫，随时都有被打落九天，重归凡尘的可能。

这一次，石昊抗争良久，终于让胸部重新发光，恢复了道行。这是一种锤炼，让他的道行越发精湛。

世间常有“废器”“剩器”“圣器”这些东西留下，都是在圣祭过程中遭劫的兵器。

可石昊把自己的身体当作兵器，希冀可以越发强大，这般熬炼，着实胆大包天。

“咚！”

惊人的鼓声传来，绝地外有天神出手，又一次干扰石昊，震得他气血翻涌，差点吐血。

因为他在圣祭时自身不时遭劫，所以这样的袭扰起了作用。

“就当作是一种磨砺了！”石昊目光坚毅，撇弃其他干扰，认真圣祭，想要突破。

“这个小辈，真的还在里面吗？”有人疑惑道。

接下来，诵经声响起，传进古地深处。

这是有天神在诵九天十地经，顿时幻象丛生，有席卷四野的浩瀚之力向着石昊这里压来，显得越发可怕。

毫无疑问，这是神庙的天神。此时，他也出手了，要阻止石昊圣祭，希望他遭劫。

绝地中的符文退去又出现，一次又一次。石昊一算，他已经闭关八次了，他发现自身多次遭遇危险，但都有惊无险地过来了。

至此圣祭很顺利，石昊像是真的将自己当成了祭品，献给自己。

这段日子以来，石昊身上发生了惊人的变化，肉身上下几乎都被祭炼过了，道行多次消失，又再次浮现。

而在此过程中，冥族的天神、魔葵园的天神等都在行动，认准了他就在绝地中，经常干扰。

仙殿的天神更是放言必将杀荒，他就是逃到天涯海角都无用。

第九次，第十次！

终于，石昊闭关十次了。

他浑身都被祭炼个遍，无须耽搁了。石昊浑身发光，燃烧己身，他小心地控制，怕不注意的话会成就天神位。因为，他现在要晋升的是圣祭领域。

“轰！”

随着一声巨响，石昊身体发颤，烈焰腾腾，他体内发出奇异的脆响，像是某种东西被击碎了，自此没有了桎梏。

终于，圣祭成功，他晋升到了这个奇异的领域中！

这一刻，他的血气成倍激增，道行快速增长，整个人一下子不知道强了多少倍。这一领域十分特殊，一旦迈入，堪比天神，足可以一战。现在，石昊圣祭成功，踏足这一领域，真实的战力自然高得可怕。

“先去杀他们，还是去取雷劫液？”石昊盯着天空，又看向绝地外。

这段日子以来，他遭遇了很多次险情，都是源于外面人的袭扰。

第728章 出关

WANMEI SHIJIE

“这就是天神级的战力吗？”

翻手间，石昊将天空中的云朵尽抓手中，此时的他仿佛可以镇杀一切敌人！

他有一种感觉，现在可上九天揽星，可下九幽灭府，通天动地，无所不能。现在，他能出去杀强敌了……

他周身血气汹涌，元神力扩散，肉身强大了不知道多少倍，神觉更是敏锐了一大截！

恍惚间，他神游太虚，进入到宇宙中，盘坐一颗大星上，周围群星璀璨，绕着他旋转，演化大道。

“嗯，不对！”瞬息间，石昊警醒，一声轻喝，让自己清醒了过来。他神色大变，好长时间才彻底恢复过来。

“这就是圣祭的后遗症吗，险些就迷失了！”他轻语道。

大道初成，修士很容易失魂，然后彻底迷失。他总算没有陷进去，快速清醒了过来，不然的话，神魂也许会迷惘、丢掉，自身从此不受控制。

经过一番冷静，他没有立刻出去击杀天神，而是立在此地，开始巩固自己的修为。

在现今这一纪元并无天劫，只要他不刻意去引，自然无雷霆降世，这一点倒是让他很放心。

他的血气还在增长，如长河滔滔，若大江东流，又似汪洋起伏！他的实力不断变强，感觉比早先还要精力充沛！

果然，这是一种奇异的感悟，若是迷失，就错过了这种道行精进的机会。石昊沉默不语，他盘坐在那里，仿佛与整片天地融为一体。

刹那间，他仿佛化成了山石，成为草木，跟这山河共存，成为它们的一部分。

最后，他又像是成为苍宇，与天穹凝结在一起，如同唯一的神祇俯视着大地。

这就是天神吗？高不可攀地矗立在人间。

石昊忘记了一切。他闭着眸子，不动如山，但是无形间已经有了一种可怕的威严，躲在洞穴中的毒虫等全都为之战栗。

而此时，圣人木发光，将一道又一道霞光汇聚过来，全部从石昊的天灵盖贯入，而后又从他双脚底流出，冲洗其身躯。

圣祭！

但已经不同以往，这是在巩固、增进道行，淬炼他的肉身还有灵魂，斩掉此境最后的瑕疵等。

也不知道过了多久，石昊睁开了眼睛，眸子张开的瞬间，射出两道璀璨的闪电，击穿了虚空，令人敬畏。

他发现这个地方的法阵又一次停止运转了，更让他惊讶的是，那三头天神级紫貂也没有出来，任他在此盘坐。

“你刚才的状态很特别，像是与这天地融为一体，没有一点烟火气，因此那紫貂将我们无视了。”打神石道。

皇蝶也点头，轻轻扇动翅膀。

石昊点了点头。

而此时紫貂也行动了起来，它们才一冒头便觉得不对劲，出于本能，身体簌簌发抖，丝毫不敢临近。

一头天神级紫貂来了，它化作一道紫光，洞穿虚空，冲到石昊近前。

但是，它也没有出手，只是围绕着石昊转了两圈。显然它虽然神志迷乱，但感应到了危险，没有立刻攻击。

而且，它能感觉到此人与道亲近，刚才融入了自然之中，跟天地共鸣，让它敌意锐减。

石昊未动，只要那教主级老貂不出动就没有任何问题。

在他过了那个迷失期之后，他就越发冷静了，尽管有了天神级战力，但是没有立刻出去。一方面是为了巩固修为，另一方面，他也在观察自己。因为，世间有传言，身在圣祭领域，修为很不稳定，高时与真正的天神没有任何区别，虚弱时却不如真一、神火境界的修士，异常古怪。

很明显，这是一种磨砺，却也有巨大的风险，他必须要了解自身的情况，才能确定可否出去杀敌。

数日后，他感觉到了自身的变化，从巅峰状态开始坠落。

这一刻，石昊有一种错觉，仿佛身体将死，道行将要消亡。因为自己的道行开始散掉，血气逐渐消退，甚至元神都有些无力了。

这一变故太突然了！

仅在一息间，他就从天神境跌落，成为真神，没有多长时间，他再次感到一阵虚弱，直接坠落到神火境。

石昊倒吸一口凉气，盘坐在那里不动了。

他默默修行，仔细体会和领悟，观察自我。

直至数日后，他血气喷薄，道行突飞猛进，又开始晋阶，疾速回归圣祭领域，有了天神级的战力！

这变化也太明显了！

从高峰到低谷，从虚弱再到至强，这像是一个轮回。

潮起潮落，跌宕起伏，月有圆缺，极盛而衰……

石昊一阵失神，这圣祭像是人生，也像是万物运转的规律。

此时，他什么也没有做，只是观察自身。

就这样过去了半个月，石昊掌握了一定的规律，他的天神级战力可以保持两到四日那么长时间。

而后，他很快就会虚弱，在刹那间完成从强到弱的逆转。处于衰竭期时，真的可能连神火境的修士都不如，时间上同样也会保持两到四日那么长。

绝地中的法阵复苏，紫貂等再次蛰伏，石昊又一次放心地闭关了。他引动了圣人木的霞光，用以锤炼己身。

这一次，离他最近的十几株圣人木的霞光都被吸收、取尽，险些干枯。

至此，石昊睁开了眼睛，他该出关了。

此时，他也正好处在从虚弱期步入最强状态的时期！

“让你们久等了！我该出去了！”石昊站起身来，他黑发飘舞，双目射出两道金色的光束，周身弥漫着天神气息。

这种感觉很好，十分强大，他似乎无所不能，仿佛抬手就可以摘星捉月！

“你醒了？”打瞌睡的打神石大喜，它早就在这里待腻了。

地窟中，紫貂一族也都一阵悸动，但是没有上来，任他离去。

法阵还在运转中，绝地中到处都是波纹，很宁静。

石昊手持万灵图，走了出来。当他来到外面，他看到了两尊天神，一个身穿青色甲胄，盘坐在此地，另一个则身穿银甲，站在一座山峰上。

石昊在此闭关了数月，那些天神就算再想杀他，也失去耐心了，所以，大多数人都离去了。

因为，在这“仙古”中还有诸多机缘需要去探索，去争夺。

而他们早已打探清楚，这个地方可将闯入者一身的道行削个干净，天神踏足其中都可能会死。

最后，他们只留下两人守在这里。当然，每隔一段时间就会换人，轮流坐镇。同时，也有人在布置，想尽快以太阴神水毁掉此地，以绝后患。

石昊收起万灵图，出现在山口外。

“你……还活着，居然真的在里面！”盘坐的天神倏地睁开了眼睛。

他露出诧异的神色，因为曾有人怀疑，认为荒根本不在绝地中，或者已经死掉了，若非仙殿的天神力排众议，早就无人镇守这里了。

“荒，你天资不凡，本领超绝，潜力巨大，可愿加入我教？”站在山峰上那个身穿银色甲胄的天神和颜悦色地说道。

“是吗？那你为何开启身后的祭坛？”石昊冷笑道。

银甲天神一惊，他的动作很隐匿，居然被对方看透了，神觉未免太强了。

要知道，他所在的山峰有奇异法阵，封绝了各种气息，他只是以道行暗中催动而已。

“你在借助祭坛传递消息是吗？想召唤人围攻我？可惜啊，不在第一时间遁走，是你最大的失误。”石昊冷淡地说道。

“小辈，你是疯了，还是傻了，自以为能跟天神决斗了吗？”那盘坐在地的天神森然说道。他身着发光的青色甲胄，腾地站了起来。

“杀你们两个还需要装疯卖傻吗？”石昊轻蔑地说道。

这让两尊天神都脸色大变，他们知道，这家伙多半圣祭成功了，不然哪里敢走出来！

可这未免太快了吧？

据他们所知，圣祭一般都需要比这长数倍乃至十倍的时间才有可能成功。而且，那些人都是奇才，拥有天纵之姿。

荒不会打破纪录了吧？他们心头剧跳。

照这个趋势下去，荒很有可能会成为最年轻的天神，打破神话纪录！

“怎么还不来，不是说好要在近期以太阴之水倒灌这片小世界，将它彻底毁掉吗？”银甲天神万分焦急，祭坛已经开启，但没有得到丝毫回应。

下一刻，石昊动了，天神气息随之弥散开来，让那两人心头一凉。

“圣祭而已，又不是真正的天神，萤火之光也敢与皓月争辉？”地上那身穿青色甲胄的天神断然大喝。

但是，他与山峰上的天神并没有向前攻去，而是一起出手运转山峰上的祭坛。

“轰！”随着一声巨响，他们撕裂虚空，强行了引来一片茫茫无边的黑色水泽！

那是太阴神水，是从一片凶地中跨界引来的。

这是他们早有的打算，准备用这神水淹没绝地，毁掉这里。

只不过他们不曾寻到太阴本源，所以还没有布置完毕！

“晚了！”石昊化成一道光冲了过去，一人分为两身，灵身跟着出动，一一进行镇杀，避免他们走脱。

银甲天神已经震裂虚空，就要逃走，可是突然发现这天地被石昊的法则笼罩，凝固了。

石昊封锁了此地，并且，他在运转力道让太阴神水倒流，使之不能流进这个小千世界。

“纳命来吧！”

“小子，你太张狂了，圣祭虽然是神王之路，但你终究还不是天神呢，受死！”那身穿青色甲胄的天神喝道。说话间，他嘴里吐出一个青皮葫芦，那葫芦快速放大的同时又散发些许混沌气，葫芦嘴发着光，要将石昊收进去。

石昊真身缩小，旋转着，向那葫芦嘴的方向飞去。

“嘿，不过如此！”青甲天神冷笑道。

然而，他的笑容很快凝固了。眼看石昊就快要被吸进葫芦嘴了，结果他轰然一声爆发了，只见金光蔽日，石昊的身体迅速放大，一拳轰碎了这个葫芦，紧接着，拳风浩荡，向他击去！

这名天神大叫着，结法印对决，可还是被震伤一条手臂，大口咯血，踉踉跄跄地后退。

同时，另一个方向，银甲天神被石昊的灵身截住，二人激战在一起。

“噗！”

身穿青色甲胄的天神满脸震惊，表情也凝固了，因为他的头颅被石昊一掌斩中。

“我等来也！”

虚空破开，又有两名天神迈入此地进行援救，因为祭坛惊动了他们。

“那么也一起去死吧！”石昊说道。

这一战阴风呼啸，鬼哭神嚎，这个小千世界下起了红色的雨，震惊此域。最终，共有四人殒命，全部是天神。

“我该出去走一走了，什么仙殿的天神，什么冥族的强势人物，所有天神统统镇镇杀干净！”石昊说道，话语冷酷无比。

显然，“仙古”要发生大地震了！

（本册完）

《万灵进化》
精彩导读之萌兽来袭

1 | 谁是坐骑？|

金色小牛平静了。

“你能听懂我们说话？”楚风想跟它交流。对于卫城山的异变，他想了解清楚，而这头牛犊子是从里面闯出来的，或许知道所有真相。

金色小牛不点头，也不摇头，反倒开始打量他。

“它听不懂，你得这样来。”周全抓了一把青草，走上前去，笑得有点不怀好意，道，“小家伙，吃吧，咱们多亲近一些，回头给周爷当坐骑怎么样，天天给你鲜草吃。”

这一刻，金色小牛抬头，睨了周全一眼，那眼神让周全相当怀疑人生。

因为，金色小牛的眼神里有一种不屑和鄙视的意味。

“呃……你感觉到了吗？”周全向楚风问道，“我怎么有种感觉，这小牛犊子像是在蔑视我，好像是一副看白痴的样子啊！”

“是这样。”楚风点头。

“我被一头牛犊子鄙视了？”周全大怒。

而后，他指着金色小牛，道：“吃了我的奇草，你得给我当坐骑，听到没有？！”

“嗖！”

下一刻，金色小牛四蹄蹬踏，速度飞快地出现在周全的背后。而后，它竟然直立而起，两条前腿搭在他的双肩上，趴在了他的身上，最后更是搂住了他的脖子。

“我……”周全一阵大怒，这头小牛犊子跟狗皮膏药似的贴在了他的身上。

“什么情况？我让你给我当坐骑，你这是做什么？！”他气急败坏地叫道。

“我觉得，它是想将你当成坐骑。”楚风哈哈大笑。

周全一琢磨，这头牛犊子好像还真是这个意思。尤其是，当他回头时，看到它正咧着嘴憨笑，而且居然还对他点了点头，在他看来，那表情实在是太可恶了。

“你给我下去！”

半刻钟后，周全已累得气喘吁吁，他在前面奔跑，一头金色小牛在后面追。小牛还不时用两个后蹄着地，直立着跑，扑在周全的身上，想让他背着。

“救命啊！”

2 | 通信风波 |

回到家中，楚风有些纳闷，他听到黄牛在“哞哞”地叫个不停。

很快，他就发现了问题。这家伙正在折腾通信器呢，还一副很欢喜的样子，非常投入。

等一等，他看到了什么？楚风走到近前大吃一惊，黄牛打开的是联系人一栏，似乎正在跟一些人通话。

楚风顿时头都大了。

尤其是当他看到那些名字时，更是想吐血。

通信名单中似乎有林诺依。

“牛魔王，我跟你拼了！”楚风大叫一声。

……

楚风瞪着它，有些无力地坐下。他看向通信器，又看向黄牛，无比郁闷。一会儿究竟该怎么和人家解释？

他轻叹一口气，拿起通信器。真的没有什么办法了，就如实说吧。

“记住，一会儿你要给我做证，在我说话的同时，你跟着哞几声。”楚风叮嘱它。

黄牛心虚地点了点头，似乎打算配合。

当楚风看向通信器时，顿时僵在了那里。通话记录呢？怎么没有了？

他彻底傻眼了，那些记录都哪儿去了？

回想刚才的情景，楚风瞬间记起来了，在最后关头，黄牛似乎在上面戳了又戳。它把通话记录全部清除干净了？

“黄牛，牛魔王，你干的好事，啊啊啊啊！”楚风大叫，他刚才还在想着怎么补救呢，现在却发现根本就无从下手。

【主角语录】

1.我的父母在雷天，北方的那座巨城，如果有可能，我希望你能对他们多一些照顾。

2.这就是你所谓的俯视凡人的力量？也不过如此。

3.要是痛快地结果你就太便宜你了，在此之前要先让你尝一尝恐惧的滋味。

4.管你牛鬼蛇神，一拳轰杀！

5.从现在开始，我叫牛神王！